ESTHER VERHOEF & BERRY ESCOBER

Verraten

Buch

Angehörige einer international operierenden kriminellen Organisation werden mehrmals von einem Unbekannten überfallen. Die Vorgehensweise des Einzelgängers ist kalt, berechnend und hoch professionell. Er scheint genauestens über den Aufbau und die Abläufe innerhalb der Organisation Bescheid zu wissen, denn es ist ihm bereits gelungen, mehrere ihrer Mitglieder zu töten. Fieberhaft setzt die Vereinigung alles daran, den Mann zu finden und auszuschalten. Die Fotografin Susan Staal hingegen kämpft mit einem Problem privater Natur. Vor zwei Jahren hat sie in Ägypten den charismatischen Sil Maier kennengelernt, als er ihr in einer brenzligen Situation zur Seite sprang. Seither pflegt sie eine intensive E-Mail-Beziehung zu ihm und muss sich eingestehen, dass sie sich leidenschaftlich in ihn verliebt hat. So fährt sie eines Nachmittags zu Sil und offenbart ihm ihre Gefühle. Auch Sil fühlt sich stark zu ihr hingezogen, will jedoch seine Frau Alice nicht verlassen. Alice ihrerseits ist besessen von dem Ehrgeiz, Moderatorin bei der Fernsehproduktionsfirma Programs4you zu werden. Dafür ist sie bereit, alles zu tun, und nimmt auch eine heftige Auseinandersetzung mit Sil in Kauf. Der nämlich hat entschieden etwas gegen den vorgespiegelten Glanz und Pomp der glitzernden Fernsehwelt und warnt sie davor.

Eines Tages sieht Alice dann aber ihre große Chance gekommen, denn Paul, ihr Chef, bedeutet ihr, dass er sie für einen Moderatorenjob fest ins Auge gefasst hat. Doch die Dinge entwickeln sich ganz anders, als Alice erwartet. Als ein tragischer Unfall passiert, spitzen sich die Ereignisse zu. Und als Sil kurz darauf mit der Post eine Videoaufnahme seiner Frau zugesandt bekommt, zögert er nicht einen Moment und handelt …

Esther Verhoef
& Berry Escober

Verraten

Thriller

Deutsch
von Stefanie Schäfer

GOLDMANN

Die Originalausgabe erschien 2003 unter dem Titel
»Onrust« bei Karakter Uitgevers B. V. und als Neuausgabe 2008
bei Ambo | Anthos Uitgevers, Amsterdam.

Das vorliegende Taschenbuch ist bereits 2006
unter dem Titel »Rastlos«
beim GRAFIT Verlag, Dortmund, erschienen.

FSC
www.fsc.org
MIX
Papier aus verantwortungsvollen Quellen
FSC® C014496

Verlagsgruppe Random House FSC-DEU-0100
Das FSC®-zertifizierte Papier *München Super* für dieses Buch liefert
Arctic Paper Mochenwangen GmbH.

1. Auflage
Neuveröffentlichung Dezember 2010

Umschlaggestaltung: UNO Werbeagentur, München
Umschlagmotiv: Collage aus Getty Images/Amy White & Al Petteway
und Getty Images/Kaz Chiba
IK · Herstellung: Str.
Druck und Bindung: GGP Media GmbH, Pößneck
Printed in Germany
ISBN: 978-3-442-47162-1

www.goldmann-verlag.de

The things we do
to the people that we love
The way we break
if there's something we can't take
Destroy the world
that we took so long to make

Bush, *The people that we love (Golden State)*

Drei Jahre zuvor

Er hatte beim Schießtraining schon mal besser abgeschnitten, aber dennoch war Harry an jenem Abend recht zufrieden mit sich. Er winkte den Leuten an der Bar zu, die er als seine Freunde ansah, und trat hinaus in die Dunkelheit. Die Straße war verlassen. Er zog die Waffe aus dem Schulterholster. Eine Heckler & Koch Mark 23 SOCOM. Die Pistole glänzte matt im Licht der Straßenlaternen. Sie war voll geladen. Zwölf blanke .45 ACP Patronen warteten ordentlich in einer Reihe darauf, dass er den Abzug betätigte.

Aber er durfte nicht.

Nur wenn er und seine Freunde noch ein Weilchen allein zurückblieben, nachdem die Sportschützen bereits nach Hause gegangen waren, wurden die lästigen Regeln über Bord geworfen, und es ging so richtig zur Sache.

Vor einem Monat hatte er seine neue Waffe zum ersten Mal herumgezeigt. Die Erinnerung daran brachte ihn zum Lächeln.

Sie hatten sich um ihn geschart. Sich im Stillen gefragt, ob er wirklich der war, der er vorgab zu sein. Hatten ihn plötzlich mit anderen Augen gesehen. Kein Wunder, denn es war äußerst schwierig, an ein solch edles Stück wie diese HK heranzukommen.

Die Mark 23 war in den 1990er-Jahren für die Spezialeinheit des amerikanischen Militärs entwickelt worden, das *United States Special Operations Command,* kurz SOCOM.

Produziert wurde sie in Deutschland, im Auftrag des Pentagons. Inzwischen war die Waffe schon seit geraumer Zeit bei den *Navy Seals* und den *Rangers* in Gebrauch – den richtig harten Jungs.

Und jetzt besaß auch Harry eine.

Er drehte die Waffe in der Hand hin und her, fuhr mit dem Daumen über die eingravierten Buchstaben und Ziffern auf dem Lauf. Er hätte sie im Schlaf aufsagen können. Er betrachtete das Gewinde an dem verlängerten Lauf, befühlte die Vertiefungen im Gehäuse. Man konnte alles Mögliche an der Pistole anbringen, Schalldämpfer, Taschenlampe, Infrarotlaser. Einen Schalldämpfer hatte er bereits aufgetrieben. Ein schweres Ding, siebenhundert Gramm, mit einer ziemlich unpraktischen Länge von vierundzwanzig Zentimetern. Mit Schalldämpfer besaß die Waffe eine Gesamtlänge von fast fünfzig Zentimetern und wog mit vollem Magazin über zwei Kilo. Da hatte man wenigstens etwas in der Hand. Kein Vergleich zu der Glock 17, für die er einen offiziellen Waffenschein besaß und die zu Hause in seinem Tresor verstaubte. Damit lief doch jeder Bauerntrampel herum.

Er steckte die HK zurück in sein Schulterholster und begann zu pfeifen. Obwohl es kalt war, ging er langsam. Heimlich hoffte er, dass ihn jemand belästigen würde. Dass einer von diesen Junkies versuchen würde, ihn auszurauben. Dann würde er in einer einzigen fließenden Bewegung seine HK ziehen – und dann würde er mal gerne das Gesicht des Typen sehen, der meinte, er könne ihm etwas anhaben! Tja, der hätte ihn wohl ganz schön unterschätzt. Wie ihn so viele unterschätzten. Zu Hause und bei der Arbeit.

Dass er nicht gerade markig aussah, wusste er selbst. Mit gut hundert Kilo bei knapp einem Meter siebzig und einer beginnenden Glatze liefen einem weder die Frauen in Scharen hinterher noch wichen andere Männer respektvoll vor einem zurück. Konnte man aber im rechten Moment eine Waffe ziehen, sah die Sache schon anders aus. Dann war man wer, dann wurde man respektiert. Allein die Vorstellung war erhebend. Er blickte sich um, doch weit und breit war kein Angreifer in Sicht. Schade.

Er suchte in seiner Jackentasche nach einem Marsriegel, den er auf dem Hinweg in einer Imbissbude gekauft hatte. Er zögerte einen Moment. Seine Frau meinte, er solle Diät halten. Das hatte er sich auch fest vorgenommen. Aber damit konnte er ein andermal anfangen. Er riss die Verpackung auf, warf das Papier achtlos auf die Straße und schob sich fast den ganzen Riegel auf einmal in den Mund. So schmeckten sie ihm am besten.

Er hatte seinen Verfolger nicht kommen hören und so dauerte es einen Moment, bis er begriff, dass der plötzliche Druck auf seiner Kehle von einem Arm verursacht wurde. Der Arm gehörte zu einem Körper, der größer war als seiner. Und muskulöser. Der Druck war so stark, dass er schwarze Flecken sah. Er bekam kaum noch Luft. Bei dem Versuch, Atem zu schöpfen, fiel ihm der Schokoriegel aus dem Mund und hinterließ eine braune, glitschige Spur auf seiner hellblauen Jacke, bis er über die dickste Stelle seines Bauches hinwegrutschte und mit einem leisen Plumps vor ihm auf dem Bürgersteig landete.

Er spürte den Lauf einer Pistole am Hinterkopf. Der Druck auf seiner Kehle ließ nach. Dankbar sogen sich seine Lungen voll mit frischem Sauerstoff.

»Deine Waffe, wo hast du sie?«, fragte eine Männerstimme hinter ihm.

»In … in meinem Schulterholster.«

»Schalldämpfer?«

»Jackentasche. In meiner Jackentasche.«

»Munition?«

»Auch.«

Der Angreifer griff in Harrys Jackentasche und zog den Schalldämpfer heraus. Eine Sekunde später hatten zwei Schachteln Munition (ACPs) den Besitzer gewechselt. Dann sagte der Mann: »Zieh die Jacke aus. Nicht umdrehen! Eine falsche Bewegung und ich knalle dich ab!«

Der Mann nahm den Arm weg, und Harry musste husten. Anschließend zog er ganz langsam seine Jacke aus und ließ sie zu Boden fallen.

»Hände hinter den Kopf! Und immer schön langsam.«

Harry nickte zum Zeichen, dass er verstanden hatte und keine Dummheiten machen würde. Er faltete die Hände hinter dem Kopf. Prompt drückte der Angreifer ihm die Pistole in das weiche Rückenfett. Harry fühlte, wie sein Schulterholster abgeschnallt wurde, wagte aber nicht zu protestieren.

Der Pistolenlauf wurde zurückgezogen. Gleich darauf hörte Harry Schritte, die sich in schnellem Tempo entfernten.

Dennoch behielt er vorerst die Hände hinter dem Kopf. Seine Augen waren weit aufgerissen. Erst viele endlose Minuten später wagte er es, sich umzublicken.

Er war allein.

Er hob seine Jacke auf und sah, wie etwas herunterfiel. Es war ein etwa zwanzig Zentimeter langes Stück Metallrohr.

»Scheiße!«, rief er.

Aber niemand hörte ihn.

1

Susan betrat mit einer großen Tasse frisch aufgebrühtem Kaffee ihr Arbeitszimmer und setzte sich an den PC. Sie war froh, dass der Jetlag allmählich nachließ. Die bohrenden Kopfschmerzen von gestern waren einem leichten Schwindelgefühl gewichen. Sie konnte sich einfach nicht daran gewöhnen, dutzende Zeitzonen in knapp vierundzwanzig Stunden zu überwinden. In dieser Hinsicht war ein Flug von Australien nach Europa so ziemlich das Übelste, was einem passieren konnte.

Gespannt klickte sie das Explorer-Icon an und loggte sich bei Hotmail ein. Musste gleich darauf ihre Enttäuschung hinunterschlucken. Ihre Mailbox war leer. Aber sie wollte die Hoffnung nicht aufgeben. Vielleicht kam ja heute Abend noch eine E-Mail.

Ihr Blick wanderte über die Ordner auf dem Regalbrett über dem PC und blieb schließlich an der dritten Mappe von links hängen. Auf dem Rücken stand mit dicken Filzstiftbuchstaben *Sagittarius,* der Name von Sils Firma, der auch den ersten Teil seiner E-Mail-Adresse bildete. Die Mappe enthielt über hundert E-Mails, manche nur eine halbe DIN-A4-Seite lang, andere achtmal länger. Sie hatte sie ausgedruckt und sorgfältig geordnet. Speziell zu diesem Zweck den Ordner angelegt. Zugleich war sie sich bewusst gewesen, dass ihr Verhalten etwas Zwanghaftes hatte. Doch sie konnte sich einfach nicht dagegen wehren. In den vergangenen zwei Jahren hatte sie von einer Nachricht Sils zur anderen gelebt.

Zwei Jahre, in denen sie an fast nichts anderes hatte denken können.

Sie schaute hinaus. Kaum eine Wolke am Himmel; die Sonne tauchte die Stadt in ein gelblich orangefarbenes Licht. Mildes Herbstwetter in 's-Hertogenbosch. Sie ging ins Wohnzimmer und öffnete die Glasschiebetür, stellte zwei Klappstühle auf und setzte sich hin, den Kaffeebecher in den Händen.

Hier auf der Rückseite des jahrhundertealten Häuserblocks schien die Zeit stillzustehen. Zu dieser Stunde hörte man nur Vogelgezwitscher und dann und wann das gedämpfte Knattern eines Mopeds. Sobald sie jedoch die Tür im Hauseingang hinter sich zuzog, war diese stille Welt plötzlich weit entfernt und eine pulsierende Hektik empfing sie, wie sie so alten Stadtteilen wohl eigen war.

Die Türklingel schreckte sie aus ihren Gedanken auf. Ein durchdringendes Summen. Sie hatte sich schon so oft vorgenommen, die Klingel auszutauschen, doch durch die vielen Reisen war sie nie dazu gekommen. Sie stand auf und öffnete die Tür. Renos dunkelblondes Haar hing ihm strähnig um das Gesicht. Er war klapperdürr und trug viel zu weite Kleidung, darunter gebrauchte Teile aus Armeebeständen, die aussahen, als seien sie zehn Jahre lang von einem schlampigen Anstreicher getragen worden. Sein kantiges Gesicht wurde von einer Narbe verunstaltet, die sich quer über den Wangenknochen zog. Sie stammte von einem Fall durch eine Glasscheibe. In dem halben Jahr, das sie in Australien verbracht hatte, hatte er sich kein bisschen verändert.

»Yo, San«, sagte er.

»Yo.«

»Ich wollte mich nur nochmal bei dir bedanken«, sagte er und überreichte ihr einen Strauß Astern, den er angesichts des hastig darumgewickelten Zeitungspapiers entweder gerade auf dem Markt gekauft oder irgendwo geklaut haben musste.

»Du brauchst dich nicht zu bedanken, ich war doch froh, dass jemand auf meine Wohnung aufgepasst hat. War noch irgendetwas?«

»Nein, nichts Wichtiges«, antwortete er. »Ich bin auch nicht sehr oft hier gewesen. Aber es war ganz angenehm, hin und wieder in einem sauberen Bett zu schlafen.«

Sie ging in die Küche, um die Astern kürzer zu schneiden und in eine Vase zu stellen. Reno inspizierte den Kühlschrank und nahm sich ein kaltes Dosenbier heraus, mit dem er sich auf die kleine Dachterrasse verzog.

»Wo wohnst du denn zurzeit?«, rief sie von der Küche aus.

»Bei Alex.«

Sie holte eine Dose Tonicwater aus dem Kühlschrank und setzte sich neben ihn.

»Alex?«

Sie hatte Alex nie gemocht. Warum, konnte sie nicht sagen.

»Alex ist schon in Ordnung«, sagte er. »Wie war's denn so in *Down Under?*«

»Normal. Das Übliche. Arbeitsam.« Sie hatte keine Lust, über Australien zu reden. »Und wie klappt es mit Stonehenge?«

Er zuckte mit den Schultern und sagte: »Nächsten Monat spielen wir im *013*. Wir wissen nur noch nicht genau, welche Stücke«, fügte er mit einem zynischen Unterton hinzu und trank einen Schluck von seinem Bier.

»Was soll das denn heißen?«

Er betrachtete nachdenklich die alte, efeubewachsene Stadtmauer, die die Sonnenstrahlen bis in die frühen Abendstunden von der Dachterrasse fernhielt.

»Alex will aus Stonehenge so was Ähnliches wie Rammstein machen.«

Sie runzelte die Stirn. Reno als Abklatsch des publikumsnahen, charismatischen Till Lindemann? Zwar besaß Reno eine starke Ausstrahlung, eine sehr starke sogar, aber keineswegs dieses Übermenschliche, fast Teuflische des Rammstein-Sängers. Das konnte man eher von Alex behaupten. Außerdem machte Reno eine andere Art von Musik.

Das alles passte nicht zusammen.

»Und was willst du?«

Er schüttelte den Kopf. »Ich weiß nicht, wie das noch weitergehen soll«, sagte er. »Mir ist das alles viel zu durchgeplant. Alex meint, wir müssten unsere Songs stärker straffen. Sie sind ihm zu ausufernd.«

»Wenn er unbedingt eine andere Richtung einschlagen will, dann lass ihn doch seine eigene Band gründen.«

Wieder zuckte Reno mit den Schultern. »Vielleicht tut er das sogar.«

»Und was sagen Jos und Maikel dazu?«

»Die richten sich ganz nach Alex. Du weißt doch, wie er sein kann.«

Sie nickte. Versuchte, dem Gespräch eine positive Wendung zu verleihen. »Aber das ist doch ein sehr wichtiger Schritt für euch, im *013* aufzutreten, oder? Ist schließlich ein ziemlich großer Laden.«

»Aber ich weiß nicht, ob ich das wirklich will«, erwiderte er leise. »Nach meinem Gefühl ist da einfach zu viel Publikum. Aber Alex war nicht zu bremsen, du kennst ihn ja. Na ja, wir werden sehen.«

Mit unglücklicher Miene trank er noch einen Schluck von seinem Bier.

Sie wusste, was ihm solche Sorgen bereitete. Reno legte Wert darauf, dass seine Musik schwer verständlich war, er betrachtete sie als eine Art nonkonformistischer Kunst. Sobald zu viele Leute seine Musik zu verstehen glaubten, wurde sie von der Kunst zum Massenprodukt. Dann mussten Termine eingehalten werden, tauchte ein Manager auf, und ehe man sich versah, war Stonehenge eine Art Fabrik, und Reno wäre gezwungen, sein Produkt termingerecht zu liefern. Dann würde er parfümierte Briefe von vierzehnjährigen Mädchen erhalten – und hätte seinen Status als unverstandener Künstler verloren. Doch im Grunde, so glaubte Susan, hatte er Angst vor Veränderungen. Er lebte von einem Tag zum anderen. Wobei es in seinem Fall auch nicht ratsam war, allzu weit vorauszudenken.

»Ich würde es trotzdem machen, Reno. Egal, mit welchen Stücken. Die meisten Musiker würden sich um eine solche Chance reißen.«

Er verzog mürrisch das Gesicht und entgegnete: »Ich bin nicht wie die meisten Musiker.«

»Das weiß ich. Und das schätze ich auch an dir. Aber trotzdem. Ich finde die Idee gar nicht so schlecht.«

Er sagte nichts.

Eine Weile lang saßen sie beide in Gedanken versunken da. Das Jaulen eines Mopedmotors hallte von der hohen Stadtmauer wider und erstarb nach und nach.

Er war ihr zu still. Sie schaute ihn von der Seite an. Sah den glasigen Blick in seinen Augen. Solche Momente der Abwesenheit, der Apathie fast kamen bei ihm öfter vor. Sie schrieb sie den Drogen zu, seiner Genialität, die von Zeit zu Zeit ganz plötzlich einen Kurzschluss verursachte, oder vielleicht auch einer Kombination von beidem. Sie stand auf, um die leeren Dosen wegzuwerfen, und wandte sich in der Tür noch einmal zu ihm um. Es war nicht schwer, das Kind in ihm zu erkennen, das er einmal gewesen war. Der zehnjährige Junge, der seine Eltern durch einen schrecklichen Autounfall verloren hatte und von einem Tag auf den anderen auf sich selbst gestellt war, inmitten einer feindlichen Umgebung, die ihm eigentlich Sicherheit und Verständnis hätte bieten sollen. Er war mit der Alltagsrealität nicht fertig geworden, die sicherlich härter gewesen war als die härtesten Musikstücke, die sein Geist hervorbrachte. Dass Susan mit vierzehn ihre Mutter verloren hatte, schuf ein Band zwischen ihnen.

In einer plötzlichen Anwandlung ging sie zu ihm hin und schlang die Arme um seinen mageren Körper. Sie legte das Kinn auf seinen Kopf, wiegte seinen Oberkörper langsam hin und her.

»Komm schon, Reno. Wach auf.«

Allmählich kam er wieder zu sich. Er legte seine knochigen Hände auf ihre und drückte sie sanft. Es steckte keine Erotik in der Bewegung oder der Berührung. Es war nur ein Moment der Verbundenheit. Zwei Menschen, die einander etwas bedeuteten.

»Eines Tages schreibe ich ein Stück über dich«, sagte er heiser. »Eine Ballade.«

Sie drückte seine Schulter und ging in die Küche. Summte vor sich hin. Sie empfand Renos Gesellschaft als inspirierend. Er scherte sich nicht um Äußerlichkeiten, Status oder Geld. Und niemand konnte *Something in the way* von Nirvana so gut interpretieren wie er, verhalten, mit geschlossenen Augen, eins mit seiner Gitarre. In diesen verträumten Momenten schien es, als sei Kurt Cobain selbst aus dem Jenseits zurückgekehrt, um eine letzte Zugabe zu spielen. Susan kriegte jedes Mal eine Gänsehaut. Sie war froh, dass sie Reno damals kennen gelernt hatte und dass sie sich, wenn auch unregelmäßig, bis heute trafen.

»Übrigens hast du einen neuen Nachbarn«, verkündete er, als sie zurückkehrte.

»Ach ja?«

»Ja, er hat sich bei mir vorgestellt. Ich habe ihm gesagt, dass ich nicht der Richtige sei und er sich an dich wenden müsste. Netter Kerl. Wirst ihn schon noch kennen lernen.«

Später am Abend lud sie ihn in ein kleines Restaurant in ihrer Straße ein und stopfte ihn mit Steak und Paprika voll. Anschließend schaute er bei ihr noch ein bisschen fern und vernichtete dabei die restlichen Dosen Bavaria-Bier aus ihrem Kühlschrank. Gegen elf ging er, eine Wolke von Marihuanaqualm hinterlassend, der ihre Sinne unangenehm reizte, bis sie sich um zwölf Uhr wieder an den PC setzte.

Keine Nachricht von Sil.

Ihre Hände blieben wie eingefroren über der Tastatur hängen. Dann schüttelte sie den Kopf und fuhr den Computer herunter. Morgen vielleicht.

In der dunklen Stille ihres Schlafzimmers rang sie vergeblich darum, ihre Gedanken abzuschalten. In den letzten zwei Jahren hatte sie sich an diesen Zustand gewöhnt. An das weinerliche Selbstmitleid, das unweigerlich nachts angeschlichen kam. Wenn sie keine Ablenkung hatte. Der Schmerz, den sie so gut kannte und den ihr Körper begrüßte wie einen alten, vertrauten Freund.

Um vier Uhr lag sie immer noch hellwach im Bett.

»Das ist doch Wahnsinn«, sagte sie laut.

Sie setzte sich auf und stieg aus dem Bett. Schaltete das Licht im Wohnzimmer ein und dimmte es bis auf eine erträgliche Helligkeit. Ging in die Küche und setzte Teewasser auf. Während der Wasserkocher summte, schaltete sie im Arbeitszimmer den Computer ein. Sie kehrte in die Küche zurück und bereitete sich eine Tasse Tee zu. Zwei Stückchen Zucker und ein tüchtiger Schuss Milch. Sie setzte sich aufs Sofa und dachte an ihre erste Begegnung mit Sil vor zwei Jahren zurück. Eine Begegnung, die ihr ganzes Leben auf den Kopf gestellt und ihr eine krankhafte Beziehung zu ihrem PC eingetragen hatte.

Ein Reisemagazin hatte sie beauftragt, eine Fotoreportage über den Tourismus im ägyptischen Badeort Hurghada durchzuführen. Sie hatte eine einwöchige Standard-Pauschalreise gebucht, aber ziemlich bald festgestellt, dass drei Tage Aufenthalt mehr als genug gewesen wären. Was den Urlaubern als historisches Ziel angepriesen wurde, erwies sich als kilometerlange Kette hastig hochgezogener Hotelkomplexe und Ressorts entlang einer zweispurigen Asphaltstraße, eingebettet zwischen der endlosen Wüste und dem Roten Meer. Den zehntausenden deutschen, russischen und niederländischen Feriengästen, die nicht zum Tauchen oder Schnorcheln hierher gereist waren, blieb nichts anderes übrig, als sich mit der Situation abzufinden. Und abfinden bedeutete an der ägyptischen Küste zum Beispiel, an zahmen Exkursionen zu den Beduinen teilzunehmen, zu versuchen, tagsüber nicht von der Sonne gegrillt zu werden, und sich abends mit dem guten lokalen Stella-Bier volllaufen zu lassen, während man das Animationsprogramm verfolgte, das verdächtig nach einem bunten Abend für das Hotelpersonal aussah.

Was es wahrscheinlich auch war.

Susan hatte die mit Maschinengewehren bewaffneten Wachen auf den Mauern rund um den immensen Fünf-Sterne-Komplex patrouillieren sehen und die Botschaft begriffen. Sie tat, wozu sie gekommen war, und verbrachte die restliche Zeit lesend an dem fast ausgestorbenen Hotelstrand – die meisten Hotelgäste hielten sich lieber an einem der Pools auf. Die lagen ungefähr fünfhundert Meter näher an den Hotelgebäuden, was bei der sengenden Hitze und Temperaturen von um die vierzig Grad einen großen Unterschied ausmachte. Da ihrer Erfahrung nach die Männer in dieser Gegend bislang nur unzureichend an Frauen gewöhnt waren, die im Bikini oder oben ohne über ihre Strände ausschwärmten, trug sie einen lächerlich keuschen, dunkelblauen Badeanzug.

Zur Sicherheit. Um niemanden zu provozieren.

Aber das reichte offenbar nicht.

Drei Tage vor ihrer Abreise, gegen sechs Uhr abends, tauchte plötzlich wie aus dem Nichts ein Ägypter neben ihrer Strandliege auf. Er war jung, um die fünfundzwanzig, etwa einen Meter fünfundsiebzig groß und muskulös. Er hatte ein schmales Gesicht und ein vorzeitig ruiniertes Gebiss. Tief liegende, fast schwarze Augen, die sie auf eine Weise ansahen, wie sie es sich in den Niederlanden niemals hätte gefallen lassen. Aber sie war nicht in den Niederlanden. Sie blickte sich Hilfe suchend um, nach irgendjemandem, egal, wem, sah aber nichts als die leise plätschernden Meereswellen und hunderte, in schnurgeraden Reihen aufgestellte Liegestühle mit zugeklappten Sonnenschirmen daneben. Einige Holzstrandhütten mit Schilfdach machten einen ebenso verlassenen Eindruck.

Keine Hilfe weit und breit.

Und keine Zeugen.

Der Ägypter war ihrem Blick gefolgt und grinste, dass sie seine braun marmorierten Zähne sah.

Sie überlegte blitzschnell. Sie war eine Frau. Er war ein Mann. Mehr Muskelmasse. Jung, stark. Er brauchte nur einmal richtig zuzulangen, und es wäre um sie geschehen. Also musste sie zu faulen Tricks greifen. Sie versuchte sich vorzustellen, wie sie ihm beide Daumen tief in die Augenhöhlen bohrte, bevor er sich verteidigen konnte. Wusste, dass sie dann auf jeden Fall weitermachen müsste, was immer auch danach geschah. So aggressiv wie möglich, sich bis zum Äußersten verteidigen wie eine in die Enge getriebene Katze. Ihn treffen, wo sie nur konnte. Beißen, schubsen, treten. Und dabei schreien wie eine Wahnsinnige.

Doch eine ängstliche Stimme in ihrem Inneren flüsterte ihr zu, dass ein aggressiver Angriff ihre Niederlage nur hinauszögern würde. Dass sie den ungleichen Kampf verlieren und die Aggression sich gegen sie richten würde. Lieber flüchten vielleicht? Nein, der Mann stand zu nahe bei ihr.

Zu nahe?

Vielleicht könnte sie sich ducken und sich von der Liege hinunterrollen lassen. Und dann die Beine in die Hand nehmen. Sie war gut in Form. Und sie würde um ihr Leben rennen, wodurch sie vielleicht schneller war als er. Fünfhundert Meter, weiter war es nicht bis zu der schützenden Meute am Schwimmbecken. Sie musste sich entscheiden.

Ihr Gedankengang nahm vielleicht drei Sekunden in Anspruch. Gerade als sie aufspringen wollte, sah sie, wie der Mann den Blick auf einen Punkt hinter ihr richtete. Sich daraufhin umdrehte und davonging. Nach ein paar Metern wütend über die Schulter zurückblickte. Weiterlief. Die Gefahr war gebannt, genauso schnell und unerwartet, wie sie heraufgezogen war. Ihr Körper befand sich noch im Alarmzustand. Ihr Herz hämmerte gegen die Rippen, und ihr Atem ging schnell.

Das Ganze hatte höchstens ein paar Minuten gedauert. Mindestens genauso lange brauchte sie, um zu begreifen, dass da jemand hinter ihr war. Sie drehte sich um.

Ein Mann stand da. Ein Europäer. Kurze, dunkle Haare. Von der Tauchermaske und dem Schnorchel in seiner Hand tropfte das Meerwasser. Seine Schwimmflossen lagen hinter ihm im Sand. Er stand sehr aufrecht. Die Schultern gestrafft. Wie eine römische Statue. Er starrte dem Nordafrikaner in einer Weise hinterher, von der ihr angst und bange wurde. Anschließend blickte er sie an. Sein Ausdruck wurde weicher.

»Du solltest dich lieber nicht allein hier aufhalten«, sagte er mit einem kurzen Nicken in die Richtung, wo der Ägypter nur noch als Punkt in der Ferne erkennbar war. »Manche von denen können einfach nicht damit umgehen.«

Sie nickte nur.

Er hatte schöne Augen. Wie wandelbar sie waren, hatte sie eben gerade beobachtet. Blitzschnell hatte sein Gesichtsausdruck gewechselt, von eiskalt zu aufrichtig besorgt.

Faszinierend.

»Bist du allein unterwegs?«, fragte er.

Sie nickte.

»Vielleicht solltest du beim nächsten Mal lieber nach Teneriffa oder Benidorm fliegen.«

»Ich bin beruflich hier.«

»Arbeitest du bei der Tauchschule?«

»Nein, ich bin freie Fotografin.«

»Bist du dann nicht fünfhundert Kilometer zu weit südöstlich?«

»Nein, ich bin mit einer Dokumentation über den Tourismus hier an der Küste beauftragt.«

Er verzog zynisch das Gesicht. »Sehr aufregend.«

Sie blickte über seine Schulter hinweg den langen Strand entlang. »Wie man sieht.«

Der Mann war verschwunden, als sei er niemals da gewesen.

»Bleib in Zukunft um diese Zeit lieber in der Nähe des Hotels«, riet er ihr sanft. »Hier ist es zu einsam. Und das wissen diese Typen auch.«

Sie nickte und zog die Knie an. Schlang die Arme darum und rechnete irgendwie damit, dass er weggehen würde. Doch er setzte sich ans Fußende ihrer Liege, in den Schatten des Sonnenschirms, und blickte sie schweigend an. Es war still, bis auf das Rauschen der Wellen. Von ferne, aus der Richtung des

Swimming-Pools, trug der Wind hin und wieder Musik herüber. *I miss you like the deserts miss the rain.* Everything But The Girl spielten die hier mindestens zehnmal am Tag. Genau wie die verstaubten Nummern von Tom Jones und, großer Gott, sogar Boney M.

Kinderstimmen, Kreischen, Spaß. Weit weg.

Eine andere Welt.

»Wie heißt du?«, fragte sie, um das Schweigen zu brechen.

»Sil.«

»Ich heiße Susan.«

Sie wagte es nicht, die Hand auszustrecken. Sie befürchtete einen Kurzschluss, wenn sie ihn berührte.

»Wie lange bleibst du noch?«, fragte er.

»In vier Tagen kann ich endlich nach Hause«, sagte sie. »Und du?«

»Ich muss es noch anderthalb Wochen aushalten.«

»Was machst du denn hier?«

Sein Blick wanderte zum Meer. »Das frage ich mich auch manchmal.«

Die Art und Weise seiner Antwort ließ ihr keinen Spielraum für weitere Fragen. Also schwieg sie und betrachtete ihn verstohlen.

Gerade Nase. Ansprechende, mandelförmige Augen mit langen, schwarzen Wimpern. Blau. Oder grün. Grau? Gerade, rechteckige Kinnpartie. Scharf gezeichnete, dunkle Augenbrauen. Sie konnte nichts an ihm entdecken, das ihr nicht gefiel. Er strahlte eine große Kraft aus. Energie. Sie spürte einen unwiderstehlichen Drang in sich aufkommen, ihn zu fotografieren. In Schwarz-Weiß. Genau so, wie er jetzt hier saß.

Aber sie sprach ihren Wunsch nicht aus.

Abrupt wandte er ihr sein Gesicht zu. Schien geradewegs in sie hineinzuschauen.

Sie fühlte sich ertappt.

»Hast du Angst gehabt?«

Sie dachte nach.

Angst?

»Ja«, antwortete sie schließlich. »Aber hauptsächlich war ich wütend, glaube ich. Es macht mich rasend, dass sich so ein Schwachkopf nur aufgrund seiner körperlichen Überlegenheit etwas nehmen könnte, was mir gehört. Und sich dann Jahre später noch daran erinnern würde, wie er mir mitgespielt hat. Und damit bei seinen gehirnamputierten Freunden angäbe, die genauso ein tristes, armseliges Leben führen wie er. Das gönne ich einem solchen Idioten einfach nicht.«

Sie geriet wieder in Rage.

Unbewegt schaute er sie an.

»Jedenfalls war ich eher wütend als ängstlich«, fügte sie hinzu.

»Verletzlichkeit«, sagte er. »Verletzlichkeit macht dich wütend.«

Er wandte den Blick wieder dem Meer zu. Blieb ruhig sitzen und unternahm nicht den geringsten Versuch, das Gespräch in Gang zu halten. Susan schaute ebenfalls über das Wasser und spürte, wie sie allmählich ruhiger wurde.

Das Schweigen zwischen ihnen fühlte sich nicht unangenehm an. Vielleicht weil sie den Eindruck hatte, dass es nicht zwischen ihnen hing, sondern sie umgab wie eine Glasglocke. Am liebsten wäre sie für den Rest ihres Aufenthalts hier sitzen geblieben. Schweigend, am Strand. Das fühlte sich gut an. Mehr als gut.

»Merkwürdig, was?«, sagte er plötzlich und schaute ihr direkt in die Augen.

Sie nickte kaum merklich. Es war wirklich sehr merkwürdig.

Eine leichte Brise kam auf. Sie strich sich eine Locke hinter das Ohr.

»Okay, Susan«, sagte er und stand von der Liege auf. »War nett, sich mit dir zu unterhalten. Ich gehe dann mal wieder. Mal sehen, ob meine Frau inzwischen aufgewacht ist. Bei dem Fraß hier ist es das reinste Wunder, dass man ihr nicht den Magen auspumpen musste.«

Er entfernte sich ein paar Schritte, hob im Gehen seine Schwimmflossen vom Sand auf und verschwand in Richtung des Hotelkomplexes, wo den Gästen zum dreißigsten Mal an diesem Tag *Rivers of Babylon* vorgedudelt wurde.

»Vielen Dank nochmal!«, rief sie ihm nach.

Er hob, ohne sich umzudrehen, die Hand zum Zeichen, dass er sie verstanden hatte. Sie stand auf, packte ihre Sachen in eine Plastiktasche und spazierte langsam zurück zum Hotel.

In den nächsten Tagen versuchte sie ihm auszuweichen, hauptsächlich weil sie sich unsicher fühlte. Dennoch begegnete sie ihm andauernd. An der Rezeption. Bei den Aufzügen. Am Frühstücksbuffet. Und an dem großen, ellipsenförmigen Swimming-Pool, an dessen Rand seine Frau saß, in gezierter Pose wie ein Filmstar, mit den Zehen im Wasser plätschernd, stets in höchst aparten Bikinis und Pareos – jeden Tag eine andere Kreation –, während er mit dem Fanatismus eines Wettkampfschwimmers seine Bahnen zog. Er hätte gut ein Wettkampfschwimmer sein können. Die Figur dazu hatte er.

Jedes Mal begegneten sich ihre Blicke.

An dem Abend bevor die Maschine der Martinair sie wieder nach Schiphol zurückbrachte, stand er in der Schlange am Büffet hinter ihr. Er hielt zwei Teller in einer Hand und pikte prüfend mit einer Gabel in die aufgetragenen Speisen. Als er sie fragte, ob sie sich zu ihnen an den Tisch setzen wolle, stimmte sie zu.

Es war keine gute Idee.

Seine Frau Alice fühlte sich offensichtlich unbehaglich, auch wenn sie ihre Nervosität krampfhaft hinter einem viel zu lauten, künstlichen Lachen zu verbergen versuchte. Susan erkannte die Zeichen der Ohnmacht, die Alice verspüren musste. Sah, wie sich die Unsicherheit schattengleich über das hübsche, offene Gesicht der Blondine legte.

Und tatsächlich hatte Alice allen Grund dazu, sich unsicher zu fühlen. Nicht zuletzt weil ihr Mann seine volle Aufmerksamkeit einer fremden Frau widmete, die wünschte, dass Alice zur Toilette gehen und mindestens vier Stunden dort bleiben würde. Nach einer halben Stunde entschuldigte sich Susan und ging auf ihr Zimmer. Sie fühlte sich der Konfrontation mit den beiden einfach nicht mehr gewachsen.

Um sechs Uhr am nächsten Morgen wartete er schon in der Lobby auf sie. Eine halbe Stunde bevor der Bus die Touristen zum Flughafen brachte, kritzelte sie auf sein Drängen ihre E-Mail-Adresse auf die Rückseite einer Visitenkarte des Hotels. Er half ihr mit ihrem Gepäck. Schaute dem Bus vom überdachten Eingang des Hotels aus nach, bis er durch die von Männern mit Maschinengewehren bewachte Einfahrt des Komplexes hindurch verschwand.

Zu Hause angekommen hatte sie getan, was sie tun musste. Hatte die Filme entwickeln lassen. War in die Redaktion gegangen und hatte die Dias abgegeben. Eingekauft, Wäsche gewaschen. Ihren Vater angerufen. Das Übliche, was sie immer tat, seitdem sie von Jules geschieden war. Und größtenteils fiel es ihr gar nicht so schwer. Aber irgendwie fühlte es sich anders an.

Leerer.

Sinnloser.

Unvollständig.

Als die erste E-Mail eintraf, knapp eine Woche nach ihrer Rückkehr aus Hurghada, las sie sie an die zwanzig Mal. Sie antwortete zwei Tage später und wog dabei jedes Wort sorgfältig ab. Damals konnte sie noch nicht ahnen, dass dies den Beginn eines intensiven E-Mail-Kontakts darstellte, der nun bereits seit zwei Jahren anhielt und der immer intensiver wurde. Sie wog ihre Worte schon lange nicht mehr ab, bevor sie sie ihm anvertraute, und sie glaubte, dass sie ihn besser kannte als irgendjemand sonst.

Und umgekehrt.

Sie lebte quasi nur noch von seinen E-Mails.

Mit dem Becher in den Händen ging sie in ihr Arbeitszimmer. Startete den Computer und klickte das Explorer-Icon an. Gab die Adresszeile ein und wartete. Tippte ihr Passwort und ihren Benutzernamen und schaute gespannt auf den Bildschirm.

Sie hatte eine Mail. Von Sil.

Er hatte sie schon heute Nachmittag abgeschickt, also war sie wahrscheinlich irgendwo im Cyberspace hängen geblieben. Sie fing an zu lesen.

An: susanstaal@hotmail.com
Von: sagittarius68@freE-Mail.nl
Verschickt: Dienstag, 14. Oktober 2003, 12:52
Betreff: RE: Hi

Susan,
[susan] was du über die Beschränkungen mancher Menschen geschrieben hast, verstehe ich nicht so ganz.

[sil] Ich wollte damit sagen, dass jeder Mensch mit seinen eigenen Stärken und Schwächen geboren wird. Je-

der unterliegt gewissen Beschränkungen, auch du und ich, und die Grenze des persönlichen Begriffs- oder Leistungsvermögens liegt nicht bei jedem auf demselben Niveau. »Was nicht drinsteckt, kann man auch nicht rausholen«, so in dem Sinne. Manchmal stört mich die Beschränktheit meiner Mitmenschen, aber mir ist klar, dass ich sie nicht ändern kann – weil sie innerhalb ihres Rahmens funktionieren, und ich mich nun mal innerhalb eines anderen Rahmens bewege. Das habe ich inzwischen eingesehen. Aber das bedeutet nicht, dass ich innerhalb der Grenzen der anderen leben kann oder will. Ich bleibe ich.

[susan] Ich muss das unbedingt mal loswerden; vielleicht begebe ich mich auf dünnes Eis, wenn ich dir gestehe, dass mir unser Kontakt sehr am Herzen liegt. Aber du sollst wissen, dass mich gleichzeitig Gewissensbisse plagen. Du weißt schon, warum. Glaube ich.

[sil] Wenn sich deine Gewissensbisse auf Alice beziehen (stimmt doch, oder?), kann ich dich beruhigen. Mit ihr führe ich diese Art von »Gesprächen« nicht. Als ich sie kennen lernte, dachte ich über viele Dinge noch anders. Doch im Laufe der Zeit habe ich mich verändert. Sie sich nicht, aber das kann man ihr nicht zum Vorwurf machen. Die Liebe ist geblieben und wird, wie ich es im Moment sehe, auch nicht vergehen.

Ich freue mich auch auf deine E-Mails. Hoffe, dass es dir gut geht (und dass dir keine Typen mit antiquiertem Frauenbild über den Weg laufen, schließlich bin ich ja nicht da, um dich zu beschützen!). Frage mich manch-

mal, wo die Grenze liegt. Bagatellisiere das Ganze dann, indem ich mir einrede, dass doch nichts dabei ist, miteinander zu reden, oder? ;-)
Mach dir keine Sorgen. Sil

PS: Willkommen zu Hause.

»Nein, Sil«, sagte sie laut. »Es ist nichts dabei, miteinander zu reden.« Sie drückte die rechte Maustaste und der Drucker erwachte summend zum Leben. Das DIN-A4-Blatt glitt aus dem Hewlett-Packard heraus. Sie lochte es und heftete die ausgedruckte Mail in dem Ordner ab. Stellte den Ordner wieder zurück und starrte ausdruckslos auf den Bildschirm.

»Wo liegt die Grenze?«, fragte sie sich laut. Die Antwort fügte sie im Stillen hinzu: Die Grenze liegt in der Distanz, die wir wahren müssen. Kein Kontakt in der wirklichen Welt.

Er liebte Alice, und das würde immer so bleiben. Das hatte sie schwarz auf weiß. Alice war seine Frau, mit der er bis ans Ende seiner Tage zusammenbleiben würde, und sie war nur die Freundin-auf-Abstand, mit der er seine Gedanken teilte. Seine verbale Sparringspartnerin. Oder bedeutete sie ihm vielleicht sogar noch weniger? Schließlich war es einfacher, seine innersten Gedanken einer Tastatur anzuvertrauen als einem Menschen aus Fleisch und Blut. Waren die Mails an sie nichts weiter als eine Möglichkeit, Worte loszuwerden, wie eine Form des Tagebuchs, zufällig gerichtet an eine Hotmail-Adresse, einen Resonanzkörper ohne Gesicht?

Sie schüttelte den Kopf. Es war spät, sie wurde gefühlsduselig und war nicht klar im Kopf. Morgen würde alles schon wieder ganz anders aussehen. Kurz darauf schlüpfte sie wieder ins Bett und fiel schließlich in einen unruhigen Schlaf.

2

Das Gewerbegebiet machte einen trostlosen Eindruck. Der anhaltende Regen hatte graue Pfützen auf dem Asphalt hinterlassen, die das orangefarbene Licht der Straßenlaternen in bizarren Formen widerspiegelten. Die meisten Betriebe, die auf der Welle des Wirtschaftswachstums mitgeschwommen waren, hatten sich inzwischen an anderen, prestigeträchtigeren Orten niedergelassen. Zurückgeblieben war dieses Durcheinander von mangelhaft in Stand gehaltenen Lagerhallen und kleinen Bürogebäuden, verfallen und verrostet, weggedrängt in eine vergessene Ecke der Stadt. Inzwischen hatten sich Firmen darin angesiedelt, die sich keinen Deut um den äußeren Eindruck scherten oder die die schäbige Umgebung nicht einmal wahrnahmen: Abbruchunternehmer, Schrottplatzbetreiber und Alteisenhändler. Hier und da standen Gebäude leer und waren zu vermieten. Manche schon seit über einem Jahr. Die einst so farbenfrohen Reklameschilder waren ausgeblichen, Plakate von Wind und Regen zerrissen. Schon an einem normalen Werktag vermittelte das Gelände den Eindruck dumpfer Ergebenheit, doch an diesem regnerischen Montagabend war es absolut ausgestorben, als habe an diesem Ort die Apokalypse bereits stattgefunden. Das laute Röhren eines Geländemotorrads übertönte kaum das Rauschen des Regens, der inzwischen wie aus Eimern vom Himmel fiel. Der Fahrer, gekleidet in einen schwarzen Gore-Tex-Anzug und Trekkingschuhe, bog auf den mit Betonplatten befestigten

Hof einer leer stehenden Firma ein. Er stellte seine Maschine hinter einer Reihe von Müllcontainern ab. Ließ den Schlüssel im Zündschloss stecken. Legte den Helm ab und kontrollierte den Sitz seiner Sturmhaube. Die dicken Motorrad-Lederhandschuhe zog er aus und streifte stattdessen ein paar schwarze Latexhandschuhe über. Er öffnete den Reißverschluss seiner Jacke und zog eine Waffe hervor, eine Heckler & Koch .45.

Er blickte sich um. Vergewisserte sich, dass niemand ihn beobachtete, und fiel in einen Laufschritt. Ein paar Straßen weiter suchte er Deckung hinter einem vergammelten Bauaufsichtswagen und richtete den Blick nach vorn.

Auf der anderen Seite des Bauwagens, etwa sechs Meter von ihm entfernt und schräg gegenüber der Einfahrt zum Betriebsgelände, erkannte er die Silhouette eines Mannes, der halb verdeckt hinter einem Baum stand. Ein junger Russe, so wusste er, der die Aufgabe hatte, die Zufahrtsstraße zu bewachen. Er stand mit dem Rücken zu ihm und wirkte nicht besonders aufmerksam. Etwa alle dreißig Sekunden leuchtete ein orangeroter Punkt auf. Der Wachtposten rauchte. Er ging wahrscheinlich davon aus, dass die Gefahr sich auf vier Rädern nähern würde, und im Rücken fühlte er sich von dem drei Meter hohen Maschendrahtzaun geschützt, der das Betriebsgelände von den Weideflächen auf der anderen Seite trennte.

In diesen Zaun hatte er vor einer Woche ein Loch geschnitten, das er anschließend mit dünnem Draht wieder zusammengezogen hatte, sodass die Beschädigung kaum auffiel. Es war vorhin eine Kleinigkeit gewesen, den Draht wieder zu lösen und mitsamt Motorrad durch die Öffnung im Zaun zu schlüpfen. Auf dem Rückweg würde er Gott sei Dank nicht mehr durch die nassen, matschigen Wiesen pflügen müssen, sondern die Hauptstraße benutzen können.

Wenn alles gut ging jedenfalls.

Wie immer löste die Vorstellung, dass die Sache schiefgehen könnte, eine körperliche Reaktion in ihm aus, die ihn in einen angenehmen Rauschzustand versetzte. Unwillkürlich verfestigte sich sein Griff um die regennasse Pistole. Er atmete tief ein.

Es wurde Zeit, aktiv zu werden.

Er war bereit.

Innerhalb von drei Sekunden stand er hinter dem Wachtposten. Der fuhr herum, und schon traf ihn der schwere Schlitten der Pistole mit einem dumpfen Schlag am Kopf. Als er nicht sofort umfiel, folgte ein weiterer, härterer Schlag. Daraufhin sank der Wachtposten in sich zusammen und blieb reglos liegen.

Er schaute hinunter in sein Gesicht. Verdammt, noch ein halbes Kind, sah aus wie kaum achtzehn. Im Schein der Straßenlaternen wirkte er wie das Opfer eines Verkehrsunfalls. Eines *roadkill.* Dunkles Blut vermischte sich mit dem Regen. Rasch zog er die Handschuhe aus und befühlte die Halsschlagader. Erleichtert stellte er fest, dass der Junge noch lebte.

Abrupt, als erwache er aus einem Traum, wurde ihm klar, dass ihn das eigentlich nicht interessieren sollte. Diese Jungs wussten, welches Risiko sie eingingen. Niemand war unschuldig. Auch der da nicht. Er vergeudete nur kostbare Zeit.

Hastig streifte er die Handschuhe wieder über. Schleifte den leblosen Wachtposten in den schwarzen Schatten der Sträucher und drehte ihn auf den Bauch. Zog ihm die Arme auf den Rücken und fesselte ihm die Handgelenke mit einem Kabelbinder. Verfuhr mit den Fußknöcheln auf dieselbe Weise. Zögerte einen Moment. Ein kräftiger Schlag auf den Kopf konnte einen Mann für eine volle Stunde ausschalten, aber unter Umständen auch nur für fünf Minuten. Es konnte noch eine Weile dauern, bis er hier fertig war, und er würde auf diesem Weg zurückfahren. Um ganz sicherzugehen, verwendete er einen dritten Kabelbinder dazu, Handgelenke und Fußknöchel miteinander zu verbinden.

Für den Kerl würde es ein ungemütliches Erwachen geben. Ohne Hilfe konnte er sich nicht wieder befreien.

Das Bündel vor seinen Füßen stieß ein unterdrücktes Stöhnen aus. Er ignorierte es und begann, die Kleidung des Jungen zu durchsuchen. In einem Hüftholster fand er einen kleinen, silberfarbenen Revolver. Er runzelte die Stirn. Hielt sich der Kerl für *Billy the Kid*? Er klappte die Trommel heraus. Drei Patronen. Er klopfte sie aus der Walze und warf die Waffe ein paar Meter weit ins Gebüsch. In einer der Innentaschen entdeckte er ein Handy, das dem Revolver hinterherflog. Er fasste in die andere Innentasche. Ein Portemonnaie. Ein schwarzes Markenexemplar aus Nylon mit Klettverschluss. Er inspizierte flüchtig den Inhalt. Nichts Besonderes. Er ließ es achtlos liegen.

Ohne sich noch einmal umzuschauen, entfernte er sich in westlicher Richtung. Ungefähr vierhundert Meter vor ihm ragte eine klotzige, aus Spundwandprofilen errichtete Lagerhalle auf. Das Gebäude, das er in den vergangenen Wochen observiert hatte und von dem er sämtliche Risse, Spalten und Fugen kannte.

So verlassen das Gebäude bei Tage war, so betriebsam ging es dort in manchen Nächten zu.

Er wusste auch, dass nachts Wachtposten aufgestellt wurden: einer am Eingang des Firmengeländes und einer vor dem Gebäude, neben der Eingangstür. Sie hatten keinen besonders professionellen Eindruck auf ihn gemacht, telefonierten häufig mit ihren Handys und sahen sich zu wenig um. Die Wachtposten wurden nicht in jeder Nacht aufgestellt, aber wenn sie da waren, tauchte jedes Mal kurz darauf entweder eine schwarze Mercedes-Stretchlimousine oder ein weißer Lieferwagen auf, verschwand hinter einem der Rolltore und fuhr etwa zwei Stunden später wieder in die Nacht hinaus. Von seinem Versteck aus hatte er das alles genauestens beobachtet und registriert.

Gründliche Vorbereitung war das A und O.

Er befand sich jetzt direkt vor dem Gebäude. Hielt den Blick starr auf die große, rechteckige Halle gerichtet. Auf der Vorderseite dienten zwei hohe Rolltore zum Be- und Entladen und seitlich gab es eine Zugangstür für das Personal. Eine schmale Holztreppe führte zu ihr hinauf. Das Gebäude hatte keine Fenster. Lediglich ein nachlässig abgestellter, violetter Mercedes 500 SL verriet, dass die Halle nicht so verlassen war, wie es zunächst den Anschein hatte.

Ein rascher Blick auf die Uhr. Eine Minute vor Mitternacht. Der weiße Lieferwagen war vor ungefähr zwanzig Minuten losgefahren. Wenn sie nicht von ihren Gewohnheiten abgewichen waren, konnten sich jetzt nur noch zwei, höchstens drei Männer im Gebäude befinden. Dazu der eine am Eingang.

In einem großen Bogen rannte er um die Lagerhalle herum. Kletterte über den Maschendrahtzaun. Suchte ohne innezuhalten Deckung im Schatten der rückwärtigen Fassade. Dort blieb er stehen, eine Schulter an das nasse Profilmetall gedrückt. Suchte in der Seitentasche nach dem Schalldämpfer und schraubte ihn ohne hinzusehen auf den Lauf.

Er wollte möglichst nicht schießen, bevor er im Inneren der Halle war. Zwar reduzierte ein Schalldämpfer in Kombination mit der richtigen Munition die Lautstärke eines Schusses um die Hälfte. Aber selbst dann noch war der Knall wahnsinnig laut. Dass es immer noch regnete, kam ihm allerdings sehr entgegen.

Er schlich weiter bis zur Ecke des Gebäudes. Hielt Ausschau.

In fünfunddreißig, vierzig Metern Entfernung saß ein Mann auf der Treppe vor dem Personaleingang. Der Wachtposten wirkte ebenso unaufmerksam wie sein Kollege. Über seiner dunklen Silhouette kringelte sich Zigarettenrauch in die Luft. Er konzentrierte sich bis zum Äußersten in dem Versuch, Einzelheiten zu erkennen. Der Wachmann trug eine Kapuze und hielt den Blick zur Straße gerichtet.

Er machte sich ein genaues Bild der Lage. Links die Seitenwand des Gebäudes. Rechts eine Hecke und hohe Sträucher. Dazwischen abgesacktes Pflaster, rote Klinker, die im Dämmerlicht vor Regen glänzten. Keinerlei Hindernis zwischen ihm und dem Posten, vierzig Meter ohne Deckung. Ein gefährlicher Weg.

Leider konnte er nicht deutlich erkennen, ob der Mann mit gezogener Waffe dasaß. Doch eines war sicher: Wenn der Wachtposten auch nur das Geringste hörte oder sich zufällig umblickte, wäre der Teufel los.

Er musste ein erhebliches Risiko eingehen. Holte tief Luft. Volle Konzentration. Er ging auf den Mann zu, die HK mit gestreckten Armen im Anschlag, die Mündung auf den Bewacher gerichtet.

Noch fünfzehn Meter, zwölf, zehn, acht.

Eine Kopfbewegung und er würde schießen. Der Wachtposten schaute sich nicht um, hörte nichts. Er dankte im Stillen Petrus. Er war nur noch fünf Meter entfernt und noch immer hatte sich die Wache nicht gerührt.

Vier, drei, zwei.

In einem geschmeidigen Sprung hechtete er auf den Mann zu, nahm ihn in den Schwitzkasten und presste ihm den Lauf der HK gegen den Hinterkopf.

»Wenn du den Helden spielst, schieße ich dir den Kopf weg.«

Der Mann saß da wie erstarrt. Was nicht bedeuten musste,

dass er gefügig war, ja nicht einmal, dass er Angst hatte. Vielleicht wartete er nur eine passende Gelegenheit zur Gegenwehr ab. Er wollte ihm so wenige Chancen wie möglich geben. Erst seine Waffe. Dann der Rest. »Hör gut zu«, sagte er. »Nimm mit der linken Hand den Lauf deiner Waffe, mit Daumen und Zeigefinger. Leg sie langsam auf den Boden.«

Ein Arm kam in sein Blickfeld. Eine Hand. Eine Waffe. Der Wachtposten hatte tatsächlich mit gezogener Pistole gewartet. Er warf die Waffe nachlässig weg, als wolle er sagen: Hier hast du sie, Scheißkerl. Viel Spaß damit.

»Steh auf!«

Der Mann gehorchte. Im Stehen war er größer als erwartet. Er hielt weiterhin seinen Hals umklammert, den Lauf der Waffe an seine Kopfhaut gedrückt. Fester als nötig. Einschüchterungstaktik.

Ohne Vorwarnung zog er seinen Arm zurück und trat den Wachtposten mit voller Kraft in den Rücken. Der Mann stieß einen unterdrückten Schrei aus, stolperte nach vorn und schwankte. Hielt sich aber auf den Beinen.

Rasch bückte er sich und hob die Waffe auf. Steckte sie ein. Nahm seine HK in beide Hände.

»Hände in den Nacken. Los! Da rüber!«, zischte er.

Der Mann zögerte. Behielt die Arme seitlich am Körper, ein wenig abgespreizt. Jahrelanges intensives Bodybuilding und weiß Gott was für Hormone, die dem Muskelaufbau noch nachgeholfen hatten.

Der Mann starrte ihn wütend an. Der würde nicht mitspielen.

»Los, wird's bald!«

Er musste den Kerl ein paar Meter von sich fernhalten. Nicht zu nahe kommen lassen. Das war einer von der ganz harten Sorte. Schon sein Hals hatte sich wie aus Beton gegossen angefühlt. Der Wachtposten verschränkte aufreizend langsam die Hände hinter dem Kopf und starrte ihn unverwandt an. Rührte sich nicht. War auf hundertachtzig. Funkelte drohend mit den Augen und wünschte ihm in unterdrückten russischen Flüchen wahrscheinlich Pest und Cholera an den Hals. Er erwiderte sein drohendes Starren. Zuckte nicht mit der Wimper. Die HK fest in der Hand. Kein Zittern, nichts.

»*Posjol ty nachuj!*«, brummte der Kerl. Er war immer noch wütend, gab aber endlich klein bei. Setzte sich murrend in Bewegung. Mit der Pistole im Anschlag folgte er ihm. Drängte ihn bis in die hinterste Ecke des Geländes.

Der Schuss klang gar nicht mal so laut. Der Regen dämpfte das Geräusch um weitere zwanzig Prozent. Der Wachtposten sank in sich zusammen. Ob ein Schuss reichte? Aber nochmals zu schießen hätte ein zu großes Risiko bedeutet.

Er begutachtete das Resultat. Ein kleines Loch in der Lederjacke, zwischen den Schulterblättern. Er trat den Mann in die Seite. Keine Reaktion. Eine dunkle Flüssigkeit strömte aus einer Wunde in seiner Brust. Der Unterkiefer hing ihm herunter, und seine Augen starrten glasig ins Leere.

Tot.

Eine hastige Durchsuchung förderte ein Walkie-Talkie und ein Handy zu Tage. Er checkte das Walkie-Talkie. Zu seiner Erleichterung war es ausgeschaltet. Er warf einen Blick hinüber zur Ecke des Gebäude. Fühlte sich gehetzt.

Hatten die da drin etwas gehört?

Er zog die Waffe des Toten aus seiner Jackentasche und begutachtete sie. Eine Pistole, jugoslawisches Modell. Er löste mit einem Klicken das Magazin und steckte es ein. Warf die Waffe in hohem Bogen über den Zaun. Schaute wieder zum Gebäude hinüber. Niemand. Ein paar Meter von ihm entfernt, halb verborgen von überhängenden Sträuchern, stand ein

Müllcontainer. Er griff den schlaffen, bleischweren Körper unter den Achseln und schleifte ihn dahinter. Warf erneut einen Blick über die Schulter. Immer noch niemand zu sehen. Also hatten sie nichts gehört. Davon konnte er inzwischen ausgehen.

Er sprintete zur Treppe vor dem Personaleingang, die Waffe in der rechten Hand. Sprang die Stufen hinauf. Blieb vor der Tür stehen und lauschte, hörte aber nichts als das nervtötende Rauschen des Regens. Er schluckte, atmete tief ein und drückte versuchsweise gegen die Tür. Wie erwartet, war sie nicht verschlossen. War ja auch unnötig, solange dieser Kraftprotz mit schussbereiter Pistole Wache schob. Er schlüpfte hinein und duckte sich sofort. Machte sich so klein wie möglich. Ein kleines Ziel war schwerer zu treffen.

Aber es geschah nichts.

Das grelle Licht in der Fabrikhalle blendete ihn für einen Moment. Die Halle war riesig. Sicher an die acht Meter hoch, vierzig Meter breit und anderthalbmal so lang. Die gleißende Helligkeit stammte von Neonleuchten an der Decke. Es roch nach Benzin, nach Öl. Nach Metall. Autos standen herum. Einige ohne Nummernschild. Ersatzteile. In der Mitte der Arbeitsfläche befanden sich zwei Hebebühnen, darunter eine tiefe, gelb gekachelte Grube. Links von ihm lag ein Stapel Autoreifen. Rechts in einer Ecke waren Felgen aufeinandergetürmt. Die Benzindämpfe reizten seine Augen.

Er kroch bis zu einem ausgeschlachteten BMW und schaute hinüber zum Büro. Es befand sich in der hinteren rechten Ecke, in einer Höhe von ungefähr fünf Metern, sodass der Platz darunter für die Lagerung von Material genutzt werden konnte. Dort lagen weitere Felgen. Man erreichte den Verwaltungsraum über eine schmale Metalltreppe, die in einer Balustrade aus rohem Bauholz mündete. Die Zugangstür zum

Büro befand sich in der Mitte zwischen zwei Fenstern, die mit Jalousien abgedunkelt waren.

Er lauschte gespannt. Das Einzige, was er hörte, waren der Regen und dröhnende Housemusik aus den Lautsprechern des Ghettoblasters, den er irgendwo links von seinem Standort lokalisierte. Er wartete. Sah, wie der Boden unter ihm nass tropfte. Erst als er sicher war, dass sich niemand außerhalb des Büros aufhielt, ging er hinter dem BMW in die Knie und streifte seine Motorradhaube ab. Wrang sie aus. Zog sie wieder über den Kopf. Sie fühlte sich kalt an.

Er stand auf. Rannte rasch, jede Deckung nutzend, hinüber zu der langen Treppe. Mit der HK im Anschlag lief er, so schnell er konnte, die schmalen Stufen hinauf. Das Metall knarzte ein wenig. Doch auch in diesem Fall erwies sich der Regen als äußerst nützlich. Die Tropfen, die gegen die riesigen Metallwände und auf das Dach prasselten, verursachten ein Geräusch, als fielen Millionen Nägel vom Himmel.

Auf der schmalen Balustrade blieb er stehen, mit dem Rücken dicht an der Holzverkleidung. Er richtete die Waffe auf die Tür. Jetzt hörte er Stimmen, die leise sprachen, wie er annahm, auf Russisch. Er verstand kein Wort. Lauschte konzentriert. Vermutete, dass sie zu zweit waren. Entweder hatten sie ihn nicht gehört, oder sie waren Profis mit Nerven aus Stahl und versuchten, ihn plaudernd in Sicherheit zu wiegen, während sie ihn hinter der Tür mit gezogenen Waffen erwarteten. Das Herz klopfte ihm bis zum Hals, und das Adrenalin pulsierte durch seine Adern.

Das war der entscheidende Moment.

Monatelang hatte er sich darauf vorbereitet.

Das war seine Chance.

Los!

Mit voller Wucht trat er die Tür ein, feuerte einen Schuss

auf den Boden ab und zog sich blitzschnell wieder zurück. Rollte sich auf dem Boden zusammen. Wenn jetzt geschossen wurde, dann auf Brusthöhe. Immer zu hoch. Aber nichts geschah.

Nur den Bruchteil einer Sekunde später stand er drin, die HK mit gestrecktem Arm vor sich haltend. Mit einem Blick erfasste er die Situation in dem engen, verrauchten und irgendwie süßlich riechenden Raum. Zwei alte Metallschreibtische, ein mit Stickern beklebter Holzschrank in der Ecke, unbehandelter Holzboden. Auf der linken Seite ein kleiner Tisch, an dem zwei Männer saßen, ein älterer mit ergrauendem Haar und ein jüngerer, schmalerer. Auf dem Tisch lagen Banknotenbündel ausgebreitet. Die Beute des heutigen Tages.

Die Männer starrten mit großen Augen in den Pistolenlauf. Eher erstaunt und verärgert als ängstlich. Sie waren an Gewalt gewöhnt. Daran gewöhnt man sich schnell, das wusste er aus Erfahrung.

Beängstigend schnell.

Mit einer fast unmenschlichen Selbstbeherrschung sagte er: »Auf den Boden, die Hände hinter den Kopf.« Die Männer blickten ihn weiterhin an. Sie rührten sich nicht. Der ältere starrte wie angewurzelt in den Lauf der HK und schien weniger selbstsicher zu sein, als er vorgab. Die Augen des jüngeren wanderten zum Tisch. Er folgte dessen flüchtigem Blick und sah eine Waffe neben den Geldscheinen liegen.

Das konnte ins Auge gehen.

»Hinlegen, verdammt, und zwar plötzlich!«

Zur Bekräftigung feuerte er nochmals einen Schuss ab, knapp am Kopf des jüngeren vorbei. Die Kugel schlug ein Loch in den Schrank hinter den Männern, und der Raum füllte sich mit umherflatterndem Papier, Staub und Holzsplittern. Jetzt ließen sie sich zu Boden fallen.

Blitzschnell griff er nach der Waffe auf dem Tisch, einer kleinen, silberfarbenen Pistole mit lächerlich kurzem Lauf, insgesamt höchstens fünfzehn Zentimeter lang. Er prüfte, ob sie gesichert war, und steckte sie ein.

Die Männer regten sich nicht. Er streifte seinen Rucksack ab und stellte ihn auf den Tisch. Ließ die beiden Männer nicht aus den Augen. Packte mit der freien Hand alle Banknoten ein, die sich in Reichweite befanden. Noch immer hatten sich die beiden Russen nicht gemuckst. Sie lagen flach auf dem Boden, die Gesichter von ihm abgewandt. Wahrscheinlich rechneten sie damit, jeden Moment eine Kugel abzukriegen. Er zog den Rucksack zu. Steckte die Arme einen nach dem anderen durch die Tragriemen.

Er war noch lange nicht fertig. Jetzt kam der schwierigste Teil. Reinzukommen war eine Sache, mit heiler Haut wieder rauszukommen eine ganz andere. Einfach umdrehen und weglaufen konnte er vergessen. Es gab hier garantiert noch weitere Waffen. Er hätte sie alle einfordern können, aber dabei hätten die beiden mit Sicherheit einen Riesenzirkus veranstaltet. Und je mehr Zeit verstrich, desto größer war die Gefahr, dass er die Situation falsch einschätzte und Fehler beging.

Dann eben die harte Tour, beschloss er spontan. Die beiden waren Scheißkerle. Sie konnten ihm egal sein. Er richtete die HK nach unten und schoss dem jüngeren Mann ins Bein. In dem geschlossenen Raum löste der Schuss eine größere Wirkung aus, als er gedacht hatte. Süßlicher Geruch nach Eisen, Blutgeruch. Pulverdampf. Ihm sausten die Ohren. Das einsetzende Geschrei ging ihm durch Mark und Bein. Gerade wollte er dem zweiten Mann dieselbe Behandlung verpassen und zielte bereits, als er aus den Augenwinkeln heraus sah, dass der junge Mann eine Waffe in der Hand hielt. Für eine halbe Sekunde zeigte die Mündung auf ihn. In einem Reflex riss er die HK herum und drückte den Abzug. Durch die Wucht des Einschlags bäumte sich der Oberkörper des Mannes auf. Wo der Hinterkopf des Russen gewesen war, sah man nur noch eine klebrige Masse aus Haar und Fleisch. Der ältere Mann machte Anstalten sich umzudrehen. Rasch zielte er und schoss erneut, diesmal tiefer. Das .45er Geschoss bohrte sich in den Oberschenkel des Mannes. Er schrie und fluchte. Das würde ihn jedenfalls für eine Weile schachmatt setzen.

Überall war Blut. Er wollte nur noch weg.

Wie vom Teufel gehetzt rannte er aus dem Büro hinaus, die Treppe hinunter und zur Tür, wobei er jede nur mögliche Deckung nutzte. Als er die Halle zur Hälfte durchquert hatte, krachte ein Schuss, dessen Echo durch den Raum hallte. Das Geschoss schlug ein Loch in einen großen Sack mit Styropor-Verpackungsmaterial, keinen Meter von ihm entfernt. Die Stückchen flogen ihm um die Ohren und raubten ihm für einen Moment die Sicht. Zeit, sich umzuschauen, hatte er nicht. Fluchend rannte er weiter, bis er die Ausgangstür fast erreicht hatte. Nochmals wurde ein Schuss abgefeuert, ziemlich ungezielt, denn die Kugel schlug etwa fünf Meter von ihm entfernt ein. Das konnte bedeuten, dass sich der Abstand zwischen ihm und dem Schützen allmählich vergrößerte.

Bei der BMW-Karosserie hielt er inne und duckte sich. Blickte zur Tür. Auf den letzten Metern gab es keinerlei Deckung. Er schaute sich kurz um, lange genug, um zu erkennen, dass der ältere Mann bäuchlings auf der Balustrade lag und gerade seine Waffe nachlud. Er ging in die Hocke, stützte den Arm auf der Motorhaube ab, zielte und drückte ab. Der Mann rollte sich zur Seite und die Kugel durchschlug eines der Bürofenster. Das zersplitternde Glas verursachte einen Höllenlärm, prasselte von der Balustrade hinunter in die Halle. Der Mann war nicht mehr zu sehen. Er feuerte noch ein paarmal und traf dabei die Bürotür und einen Teil der Balustrade. Er lief los und gab sich selbst Deckung, indem er mit einer Hand weiterschoss.

Im nächsten Moment atmete er die ersehnte frische Luft durch seine feuchte Sturmhaube hindurch ein. Er rannte zur Rückseite des Gebäudes, erreichte sein Motorrad, drehte den Zündschlüssel, drückte den Starterknopf und fuhr vorsichtig, um auf den Betonplatten nicht wegzurutschen, in die Nacht hinein.

Bis sich der Mann zum Ausgang geschleppt hatte, war er schon kilometerweit weg, sechshundert Fünfzig-Euro-Scheine sicher verstaut in seinem Rucksack.

3

»Du wirst nicht jünger«, flüsterte Alice ihrem Spiegelbild zu. Sie beugte sich über das Waschbecken, um ihre Haut besser begutachten zu können. In der unbarmherzigen Toilettenbeleuchtung wirkte der Teint ihres klassisch geschnittenen Gesichts mit der dünnen Haut, die sich über die Jochbeine spannte, äußerst ungesund auf sie.

Sie sah aus wie eine Leiche. Eine leblose Meryl Streep.

Gott sei Dank gab es Männer, die so etwas attraktiv fanden.

Nach einer letzten nervösen Inspektion eilte sie den Flur entlang. Öffentlicher Bereich, also Bauch einziehen, Schultern straffen, Augenbrauen leicht hochziehen, um die beginnenden Hängelider zu kaschieren, und forscher Schritt. Sie war kurz vor einem Nervenzusammenbruch, aber keine Frau sollte sich hinter ihrem Rücken über Symptome beginnenden Verfalls lustig machen können. Ihr Ziel war es, immer und überall einen positiven Eindruck zu hinterlassen, egal, wie unbedeutend der Anlass auch sein mochte. Vor allem hier war das wichtig, innerhalb des Stahl- und Glaspalastes von *Programs4You.*

Fast fünf Jahre lang hatte sie hart gearbeitet, ohne je einen Fehler zu machen. Eine vorbildliche Kraft. Jetzt war die Zeit gekommen, die Früchte ihrer Anstrengungen zu ernten. Sie konnte nicht umhin festzustellen, dass sie die richtige Frau am richtigen Ort und zum richtigen Zeitpunkt war.

Das war die Chance ihres Lebens.

Pauls Büro lag im obersten Stockwerk des ultramodernen

Gebäudes, auf der Direktionsetage. Dort gab es keine Fenster. Im gesamten Stockwerk nicht. Das ganze Gebäude war transparent, bis auf das oberste Stockwerk, das von außen aussah wie ein rechteckiger schwarzer Block.

Durch die offene Tür sah sie, dass er telefonierte, in der für ihn typischen Haltung: halb in einem schwarzen Sessel liegend, einen Fuß auf dem Schreibtisch, einen Stift in der Hand, mit dem er ungeduldig auf den Schreibtisch klopfte. Er wirkte wie ein kleiner Junge im Kino, der nicht den ganzen Film über still sitzen konnte und schon nach fünf Minuten quer in seinem Sitz hing. Mit einem Wink gab er ihr zu verstehen, dass sie hereinkommen und ihm gegenüber Platz nehmen sollte. Dabei fuhr er fort zu telefonieren. Alice schaute sich um. So oft kam sie nun auch wieder nicht hierher, in dieses Büro, das bei den Angestellten von *Programs4You* als »Höhle des Löwen« galt. Schwarzer Teppichboden, drei schwarze Wände. Die vierte Wand direkt gegenüber von Pauls lederbezogenem Schreibtisch war dagegen vollständig mit Spiegelglas verkleidet, sodass er den ganzen Tag die Person vor Augen hatte, die ihm am meisten am Herzen lag. Der Raum wurde von Spots erhellt, die in die schwarze Decke eingelassen waren.

Sie war beeindruckt. Was vermutlich der Zweck des Ganzen war.

»Du hast es schon gehört, nehme ich an?«

Sie schrak aus ihren Gedanken auf und nickte mechanisch. »*Dreams4You* wird produziert«, sagte sie. »Herzlichen Glückwunsch. Bestimmt bist du sehr zufrieden damit.«

Er saugte auf eine kindliche Art seine Unterlippe ein und lehnte sich in seinem Ledersessel zurück, die Hände hinter dem Kopf verschränkt. Den Stift hatte er inzwischen weggelegt. Noch immer blickte sie auf die Sohle einer seiner Schuhe. Van Bommels.

»Zufrieden? Kann man wohl sagen. Endlich habe ich diese trägen Säcke so weit gekriegt. Hat mich eine Stange Geld gekostet, sie zu mästen und abzufüllen. Aber der Vertrag ist unterzeichnet. *Veni, vidi, vici!*« Während seines gesamten Monologes hatte er kampflustig sein eigenes Spiegelbild hinter ihr angeschaut.

»Wo soll die Sendung denn ausgestrahlt werden?«

»Auf *Y*«, antwortete er. »Hätte nie gedacht, dass die sich darauf einlassen. Aber wir haben's geschafft. Wir kriegen einen Sendeplatz zur *Primetime,* mit allem Pipapo.«

»Das freut mich für dich.«

»Wir werden Geschichte machen, das versichere ich dir. Und nicht nur ich habe Grund zur Freude.«

Sie hatte einen Kloß im Hals und wartete gespannt. Sein Gesichtsausdruck war undurchdringlich.

»Ich habe auch an dich gedacht«, sagte er dann plötzlich. »Die Einzelheiten würde ich gerne beim Mittagessen mit dir besprechen.«

Er warf einen Blick auf die Breitling an seinem Handgelenk. »Sagen wir ... so gegen eins unten im Foyer. Wir machen es kurz. Das Karussell dreht sich, und der Zufall will es, dass ich es bewege. Allzu lange kann ich mich nicht freimachen.«

Auf dem weißen Kiesparkplatz des Lokals standen dicht gedrängt Luxuskarossen der Marken Mercedes, Jaguar und BMW. Paul würdigte den offiziellen Parkplatz keines Blickes, fuhr mit seinem BMW 735i Executive kurzerhand durch bis zum Eingang und hielt genau vor dem Schild *Parken verboten.*

Alice bemerkte, dass unter den Gästen in dem voll besetzten Restaurant eine kurze Stille eintrat, als er hereinkam. Es amüsierte ihn sichtlich. Sie konnte es ihm nicht verdenken.

Sie setzten sich in den Wintergarten mit den blauen Lloyd-

Loom-Fauteuils, von wo aus sie einen wunderbaren Blick über den Gooisee und die darüber hinwegziehenden Wolken hatten. Es war ein ziemlich warmer Spätsommertag. Paul saß ihr gegenüber und trommelte mit den Fingern auf der gläsernen Tischplatte herum. Man hatte den Eindruck, dass ihm die Leute in seiner Umgebung stets zu langsam waren. Als müsse er mühsam seine Ungeduld mit ihnen beherrschen.

Ein Ober erschien.

»Ein kühles Glas Weißwein?«, fragte Paul. »Passend zum Wetter?«

Sie zögerte einen Moment. Sie wollte lieber klar im Kopf bleiben.

»Na gut, eins.«

Er rang sich nicht die minimale Portion Höflichkeit ab, den wartenden Ober bei der Bestellung anzuschauen.

»Schön«, sagte er und streckte seine langen Beine unter dem Tisch aus, sodass sie ihre einziehen und unter dem Stuhl verschränken musste. »So lässt sich's leben. Sollen sich andere abrackern.«

Sie nickte lächelnd. Fühlte sich unbehaglich unter seinen Blicken. Trotz seines Alters – er war Mitte vierzig – erinnerte er unwillkürlich an einen typischen Verbindungsstudenten. Nicht nur wegen des etwas zu artigen Mittelscheitels in seinem braunen Haar, sondern hauptsächlich wegen seiner Art sich zu kleiden: dunkelblauer Maßanzug mit hellblauem Oberhemd und Krawatte, Letztere stets in einer Primärfarbe, um das Klischee perfekt zu machen. Dass er nicht mit Bafög auskommen musste, zeigte sich in seinen persönlichen Accessoires: goldene Manschettenknöpfe, Waterman-Füllhalter – jede Kleinigkeit stammte von einer bekannten Traditionsmarke.

Ein Ober brachte ihnen einen Martini und den Weißwein und wich anschließend formvollendet für den Restaurantinhaber beiseite, der mit ihnen die Spezialitäten des Tages durchsprach. Paul hörte den Mann an. Schaute der Form halber drei Sekunden lang in die Speisekarte, klappte sie zu und wandte sich an Alice.

»Du siehst aus, als würdest du Lachs mögen. Richtig geraten?«

Sie nickte.

»Gut.« Er klopfte dem Restaurantbesitzer vertraulich auf den Arm. »Zweimal Lachs, Joost. Mach uns was Schönes zurecht.«

Der Mann verschwand geräuschlos.

»Du arbeitest schon seit sechs Jahren für mich, stimmt's?«, fragte er.

»Seit fünf Jahren«, erwiderte sie.

Um ihre Unsicherheit zu überspielen, holte sie ihre Dunhills aus der Handtasche, nahm eine Zigarette aus dem dunkelroten Päckchen und zündete sie an. Fasziniert starrte er auf den Filter zwischen ihren Lippen.

»Fünf Jahre … Und ich weiß so gut wie nichts von dir.«

Sie zuckte mit den Schultern. »Ach, da gibt es nicht besonders viel zu erzählen.«

»Komm schon. Ich möchte wirklich gerne mehr über dich erfahren.«

»Was willst du denn wissen?«

»Warum hast du bei *Programs4You* angefangen? Du scheinst mir ein bisschen …«, er suchte kurz nach dem richtigen Wort, »… überqualifiziert für den Job, den du bei uns erledigst. Redaktionsassistentin …«

»Willst du eine ehrliche Antwort?«

»Ja, bitte. Die meisten Leute schleichen mir zu viel um den heißen Brei herum. Besonders in unserer Branche. Nur raus mit der Sprache.«

»Ich wollte einfach einen Fuß in die Tür bekommen. Mein eigentliches Ziel es ist, zu moderieren. Daraus habe ich nie einen Hehl gemacht.«

»Das ist aber gar nicht so einfach.«

»Weiß ich«, sagte sie. Und dachte dabei an die Moderatorinnen, mit denen sie täglich bei *Programs4You* zu tun hatte. Sie waren, bis auf wenige Ausnahmen, dumm und hohl und ihre Hauptsorge galt ihrem Make-up und ihrer Frisur. Was die konnten, konnte sie schon lange. Und zwar besser.

»Bei *Dreams4You* wird es häufig Außendrehs geben«, fuhr er fort. »Wie es aussieht, hauptsächlich im Ausland. Es wird also kein regelmäßiger Nine-to-five-Job sein, sondern man muss auch an den Wochenenden ran, abends und manchmal sogar nachts.«

Sein Unterton entging ihr ebenso wenig wie sein Blick. Sie trank einen Schluck von ihrem Wein und versuchte krampfhaft, das Zittern ihrer Hand zu unterdrücken. Es gelang ihr nur ansatzweise.

»Ich will damit nicht sagen, dass ich dir das nicht zutraue«, fuhr er fort. »Ich frage mich nur, wie dein Mann darauf reagieren wird. Und eventuelle Beziehungsprobleme könnten sich auf die Qualität deiner Moderation auswirken.«

Touché. Das war ihr schwacher Punkt.

Sil wäre niemals damit einverstanden. Er würde schäumen vor Wut und versuchen, sie an ihren Plänen zu hindern. Aber sie würde sich durchsetzen. Er hatte seinen Traum bereits gelebt. Jetzt war sie an der Reihe.

»Meine Arbeit ist meine Sache. Sil hat nichts damit zu tun.«

Sie wich seinen forschenden Blicken aus und betrachtete das Panorama. Der See glitzerte im Sonnenlicht, und sie zählte dutzende weiße und braune Segel.

»Was macht dein Mann eigentlich zurzeit?«, fragte er.

Sie schwieg einen Moment lang. Seine Frage weckte schmerzliche Erinnerungen.

»Er hat bis vor einiger Zeit eine eigene Softwarefirma geleitet. Die hat er inzwischen verkauft, und seitdem arbeitet er nur noch an kleineren Projekten. Er hilft jungen Leuten, sich selbstständig zu machen. Solche und ähnliche Projekte. Nur das, was ihm Spaß macht.«

Das musste reichen. Paul brauchte nicht alles zu wissen.

Er bemerkte ihr Zögern. »Jetzt sag mal ehrlich, Alice, wie steht es mit eurer Beziehung?«

»Gut. Ich kann nicht klagen.«

Wenn sie zu irgendetwas wirklich keine Lust hatte, dann mit ihrem Arbeitgeber ihre Ehe zu analysieren. Sie suchte Halt an ihrem Glas und trank noch einen Schluck Wein. Allmählich rächte es sich, dass sie heute Morgen ohne Frühstück aus dem Haus gegangen war. Sie fühlte sich leicht beschwipst.

»Also alles in Ordnung«, wiederholte er. »Nun, dann werden wir euch beide ja auf der Party zu unserem fünfjährigen Bestehen begrüßen können.«

Sie nickte. »Ja, ich freue mich schon darauf.«

Sie klang nicht besonders begeistert und hoffte, dass Paul es nicht bemerkt hatte. Lieber würde sich Sil einen Zahn ziehen lassen, als sie zu der Firmenparty von *Programs4You* zu begleiten. Seiner Meinung nach konnte man beim Theater und beim Fernsehen keinem über den Weg trauen, niemand sei da integer. Es sei nur eine Frage der Zeit, hatte er schon so oft prophezeit, bis auch sie das einsähe. Dies war nur einer der Punkte, in denen sie uneins waren. Um zu verhindern, dass die Unterschiede zwischen ihnen zu große Dimensionen annahmen, belästigte sie Sil so wenig wie möglich mit den Schwierigkeiten, mit denen sie bei den ersten Schritten zu ihrer Fernsehkarriere zu kämpfen hatte. Daher wusste Sil bisher von nichts.

Eine äußerst schwierige Situation.

Zwei Ober erschienen und servierten rasch und professionell zwei quadratische Teller mit einem kunstvollen Arrangement von Lachs- und Gemüsestreifen.

»Wir beide sitzen hier, Alice«, sagte Paul zwischen zwei Bissen, »weil ich an dich glaube. Ich glaube, du hast das Talent dazu, eine gute Comoderatorin zu werden, und ich glaube, dass das Publikum dich lieben wird. Doch dieses ganze Projekt kostet mich einen Batzen Geld, es liegt mir sehr am Herzen, und ich möchte nicht, dass mich früher oder später meine Moderatorin im Stich lässt, weil sie zu Hause zu sehr unter Druck gesetzt wird. Ein Moderatorenwechsel bringt zu viel Durcheinander mit sich. Dazu kommt, dass ich mich nicht gerne blind auf Leute verlasse, die ich nicht durch und durch kenne.«

»Ich versichere dir, dass ich dich nicht im Stich lassen werde, Paul. So gut müsstest du mich inzwischen doch kennen.«

»Ich habe ein gutes Gefühl bei dir, aber eine vernünftige Entscheidung kann ich nur aufgrund von Fakten treffen.«

Sie blickte ihn verständnislos an.

»Bring am Freitag deinen Mann mit«, befahl er.

Sie spürte, wie ihr Mund trocken wurde. Sollte jetzt alles von Sil abhängen? Das war doch wohl nicht sein Ernst! Dann konnte sie die Sache vergessen. Paul musste die Panik, die in ihr aufstieg, an ihrem Gesicht abgelesen haben, denn er lehnte sich über den Tisch und blickte sie fest an.

»Ist dein Mann das alles wirklich wert?«, fragte er leise und streichelte ihr sanft über die Finger. »Ist er so umwerfend, dass du seine Wünsche über deine eigenen Bedürfnisse stellst? Schlägt er etwa nie über die Stränge?«

In Sekundenbruchteilen hatte sich die Atmosphäre zwischen ihnen gewandelt. Über den Tisch hinweg schaute er sie so selbstsicher und eindringlich an, dass ihr eiskalt wurde. Sie fühlte sich in die Ecke gedrängt. Hatte ein paarmal zu oft mit angehört, wie Frauen die Treue ihres Mannes beschworen, obwohl die Zuhörer es besser wussten. Und selbst wenn ein Mann so treu war wie ein abgerichteter Deutscher Schäferhund, erntete man mitleidige Blicke, wenn man als Frau betonte, wie gut doch ihre Ehe sei.

Denn so genau konnte man es natürlich nie wissen.

Paul erkannte ihre Unsicherheit.

»Wenn er dich jemals verletzt, Alice, dann komm zu mir«, sagte er. Und fügte sanft hinzu: »Ich bin gar nicht so schlimm, wie du meinst.«

Es wurde bereits dunkel. Alice steckte im Stop-and-goVerkehr. Die Strecke über Almere–Zeist war nach Feierabend eine Geduldsprobc. Doch heute war sie nicht böse darum, denn das gab ihr Zeit zum Nachdenken. Das Gespräch mit Paul hatte unangenehme Erinnerungen wachgerufen. Sie überfielen sie jetzt mit einer solchen Macht, dass sie wehtaten, als sei es gestern gewesen. Dabei war es jetzt schon fast vier Jahre her, dass Sil mit der Mitteilung nach Hause gekommen war, er habe *Sagittarius* verkauft, seine Firma, die kurz vor dem Durchbruch zu einem der Marktführer auf dem Softwaremarkt stand. Dabei hatte es ihn Jahre gekostet sie aufzubauen. Verbissen wie ein Pitbullterrier hatte er darum gekämpft. *Sagittarius* war sein Lebensinhalt gewesen. Und plötzlich sollte das alles vorbei sein. Einfach so, von einem Tag auf den anderen.

Aber das war noch nicht alles gewesen. Im gleichen Atemzug hatte er sie gebeten, ihre Stelle bei *Programs4You* zu kündigen, und hatte ihr erzählt, er habe mit einem Makler gesprochen, der wahrscheinlich schon einen Interessenten für den Bungalow an der Hand habe. Den Bungalow, den er selbst entworfen und in dessen Bau er seine gesamte Freizeit investiert hatte.

Es lief darauf hinaus, dass er ein neues Leben anfangen wollte, in dem kein Platz mehr war für grundlegende Dinge wie Arbeit, ein Haus und Alltagsroutine. Und er wollte weg aus den Niederlanden. Er erwartete, dass sie ihm dankbar folgen würde und mit ihm zusammen durch die Weltgeschichte zöge, ohne festen Wohn- oder Aufenthaltsort. Sie erinnerte sich noch genau an seine Worte: »Alice, kannst du dir das Gefühl vorstellen, jeden Tag ein kleines Stück mehr zu sterben, weil einen nichts mehr innerlich berührt?«

Dabei hatte er sie todernst angesehen. Sie erkannte ihren eigenen Mann nicht mehr wieder. Sie dachte sofort an das Schlimmste: dass er sie verlassen wollte. Und sie allein zurückbliebe.

Sie war vor Angst wie gelähmt gewesen.

Doch ihre Befürchtungen bewahrheiteten sich nicht. Als er sah, wie verstört sie war, rief er noch am selben Abend den Makler an und teilte ihm mit, dass er von dem Verkauf absehe. Auch ihre Stelle hatte sie behalten können. Und er war nicht fortgegangen.

Obwohl er tatsächlich einen anderen Lebensinhalt gefunden hatte, hatte er ihr niemals das Gefühl gegeben, dass sie überflüssig war.

Sie kam in ein leeres Haus. Nervös las sie den Zettel, der auf dem Esszimmertisch lag. In kräftigen, mit Kuli geschriebenen Blockbuchstaben teilte Sil ihr mit, dass er zu einem Projekt gerufen worden sei und erst spät nach Hause käme.

Normalerweise mochte sie es nicht, wenn er abends nicht zu Hause war. Heute jedoch fühlte sie sich eher erleichtert.

Sie war froh, dass sie ihm in diesem Zustand nicht unter

die Augen treten musste. Sil besaß die Gabe, andere unmittelbar zu durchschauen, und heute gab es vieles zu sehen, was ihm gar nicht gefallen hätte. Ideen und Gedanken, die alle abwechselnd um ihre Aufmerksamkeit buhlten. Miteinander in Konflikt standen.

Sie öffnete eine Flasche Wein, strich sich ein paar Scheiben Toast und legte eine CD mit kubanischer Musik auf. Anschließend machte sie es sich auf dem Sofa bequem und zappte durch die Programme, bis sie auf *Die Brücken am Fluss* stieß, der erst seit zehn Minuten lief. Sie schaltete den CD-Player aus und legte die Fernbedienung beiseite.

4

Sie betraten gemeinsam einen Kellerraum. Umarmten sich. Klopften sich auf den Rücken. Mit angespannten Mienen.

Es gab ein Problem.

Einer von ihnen war draußen geblieben, im Schutze eines Hauseingangs. Er zündete sich eine Zigarette an und legte unter seinem Mantel die Hand auf eine voll geladene Zastava HS95. Im Magazin steckten fünfzehn 9-Millimeter-Parabellum-Patronen. Beim geringsten Verdacht würde er schießen. Die Lage war ernst. Er lehnte lässig an der Mauer, doch seine Augen huschten ständig hin und her. Er war geladen, genau wie seine Pistole.

In der Mitte des Kellerraumes stand ein Tisch mit wackligen Metallbeinen und einer von Zigarettenkippen misshandelten Resopalplatte. An der niedrigen Decke hingen einige Neonröhren, deren Halterungen fast gänzlich hinter einer dichten Zigarettenrauchwolke verschwanden, die sich in einer dunklen Schicht unter der Decke sammelte. Der Raum war in eine grünliche Atmosphäre gehüllt.

Alle schwiegen. Schauten sich an. Wussten, wie heikel die Situation war.

Der alte Mann ergriff als Erster das Wort. Er wandte sich an einen jungen Mann um die zwanzig mit zurückgekämmten, schwarzen Haaren und dicht beieinanderstehenden, stechenden, dunkelbraunen Augen.

»Was hast du mit Dmitrij und Andrej gemacht?«

»Das, was du gesagt hast. Durchgedreht und verfüttert an die …« Er hielt inne. Wollte es nicht aussprechen. Nicht im Beisein von all den anderen. Es war das erste Mal, dass er mitkommen durfte. Er wollte keinen Fehler begehen, indem er etwas Falsches sagte.

»Ich weiß, wie schwer das für dich sein muss, mein Junge«, sagte der Mann. »Uns geht es genauso. Andrej war unser Freund. Er hatte etwas Besseres verdient. Aber er hätte es verstanden. Und Dmitrij ist ein großer Verlust für uns.«

Alle nickten bedrückt.

»Bist du sicher, dass dich niemand gesehen hat?«, fragte der alte Mann.

Der jüngere nickte. »Ganz sicher, Roman. Auf dem Bauernhof war kein Mensch, wie abgemacht. Nur er und ich.« Er nickte einem anderen mit pockennarbigem Gesicht zu, der nachdenklich die Asche von seiner Zigarette klopfte und etwas Unverständliches brummte.

»Wie ihr wisst, haben wir ein Problem«, fuhr Roman ruhig fort. In seiner Stimme schwang Autorität mit. »Jemand macht uns Schwierigkeiten. Was wissen wir über ihn?«

Er blickte in die Runde, aber niemand sagte etwas. Alle schauten ihn an und warteten darauf, dass er weiterreden würde.

»Wir wissen, dass er allein arbeitet«, sagte der Alte. »*Odinotschka.* Ein Einzelgänger.«

»Bist du sicher?«, fragte der Pockennarbige.

Der alte Mann nickte schweigend. »Ich glaube schon, Iwan. Alles weist darauf hin. Aber die Frage ist: Wie kann ein Einzelner uns derart ins Handwerk pfuschen?«

»Ein Profi«, bemerkte Iwan.

Roman nickte. »Das kann ich bestätigen. Er ist verdammt gut.«

»Ob er von einer der anderen Organisationen stammt?«

Der alte Mann schüttelte den Kopf. »Glaube ich nicht. Er spricht Niederländisch.«

»Vielleicht will er uns damit täuschen«, spekulierte Iwan.

»Könnte sein. Aber meiner Meinung nach nicht. Ich gehe davon aus, dass er Niederländer ist. Die nächste Frage lautet: Wird er es bei diesem einen Mal belassen oder war das erst der Anfang?«

Die Versammelten in der Runde blickten den Alten aufmerksam an.

»Rechnest du damit, dass er weitermacht?«

Der Alte wandte sich dem Fragesteller zu, einem gedrungenen Kerl mit kantigem Gesicht und kurzen, schwarzen Haaren.

»Ich will es zumindest nicht ausschließen, Wladimir. Er hatte ja gleich den dicksten Fisch an der Angel.«

»Er müsste lebensmüde sein. Schließlich sind wir jetzt gewarnt und entsprechend vorbereitet.«

»Sind wir das?«, fragte Roman und blickte einen nach dem anderen an. Nur Wladimir und Iwan erwiderten seinen Blick.

»Dmitrij war der Beste. Der härteste Scheißkerl, den ich je gekannt habe«, fuhr der alte Mann fort. »Aber offenbar war er nicht gut genug. Deshalb stoßen vorübergehend ein paar neue Leute zu uns.«

»Aus unseren eigenen Reihen?«

Roman schüttelte den Kopf. Er schwieg einen Augenblick und zündete sich eine Zigarette an.

»Ehemalige *Spetznaz*-Mitglieder.«

Einige Männer hoben alarmiert den Blick.

Wladimir ergriff als Einziger das Wort. »Roman, muss das unbedingt sein?«

Der alte Mann zuckte mit den Schultern. »*Zhenschtschina* – die Frau. Sie verliert allmählich die Geduld. Sie kann es sich nicht erlauben, dass die dort denken, wir hätten hier die Kontrolle verloren. In dem Fall würden die sich nach anderen Lieferanten umsehen. Sie macht sich Sorgen, dass wir es nicht schaffen.« Er hielt einen Augenblick inne. »Deshalb hat sie uns die beiden auf den Hals gehetzt. Um das Problem aus der Welt zu schaffen.«

»Gibt es keine andere Lösung? Wer garantiert uns, dass ...«

Roman warf dem gedrungenen Mann einen verärgerten Blick zu. »Sie sind kein Problem für uns, Wladimir. Die Frau schickt sie, und sie machen sich wieder aus dem Staub, sobald sie nicht mehr gebraucht werden. Sie sind gut ausgebildet und waren kurzfristig einsetzbar. Es steht eine Menge auf dem Spiel. Wir waren nicht ausreichend abgesichert. Das wird sich in Zukunft ändern.«

»*Kogda?*«, fragte Iwan. »Wann kommen sie?«

»Die Frau hat gesagt, in etwa zwei Wochen. Eine Woche vor der nächsten Übergabe.«

Wladimir brummte. »Die sollte doch schon diese Woche stattfinden?«

»Du wirst ja wohl einsehen«, sagte der alte Mann nachdrücklich, »dass ich mich angesichts der jüngsten Entwicklungen gezwungen sah, die Lieferung zu verschieben.«

Alle nickten zustimmend.

»Wie sieht es mit den BMWs aus?«, fragte der Alte einen Mann, der bisher noch gar nichts gesagt hatte und der sich ein wenig abseits von den anderen hielt.

»Die Liste ist fast abgearbeitet, Roman. Gib mir noch ein paar Tage.«

Der Alte nickte. »Schön, damit kann ich sie vorerst zufrieden stellen.«

»Hast du denn inzwischen nochmal darüber nachgedacht, was mit meinem Neffen passieren soll?«, fragte Wladimir unvermittelt. »Er ist inzwischen so weit, mehr als die Kleinarbeit zu übernehmen. Und jetzt, wo wir doch zwei Leute verloren haben …«

»Lass ihn vorerst noch ein bisschen nebenher laufen«, brummte Roman. »Bis er sich darüber im Klaren ist, was er wirklich will, können wir nicht viel mit ihm anfangen.«

»Kann ich ihn zur Übergabe der Nutten mitnehmen? Jetzt, wo Dmitrij nicht mehr da ist?«

Der alte Mann warf ihm einen vernichtenden Blick zu.

»Davon weiß die Frau doch nichts?«

»Hör zu, Wladimir«, sagte Roman mit mühsam beherrschter Wut. »Die *pridurki* gehen keinen außerhalb dieser Runde auch nur das Geringste an, verstanden? Das ist kein Zoo da in Venlo. Keiner darf etwas davon wissen, verstanden? Und schon gar nicht dein Neffe!«

Als Wladimir ihn finster anstarrte, fuhr er etwas milder fort: »Du hängst zu sehr an deiner Familie, Wladimir. Das ist dein schwacher Punkt. Du quatschst zu viel mit deinem Neffen. Dadurch fühlt er sich wichtig. Aber dein Neffe ist nicht viel wert. Immer nur das da …« Er vollführte eine Schnappbewegung mit der Hand und schaute sein Gegenüber eindringlich an. »Diese Sorte kenne ich. Ich will ihn nicht dabeihaben.«

Wladimir nickte. Starrte verärgert auf die Tischplatte. Alle schwiegen. Die Spannung war zum Schneiden.

»Hört zu«, sagte Roman. »Ich habe wichtige Fragen an unseren Mann. Falls ihr ihm über den Weg lauft, macht keinen Fehler. *Mjortvje molschat* – Tote geben keine Antworten mehr.«

Unvermittelt schob er seinen Stuhl zurück, zog seine Krücken unter die Achseln und richtete sich auf.

»Und dass mir jemand diesen Schweinestall aufräumt«, sagte er, während er auf seine Krücken gestützt zur Tür humpelte, dicht gefolgt von dem pockennarbigen Mann.

5

Der Verkehr auf der A 2 in Richtung Norden war vollständig zum Erliegen gekommen. Schon vor einer Stunde war Susan in 's-Hertogenbosch aufgebrochen und immer noch nicht an Utrecht vorbei. Der Himmel sah genauso grau aus wie die Asphaltdecke, und die Autos, die auf der Überholspur vorüberkrochen, hatten die Scheinwerfer eingeschaltet.

Dabei war es erst zwölf Uhr mittags.

»Willkommen zu Hause«, seufzte sie.

Gerade hatte sie im Schritttempo die Abfahrt zur A 27 passiert. Sie hatte die Augen für einen Moment geschlossen und das Lenkrad so fest umklammert, dass ihre Knöchel weiß hervortraten.

Nicht schwach werden!

Bei Breukelen löste sich der Stau wie von selbst auf, und keine halbe Stunde später saß sie an dem quadratischen Tisch, der das Epizentrum der betriebsamen Redaktion von *World-Nature* bildete. Kopierer, Scanner und Drucker summten und ratterten, Leute liefen mit Fotos, Ausdrucken, Schachteln, Druckfahnen und Disketten in der Hand hin und her. Sie beobachtete Laura, die ihr schräg gegenüber saß und die ausgedruckten Fotos durchging. Wie gewöhnlich blieb das ernsthafte, rundliche Gesicht der Chefredakteurin undurchdringlich. Alle paar Minuten schob sie die Brille mit der dicken Fassung wieder zurück auf die Nase, wobei ihr glattes, graues, zu einem unvorteilhaften Pagenschnitt frisiertes Haar jedes

Mal mitwippte. Dann zeigte sie für einen Augenblick tatsächlich so etwas wie Begeisterung.

»Das hier nehmen wir auf eine Doppelseite«, beschloss sie kurzerhand.

Susan stand auf, ging um den Tisch herum und schaute Laura über die Schulter. Auf dem Bild sprang ein Menschenhai aus dem Wasser, das Maul weit aufgerissen. Sie konnte sich an diesen aufregenden Moment noch genau erinnern, der das frustrierende, drei Tage lange Warten und dutzende katastrophal missglückter Aufnahmen mehr als wettgemacht hatte. Die japanischen Wissenschaftler, mit denen sie während dieser ganzen Zeit auf einem Küstenboot zusammengepfercht war, hatten sich riesig für sie gefreut. Abends hatten sie mehrere Flaschen Sake geleert, um ihren *lucky shot,* wie sie es nannten, zu feiern. Fünf sternhagelvolle Japaner hatten mitten in der Nacht *You never walk alone* gegrölt – es musste bis an die Küste zu hören gewesen sein. Die Planung für den nächsten Tag war völlig über den Haufen geworfen worden.

Dies war eines der wenigen schönen Erlebnisse dort auf der anderen Seite des Globus gewesen.

»Dieses hier ist auch gut, Susan.«

Zwischen ihren faltigen Fingern hielt Laura die Aufnahme von einer Gruppe grauer Riesenkängurus. Dutzende Silhouetten vor dem dunkelroten Sonnenuntergang.

Für Susan symbolisierte dieses Foto den absoluten Tiefpunkt ihres gesamten Australien-Abenteuers. An jenem Abend hatte die Einsamkeit sie unbarmherzig an der Gurgel gepackt. Selten war es ihr so schlecht gegangen wie auf dieser ausgedehnten Ebene im Niemandsland. Das Foto drückte ihre Gefühle besser aus, als Worte es je gekonnt hätten.

Sie blickte die Chefredakteurin an, die inzwischen einen neuen Ausdruck betrachtete, eine bewegende Aufnahme von einem Aborigine auf einem Berg, von einer höheren Perspektive aus fotografiert. Der dunkelhäutige Mann hatte seine Arme ausgestreckt und schaute mit einem fast wahnsinnigen Blick in die Kamera, als stünde er Auge in Auge mit seinem Gott. Oder seinem Satan.

»Wie hast du das bloß hingekriegt? Da läuft es mir ja kalt den Rücken herunter.«

Anstatt einer Antwort zuckte Susan nur mit den Schultern.

In Wahrheit hatte sie dem Mann fünfzig australische Dollar geboten, damit er für sie Modell saß. Ein Foto wie dieses hatte sie schon seit Jahren im Kopf gehabt. Sie musste die Idee nur noch in die Tat umsetzen.

Die Zusammenkunft war offenbar beendet, denn Laura schob ihre Auswahl an Fotos in einen Umschlag. Das Bild von dem Aborigine legte sie beiseite.

»Ich bin gleich wieder da«, versprach sie und verschwand mit dem Foto in den Flur.

Susan wusste, dass sie auf direktem Wege in die dtp-Abteilung marschieren und mit dem Artdirector darüber diskutieren würde, ob das Foto als Titelbild geeignet war. Ein gutes Titelbild erregte Aufmerksamkeit, brachte eine Saite im Betrachter zum Schwingen, erweckte Begehrlichkeit. So vermochte ein geschickt ausgewähltes Cover die Verkaufszahlen einer Zeitschrift um dreißig Prozent und mehr zu erhöhen.

Es dauerte dann doch noch eine ganze Viertelstunde, bis Laura wieder zurückkehrte, aber schon als sie gegangen war, hatte Susan gewusst, wie die Sache ausgehen würde.

Laura wedelte mit dem Aborigine-Foto. »Susan! Das hier wird es, das nehmen wir als Titelbild! Und aus diesen hier«, fuhr sie fort und griff nach dem Stapel Aufnahmen, die eben noch in dem Umschlag gesteckt hatten, »treffen wir eine Auswahl für das Australien-Sonderheft. Den Rest kannst du meinetwegen wieder mitnehmen.«

Susan hatte im Laufe der Jahre erfahren, dass nur wenige Menschen die Finessen zu erkennen vermochten, die ein Foto über das Mittelmaß hinaushoben. Laura gehörte zu diesen einigen wenigen. Zwar würde die Chefredakteurin niemals zu einer Freundin werden, aber sie empfand Respekt vor ihr.

»Ich muss jetzt leider dringend weg«, sagte Laura. »Ein Bewerber wartet schon auf mich. Ich rufe dich in den nächsten Tagen an, denn da kommt wieder etwas für nächsten Monat. Hast du Zeit?«

»Ich denke schon«, antwortete Susan aus alter Gewohnheit.

Und bereute es sofort anschließend.

Eine blasse Sonne war durch die Wolkendecke gebrochen. Auf der A 27 lief der Verkehr flüssig. Kurz hinter Utrecht nahm sie die Überleitung auf die A 12 in Richtung Arnheim. Sie fuhr an einem leuchtend blauen Schild mit weißen Buchstaben vorbei, fuhr an der Abfahrt Zeist ab und spürte, wie ihre Nervosität mit jeder Sekunde zunahm.

Kurz darauf hielt sie bei einem Informationsschild am Straßenrand an. Sie prägte sich die Route ein und fuhr weiter. Rechts und links der breiten Alleen standen zahlreiche viktorianisch anmutende Villen, die Zeist sein charakteristisches Aussehen verliehen. Viel geschnitztes Holz, Veranden und weitläufige Vorgärten mit hohen, alten Bäumen, langen Einfahrten und Reklameschildern von Notarskanzleien, Maklerbüros und Marketingfirmen. Sil wohnte in einem der neueren Viertel, wo die Grundstücke kleiner und die Häuser moderner waren.

In dem Moment als sie mit ihrem Suzuki Vitara in die Einfahrt des großen, weißen Bungalows einbog, klopfte ihr das Herz bis zum Hals, und ihre Hände zitterten.

Sie stieg nicht sofort aus. Blieb ein paar Minuten sitzen und sah sich das Haus und die Umgebung aufmerksam an. Sprach sich selbst Mut zu.

Hier wohnte Sil.

War es nicht merkwürdig, dass sie so viel über seine Ansichten und Gefühle wusste, aber nichts darüber, wie er lebte?

Das Haus glich eher einem Bunker: ein großer, weißer Klotz mit nur wenigen querschlitzartigen Fenstern in der oberen Hälfte. Im Vorgarten eine kurz geschnittene, ebene Rasenfläche und nur sehr spärliche Bepflanzung. Minimalistische Architektur. Vor dem Eingang befand sich ein erhöhter, rechteckiger Absatz und unter der rechten Haushälfte eine Doppelgarage. Ein dunkelblauer Porsche stand darin, den Kühler zur Straße.

Sein Ventil. So hatte er das Auto in einer seiner E-Mails genannt.

Sie stieg aus. Sie hörte das Ticken des abkühlenden Motors und das Zwitschern der Vögel in den Bäumen, die angesichts ihrer Größe schon vor der Errichtung des Viertels dort gestanden haben mussten. In der Ferne jaulte ein Laubsauger.

An der Eingangstür hing ein bunter Korb mit knallroten Geranien – die einzige fröhliche Dekoration an diesem spartanischen Gebäude. Ein Hinweis auf die Anwesenheit einer Frau.

Alice.

Noch bevor sie auf den verchromten Klingelknopf drücken konnte, wurde von innen bereits die Tür aufgezogen.

Sie hatte die Situation bereits hunderte Male in Gedanken durchgespielt. Dennoch war sie ungenügend vorbereitet. In ihrem Hinterkopf begann eine Kamera zu klicken. Der gelassene, zugleich taxierende Blick in seinen Augen. Jeans, T-Shirt.

Nackte Füße. Seine Haut war etwas blasser als vor zwei Jahren. Und sein Haar war kürzer als in ihrer Erinnerung. Millimeterkurz abrasiert, bis auf eine kleine Strähne.

Er sah einfach unwiderstehlich aus.

Sie verfluchte sämtliche Hormone und chemischen Verbindungen, die durch ihren Körper pulsierten und einen Kurzschluss in ihrem biologischen System verursachten. Sie konnte kein Wort hervorbringen.

Starrte ihn nur an.

Er zog eine Augenbraue hoch. »Susan.«

Es war eine Feststellung. Weder aus seinem Tonfall noch aus seiner Körperhaltung konnte sie ablesen, ob er sich freute, sie zu sehen, oder ob das Gegenteil der Fall war.

»Ich … ich bin zurück aus Australien.«

Er rührte sich nicht, blinzelte nicht einmal. Schaute sie nur unverwandt an.

»Ich konnte einfach nicht anders«, fügte sie hinzu.

»Was redest du denn da?« Er neigte den Kopf leicht zur Seite und musterte sie mit zusammengekniffenen Augen.

Einen Augenblick lang fragte sie sich, ob es nicht ratsamer wäre, sich einfach umzudrehen und zu gehen. Als sei sie niemals dort gewesen. Wahrscheinlich stand er mit etlichen Frauen in E-Mail-Kontakt und nur eine einzige war so dämlich zu glauben, dass sie ihm etwas bedeutete. Doch schon war dieser Moment wieder verflogen. Sie hatte sich endlich zu diesem Schritt durchgerungen und jetzt gab es kein Zurück mehr. Jetzt hieß es alles oder nichts.

»Darf ich reinkommen?«, fragte sie etwas selbstsicherer. Ohne eine Antwort abzuwarten ging sie an ihm vorbei in die kühle Diele. Ihre Schuhsohlen quietschten auf den Natursteinfliesen. Gegenüber der Eingangstür führte ein breiter, offener Durchgang ins Wohnzimmer.

Der Raum war modern und nüchtern eingerichtet. Klare Farben herrschten vor. Im Gegensatz zur Vorderfront gab es hier riesige Fenster, die vom Boden bis zur Decke reichten und freie Sicht auf den parkartig angelegten Garten hinter dem Haus boten. Mehrere Terrassen und ein Teich von der Größe eines mittleren Swimming-Pools. Susan sah sich alles ganz genau an und drehte sich dann erst um.

Er stand noch immer an der Haustür. Den Türknauf in der Hand. Jetzt drückte sein Gesicht eher Neugier aus, Erstaunen. Und noch etwas anderes, das sie nicht recht in Worte fassen konnte. Respekt?

Gespielt gelassen nahm sie auf einem knallroten Ledersofa Platz. Sie zog die Knie hoch und schlang die Arme darum. Es dauerte nur Sekunden, aber ihr kam es vor wie eine Ewigkeit, bis sie die Haustür ins Schloss fallen hörte.

»Was hast du vor?«

Die leisen Worte kamen von schräg hinter ihr.

Sie schaute sich nicht um. Hier saß sie nun. Und wusste nicht weiter.

Sie hatte eine Grenze überschritten.

War das ein Fehler?

»Ich weiß es nicht«, antwortete sie ebenfalls flüsternd.

Sie drehte sich um, sodass sie auf den Teich blickte. Sie hatte nicht den Mut, ihn anzusehen. »Ich weiß nur, dass ich verrückt werde, wenn ich nicht bald erfahre, woran ich bin.«

»Was meinst du denn damit?«, fragte er.

Jetzt war es mir ihrer Selbstbeherrschung endgültig vorbei.

Sie war ein schlechter Mensch. Sie warf sich einem verheirateten Mann an den Hals, in seinem – *und ihrem* – Haus. Sie drängte sich ihm regelrecht auf, denn schließlich erwiderte er ihre Gefühle nicht, oder? Das zeigte sich in seinem ganzen Verhalten. Aber hatte sie sich das alles wirklich nur eingebildet? Konnte sie sich auf ihren Instinkt, ihre Intuition so wenig verlassen? Und auf ihren Körper, ihre Sinne, die auf jeden noch so kleinen Reiz reagierten, der von ihm ausging, jeden Atemzug, jede geringste Bewegung, jeden Geruch?

War das das Ende? Wurde sie abgewiesen?

Sie holte tief Luft und schloss die Augen. Zitterte am ganzen Körper. Er kam um das Sofa herum und hockte sich vor sie hin. »Es geht nicht, Susan. Wir dürfen das nicht.«

Langsam öffnete sie die Augen. Blicke genau in seine hinein. Sie waren grau. Oder blau. Oder grün. Und sie schauten sie forschend an.

Ein Glücksgefühl durchströmte sie. Die Zuneigung, die sie in seinen Augen las, bildete sie sich gewiss nicht ein. Er legte seine Hände auf ihre. Mit den Daumen liebkoste er ihre zitternden Finger.

»Hörst du mir zu, Susan? Was immer auch zwischen uns ist, was immer wir fühlen, es darf nicht sein.«

Doch das waren nur Worte. Sein Körper sprach eine andere Sprache. Er war ihr so nahe, dass sie seine Körperwärme durch ihre Kleidung hindurch auf der Haut spüren konnte. Sein Gesicht näherte sich ihr. Das Herz pochte ihr bis zum Hals. Sie schluckte.

Dann nahm er plötzlich ihren Kopf in beide Hände und zog sie an sich. Berührte sanft mit den Lippen ihren Mund. Sie reagierte so heftig wie nie zuvor in ihrem Leben. Sein Mund war weich und der schwache Geruch seines Körpers betörend. Gemeinsam ließen sie sich auf das glatte Leder sinken. Sie schlang die Beine um seine Taille. Streichelte über seinen Kopf. Wollte ihn überall berühren. Alles, jede einzelne Stelle seines Körpers. Er saugte an ihrer Zunge. Sie lächelte dabei vor Glück. Sie streichelte die Lachfältchen um seine Augen, seine Wangen. Ließ die Hände über seine Schultern wandern, fühlte seine harten Muskeln, fuhr über seinen Rücken weiter hinunter. Knetete und tastete, spürte seine Hände unter ihrem Po. Er schmiegte seinen Unterleib an sie, sie drängte ihm ihr Becken entgegen und spannte die Muskeln an. Umklammerte ihn mit den Beinen. Er bewegte sich langsam. Sie stöhnte leise und spürte, wie sie schwach wurde.

Wie oft hatte sie sich eine solche Szene schon ausgemalt, immer wieder, bis sie sich irgendwann in den Schlaf geweint hatte? Die Wirklichkeit war so viel schöner.

Ihretwegen konnte Alice tot umfallen.

Ich lebe.

Von irgendwo aus einem Hinterzimmer ertönte ein elektrisches Summen.

Er erstarrte, als käme er plötzlich zur Besinnung, und rollte von ihr herunter. Stand auf. Schaute mit verwirrtem Blick auf sie hinab. Sagte nichts. Stand nur da wie eine Statue und starrte sie an.

Das Summen erstarb.

Sie setzte sich auf und zog ihre Kleidung zurecht, fühlte sich unbehaglich in dieser Situation. Unvermittelt drehte er sich um und ging dorthin, wo sie die Küche vermutete. Sie stand auf und lief ihm nach. Wollte keinen Abstand zu ihm. Nicht jetzt. Nicht nach dem, was soeben vorgefallen war.

Der hypermodern eingerichtete Raum war durch zwei niedrige, breite Stufen vom Wohnzimmer getrennt. Sil starrte in einen geöffneten, doppeltürigen Kühlschrank hinein. Stützte sich mit den Ellbogen auf die Türen.

Schottete sich von ihr ab.

Sie war drauf und dran, ihn zu bitten, ihr ganz offen zu sagen, was er empfand. Ihm zuzurufen, dass sie in den letzten zwei Jahren keine Nacht mehr richtig geschlafen hatte. Sie hätte ihm gern alles gesagt, was sie in ihren E-Mails verschwiegen hatte. Um mehr gebettelt. Mehr als das hier. Aber sie konnte kein Wort hervorbringen.

Er hörte sie hereinkommen.

»Möchtest du etwas zu trinken?« Seine Stimme war leise. Noch immer schaute er sie nicht an.

Sie nickte. Eine Förmlichkeit. Sehr gut. Daran konnte man sich klammern in einer so aberwitzigen Situation.

»Ja.«

Er klappte die Scharniertür eines Küchenschranks hoch. Holte zwei Gläser heraus, nahm eine Flasche Mineralwasser aus dem Kühlschrank und schenkte ein. Sie wollte ihm eines der Gläser aus der Hand nehmen, doch er stellte beide auf einem großen Hartholzblock ab, der als Küchentisch diente. Anschließend zog er eine Schublade auf und kramte ein Päckchen Camel Filter hervor. Er zündete sich eine Zigarette an und lehnte sich gegen die Anrichte. Inhalierte und schaute durch ein schmales Fenster hinaus in den Garten.

Dachte nach.

Die Stille lag zwischen ihnen.

»Ich hatte nicht damit gerechnet. Nicht so«, sagte er schließlich.

»Tut mir leid.« Ihre Stimme war heiser, so sehr musste sie sich beherrschen.

Jetzt wandte er ihr seinen Blick zu. Sie sah sich selbst durch seine Augen. Aufgewühlt, mit wund geküssten Lippen, vollkommen abhängig.

Fragend zog er eine Augenbraue hoch. »Es tut dir leid?«

»Ich hätte nicht herkommen sollen. Es war ein Fehler.«

Er zog tief an seiner Zigarette und blies den Rauch heftig wieder aus. Schaute erneut zum Fenster hinaus.

»Ich glaube, das war unvermeidlich. Irgendwann musste es wohl sein.«

Es war, als führte er Selbstgespräche.

Sie wollte ihn nicht unterbrechen, erwartete – oder besser: hoffte –, dass er seine Überlegungen, seine Gefühle mit ihr teilen würde. Aber er schwieg. Er schien mit seinen Gedanken meilenweit weg zu sein.

»Ich konnte es einfach nicht mehr ertragen«, sagte sie beinahe im Flüsterton. »Ich musste wissen, ob mich mein Gefühl vielleicht getrogen hatte. Ob einfach nur meine Fantasie mit mir durchgegangen war.«

Wieder schaute er sie an. Mit traurigen Augen. »Nein, Susan, dein Gefühl hat dich nicht getrogen. Du bildest dir keineswegs etwas ein.«

»Ist es ein Fehler?«, fragte sie.

Wieder starrte er ins Leere.

»Es ist menschlich. Du bist ein Mensch. Und ich auch.«

»Und was jetzt?«

Er fuhr sich mit beiden Händen durch das Gesicht und schloss mit bedauernder Miene die Augen.

»Um dir die Wahrheit zu sagen: Ich weiß es nicht. Ich weiß es wirklich nicht, Susan.«

Sie biss sich auf die Unterlippe.

»Stimmt deine Telefonnummer noch?«, fragte er dann.

Sie flüsterte ein leises Ja. Der Wink war deutlich. Es wurde Zeit zu gehen. Ihn allein zu lassen, ihm Zeit zum Nachdenken zu geben.

Sie verließ das Haus und schloss die Tür hinter sich. Ihr Blick fiel auf die Geranien und einen Augenblick lang empfand sie Scham. Eine Amsel flog zwitschernd auf. Der schwarze Lack ihres Autos funkelte in der Sonne. Sie stieg ein und fuhr langsam die Auffahrt hinunter. An der Straße bremste sie und warf noch einen letzten Blick zurück auf das Haus. Dann gab sie Gas und fuhr los.

Susan war weg und hatte nur einen Hauch ihres Geruchs zurückgelassen. Wie ein dünner Film lag er auf seiner Haut. Er konnte sie immer noch schmecken. Wie betäubt saß er auf dem Sofa und starrte ins Leere. Bis heute hatte er Susan als Phänomen betrachtet, das in keinerlei Verbindung zu seinem sonstigen Leben stand. Sie hatte nicht das Geringste mit seinem normalen Alltag zu tun gehabt, inklusive seiner Beziehung zu Alice.

Völlig harmlos.

Susan war für ihn wie ein faszinierendes, verbotenes, aber gefährlich fesselndes Computerspiel gewesen, von dem er einfach nicht lassen konnte. Dabei hielt er seine Korrespondenz mit ihr sorgfältig geheim. Susan existierte, abgeschirmt vor den neugierigen Blicken anderer, nur im Cyberspace und in seinem Kopf. Und dort war sie immer zu finden, jederzeit.

Nur für ihn allein.

Doch es war eine fatale Fehleinschätzung gewesen, zu glauben, das würde immer so bleiben. Wie hatte er sich das je einreden können? Sein unbeherrschtes Verhalten von vorhin hatte ihm schlagartig bewusst gemacht, dass er es auch gar nicht mehr wollte.

So schmal war also die Grenze.

Aber natürlich hatte er das seit jeher gewusst.

Er rieb sich die Augen und seufzte tief. Er befand sich in einem tiefen Zwiespalt, hin- und hergerissen zwischen Vernunft und Gefühl.

Er stand auf und betrachtete die strenge Einrichtung, die ihm plötzlich völlig fremd vorkam. Ihre Einfachheit und Klarheit hatte einst so beruhigend auf ihn gewirkt, doch nun kamen ihm die geraden Linien des Interieurs wie eine einzige harsche Anklage vor, und die leuchtenden Farben schrien ihn an und schnürten ihm die Luft ab.

War es wirklich erst fünf Jahre her, dass er mit Alice zusammen Farbmustermappen durchgesprochen hatte, an den Wochenenden mit ihr durch Möbelhäuser geschlendert war und sie beim Abendessen fast nur noch über die Vor- und Nachteile von Woll- oder Kunstfaserteppichen geredet hatten?

Es kam ihm vor, als gehörten diese Szenen zum Leben eines anderen.

War er noch dieselbe Person?

Susan.

Sie besaß eine Dimension, die ihn stärker faszinierte, als er die ganze Zeit über hatte wahrhaben wollen. Sie vermittelte ihm das Gefühl, nicht allein zu sein. Und er war allein. Trotz Alice. Trotz allem.

Wie hätte er den Kontakt zu ihr abbrechen können? Das hätte an geistigen Selbstmord gegrenzt. Der kultiviertere Teil seines Selbst mahnte ihn, dass er Unrecht tat. Dieser Teil von ihm hatte lange mit Normen und Werten gerungen, Fragen der Treue und Untreue und der fließenden Grenzen zwischen beiden. Alice hatte nie etwas gemerkt, aber wie sollte sie auch. Er mailte tagsüber, wenn sie arbeitete, und sie kannte nicht einmal das Passwort für seinen E-Mail-Zugang. Vielleicht ahnte sie etwas, aber wenn, verbarg sie es äußerst geschickt vor ihm. Ebenso geschickt, wie er wichtige Dinge vor ihr verborgen hielt.

Der tiefe Zwiespalt in ihm hatte dafür gesorgt, dass er Susan und alles, was sie für ihn bedeutete, auf den Spielplatz hinter seiner Stirn verbannt hatte, wo sie sicher verborgen war. Und völlig harmlos, nicht real, ein virtuelles Spiel.

Alles nur Illusion.

Er war vor vollendete Tatsachen gestellt worden.

Nichts war mehr wie zuvor.

Im Keller herrschte Kühle. Er betrat den Trainingsraum, der

in seinen Augen jetzt eher einer Trauerhalle als dem perfekt gestylten Raum glich, den er einmal darin gesehen hatte. Aus reiner Gewohnheit legte er eine CD von Papa Roach ein. Fette Bässe wummerten drauflos und Jacoby Shaddix schrie aus den in die Decke integrierten Lautsprechern. *I need some space to clear my head, to think about my life, with or without you.* Zufälle wie dieser waren wohl ein typisches Naturereignis, dachte er sarkastisch.

Er stellte das Laufband auf maximale Steigung ein. Fing an zu laufen, mit einer Geschwindigkeit von 12 Kilometern pro Stunde. Nach fünf Minuten steigerte er das Tempo. Er war in hervorragender Verfassung, aber nach einer Viertelstunde Bergauflaufen floss ihm der Schweiß in Strömen über das Gesicht und sein T-Shirt klebte ihm am Oberkörper.

Dreißig Minuten später rannte er immer noch. Seine Wadenmuskeln brannten und fingen an, sich zu verkrampfen, und er war vollkommen außer Atem. Die laute Musik dröhnte durch den Raum, aber er nahm sie gar nicht mehr wahr. Das monotone Stampfen seiner Füße auf dem Gummiband war das Einzige, das noch in sein Bewusstsein vordrang. Und die Stimme in seinem Kopf, die quälend und unaufhörlich im Rhythmus seiner Schritte flüsterte: »*Arme Alice, arme Alice, arme Alice.*«

Er rannte, bis er den Schmerz nicht mehr spürte und sich der weiße Raum um ihn herum in schwarze Flecken auflöste. Erst dann stoppte er das Band. Nach Luft ringend und am ganzen Körper zitternd beugte er sich über den Handlauf.

Was bin ich doch für ein unglaubliches Arschloch.

6

Er saß in einem großen Café, das schon vor zwanzig Jahren eine gründliche Renovierung hätte gebrauchen können. Wenn der Wirt noch einmal zehn Jahre durchhielt, wäre die Einrichtung aus den Achtzigern vermutlich schon wieder trendy. Eine leere Kaffeetasse stand vor ihm und eine Zeitung, die *Limburgse Courant*, lag aufgeschlagen auf dem Tisch. Er trug einen billigen beigefarbenen Anzug und neben ihm auf dem Boden stand ein Aktenkoffer.

Heute mimte er einen Vertreter.

Er wurde langsam ungeduldig. Seit zehn Uhr saß er hier, und es hatte sich noch nichts getan. Vielleicht hatte er sich ja geirrt. Manchmal erwiesen sich an einem bestimmten Punkt sämtliche Anstrengungen als vergeblich, und er musste nach monatelanger Planung sein Vorhaben abblasen. Vielleicht war das auch diesmal wieder der Fall. Er konnte nur noch eine halbe Stunde bleiben, länger nicht. Kein Vertreter, wie lahm auch immer, würde einen ganzen Vormittag über in einem miesen Café wie diesem hier herumhocken. Es wäre zu auffällig.

Er zog noch eine Zigarette aus dem Päckchen. Unwillkürlich fiel sein Blick auf den schwarz-weißen Aufdruck mit dem schwarzen Trauerrand. Wie bei einer Todesanzeige, und so war es wohl auch gedacht. In Großbuchstaben stand schwarz auf weiß: *RAUCHEN IST TÖDLICH.*

»Ich habe schlechte Nachrichten für dich«, flüsterte er dem Päckchen zu. »Leben ist auch tödlich.«

Er verlagerte den Blick wieder zu dem in Schwarz und Rot gehaltenen Bordell auf der gegenüberliegenden Straßenseite. Anstelle der Scheiben waren rote Holzplatten mit der schwarzen Silhouette einer nackten Frau in die Fensterrahmen eingelassen. In der Mitte über der Eingangstür befand sich eine Kamera. Weiter oben an der Fassade waren Lämpchen angebracht, die Buchstaben und Ziffern bildeten. *Club 44*.

Vor dem Bordell hielt ein schwarzer Camaro. Seine Sinne waren aufs Äußerste geschärft. Er beugte sich über den Tisch, die rechte Hand an die Schläfe gelegt – ein Mann, der in Gedanken versunken die Zeitung las.

Diese verdammte Brille.

Er hob sie ein wenig an, sodass er mehr sehen konnte als nur verschwommene Umrisse. Wenige Sekunden genügten ihm, um sich das Autokennzeichen und das Aussehen des Mannes, der aus dem Wagen ausstieg, einzuprägen. Der Fahrer war drahtig, ungefähr einen Meter siebzig groß und hatte ein Spitzmausgesicht mit kleinen, stechenden Augen. Sein schwarzes Haar trug er zu einer fettigen Tolle glatt nach hinten in den Nacken gekämmt. Es war der junge Mann, den er schon vor einiger Zeit Johnny getauft hatte, wegen des Camaros. Johnny besaß offensichtlich einen Hausschlüssel und betrat in diesem Moment das Bordell.

»Möchten Sie noch eine Tasse Kaffee?«, fragte plötzlich die rothaarige Serviererin in ihrem singenden, schleppenden Limburger Dialekt. Er erschrak, fing sich aber sofort wieder. Sie hatte gewiss nichts bemerkt.

»Hm«, murmelte er abwesend und beugte sich wieder über seine Zeitung. Die Serviererin ließ sich nicht so leicht abschütteln. »Sonst noch etwas, mein Herr?«

»Nein danke. Nur einen Kaffee, bitte«, antwortete er, ohne den Blick von der Zeitung zu heben.

Die Serviererin verschwand hinter der Theke. Schon nach einer Minute war sie wieder zurück und stellte die Tasse Kaffee neben seine Zeitung auf den Tisch.

»Sie sind wohl nicht von hier, oder?«

»Nein.«

Mein Gott, jetzt hau schon ab!

Sie versuchte, ihm in die Augen zu schauen, doch er mied wohlweislich ihren Blick.

»Möchten Sie vielleicht etwas essen?«

»Nein«, wiederholte er so desinteressiert wie möglich. Am liebsten hätte er sie grob angefahren. Ihr ins Gesicht geschrien, sie solle sich gefälligst um ihre eigenen Angelegenheiten kümmern. Aber das wäre natürlich unvernünftig gewesen.

Seiner Erfahrung nach konnte man nie wissen, ob irgendwo ein Zusammenhang existierte. Stets musste man darauf achten, was man sagte und mit wem man redete. Wen man ansah und wer einen selbst beobachtete. Selbst Personen, die man niemals miteinander in Verbindung gebracht hätte, die grundverschiedener Herkunft waren oder weit entfernt voneinander wohnten, konnten die besten Freunde sein. Die Serviererin konnte Johnnys Mutter sein. Oder seine Freundin. Die Nachbarin seiner Mutter. Seine Putzfrau. Es war nicht wahrscheinlich, aber durchaus möglich. Und vielleicht würde sie sich an sein Gesicht erinnern, falls er eine Unterhaltung mit ihr begann. Das konnte ihn später teuer zu stehen kommen. Eine solche Querverbindung konnte ihn sogar das Leben kosten.

Daher war es wichtig, nicht aufzufallen. Leider hatte er ein Handicap: Frauen flogen auf ihn. Sogar wenn er das Haar seiner blonden Perücke zu einem Seitenscheitel gekämmt hatte, wie es in gewissen christlichen Kreisen populär war, und eine dicke Kurzsichtigenbrille seine faszinierenden Augen winzig klein und ausdruckslos erscheinen ließ. Dann standen andere

Frauen auf ihn als normalerweise, die weniger schönen und älteren. Aber er blieb ein Frauentyp.

Er griff nach einem Stift und begann, ein Kreuzworträtsel zu lösen. Es schien zu wirken. Ihr Interesse erlahmte.

»Na ja«, sagte sie leicht gereizt. »Wenn Sie etwas brauchen, sagen Sie mir einfach Bescheid.«

Und sie verschwand aus seinem Blickfeld.

Er schaute wieder hinaus. Hinter dem Camaro hielt ein blauer VW Golf mit deutschem Kennzeichen, aus dem zwei Männer ausstiegen. Ein dunkelblonder Typ, den er wegen seiner scheuen Art Hase nannte und der, abgesehen von seinem blonden Haar, Johnny ähnelte, sowie ein Mann um die fünfzig mit mürrischem Gesicht und tiefen Falten in den Wangen, die ihm in Verbindung mit den dicken Tränensäcken Ähnlichkeit mit einem Bluthund verliehen. Der ältere Mann hatte einen forschen Schritt und eine autoritäre Ausstrahlung. Hase tänzelte um ihn herum, hielt ihm die Tür auf und schlüpfte hinter ihm zur Haustür hinein.

Er verspürte ein angenehmes Prickeln im ganzen Körper. Mehr brauchte er für heute nicht zu wissen. Noch drei, vier Tage und es konnte wieder losgehen.

Er warf einen Fünf-Euro-Schein auf den Tisch, verließ ohne sich noch einmal umzudrehen das Café und machte sich auf den Weg zu seinem Auto, das einen Häuserblock weiter in einem Parkhaus auf ihn wartete.

7

Für den besonderen Anlass hatte man die Villa in ein Märchenschloss aus Tausendundeiner Nacht verwandelt. Alles war absolut perfekt, bis in die kleinsten Details. Bei gedämpfter Beleuchtung traten auf verschiedenen Bühnen Bauchtänzerinnen, Schlangenbeschwörer und Feuerspucker auf.

Inmitten von hunderten Gästen in Abendkleidung, die durch den Raum schlenderten und sich angeregt unterhielten, lehnte Alice allein an einem Stehtisch. Sie strich den Stoff ihres Cocktailkleides glatt und befühlte vorsichtig ihr aufgestecktes Haar. Alles saß noch, wie es sollte. Ein fantastisches Kleid. Champagnerfarben. Die passenden Pumps dazu. Eine Frisur, an der Enrico heute Nachmittag zwei Stunden gearbeitet hatte. Sie sah aus wie ein Filmstar. Und genau das war ihre Absicht gewesen. Sie wollte Aufsehen erregen.

Eine Stunde bevor sie von zu Hause losgefahren waren, hatte sie sich vor dem wandhohen Spiegel in ihrem Ankleidezimmer hin- und hergedreht. Sie hätte sich selbst fast nicht wiedererkannt. Entzückt hatte sie sich zu Sil umgewandt, der mit gereizten Bewegungen seine Smokingkrawatte band. Doch er hatte ihr Aussehen erst kommentiert, nachdem sie ihn ausdrücklich darum gebeten hatte.

»Du siehst immer schön aus«, hatte er gemurmelt.

Den Smoking hatte sie ihn zuletzt in seiner *Sagittarius*-Zeit tragen sehen. Ihr war aufgefallen, dass ihm die Jacke ein wenig eng saß. Sie spannte um Schultern und Rücken. Und sein kurz rasiertes Haar passte nicht recht zu der eleganten Aufmachung. Aber das war ihr egal. Er begleitete sie. Das allein war schon wundervoll. Mehr verlangte sie gar nicht.

Auf der Fahrt nach Naarden hatte Sil kein Wort gesagt, und nachdem sie hineingegangen waren, sank seine Stimmung endgültig auf den Nullpunkt. Er sprach nicht mehr als das Allernotwendigste. Lächelte nicht einmal. Auch nicht, als sie ihm ihre Kollegen vorstellte, denen er gezwungenermaßen die Hände geschüttelt und die er danach eiskalt ignoriert hatte, als seien sie Luft für ihn.

Es war fast schon peinlich.

Ein Ober in goldfarbener Hose und mit nacktem, geöltem Oberkörper räumte ihr leeres Glas ab. Es war noch voll gewesen, als Sil sich entschuldigt hatte. Sie schaute auf die Uhr und spürte, wie ihre Anspannung wuchs.

Das Telefon läutete.

»Susan«, sagte sie nur.

»Ich bin's.«

Ihr Herz setzte für einen Schlag aus. Sie hörte Stimmengewirr und Gelächter im Hintergrund, als riefe er von einer Kneipe aus an. Obwohl ihr Körper heftig auf seine Stimme reagierte, versuchte sie krampfhaft, sich nichts anmerken zu lassen.

»Hallo«, sagte sie, sorgfältig ihre Atmung kontrollierend.

»Wie geht's dir?«

»Gut«, log sie.

»Ich möchte dich wiedersehen, Susan. Ich glaube, es wäre besser, wenn wir über alles reden würden. Ich kann kein Auge mehr zutun.«

»Es gibt da nicht viel zu bereden«, antwortete sie leise. »Ich glaube, es ist besser, alles beim Alten zu lassen. Es führt ja doch zu nichts. Wir würden nur uns und anderen unnötig wehtun.«

Er schwieg einen Moment und sagte dann: »Ich würde gern unter vier Augen mit dir reden, nicht am Telefon.«

»Aber es gibt nichts, worüber wir reden müssten. Wir sind zu weit gegangen. Nein, falsch: Ich bin zu weit gegangen. Ich will nicht, dass deine Ehe mit Alice wegen mir in die Brüche geht. Ich weiß nur zu gut, was du ihr bedeutest. Und ich weiß, dass du sie liebst.«

»Die Sache mit Alice habe ich zu verantworten«, erwiderte er leicht gereizt. »Sie ist mein Problem, nicht deines. Du solltest Probleme denjenigen überlassen, die sie etwas angehen.«

»Nein«, entgegnete sie. »Wir hätten uns mit unserer Fantasie begnügen sollen, Sil.«

Bevor er antworten konnte, knallte sie den Hörer auf die Gabel. Einen Moment lang starrte sie wie betäubt auf den Apparat.

Hatte sie das wirklich getan?

Keine drei Sekunden später läutete wieder das Telefon. Sie nahm nicht ab. Der schrille Klingelton füllte ihr Apartment. Wütend riss sie den Stecker aus der Wandsteckdose.

»Mist!«, fluchte sie das Bild mit den bunten Koi-Karpfen an, das über ihrem Esstisch hing. »Verdammter Mist, verdammter!«

»Kann ich Ihnen irgendwie helfen?« Die Stimme kam von der Tür her.

Mit einem Ruck drehte sie sich um. Schaute in das Gesicht eines Mannes, der in ihrer Diele stand. Freundliche, mandelförmige Augen. Feine Gesichtszüge, gebräunte Haut. Blondes, ziemlich kurzes Haar mit beginnenden Geheimratsecken. Schätzungsweise ein Meter achtzig groß oder etwas kleiner. Durchschnittlicher Körperbau. Jeans, blaues Langarm-Shirt mit rotem Replay-Logo quer über der Brust. Trekkingschuhe.

Sie hatte ihn noch nie zuvor gesehen.

»Entschuldigung«, sagte er. »Die Tür stand einen Spalt offen, und ich habe laute Stimmen gehört.«

Sie hätte sich in die Nase beißen können. Wie konnte sie nur so dumm sein? Die Tür klemmte bei feuchtem Wetter. Das halbe Jahr Abwesenheit hatte sie das vergessen lassen. Sie konnte froh sein, dass jetzt nur ein ziemlich unschuldig aussehender Kerl in ihrer Wohnung stand und nicht irgendein skrupelloser Junkie.

Der Mann kam ein paar Schritte näher und reichte ihr die Hand.

»Ich bin der neue Nachbar, Sven Nielsen.«

Sie kam wieder zu sich. Schüttelte ihm die Hand.

»Susan Staal.«

»Ich weiß.«

Sie schaute ihn verständnislos an. Er zeigte über seine Schulter. »Das Türschild. Und dein Haussitter. Dieser Hardrock-Musiker.«

»Ach ja.«

Ihr wurde klar, dass sie ziemlich dämlich wirken musste. Das war natürlich der Mann, von dem ihr Reno erzählt hatte. Einen schönen ersten Eindruck musste er von ihr gewonnen haben. Erst ein sehr persönliches Telefongespräch, auf das sie nicht gerade stolz war, und anschließend eine Schimpfkanonade ins Leere.

Sie hätte die ganze Sache am liebsten vergessen. Sie rieb mit den Handflächen über die Seitennähte ihrer Jeans, um ihre Unsicherheit zu überspielen.

»Entschuldige, Sven, aber ich bin wohl ziemlich durcheinander. Komm doch rein.«

Sie wies einladend auf den Esszimmertisch, und er setzte sich. Seinem Gang nach zu urteilen hätte er Sportler sein können. Oder Physiotherapeut. Ja, genau, Physiotherapeut,

Sportmasseur, irgendetwas in der Richtung. Sie konnte sich gut vorstellen, wie er mit älteren Leuten auf dem Flur eines Reha-Zentrums Übungen durchführte. Nicht groß, aber stark. Sehnig. Sauber, gepflegt.

Er wies mit einem Nicken auf das Telefon.

»Beziehungsstress?«

Er hatte das Telefonat also mitgekriegt. Es war ihr wahnsinnig unangenehm.

»Ja, so was Ähnliches.«

»Tja«, sagte er. »Ist es nicht immer ›so was Ähnliches‹? Ich habe immer geglaubt, mir könnte das nicht passieren, und so war es auch, mir ist es tatsächlich nicht passiert. Aber meiner Frau. Wenn alles gut geht, darf ich mein Kind in Zukunft an den Wochenenden sehen. Wenn ich Pech habe, schafft sie es, den Prozess noch ein paar Monate in die Länge zu ziehen, so lange, bis mein Kleines mich gar nicht mehr erkennt.«

»Tut mir leid für dich.«

»Ich werd's überleben.«

»Warum hat sie dich verlassen?«

Er zuckte mit den Schultern. »Sie hat mich nicht verlassen, sie hat mich vor die Tür gesetzt. Ein Freund von mir hatte die Wohnung nebenan zu vermieten, deshalb wohne ich vorübergehend hier. Bis ich etwas anderes gefunden habe.«

Sie nickte.

»Entschuldige, dass ich dich damit belästige«, sagte er. »Aber ich habe eben mit dem Rechtsanwalt gesprochen. Normalerweise bin ich nicht so ungesellig, das kannst du mir glauben.«

Sie glaubte ihm. Trotz der schwierigen Situation, in der er steckte, wirkte er wie ein fröhlicher, offener Mensch. Er war ihr auf Anhieb sympathisch. Irgendwie vertraut. Es musste an seiner Ausstrahlung liegen. Ein freundlicher, unkomplizierter

Typ, der den Eindruck erweckte, sich überall gleich zu Hause zu fühlen.

»Was ist denn passiert?«, fragte sie und fügte hinzu: »Vorausgesetzt, du möchtest darüber reden.«

»Ach, die übliche Geschichte. Die Beziehung schläft ein, weil man nichts in sie investiert. Viel Streit um nichts. Dann lernte sie jemand anderen kennen, der ihr Spannung und Abenteuer verhieß, und sie ist davon überzeugt, dass das immer so bleiben wird. Barer Unsinn natürlich, aber zwischen den beiden stimmt halt die Chemie, was soll man dagegen machen.«

Sie blickte ihn schweigend an. Von Chemie konnte sie ein Lied singen.

Er schwieg für einen Augenblick. »So ähnlich war's jedenfalls.«

»Dir geht's sicher nicht gut im Moment.«

»Ach, halb so wild. Allmählich fange ich an, mich an den Zustand zu gewöhnen. So toll war sie nun auch wieder nicht. Außerdem muss ich ein Stück weit auch mir selbst die Schuld geben. Ich war praktisch nie zu Hause. Das Schlimme ist nur, dass ich so verrückt nach meinem Kind bin. Sonst wäre es gar nicht so schlimm für mich.«

»Hast du einen Sohn oder eine Tochter?«

»Einen Sohn. Er heißt Thomas.«

»Wie alt ist er?«

»Zwei Jahre. Und drei Monate.«

Sie dachte an Alice und Sil. Die beiden hatten keine Kinder. Aber galt das als Freibrief, ihre Ehe auch nur im Mindesten zu gefährden? Alice würde nicht so leicht mit einer Trennung fertig werden wie ihr frischgebackener Nachbar. Das war sonnenklar.

»Ich wollte gerade Kaffee kochen«, sagte sie und ging in die Küche. »Möchtest du auch eine Tasse?«

»Gerne. Aber wenn ich ungelegen komme, bin ich sofort wieder weg, dann holen wir das Kaffeetrinken eben morgen nach. Sollte deine Tür verschlossen sein, klingle ich einfach.«

Sie lächelte. Er besaß Humor. Ihr neuer Nachbar, der Masseur oder Physiotherapeut, erwies sich als netter Unterhalter. Man konnte es schlimmer treffen mit seinen Nachbarn.

»Und wie steht's mit dir?«, fragte er. »Auch geschieden?«

Sie nickte.

»Schon lange her, in einem anderen Leben. Aber es war nicht schlimm. Nicht so wie bei dir. Wir haben keine Kinder. Und keiner von uns beiden hatte jemand anderen. Wir passten einfach nicht zusammen. Auch das kommt vor. Wir treffen uns noch hin und wieder, aber recht selten. Er hat inzwischen eine Frau gefunden, die besser zu ihm passt. Häuschen, Garten, Hund, das liegt ihm eher. Ich bin nicht so sehr der häusliche Typ.«

Er schaute sich um. Sie folgte seinem Blick. Ein mit gelbem Stoff bezogenes Sofa aus dem Wehkamp-Katalog, Kiefernmöbel von Ikea. Preiswertes Parkett, verputzte Wände. Einige Reproduktionen von Koi-Karpfen und Vergrößerungen ihrer eigenen Werke. Darunter eine von einem verlassenen Strand in Ägypten mit zwei zusammengeklappten Sonnenschirmen, die nun seit zwei Jahren an dieser Stelle hing.

Gemütlich genug für eine Wohnung. Zu wenig persönliche Gegenstände, um ein Zuhause daraus zu machen. Sie empfand eine seltsame Hassliebe zu ihrer Geburtsstadt. Das Nachhausekommen war immer wunderbar. Aber das Fortgehen fühlte sich mindestens genauso gut an.

Sie stellte zwei blaue Becher auf den Tisch und setzte sich ihm schräg gegenüber. *Masseur oder Physiotherapeut?*

»Was machst du denn so beruflich?«

»Ich bin Tierarzt.«

Falsch geraten. Na ja, wenigstens der weiße Kittel stimmte.

»Interessanter Beruf«, sagte sie. »Hast du eine eigene Praxis?«

»Ja, schon seit fast sechs Jahren. Nichts Besonderes, keine voll ausgerüstete Tierklinik oder so. Aber es läuft gut. Es gibt viele kranke Hunde und Katzen. Das kommt von dem Fertigfutter. Ideal für Tierärzte.«

Sie lächelte jetzt, und er schaute sie amüsiert an.

»Findest du das lustig?«, fragte er.

»Ja, schon. Genau das, was ich im Moment brauche. Etwas zum Lachen.«

Mit einer Geste zum Telefon fragte er: »Möchtest du darüber reden?«

Er sah, wie sie traurig wurde. »Na ja, geht mich ja auch nichts an«, lenkte er rasch ein.

Sie zuckte mit den Schultern. Fühlte sich wohl in seiner Gegenwart. Aber sie sah keinen Sinn darin, ihm etwas über Sil zu erzählen. Wollte ihn vorerst im Ungewissen lassen.

»Vielleicht erzähle ich es dir irgendwann mal«, vertröstete sie ihn. »Bestimmt lag es an deinem Beruf, dass du so selten zu Hause warst.«

»Ja, stimmt, vor allem am Anfang. Du kennst das bestimmt. Man ist voller Elan, hat einen Haufen Geld investiert, das man wieder herausholen muss. Das Bafög muss auch abbezahlt werden. Morgens operieren, nachmittags Hausbesuche und Sprechstunden. Am frühen Abend wieder Sprechstunde und nachts Notoperationen, Kaiserschnitte, Unfallopfer, schwierige Geburten. Ich wurde zu den unmöglichsten Zeiten gerufen. Ein Notarzt für Tiere. Vierundzwanzig Stunden rund um die Uhr verfügbar sein müssen ist kein Zuckerschlecken, das kannst du mir glauben.«

»Und jetzt?«

»Vor einem halben Jahr habe ich einen Kollegen mit hineingeholt, der die Routinearbeiten übernimmt.«

»Zu spät, um deine Ehe zu retten?«

Er nickte. »Aber noch rechtzeitig, um den Spaß an meinem Beruf nicht ganz zu verlieren. Nach der zehnten Kastration schleicht sich die Routine ein und bei der hundertsten ist es schon fast wie Fließbandarbeit. Es gibt zwar große, kleine und mittlere Hoden, manche Patienten sind gleich wieder auf den Beinen und andere nicht, aber letztendlich ist es immer dasselbe. Geisttötend. Deshalb konzentriere ich mich nur noch auf die interessanten Fälle. Komplizierte Brüche, lästige Allergien. Herausforderungen, bei denen ich meinen Grips benutzen muss.«

»Den Haufen Geld hast du also schon wieder raus, stimmt's?«

»Stimmt«, sagte er. »Und so viel brauche ich gar nicht. Für mich allein.«

»Musst du keine Alimente zahlen?«

Er schüttelte den Kopf. »Nein, der neue Freund meiner Frau sorgt für sie. Er hat Geld wie Heu.«

»Tja, da bleibt für dich natürlich mehr übrig.«

Er nickte. »Ja, das ist ein ganz schöner Unterschied. Und du? Du bist Fotografin, stimmt's?«

»Reno war wirklich sehr gesprächig für seine Verhältnisse.«

»Er war einen Abend auf ein Bier bei mir. Einen Kasten Bier, um genau zu sein. Ich konnte nicht mit ihm mithalten. Netter Junge. Er hat wirklich ein Problem. Aber ich glaube, das wird sich schon geben, wenn er mal ein bisschen älter ist.«

»Das hoffe ich auch.«

Er trank einen Schluck von dem Kaffee.

»Fotografin. Muss ein schöner Beruf sein. Du brauchst dir die Hände nicht schmutzig zu machen. Keine jammernden

Herrchen und Frauchen, keine heiklen Gespräche. Kein Stress. Niemand, der dir auf die Finger schaut. Keine Praxishypothek, keine Schulden. Klick, und weg bist du wieder. Freiheit. Habe ich Recht?«

Sie nickte. »Mehr oder weniger.«

»Hast du ein bestimmtes Spezialgebiet? Du warst doch wegen eines Auftrags in Australien?«

»Ja, ich mache hauptsächlich Naturaufnahmen, Landschaftsfotografie zum Beispiel. Aber auch viele Reisereportagen. Und Tierporträts.«

»Du reist also kreuz und quer durch die ganze Welt und bekommst auch noch Geld dafür?«

»Es hört sich romantischer und spannender an, als es in Wirklichkeit ist«, erwiderte sie. »Meistens habe ich keine Zeit, auch privat ein bisschen Urlaub zu machen. Außerdem ist es oft ein einsamer Job. Man begegnet Menschen, die man danach nie mehr wiedersieht. Freunde für einen Tag. Oder für eine Woche. Und mit Bäumen und Steinen kann man nicht reden.«

»Dir macht die Arbeit also keinen Spaß?«

Sie zuckte mit den Schultern. »Von allen Möglichkeiten, meinen Lebensunterhalt zu verdienen, bietet mir diese einfach die meiste Freiheit. Ich will mich nicht beklagen, wenn ich daran denke, dass die meisten Leute jeden Tag in denselben vier Wänden hocken, jahrein, jahraus. Ich sehe wenigstens etwas von der Welt und komme viel herum. Aber das bringt auch eine gewisse innere Zerrissenheit mit sich, und damit muss man erst mal fertig werden.«

Plötzlich dudelte in voller Lautstärke die Melodie von *O when the Saints go marching in.*

Svens Handy. Er wechselte ein paar Worte mit dem Anrufer und steckte es wieder weg.

»Ich muss los. Ein Rottweiler mit einem komplizierten Knochenbruch. Mein Job also. Die interessanten Fälle, wie gesagt.«

Sie brachte ihn zur Tür und schloss sie hinter ihm. Drückte noch einmal fest dagegen. Hörte ein beruhigendes Klicken. Kontrollierte nochmals, ob sie auch wirklich geschlossen war.

War sie.

»Ist dein Mann nicht mitgekommen?«

Alice musste den Kopf in den Nacken legen, um Paul ins Gesicht sehen zu können. Er trug einen ähnlichen Smoking wie Sil. Mit dem Unterschied, dass Pauls Smoking wie angegossen saß und er ganz offensichtlich daran gewöhnt war, stilvolle Kleidung zu tragen. Er bewegte und verhielt sich dementsprechend.

»Doch, er muss hier irgendwo sein, Paul«, antwortete sie und schaute sich wieder überall um. Eine Menschenmenge, hunderte von Gästen. Aber keine Spur von Sil.

»Wenn ich mit dir auf einer Party wäre, würde ich dich keine Sekunde aus den Augen lassen.«

»Ich erwarte ihn jeden Moment zurück.«

Die Band intonierte ein langsames R&B-Stück.

»Zu spät«, sagte Paul und zog sie mit zur Tanzfläche, auf der sich immer mehr Paare drängten, die offensichtlich zueinander gehörten oder sich nahe sein wollten.

Alice blickte sich nervös um. Sil war weit und breit nicht zu sehen. Und Paul ließ seine Hand immer weiter ihren Rücken hinunterwandern.

»Du siehst wirklich fantastisch aus, Alice.«

Er streichelte ihr langsam über den Po und mit Erschrecken stellte sie fest, dass sie das gar nicht mal unangenehm fand.

Das musste ein Ende haben.

»Bitte nicht, Paul«, sagte sie und versuchte dabei, autoritär zu klingen, jedoch ohne großen Erfolg.

»Bitte entschuldige«, flüsterte er ihr ins Ohr. »Ich habe mich für einen Moment gehen lassen.«

Plötzlich entdeckte sie Sil, der Paul mit finsteren Blicken anstarrte.

Sie fühlte sich ertappt wie ein Schulmädchen, obwohl sie sich nichts hatte zu Schulden kommen lassen.

Oder doch?

Sil betrat mit raschen Schritten die Tanzfläche. Ungeschickt löste sich Alice aus Pauls Armen.

»Das … das ist mein Mann, Sil. Sil, das ist Paul, mein Chef.«

Paul streckte ihm jovial grinsend die Hand hin. Sil nahm sie nicht an.

»Tag, Paul«, sagte er betont und musterte ihn mit eiskaltem Blick. Forderte ihn heraus.

Paul verzog den Mund zu einem Lächeln. Er ließ sich nicht so leicht einschüchtern, noch dazu auf seinem Territorium.

»Deine Frau wirkte etwas verloren«, sagte Paul. »Ich habe ihr ein wenig die Langeweile vertrieben. Ich hoffe, du hast nichts dagegen. Eine ganz wunderbare Frau hast du übrigens.«

Alice fasste Sil am Oberarm. Fühlte, wie seine Muskeln unter dem Smoking hart angespannt waren. Es war nur noch eine Frage von Sekunden, bis die Situation eskalieren würde.

»Ich möchte jetzt gern etwas trinken, Sil.«

Sil und Paul starrten sich weiterhin unverwandt an.

»Sil?«, fragte sie fast verzweifelt.

Endlich drehte er sich um. Zog sie mit sich von der Tanzfläche. Sie konnte kaum mit ihm Schritt halten. Die Leute wichen automatisch beiseite. Als die Tanzfläche außer Sichtweite war, blieb er abrupt stehen. Sie wäre beinahe mit ihm zusammengeprallt.

Er packte sie grob am Unterarm. »Was bildet dieser Idiot sich eigentlich ein?«

»Er … er hat es nicht so gemeint.«

»Er hat es nicht so gemeint?« Er stieß ein ersticktes Lachen aus, aber seine Augen lachten nicht mit.

»Schreib es dir hinter die Ohren, Alice, wenn der Kerl dich noch einmal angrapscht, ist er tot.«

»Meine Güte, Sil, jetzt reagiere doch nicht so aggressiv. Mach doch nicht so ein Drama daraus. So ist er nun mal.«

Sil wurde laut. »Ach, er befummelt dich wohl öfter am Hintern? Gehört das auch zu deinem Job? Dich von deinem Chef begrapschen zu lassen?«

Einige der Umstehenden wandten die Köpfe.

»Jetzt rede doch nicht so ordinär daher. Ausgerechnet hier«, flüsterte sie eindringlich. »Es wäre gar nicht so weit gekommen, wenn du mich nicht einfach hättest stehen lassen. Wo warst du denn so lange?«

Er wandte den Blick ab. »Ich musste mal kurz telefonieren. Es ging um ein Projekt, das heute Abend fertig werden muss. Morgen soll es anlaufen.«

Er zog eine Zigarette aus einem Päckchen und zündete sie mit einem Zippo-Feuerzeug an. Der Benzingeruch stieg ihr in die Nase.

»Ich habe Durst. Lass uns etwas trinken gehen.«

»Okay«, sagte er voller Zynismus. »Trinken wir etwas.«

»Sil Maier! Alter Übeltäter!«

Die hohe, dünne Stimme gehörte zu einem Mann um die sechzig mit lockigem, grauem Haar und einer ungesunden Röte im Gesicht. Breit lächelnd und mit ausgestreckter Hand kam er auf sie zu. Sil erkannte Henk van Doorn, seinen Steuerberater oder besser: seinen ehemaligen Steuerberater. Er besaß eine große Kanzlei im Gooigebiet. Stammte aus einer wohlhabenden Familie.

Henk nickte Alice zu und wandte sich gleich darauf wieder an Sil.

»Ein richtiges Spektakel, was? Muss ein kleines Vermögen gekostet haben, wenn du mich fragst.«

Sil schwieg.

»Paul macht keine halben Sachen«, sagte Alice rasch.

»Vergiss Anna nicht«, erwiderte der Steuerberater. »Die hat sicher ihr Scherflein dazu beigetragen. Mehr, als du ahnst. Dahinten ist sie übrigens.«

Einige Meter entfernt unterhielten sich einige Frauen miteinander. Im Mittelpunkt stand eine ungewöhnlich große Dame mit kurzen, roten Haaren. Sie trug ein grünes, üppig mit Juwelen geschmücktes Abendkleid und strahlte ein natürliches Selbstbewusstsein aus.

»Anna, die Frau von Paul Düring«, sagte der Steuerberater, als enthülle er ein Kunstwerk.

»Ich kenne sie«, sagte Alice. »Sie kommt gelegentlich in die Firma. Aber nicht allzu oft. Ich dachte, sie wolle mit dem Geschäft nicht viel zu tun haben?«

»Will sie auch nicht«, antwortete Henk. »Es erstaunt mich daher, dass sie heute Abend hier ist. Aber sie kann sich ja auch voll auf Paul verlassen, was die Geschäftsführung angeht. Er ist kreativ, zielstrebig und kann gut mit den Programmleitern umgehen.«

»Ich dachte, die Firma gehört Paul?«, sagte Alice. »Das wurde mir jedenfalls so gesagt.«

»Stimmt nicht«, entgegnete der Steuerberater. »Anna besitzt die Anteilsmehrheit an *Programs4You*. Aber das weiß kaum jemand. Paul hat die Firma vor zehn Jahren gegründet, und schon zwei Jahre später wäre sie beinahe den Bach runtergegangen. Seine Projekte waren allesamt viel zu groß angelegt. Zu wenige Abnehmer, zu hohe Kosten. Die Banken drehten ihm den Geldhahn zu. Er stand am Rande der Insolvenz. Da lernte er Anna kennen, und sie war seine Rettung. Sie hat ihm finanziell wieder in den Sattel geholfen und die Theaterproduktionen ins Leben gerufen. In der ersten Zeit lebte die Firma noch vom Theater, aber Pauls Beitrag wurde nach und nach immer bedeutender.«

»So viel weiß ich auch«, sagte Alice. »Annas Firma war die erste, die auf einer festen Vertragsbasis große ausländische Theaterproduktionen in die Niederlande holte.«

Henk nickte. »Sehr, sehr gewagt, wenn man mich fragt, aber sie hatte großen Erfolg mit ihrem Konzept.« Er wandte sich wieder Sil zu, der bisher kein Wort gesagt hatte. »Wo wir gerade über Geschäfte sprechen, wie läuft es denn eigentlich bei dir, seit du deine Firma verkauft hast? Ich vermisse dich als Mandanten. Die meisten haben keine Ahnung, wie man eine Firma aufzieht. *Sagittarius* dagegen war ein Musterunternehmen.«

»Das kam in deinen Erklärungen aber nie zum Ausdruck«, entgegnete Sil kurz angebunden.

Der Steuerberater lächelte. »Nur weil du keine Ahnung hast, wie viel die anderen zahlen müssen. Wer erledigt deine Buchhaltung denn jetzt für dich?«

Der Mann ging Sil maßlos auf die Nerven. Van Doorn lebte in einer Welt, die nicht mehr die seine war. Er hatte keine Lust, über die Vergangenheit zu plaudern.

»Ich kümmere mich selbst darum«, antwortete er. »Kurz- und langfristige Projekte, zwanzig Rechnungen pro Jahr. Keine Angestellten. Deine Leute hätten nicht mal einen Vormittag mit meinem Einmannbetrieb zu tun.«

Der Steuerberater nickte. Schaute von Alice zu Sil. Begriff, dass ein weiteres Gespräch mit ihnen fruchtlos sein würde und er seine Zeit sinnvoller nutzen konnte. Er machte Alice nochmals ein Kompliment zu ihrem Aussehen, schüttelte den beiden die Hand und blies zum Rückzug.

Er erlebte den Abend wie in einem Kokon, in dem für nichts anderes Raum war als für kochende Wut und grenzenlose Frustration. Es entging ihm nicht, dass dutzende Männer seine Frau auf eine Weise ansahen, die ihm ganz und gar nicht gefiel. Sie war schön. Und unvorstellbar naiv. Sie gehörte nicht hierher. Es war ein schrecklicher Abend mit schrecklichen Menschen. Hohlheit, wohin man auch sah. In ihm tobte ein vernichtender Sturm, aber er hatte es geschafft, äußerlich kühl zu bleiben. Alice zuliebe. Wenn er allein gewesen wäre, wäre der Abend anders verlaufen. Ganz anders.

Alice hatte von seinem Zustand kaum etwas mitbekommen und sich nach der Szene mit Paul rasch wieder erholt. Sie hatte ein Glas Wein nach dem anderen getrunken, mit jedem geplaudert und es sogar noch gewagt, Paul zuzulächeln, der glücklicherweise vernünftig genug war, sich den Rest des Abends von ihnen fernzuhalten. Er hätte ihm ohne zu zögern das Genick gebrochen, wenn er ihn noch einmal gereizt hätte.

Gegen ein Uhr manövrierte er eine angetrunkene Alice nach draußen. Sie schwankte ein wenig und kicherte. Wenn sie sich nicht an ihm festgehalten hätte, wäre sie die Treppe hinuntergefallen. Er war angespannt wie eine Feder.

Auf dem Rückweg nach Hause redete sie ohne Punkt und Komma. Alle waren ja so nett gewesen. So ein schöner Abend. Hast du den und den gesehen? Warum sagst du denn gar nichts?

Nach einer Viertelstunde lenkte er den Landcruiser auf einen Picknickplatz. Es war stockdunkel. Er hielt an und schaltete den Motor aus. Sie schaute ihn stirnrunzelnd an. Konnte kaum sein Gesicht erkennen.

Bevor sie ihn fragen konnte, was das sollte, beugte er sich über sie und zog am Griff ihres Sitzes, der mit einem Ruck nach hinten klappte. Aufgrund des Alkohols reagierte sie zu spät, und es war, als fiele sie. In einem Reflex suchte sie Halt, doch Sil packte sie an den Handgelenken und riss ihre Arme hoch über den Kopf. Mit einer Hand hielt er sie in dieser Position und drängte gleichzeitig sein Knie unnötig grob zwischen ihre Beine. Sie stieß einen unterdrückten, empörten Schrei aus, und vielleicht sagte sie noch etwas, aber er bekam es kaum mit. Mit der freien Hand riss er ihr das Kleid herunter. Sie fühlte, wie der Stoff zerriss, und versuchte sich zu befreien.

»Sil …!?«, schrie sie.

Plötzlich erlahmte sein Griff, und er fuhr zurück.

Wie von einer Biene gestochen riss sie die Beifahrertür auf und sprang aus dem Auto. Ihre hochhackigen Pumps sanken tief in der regennassen Erde ein. Sie fühlte das eiskalte Wasser in ihre Schuhe laufen. Stützte sich mit den Händen auf den Knien ab. Ihr Magen zog sich in schmerzhaften Krämpfen zusammen, und sie erbrach das halb verdaute Essen und den Wein. Sie zitterte. Ihre Beine versagten ihr den Dienst, und sie ließ sich zu Boden sinken.

Ihre Augen suchten den Landcruiser. Eine bedrohliche, schwarze Masse. Im Auto sah sie den Schatten des Mannes, von dem sie die letzten siebzehn Jahre geglaubt hatte, er sei das Beste, was ihr im Leben hatte passieren können. Reglos saß er am Steuer. Mit einer Hand betastete sie die ausgefransten, nassen Enden ihres Kleides, und erst als sie sich der Situation voll und ganz bewusst wurde, fing sie an zu schreien.

»Scheißkerl!« Anschließend musste sie husten, und das Husten ging in Schluchzen über.

Sie hörte die Autotür nicht aufgehen. Bekam kaum mit, wie er sie hochhob und ins Auto setzte. Als er die Hände auf ihre Beine legte, zog sie sie hastig weg. Er versuchte, ihr eine Locke, die sich gelöst hatte, hinter das Ohr zu schieben, doch sie wandte ruckartig den Kopf ab.

Er unternahm keinen weiteren Versuch, sie zu berühren, aber er schaute sie unverwandt an, als wollte er sie hypnotisieren.

Sie holte ein paarmal tief Luft und schnaufte, aber sie hörte nicht auf zu zittern und wieder stiegen ihr die Tränen in die Augen.

Es war schrecklich.

Nach und nach wurde ihr bewusst, was soeben geschehen war. Automatisch begann ihr Gehirn, nach Gründen zu fahnden. Hatte er Drogen genommen? War es wegen Paul? Was war nur in ihn gefahren? So kannte sie ihn überhaupt nicht.

»Geht's dir wieder besser?«, fragte er schließlich.

Sie explodierte.

»Wie kannst du es wagen, mich zu fragen, wie es mir geht!«

Sie holte aus. Er war nicht darauf gefasst, weshalb ihn der Schlag umso härter traf. Ihre Faust landete mitten in seinem Gesicht, und er wunderte sich über die Kraft, die dahinter steckte. Er fuhr sich über die Wange und rieb die schmerzende Stelle. »Schlag mich nochmal«, sagte er leise. »Los, schlag mich.«

»Und dann? Schlägst du dann zurück? Oder hast du dann einen wirklichen Grund, mich zu vergewaltigen?«, kreischte sie hysterisch. »Du gewinnst ja sowieso, du gewinnst immer. Stimmt's? Spiele ich denn überhaupt noch eine Rolle? Du kannst nicht mehr normal ausgehen, und jetzt kannst du nicht mal mehr normal bumsen! Du kannst überhaupt nichts mehr normal! Scheißkerl!«

Sie holte erneut aus, aber diesmal war er gewarnt und hielt sie am Arm fest.

»Ruhig. Ganz ruhig. Okay? Ruhig, Alice.« Seine Stimme klang bewegter, als er wollte. »Es ist vorbei. Vorbei.«

Allmählich hatte sie ihre Gefühle wieder einigermaßen im Griff. Ihre Wut wich einer großen Leere, einem tiefen, schwarzen Loch, in das sie hineinzufallen schien.

Wieder fing sie an zu weinen.

Er zog sie aus dem Wagen. Sie zuckte am ganzen Körper, war schlaff wie eine Stoffpuppe. Er hob sie hoch und zog sie an sich.

»Alice«, sagte er leise, begrub sein Gesicht in ihrem Hals und schmeckte das Salz ihrer Tränen. »Ich hab's nicht so gemeint.«

Es war völlig unsinnig. Er wollte noch »Entschuldigung« hinzufügen, schluckte es aber hinunter. Eine Entschuldigung reichte nicht. Was immer er auch sagen würde, alles wäre unzureichend.

Sie blieben an die fünf Minuten so stehen, im Schein der Innenbeleuchtung des Wagens, die die dunkle Nacht ausgrenzte.

Als er merkte, dass sie sich ein wenig entspannte, hievte er sie wieder auf den Beifahrersitz und schloss die Tür. Er setzte sich ans Steuer und fuhr nach Hause. Unterwegs wechselten sie kein einziges Wort.

Erst als sie in ihre glatt gepflasterte Einfahrt einbogen, fragte sie: »Warum?«

Vor dem Haus schaltete er den Motor ab und wandte ihr sein Gesicht zu. Schaute ihr genau in die anklagenden grünen Augen. »Ich weiß es nicht«, antwortete er wahrheitsgemäß. »Es ist durch nichts zu entschuldigen, Alice. Durch nichts. Ich weiß nicht, was in mich gefahren ist.«

Er merkte, dass sie noch etwas sagen wollte, es sich aber noch einmal anders überlegte.

Schweigend gingen sie hinein.

Er zog den Smoking aus, warf die Kleidungsstücke auf den Boden und legte sich mit zwei Kissen im Rücken auf das Bett. Er schaltete mit der Fernbedienung den Fernseher ein, die Lautstärke auf null. Gedankenverloren zappte er von einem Sender zum anderen. Auf den meisten priesen die Werbefuzzis Diätkuren, Küchenmesser mit lebenslanger Garantie und Autoshampoo an. Auf *Discovery Channel* tobte der Zweite Weltkrieg. Ein Weißer rappte auf TMF. Eine Wiederholung der Sportschau auf dem Zweiten.

Er starrte auf den Bildschirm, ohne etwas zu sehen.

Er hörte Wasser plätschern. Sie nahm eine Dusche.

Er erkannte, dass er allmählich die Kontrolle über die Situation und sich selbst verlor. Er hätte Paul eine aufs Maul hauen oder ein paar Beulen in seinen dekadenten BMW treten sollen.

Alles wäre besser gewesen als das von eben.

Alles.

Plötzlich erschien Susan vor seinen Augen. Wie sie unter ihm lag, ihre Lippen halb geöffnet, ihre braunen Augen verhangen, sehnsüchtig. Ihr welliges, braunes Haar auf dem roten Leder des Sofas ausgebreitet. Er verspürte eine immense unterschwellige Spannung, die er in den vergangenen Tagen ständig unterdrückt hatte. Hörte Susans Stimme in seinem Handy, verzerrt durch die schlechte Verbindung, *die Stimme der Vernunft,* und konnte sich lebhaft vorstellen, wie sie geweint haben musste, nachdem sie den Hörer aufgelegt hatte. Er sah wieder vor sich, wie ihn dieser aufgeblasene Paul triumphierend angrinste, seine Frau fest im Arm, eine Hand auf ihrem Hintern.

Was bildete der sich ein?

Er sah Bilder von Alice vor sich. Wie glücklich sie sich an diesem Abend gefühlt hatte, strahlend wie ein Kind im Spielzeugladen, umringt von allem, was er verabscheute: Leere, aufgeblasene, hohle Typen, einer arroganter als der andere, eine Scheinwelt. Ihre Welt.

Sie war so naiv. So verletzlich. So unschuldig wie ein neugeborenes Rehkitz unter einem Rudel Wölfe. Und er war einer von ihnen. Vielleicht der Schlimmste von allen.

Was tue ich da bloß?

8

Mithilfe der Jugo-Methode verschaffte er sich Einlass. Man bohrte mit einem Handbohrer Löcher in einen Fensterrahmen, genau unter dem Griff. Anschließend führte man einen selbst hergestellten Metallhaken ein, der genau durch die Bohrlöcher passte. Man legte die Griffe um, *et voilà.* Schon konnte man ungehindert einsteigen.

Die Methode war so alt und so beliebt, dass er sich wunderte, warum der Laden nicht besser gesichert war. Die hielten sich wohl für unantastbar. Und in gewissem Sinne waren sie das ja auch. Die Polizeibehörden waren machtlos. Tatenlos mussten sie mit ansehen, wie die Kriminalitätsrate stetig anstieg. Sie wussten einfach nicht, wo sie anfangen sollten zu suchen. Und wenn sie es wussten, waren ihnen die Hände gebunden aufgrund der strikten Vorschriften, die ihnen ihr eigener Staat auferlegte.

Er war an gar nichts gebunden.

Es war ein altes Gebäude, eine Art heruntergekommenes Herrenhaus. Er hatte Hase vor einer halben Stunde zurückkehren sehen. Johnnys Camaro war zwei Straßen weiter geparkt, vor dem Bordell, das heute Ruhetag hatte. Der spillerige Johnny mit der fettigen Kickertolle war vor etwa einer Stunde zusammen mit einem Kerl ohne Hals hineingegangen. Der ältere Mann mit dem Bluthundgesicht war gleichzeitig mit ihnen angekommen, hatte jedoch vor ein paar Minuten das Haus wieder verlassen.

Drei Männer. Glaubte er jedenfalls. Er konnte unmöglich genau wissen, was ihn da drinnen erwartete. Vielleicht gab es gar nichts zu holen und er hatte einen Fehler gemacht. Manchmal war ein Schuss ins Blaue aber auch besonders lohnend. Es hieß, alles auf Rot oder Schwarz setzen und abwarten, wo die Kugel landete. Wie immer hatte er sich sämtliche Informationen, die ihm irgendwie bedeutsam erschienen, gründlich eingeprägt.

Er vertraute auf seine Heckler & Koch, seine Erfahrung, seine Schnelligkeit und seinen Instinkt, jene tödliche Kombination, die ihn schon mehrfach aus brenzligen Situationen gerettet hatte.

Er wartete eine Weile, bis sich seine Augen an die Dunkelheit gewöhnt hatten. Dann verstaute er den Bohrer und den Haken in seinem Rucksack und konzentrierte sich auf seine Atmung. Es war wichtig, so lautlos wie möglich vorzugehen. Er hielt die HK im Anschlag. Und lauschte.

Sie waren oben.

Er betrat den Flur. Es brannte kein Licht, genau wie in dem leeren Zimmer, in das er eingedrungen war, aber inzwischen konnte er in der Dunkelheit genug erkennen. Der Flur war ungefähr sieben Meter lang. Rechts und links davon befanden sich mehrere Türen. Auf dem Boden lag altes, geborstenes Linoleum mit einem Fischgrätmuster und umgebogenen Rändern. Die Wände waren bis in gut einem Meter Höhe mit einer ebenso ramponierten Holzverkleidung versehen. Darüber schnörkelten sich glänzende Stuckverzierungen. Tagsüber wiesen sie wahrscheinlich eine Art vergilbtes Mintgrün auf, eine Farbe, wie man sie öfter in solchen alten Häusern vorfand. Jetzt war jedoch alles schwarz und grau. Am Ende des Flures befand sich ein Treppenaufgang, im ersten Stock brannte Licht. Er kam an mehreren geschlossenen Türen vorbei. Routinemäßig blieb er an jeder stehen und horchte. Hörte nichts als seinen eigenen Herzschlag.

Vorsichtig stieg er die Treppe hinauf, nahm jeweils vier Stufen gleichzeitig und trat mit seinen Sportschuhen so dicht wie möglich am Rand auf. Dort knarrte das alte Holz weniger als in der Mitte. Er ließ sich absichtlich Zeit. Holz arbeitete. Wie oft hörte man nachts im Bett, wie es darin knackte. Und nichts anderes sollten Hase, Johnny und der Halslose hören: das beruhigende Knacken von arbeitendem Holz und keine hastigen Schritte von einem Angreifer mit schwarzer Sturmhaube, der eine tödliche Waffe mit Schalldämpfer am ausgestreckten Arm im Anschlag hielt.

Oben befand sich ein Zwischenflur, wo die Treppe eine Kehre beschrieb. Es war ein hoher Raum mit großen, schmalen Fenstern, deren Riffelstruktur sie undurchsichtig machte. Er stand jetzt mitten im Lichtschein einer Glühbirne, die von der Dielendecke baumelte.

Er hielt den Lauf der HK stets in Blickrichtung. Ein Automatismus, den er sich im Laufe der Zeit angewöhnt hatte und den alle Auszubildenden bei Militär, Polizei und ähnlichen Institutionen erlernten. Richte deine Waffe dorthin, wo du hinschaust, damit gewinnst du mindestens eine Sekunde an Reaktionszeit. Eine Sekunde, die den Unterschied zwischen töten und getötet werden bedeuten kann.

Vorsichtig schlich er weiter hinauf.

Nachdem er einige lange Minuten in höchster Konzentration abgewartet hatte, gelangte er schließlich auf den oberen Treppenabsatz. Vor ihm lag ein ähnlicher Flur wie im unteren Stockwerk. Dasselbe halb verrottete Linoleum. Mehrere Türen rechts und links.

Er trat vor die erste. Lauschte. Nichts. Ging weiter zur zweiten. Hörte jetzt gedämpfte Stimmen aus einem Raum am Ende des Ganges, wo eine Tür offen stand. Er richtete seine ganze Aufmerksamkeit darauf. Trat einen Schritt nach vorn.

Plötzlich spürte er irgendetwas hinter sich. Einen Luftzug. Er wollte sich umdrehen, aber ein plötzlicher stechender, lähmender Schmerz im Rücken hinderte ihn daran. Im nächsten Moment lag er auf dem Boden. Es gelang ihm, in einer blitzschnellen Drehung des Oberkörpers seine HK unter sich hervorzuziehen und zu schießen. Der Schuss dröhnte durch das ganze Haus. Johnnys Gesicht verwandelte sich in eine verzerrte, surrealistische rote Skulptur, und sein Körper prallte leblos gegen die Wand. Sank langsam zu Boden, wie in Zeitlupe, eine rote Schmierspur auf der Holzverkleidung hinterlassend. Ein Baseballschläger fiel klappernd zu Boden und rollte in die Mitte des Flures. Der Krach löste einen enormen Aufruhr aus. Stimmengewirr. Leute kamen angerannt. Schwere Schritte. Fluchen. Er versuchte sich aufzurappeln und so schnell wie möglich abzuhauen, aber sein Rücken versagte ihm den Dienst und hielt ihn eine Sekunde zu lang am Boden gefesselt. Ein Fuß wurde auf sein Handgelenk gesetzt. Er musste seine Waffe loslassen, konnte sie nicht länger festhalten. Schräg über ihm erschien das Gesicht des Halslosen, danach ein weiteres Gesicht, ein weißes Oval mit angsterfüllten Augen. Hase, stellte er gottergeben fest. Er hörte Schritte. Ein Mann gesellte sich dazu, den er bisher noch nicht kannte. Er hätte ein Bruder des hirnlosen Betonhalses sein können, den er in Rotterdam fertiggemacht hatte. Derselbe viereckige Schädel. Nur noch viel hässlicher, entstellt durch Aknenarben. Aber nicht halb so dämlich. Aus dem pockennarbigen Gesicht blickten ihn intelligente, hellblaue Augen an. Er ließ den Kopf zurück auf das Linoleum sinken.

Er merkte, dass er die Besinnung verlor. Das Fischgrätmuster begann, seltsame Wellen und Kreise zu bilden, und schon bald schaukelte der ganze Fußboden, über den er ein Paar weiße Nikes angerannt kommen sah. Als schwebten sie. Große Füße, mindestens Größe fünfundvierzig, die unter einer schwarzen Trainingshose hervorschauten. Sein Gehirn schrie ihm zu, sich zusammenzureißen und aufzustehen, weg von der Gefahr, und es schüttete hilfreiches Adrenalin aus. Er unternahm einen letzten Versuch, hochzukommen, wurde jedoch im nächsten Moment von einem Linienbus gerammt, der aus unerfindlichen Gründen mit Vollgas durch den Flur donnerte.

In einem hell erleuchteten Raum kam er wieder zu sich. Es dauerte eine Weile, bis er erkannte, dass keine blendende Sonne über ihm stand, sondern dass das grelle Licht von einer Deckenleuchte stammte, die dutzenden kleiner Fliegen als Sarg diente. Die Lampe hing im Zentrum einer weißen Zimmerdecke mit bizarren, braunen Feuchtigkeitsflecken und abblätterndem Putz. Sofort schloss er wieder die Augen, weil das helle Licht ihm bohrende Kopfschmerzen verursachte, bis er erkannte, dass das Licht gar nichts mit den Schmerzen zu tun hatte. Er fuhr sich über den Hinterkopf. Er fasste in etwas Klebriges, und die Berührung brannte. Er hielt sich die Hand vor die Augen. Sah durch seine zusammengekniffenen Lider hindurch rotbraunes Blut. Für einen Moment war er erleichtert. Es war nicht hellrot, also schon geronnen. Ein gutes Zeichen.

Er fuhr sich mit beiden Händen über das Gesicht. Es schien unversehrt. Seine Sturmhaube war weg. Er sah sich um und entdeckte eine dreckige Toilette ohne Brille. In einer Ecke eine Dusche. Eine Badewanne. Er befand sich in einem Badezimmer.

Er suchte nach Fenstern, sah aber keines. Die Innenseite der

Tür hatte keine Klinke, stattdessen nur noch ein rundes Loch. Der ganze Raum war nackt und kahl. Alles, was als Werkzeug oder Waffe hätte dienen können, war abmontiert oder herausgebrochen worden. Keine Wasserhähne. Keine Duschstange. Nichts. Ihm wurde klar, dass dieses Badezimmer mittlerweile einem ganz anderen Zweck diente.

Es war eine Zelle.

Die Verbindung zum *Club 44* lag auf der Hand. Zweifellos waren vor ihm schon viele dutzende zu Tode verängstigter Frauen hier eingesperrt gewesen und hatten einen ungleichen, von vornherein aussichtslosen Kampf gekämpft.

»Willkommen in der Hölle«, murmelte er leise.

Vorsichtig versuchte er sich aufzusetzen. Die Bewegung verursachte einen gemeinen, stechenden Schmerz im Rücken. Er tastete suchend unter seinem Pullover herum, spürte aber nirgends Blut. Rippenprellungen, keine Brüche. Seine gut entwickelte Rückenmuskulatur hatte den Schlag teilweise abgefangen. Wozu regelmäßiges, hartes Training doch nützlich sein konnte.

Er hielt sich am Badewannenrand fest und hievte sich hoch. Verzog dabei das Gesicht zu einer schmerzlichen Grimasse. Sein Schädel dröhnte, und um ihn drehte sich alles, als schunkele in seinem Kopf ein komplettes, aus dem Takt geratenes Blasorchester. Er drehte den Kopf von rechts nach links. Das klappte recht gut, abgesehen von den Lichtblitzen und den Schmerzen. Noch eine positive Feststellung. Alle Gelenke arbeiteten. Nichts gebrochen. Er lehnte sich einen Augenblick gegen die kalten Wandfliesen. Ihm war übel und schwindelig. Er musste eine schwere Gehirnerschütterung haben. Zugleich wurde ihm klar, dass er bis zum Hals in der Patsche saß. Er zwang sein gepeinigtes Hirn zum Nachdenken.

Er lebte noch, man hatte nicht auf ihn geschossen, und das

war garantiert kein Zufall. Es konnte nur eines bedeuten: Der halslose Typ war keiner von den Oberbossen, wofür er ihn zunächst gehalten hatte. Dass er sich geirrt hatte, bewies schon allein die Tatsache, dass er hier drin saß. Sie hatten ihn eingesperrt, weil sie nicht wussten, was sie mit ihm anfangen sollten. Sie hatten keine Entscheidungsbefugnis, sie waren Handlanger.

Er hatte gespielt und verloren. Sein Besuch war verfrüht gewesen. Außerdem hätte er jedes Zimmer kontrollieren müssen und nicht einfach davon ausgehen dürfen, dass sie alle leer waren. Aber jetzt war nicht der richtige Zeitpunkt für Manöverkritik. Die Analyse hob er sich für später auf, und solange er lebte, war es noch nicht vorbei.

Die Fliesen tanzten vor seinen Augen, und er schwankte. Er rutschte an der Wand entlang zu Boden, wogegen sein Rücken heftig protestierte. Dankbar stellte er fest, dass die Übelkeit nachließ. Er versuchte, sich einen Überblick über seine Lage zu verschaffen.

Er hatte Johnny erwischt, und der würde nie wieder aufstehen. So viel war sicher. Blieben noch Hase, der Halslose, der Pockennarbige und der unbekannte Nike-Träger mit den großen Füßen. Vier Gegner, unversehrt und garantiert bewaffnet. Und keiner von ihnen entscheidungsbefugt. Das bedeutete, dass einer von ihnen auf dem Weg zum Chef war, während er hier in seiner Zelle festsaß. Und der Chef war zweifellos gefährlicher als seine vier Bewacher zusammen.

Es gab nur eine Möglichkeit: Er musste flüchten. Er schaute sich die Tür an. Eine einfache Holztür. Nichts Besonderes. Mit entsprechendem Krafteinsatz konnte man sie aus den Scharnieren hebeln. Wenn es nicht anders ging, einschlagen. Und dann die Beine in die Hand nehmen. Vielleicht konnten schiere Muskelkraft und Schnelligkeit seine Rettung bedeuten. Doch er verwarf den Gedanken ebenso schnell, wie er in ihm aufgestiegen war. Flüchten kam nicht infrage. Die vier Männer hatten sein Gesicht gesehen. Infolge seiner Schlamperei von heute Nacht würde er eines Tages die Rechnung präsentiert bekommen, in Form eines 9-Millimeter-Parabellum-Geschosses aus einer Zastava zwischen die Augen. Daher konnte er nicht einfach weglaufen und die Sache vergessen. Sie würden niemals vergessen.

Ihm blieb im Grunde nur eines übrig: Sie mussten tot sein, alle vier, bevor er hier wegkonnte. Bliebe auch nur einer am Leben, war ein Genickschuss noch das Beste, worauf er eines Tages hoffen konnte. Keine angenehmen Aussichten.

Die stechenden Schmerzen in Kopf und Rücken verbesserten seine Situation nicht gerade. Er wusste nicht, ob er sie würde ausblenden können, wenn es darauf ankam. Ob das Adrenalin stärker wäre als der Schmerz. Er hielt sich vor Augen, dass er sich insgesamt gesehen in einer ziemlich hoffnungslosen Lage befand. Aber wenn er hier gottergeben wartete, bis der Boss eintraf, war er ohnehin so gut wie tot. Nur wenn er selbst die Initiative ergriff, hatte er eine Chance.

Er wuchtete sich wieder hoch. Unterdrückte, so gut es ging, die Übelkeit und die bohrenden Kopfschmerzen. Ging zur Tür und schaute sich das Loch genauer an.

Es maß höchstens zwei Zentimeter im Durchmesser. In dem Loch befand sich eine quadratische Metallöffnung von ungefähr einem mal einen Zentimeter. Die Öffnung für den Vierkantsplint der Türklinke. Er formte mit den Händen einen Tunnel, um das grelle Badezimmerlicht auszublenden, und schaute durch die Öffnung hindurch. Im Flur brannte Licht, und er konnte ein Stück Holzverkleidung erkennen. An der Außenseite der Tür befand sich also auch keine Klinke.

Er schaute sich um und verbiss sich den pochenden Kopfschmerz, den die Bewegung auslöste. Wenn er irgendeinen stabilen, kantigen Gegenstand finden könnte, wäre es vielleicht möglich, ihn in die viereckige Öffnung hineinzustecken und damit die Tür zu öffnen. Er ließ den Blick durch den ganzen Raum wandern. Keine Brause in der Dusche. Kein Waschbecken. Die Mischbatterie in der Badewanne abgeschraubt. Aber es gab eine Toilette. Eine altmodische, deren Wasserreservoir knapp unter der Decke hing. Weder Seil noch Kette daran. Keine Klobrille, also auch keine Flügelmuttern, die er als Schlüssel hätte verwenden können. Alles gut durchdacht, stellte er grimmig fest. Dennoch gab es eine geringe Chance, dass sie irgendetwas übersehen hatten.

Er stellte sich auf die Toilettenschüssel, die unter seinem Gewicht leicht kippte und ein schabendes Geräusch auf dem Boden verursachte. Das Reservoir hing zu hoch. Er konnte unmöglich hineinschauen, also tastete er mit einer Hand darin herum. Es war zum Teil mit Wasser gefüllt. Die Ränder waren glitschig und mit einer dicken Schicht Schleim, Algen oder anderem Dreck bedeckt. Plötzlich spürte er einen runden Steinschwimmer, und Hoffnung keimte in ihm auf. Er tastete an dem Schwimmer entlang, und dann fand er, wonach er gesucht hatte: eine kleine Metallstange, die mit dem Schwimmer verbunden war. Sie war an der rechten Seite des Keramikreservoirs festgeschraubt. Er blickte hoch und sah eine große Metallschraube. Drehte versuchsweise daran, aber seine Finger waren zu glitschig und rutschten ab. Die Schraube war sicherlich seit vielen Jahren nicht gelöst worden und längst festgerostet. Aber er musste an diese Metallstange herankommen. Sie war seine einzige Chance. Er stieg von der Toilettenschüssel herunter, legte die Jacke und das Holster ab, zog den Pullover aus. Wischte sich die Hand ab und zog den Pullover wie einen Handschuh darüber. Stieg wieder auf die Schüssel, die erneut ein wenig kippte und über den Boden schabte. Er kniff die Augen zusammen und drehte mit aller Kraft. Jetzt gab die Schraube nach. Er steckte sie in die Tasche, damit sie nicht zu Boden fallen konnte. Fasste wieder mit der Hand in das Reservoir und zog die Stange heraus. Er stieg von der Toilettenschüssel und holte tief Luft. Er hatte sein Werkzeug.

Der Raum war nicht geheizt, und ihm wurde kalt. Unwillkürlich fing er an zu zittern. Er legte die Stange hin und zog seine Kleidung und sein Holster wieder über. Hätte sich fast übergeben. Kniff die Augen zusammen, weil sich der Raum um ihn drehte wie ein Karussell. Minutenlang blieb er so stehen. Bis er sich sagte, dass er nicht alle Zeit der Welt hatte und weitermachen musste.

Er ging zur Tür und steckte die Stange vorsichtig in die quadratische Öffnung. Versuchte, die Stange ein Stück zu drehen, aber es gelang ihm noch nicht so richtig. Er zog sich den Pulloverärmel über die Hand, um einen besseren Griff zu haben. Hörte ein Klicken. Die Tür war offen. Behutsam drückte er die Tür ein paar Zentimeter weiter auf, aufmerksam auf jedes Geräusch und jede Bewegung achtend. Schaute hinaus in den Flur, nach links, nach rechts. Kein Wachtposten.

Mit neuem Mut trat er hinaus auf den Gang. Ermahnte sich, einen kühlen Kopf zu behalten. Zuerst musste er sich eine Waffe besorgen, egal, was für eine. Er pirschte sich äußerst behutsam voran. Blieb an jeder Tür stehen. Wartete. Ging weiter zur nächsten Tür. Schaute sich um, wartete wieder. Schlich weiter. Sein Herz schlug wie wild. Für einen aufmerksamen Lauscher musste es fast zu hören sein. Die vorletzte Tür stand weit offen und aus dem Zimmer fiel Licht auf den Flur. Lautlos schlich er zu der geöffneten Tür und warf mit angehaltenem Atem einen raschen Blick hinein. Ein kleiner Raum mit abgenutztem, orangefarbenem Teppichboden, hinten links ein alter, brauner Kühlschrank, in der Mitte ein kleiner Tisch und zwei braune, mit Skai bezogene Küchenstühle. Ein Stuhl stand mit der Lehne zu ihm, direkt gegenüber saß Hase. Keine drei Meter von ihm entfernt. Hätte er den Kopf gehoben, hätte er ihm genau ins Gesicht gesehen. Aber Hase war völlig mit irgendetwas beschäftigt, was vor ihm lag. Etwas, was er nicht erkennen konnte, weil ihm die Rückenlehne des Stuhls im Blickfeld war. Er hörte Papier rascheln. Hase las.

Hase an sich stellte kein Problem dar. Mit dem würde er leicht fertig werden, auch ohne Schusswaffe. Der Junge war bestimmt fünfzehn Zentimeter kleiner als er. Schmaler. Von Natur aus nervös. Außerdem war Hase nicht auf einen Angriff gefasst. Es würde sekundenschnell gehen. Nein, das eigentliche Problem war der Lärm. Jemanden lautlos zu töten klappte nur im Film. Wie immer man es auch anstellte, alles machte Krach. Menschen in Todesangst röchelten, zappelten mit Armen und Beinen und rissen dabei alles in ihrer Nähe Befindliche um. Nur wenn man die Möglichkeit hatte, sich von hinten mit einem scharfen Messer anzuschleichen, konnte man Glück haben und ohne allzu viel Lärm davonkommen. Aber er hatte kein Messer und konnte keinesfalls unbemerkt in das Zimmer hineingelangen. Außerdem hatte er keine Ahnung, wo die anderen drei waren. Und wie schnell sie hier sein konnten. Wenn er Zeit gehabt hätte sich umzusehen, hätte er gewiss ein paar interessante, brauchbare Gegenstände irgendwo im Haus auftreiben können. Aber je länger er sich hier herumtrieb, desto größer war das Risiko, entdeckt zu werden. Er beschloss, sich auf das zu konzentrieren, was in Reichweite war.

Er warf nochmals einen Blick in das Zimmer hinein. Hase saß noch immer nichts ahnend am Tisch und blätterte in seiner Zeitschrift. Hase war der Feind. Hase musste ausgeschaltet werden, schnell und effizient. Er atmete noch einmal tief ein und stellte zu seiner Erleichterung fest, dass das ausgeschüttete Adrenalin die Schmerzen auf ein erträgliches Maß reduzierte.

Er stieß die Tür ganz auf und war mit ein paar Schritten im Raum. Hase reagierte mit einer gewissen Verzögerung. Schaute ihn nur an. Voller Erstaunen. Versuchte zu verstehen, was er da sah. Noch eine Sekunde, dann würde er begreifen. Er reagierte in weniger als einer Sekunde. Seine Faust landete mitten in dem spitzen Gesicht, und er fühlte, wie das Nasenbein brach. Durch die Wucht des Schlags kippte Hase mitsamt dem Stuhl seitlich um. Hase versuchte sich aufzurappeln, doch er sprang ohne Zeit zu verlieren auf ihn, ein Knie zwischen die knochigen Schulterblätter, eines auf den Oberarm gestemmt. Hases Kopf klemmte er fest zwischen Ober- und Unterarm ein. Mit der freien Hand packte er ihn am Unterkiefer und riss seinen Kopf schräg nach oben und mit einem Ruck nach hinten. Dann noch ein kräftiger Aufwärtsruck, mit aller Kraft, die er mobilisieren konnte. Er fühlte ein Knacken, und im selben Augenblick erschlaffte der Mann unter ihm. Hase war tot.

Einen Moment lang blieb er so sitzen, die Hände rechts und links neben dem Kopf aufgestützt, der in einem merkwürdigen Winkel dalag. Die Augen starrten ins Leere. Er keuchte und ein Zucken durchlief seinen ganzen Körper. Er wurde von Übelkeit übermannt, einer ekelhaften Übelkeit, die nichts mit den Kopfschmerzen zu tun hatte.

Er seufzte tief. Und noch ein zweites Mal. Riss sich zusammen. Sprach sich selbst Mut zu. Zwang sich, das soeben Erlebte zu verdrängen.

Es war noch nicht vorbei. Er durfte keine Zeit verlieren. Er musste weitermachen.

Er sprang auf. Auf dem Tisch lag eine kleine, schwarze Pistole. Er griff danach. Es war eine HS2000, 9 Millimeter.

Im Vergleich zu seiner HK fühlte sie sich ungewohnt leicht an. Er ließ mit einem Klicken das Magazin herausgleiten um zu überprüfen, ob sie geladen war. Er drückte es wieder hinein und zog den Schlitten zurück, um die erste Patrone in die Kammer zu schieben. Er lauschte aufmerksam. Hatte er etwas gehört? Nein. Aber das konnte sich jeden Moment ändern.

Rasch blickte er sich um. An der Wand zum Flur stand ein Aktenschrank aus Stahl mit drei Schubladen. Er zog die oberste auf.

Eine Welle der Erleichterung durchflutete ihn, als er seine HK darin fand, komplett mit Schalldämpfer. Das Magazin lag daneben. Er zählte die Patronen und steckte das Magazin wieder in den Griff. Fühlte sich gleich viel besser. Die HS2000 steckte er in die Jackentasche. Vielleicht konnte er sie noch gebrauchen.

Schon hörte er unten hastige Schritte. In einem Reflex suchte er Deckung hinter der Tür, versetzte ihr mit dem Fuß einen leichten Stoß und wartete mit angehaltenem Atem. Stampfende Füße auf der Treppe. Wie viele waren sie? Er lauschte aufmerksam. Keuchte vor Anspannung. Sie hatten den Flur erreicht. Kamen auf ihn zu. Im nächsten Moment flog die Tür auf, ihm beinahe ins Gesicht.

Das Erste, was er sah, war der Hinterkopf des Halslosen. Ohne lange nachzudenken, zielte er und schoss. Ohne abzusetzen, schoss er noch zweimal in Brusthöhe um die Tür herum, auf gut Glück. Duckte sich danach blitzschnell. Ihm dröhnten die Ohren von dem Luftdruck und dem Knall. Er wartete auf eine Reaktion in Form von mindestens einem Schuss durch die Tür. Doch es passierte nichts. Er hörte jemanden wegrennen. Die Schritte hämmerten durch den Flur und die Treppe hinunter.

Er sprang hinter der schützenden Tür hervor, trat über den

Halslosen hinweg und wäre beinahe über einen zuckenden Körper gestolpert, der quer in der Türöffnung lag. Zwei intelligent blaue Augen schauten ihn aus einem pockennarbigen Gesicht heraus angstvoll an. Der Atem des Mannes ging pfeifend, Blut lief ihm in einem Rinnsal aus dem Mund, und er hielt eine blutverschmierte Hand an die Brust gepresst, wo sich ein hellroter Fleck rasch ausbreitete. Er dachte nicht lange nach, hielt dem Mann die HK an die Schläfe, schloss die Augen und drückte ab.

Ohne sich noch einmal umzusehen, rannte er den Flur entlang und die Treppe hinunter. Unten angekommen spürte er einen kalten Luftzug. Er kam von der Rückseite des Hauses. Parallel zur Treppe lief er nach hinten und gelangte in eine Art Vorratsraum oder angebauten Schuppen. Dort gab es eine Tür nach draußen, die sperrangelweit offen stand.

Da wurde ihm klar, dass der Nike-Träger nicht bewaffnet war. Er floh, als wäre ihm der Teufel auf den Fersen. Also war er nicht nur unbewaffnet, sondern auch nicht an Gewalt gewöhnt. Gehörte wahrscheinlich nicht zum Club dazu. Vielleicht ein Kunde. Oder ein Kurier. Aber er hatte sein Gesicht gesehen. Wer immer er auch sein mochte und was immer er hier tat, er durfte ihn nicht entkommen lassen. Draußen gelangte er in einen ummauerten Innenhof, geisterhaft erleuchtet von einer Laterne, deren schüsselförmiger Schirm knapp über die bemooste Mauer hinausragte. Er wusste, dass hinter der Mauer eine Gasse verlief, die in östlicher Richtung in die Hauptstraße mündete. Er nahm Anlauf und schwang sich über die Mauer. Landete unsanft auf dem harten Straßenpflaster und schnappte nach Luft. Sein Rücken verursachte ihm furchtbare Schmerzen. Ihm dröhnte der Schädel. Er war außer Atem. Völlig erledigt.

Adrenalin wirkte scheinbar nicht ewig.

Außer der niedrigen Hofmauer gab es keine weiteren Einfriedungen entlang der Gasse. Nur Hausfassaden auf der rechten Seite und links die Rückseite einer Fabrik. Er sah keine Gestalt um die Ecke flüchten. Es gab keine Autos oder Container, hinter denen sich der Mann hätte verbergen können.

Er kam zu spät.

Es gab zwei Möglichkeiten: Entweder der Nike-Träger war nach rechts in Richtung der Hauptstraße gerannt, die höchstens hundert Meter entfernt lag, oder er war nach links gelaufen, und dann gab es wiederum drei verschiedene Möglichkeiten, weil ein paar Meter weiter drei Straßen zusammenliefen.

Er zwang seinen Körper über die Grenzen der Erschöpfung hinaus und rannte, so schnell er konnte, bis an die Ecke der Hauptstraße. Blieb stehen. Schaute sich um. Nichts. Er rannte wieder zurück und merkte, wie er immer stärker keuchte. Flecken tanzten vor seinen Augen. Er gelangte an eine Weggabelung. Keine Menschenseele. Die Straßen lagen verlassen da. Er hatte ihn verloren.

Außer Atem lehnte er sich gegen die Mauer. Zog die Nase hoch und wischte sich den Rotz mit dem Ärmel ab. Schloss kurz die Augen und kämpfte gegen die Erschöpfung, die Schmerzen und die Übelkeit an. Dann schraubte er den Dämpfer von seiner HK, steckte diesen in die Jackentasche und die Waffe zurück in das Holster. Stolperte zurück bis an die Hauptstraße. Blickte sich um. Niemand. Überquerte die Straße. Kein Mensch weit und breit.

Zwei Straßen weiter stand sein Motorrad. Er setzte den Helm auf, zog die Handschuhe an und startete den Motor. Wenige Minuten später verließ er Venlo.

In Richtung Heimat.

Das Gute war, dass er überlebt hatte und der Boss – oder

wen auch immer sie angerufen hatten – mehrere Leichen zu bergen hatte. Das Schlechte war das lose Ende. Er verspürte keinerlei Euphorie, und das hatte nicht nur etwas mit dem entwischten Niketräger zu tun oder damit, dass ihm die Beute entgangen war. Johnny und Hase lagen ihm auf der Seele. Vor allem um Hase tat es ihm leid. Er hatte ihn lange observiert, so lange, dass es ihm vorkam, als hätte er ihn gekannt. Wie einen Nachbarn oder den Metzger oder Bäcker. Hase war kein wirklich schwerer Junge gewesen. Irgendwann hätte er vielleicht die zukünftige Frau Hase kennen gelernt, hätte sich einen Job gesucht und wäre ein braver Familienvater geworden. Das alles hatte er ihm innerhalb weniger Minuten kalter Wut weggenommen. Abgesehen davon konnte er kaum glauben, dass er wirklich einen Menschen mit seinen bloßen Händen umgebracht hatte. Dass er das einfach so fertig gebracht hatte. Er hoffte, er würde das nie wieder tun müssen.

Auf der Autobahn herrschte nur wenig Verkehr, und die Laternen waren ausgeschaltet. Vor ihm der Scheinwerferkegel, um ihn herum Schwärze. Er klemmte die Knie fester um den Tank und zog die Maschine, ohne vom Gas zu gehen, durch eine scharfe Kurve. Ihm brummte der Schädel. Kilometerweit fuhr er mit Vollgas, verließ sich auf sein Gefühl und seine Erfahrung. Überholte einige wenige Autos, die zu stehen schienen. Je mehr er sich seinem Zuhause näherte, desto schmutziger fühlte er sich. Es war, als rinne das Blut der Toten durch seine Adern und erwecke ein Monster in seinem Inneren zum Leben, das seine fauligen Tentakel ausstreckte bis tief in seinen Geist hinein.

Die ganze Sache lief allmählich gehörig aus dem Ruder.

9

Seit Freitag war die Spannung zum Schneiden gewesen. Er war wie ein Feigling geflüchtet, um Alice nicht unter die Augen treten zu müssen. Nachts hatten sie nebeneinander im Bett gelegen, jeder in seine eigenen Gedanken eingeschlossen, nicht im Stande, Worte hervorzubringen. Oder nicht mutig genug, sie auszusprechen. Heute Morgen hatte er sie im Badezimmer rumoren hören. Erst als das Röhren ihres alten Porsche 944 verklungen war, war er widerwillig aus dem Bett gestiegen und hatte sich eine Tasse von dem Kaffee eingeschenkt, den Alice gekocht hatte. Aus Gewohnheit vielleicht, wer weiß.

Nun saß er an dem quadratischen Esstisch im Wohnzimmer. Aus den Lautsprechern jaulte die Stimme des Bush-Frontmanns Gavon Rossdale: *She comes to take me away. It's all that I needed.* Wie wahr. Er fühlte sich innerlich zerrissen und leer und hatte das Gefühl, dass sein ganzes Leben auf tönernen Füßen stand. Rauchte Zigarette um Zigarette und kam zu der Erkenntnis, dass er eine Entscheidung treffen musste. Heute noch. Für Alice. Und für sich selbst.

Er hatte seine Beziehung zu Alice nie ernsthaft analysiert. Sie war einfach da gewesen. Erst jetzt, siebzehn Jahre nachdem sie sich kennen gelernt hatten, wusste er, warum er sich in sie verliebt hatte. Sie verfügte über eine sprudelnde Energie, die ihn in Zeiten, in denen er selbst keine Kraft besaß, aufrecht hielt. Ohne Alice hätte er es nie so weit gebracht. Mit ihrem naiven Enthusiasmus und ihrem Durchsetzungsvermögen war sie die treibende Kraft hinter *Sagittarius* gewesen. Vom allerersten Kunden an, der bereit gewesen war, einem pickligen Jungen, der gut mit Computern umgehen konnte, eine unterbezahlte Chance zu geben, bis hin zu dem Bau des Bürogebäudes, das fünfzig Angestellte beherbergte. *Sagittarius,* sein Anker in der Realität. Sein fester Halt, der seinem Leben eine Struktur verliehen und ihm geholfen hatte, etwas aus sich zu machen.

Doch Alice' Begeisterung und Einsatzbereitschaft hatten dieses nagende Gefühl der Unruhe in seinem Inneren nicht verdrängen können. Vor ungefähr fünf Jahren hatte es schließlich sein ganzes Denken derart beeinflusst, dass er es nicht länger unterdrücken konnte. Mit Vernunft war diesem Zustand nicht mehr beizukommen. Die Firma engte ihn einfach ein. Er fühlte sich in zunehmendem Maße wie ein routinierter Schauspieler in einer seit dreißig Jahren laufenden Seifenoper. Gewissenhaft spulte er seinen Text herunter und heuchelte Gefühle, die er nicht empfand, in Momenten, in denen es offenbar von ihm erwartet wurde. Ein Mime, der ohne Begeisterung seine Rolle spielte.

Nur dass diese Rolle sein Leben war, in dem das unterschwellige Unbehagen jeden Tag an Boden gewann, wie eine schleichende Krankheit, die langsam, aber sicher sein gesamtes Handeln bestimmte. Er funktionierte noch, das schon. Aber es war, als sei er von einer Watteschicht umgeben, die die Reize von außen filterte. Er verlor immer mehr das Interesse für die Menschen in seiner Umgebung.

Es dauerte lange, bis er es wahrhaben wollte. Der Moment kam auf einer Überraschungsparty, die seine Mitarbeiter anlässlich des ersten multinationalen Kunden, den sie an Land gezogen hatten, für ihn organisiert hatten. Von allen Seiten wurde ihm die Hand geschüttelt, auf die Schulter geklopft und zu seiner Leistung gratuliert. Er hatte nichts dabei empfunden und so gezwungen reagiert, als beobachte er sich selbst aus einer gewissen Distanz heraus in dieser Situation. Inmitten der ausgelassenen Belegschaft, als der Champagner in Strömen floss, wurde ihm klar, dass ihm das alles völlig gleichgültig war. Er war zu einem Außenseiter in seinem eigenen Leben geworden.

Noch am selben Abend hatte er eine Entscheidung getroffen und von seinem Büro aus einen Konkurrenten angerufen. Schon eine knappe Woche später war *Sagittarius* in anderen Händen, und er fühlte sich freier denn je. Doch das sollte nur der erste Schritt sein auf dem Weg nach mehr Lebendigkeit, mehr Inhalt. Der zweite Schritt hieß Weggehen. Weg aus den Niederlanden.

Doch er hatte die Rechnung ohne Alice gemacht. Sie war völlig außer sich gewesen.

Wenn er sie nicht mehr geliebt hätte, wäre alles ganz einfach gewesen. Dann hätte er die Tür hinter sich zugezogen. Aber er liebte sie. Deshalb war er geblieben. Und er hatte ihr versichert, dass sich an ihrem Leben nichts ändern würde. Nicht, wenn sie es nicht selbst wollte. Und bis dato hatte das einigermaßen funktioniert. Er hatte seine eigene Methode gefunden, den trüben Nebel in seinem Kopf zu vertreiben und das Gefühl zu haben, dass er lebendig war und sein Leben selbst bestimmen konnte, im Hier und Jetzt. Auch wenn es immer nur für kurze Zeit war.

Doch damit war es vorbei gewesen, als er Susan kennen gelernt hatte. Durch sie war ihm bewusst geworden, dass seine Liebe zu Alice weniger tief war, als er geglaubt hatte.

Er wusste, dass er aus dieser Sackgasse herauskommen musste. Er hatte schon zu lange mit sich gerungen. Versucht, wie früher in seiner Mansarde in Utrecht, ein Programm zu entwickeln, in dem sich alles nahtlos ineinanderfügte, sich zu einem einheitlichen und logischen Gesamtbild ergänzte. Doch nachdem er letzten Freitag derart die Beherrschung verloren hatte, musste er einsehen, dass das nicht möglich war. Er verrannte sich in einem Labyrinth ohne Ausgang. Er musste eine Wahl treffen. Aber welche? Eine hartnäckige Stimme in seinem Hinterkopf kannte die Antwort. Die Antwort, die die ganze Zeit da gewesen war, unterdrückt von seinem Verstand.

Es war drei Uhr nachmittags. Sie hatte noch nichts zu Stande gebracht. Dabei türmten sich so viele zu erledigende Dinge wie ein Berg vor ihr auf. Leidige Haushaltspflichten häuften sich ebenso wie die ungeöffnete Post. Mahnungen und Rechnungen, die bezahlt werden mussten, Formulare, die ausgefüllt, und Mitteilungen, die gelesen werden wollten. Das Badezimmer war übersät mit Sachen, die aus ihren Reisetaschen gequollen waren. Sie verbreiteten allmählich einen Geruch, der sie entfernt an Reno erinnerte. Es wäre ein Leichtes gewesen, die Kleidung in die Waschmaschine zu stecken, aber alles war ihr zu viel. Sie fühlte sich leer und ließ sich gehen. Zahllose Male hintereinander hörte sie sich *Missing you* von Everything But The Girl an. Sie vergaß zu essen und zu trinken. Irgendwann ging sie ins Bad und fuhr sich mit einer Bürste durchs Haar. Verließ das Haus. In der Hoffnung, dass Reno diesen trüben Tag ein wenig aufhellen könnte.

Durch das Hinthamereinde waren es nur zehn Minuten zu Fuß bis zu dem ehemaligen Lagerhaus. In diesem Winkel der Altstadt waren die Großunternehmen, die allmählich so vielen Städten Europas ihren uniformen Stempel aufdrückten, noch nicht vorgedrungen. Dutzende kleine Läden verliehen dieser Gegend ihr eigenes Gesicht. Es gab ein Geschäft für Zauberartikel, einen Secondhandladen, einen Bäcker, einen altmodischen Fahrradhändler und einen Tattooshop. Die unterschiedlichsten Betriebe und Menschen hatten sich hinter den alten Fassaden angesiedelt. Kurz vor der Zugbrücke über den Zuid-Willemsvaart, der sich kerzengerade durch das Stadtzentrum zog, überquerte sie im Slalom die Straße, sorgfältig den Fahrradfahrern, Mopeds und Inlineskatern ausweichend.

Nach wenigen Minuten stand sie vor einer roten, mit Flugblättern beklebten Tür, von der die Farbe abblätterte. Wie üblich hing ein Seil mit dem Schlüssel daran aus dem Briefkastenschlitz. Sie schloss die Tür hinter sich und zwängte sich seitlich an den Fahrrädern und Bierkästen im Hausflur vorbei. Erklomm die steile Treppe. Hörte das beruhigende Klimpern einer Gitarre, die gerade gestimmt wurde. Reden. Lachen.

Oben in einem weiteren kleinen Flur befand sich eine alte Holztür, die über und über mit Graffiti beschmiert war und von der ein mitgenommener Bakelitgriff herunterbaumelte. Es roch nach Marihuana, Elektronikkram, Bier und feuchtem Beton. Sie öffnete die Tür, indem sie ihr mit der Hüfte einen Schubs versetzte.

Der Proberaum war eine Mischung aus den Kulissen für *Trainspotting* und einer vergammelten Fabrikhalle. Überall Graffiti. Auf dem Boden lagen dutzende schwarzer Kabel, Verlängerungsschnüre und Kabeltrommeln. Mehrere Verstärker standen herum. Leere Bierflaschen. Weggeworfene Tabakpäckchen. Als Erstes sah sie Jos, den Schlagzeuger.

»Hi, Susi.«

Es fiel ihr auf, dass seine Pupillen geweitet waren. Im Stillen hoffte sie, dass Reno nie in die Versuchung käme, mit harten Drogen zu experimentieren. Es wäre sein Tod.

»Hi, Jos«, grüßte sie zurück und ging weiter durch zu Reno, der in einer Ecke des Proberaums saß und Gitarre spielte. Unterwegs nickte sie Maikel zu, dem Bassisten, der auf seinem Instrument Akkorde übte. Alex stand mit dem Rücken zu ihr, eine Hand am Ohr, und versuchte, inmitten des ganzen Lärms mit dem Handy zu telefonieren. Von dem wilden, langen, schwarzen Haar, das er vor einem halben Jahr noch gehabt hatte, war nur ein Pferdeschwanz am Hinterkopf übrig geblieben, wie bei einem Samurai. Dort, wo vorher Haare gewesen waren, prangte jetzt eine dunkelblaue Schießscheibe. Noch mehr Tätowierungen, und seine ursprünglich hellolivfarbene Haut wäre für immer unsichtbar.

Reno war ganz vertieft in sein Gitarrenspiel. Sie setzte sich vor ihn hin, nachdem sie sich zuerst ein Stück Pappe untergelegt hatte. Der ganze Boden war mit Bier-, Cola- und Limonadeflecken übersät. Sie wartete, bis er wieder auf die Erde zurückgekehrt war.

»Yo, San.«

»Yo.« Sie lächelte.

»Hör dir das mal an«, sagte er und begann, ein langsames Stück zu spielen. Präzise griffen seine mageren Finger die Akkorde. Glitten über die Saiten. Liebkosten das Instrument. Leise sang er dazu, mit geschlossenen Augen. Was er sang, konnte sie kaum verstehen. Er flüsterte fast. Schwebte wieder in anderen Sphären. Allmählich entspannte sie sich. Reno verdient ein Denkmal, dachte sie bei sich, einfach weil er ist, wie er ist. Einzigartig.

Der letzte Akkord verklang, und er schaute sie durch eine Gardine fettiger Strähnen fragend an.

»Schön«, sagte sie. »Wirklich schön.« Sie wischte sich die Tränen weg.

»Hast du was, San?«

Sie schüttelte den Kopf. »Nichts, woran du irgendetwas ändern könntest. Das Stück ist echt toll.«

»Das Stück ist echt Scheiße.«

Die tiefe Stimme von Alex. Sie blickte zu ihm hoch. Nicht nur die Haare verliehen ihm Ähnlichkeit mit einem Samurai.

»Ach ja?«, fragte sie provozierend.

»Dieses Gesülze verkauft sich kein Stück. Und das weiß er selbst ganz genau«, sagte Alex und wies mit dem Kinn auf Reno, der mit relativ gelassener Miene zuhörte.

»Er soll endlich aufhören, sich für Kurt Cobain zu halten«, höhnte Alex. »Cobain ist tot, okay? Cobain war ein depressiver Loser, der sich in seiner Dachkammer in den Kopf geschossen hat.«

Susan wollte sich eigentlich nicht einmischen. Das war etwas, was Reno selbst regeln musste. Aber sie konnte einfach den Mund nicht halten. »Was bist du doch manchmal für ein unglaublich blöder Sack, Alex. Ist dir vielleicht bisher was Besseres eingefallen?«

Alex schnaufte verächtlich. Nickte unaufhörlich vor sich hin, als hätte er ein Scharnier im Nacken. Auf seiner Stirn und an seinem Hals traten Adern hervor. Seine dunklen Augen blitzten.

»Ja, und zwar etwas viel Besseres als dieser Mist, den er verzapft. Ich habe keine Lust, für den Rest meines Lebens in diesem stinkigen Loch hier zu hocken und Mitleid erregend und unverstanden durch die Gegend zu stolpern. Ich will Geld verdienen!«

»Wenn ich mich recht entsinne«, sagte sie ruhiger, als sie in Wirklichkeit war, »hat Cobain nach dem zweiten Album ziemlich viel Kohle gescheffelt.«

»Ja, aber das war vor elf Jahren, verdammt nochmal.«

»Also?«

»Also …«, sagte er, immer noch aggressiv nickend, »werden wir das anders anpacken. Rammstein, Megaherz, etwas in der Richtung. Die sind jetzt so richtig im Kommen, und wir könnten auf dieser Welle mitschwimmen. Und wenn das dem Penner da nicht passt, kann er meinetwegen auf dem Marktplatz rumjaulen, mit einem Schälchen für Kleingeld vor sich auf dem Boden. Aber nicht hier. Er hat noch keinen Cent in das alles hier investiert und nie einen Finger krummgemacht. Ich bin es, der seit Jahren dafür sorgt, dass der Laden läuft. Es wird höchste Zeit, dass er mal was tut für sein Geld.«

Susan schaute Alex an und sagte leise: »Du entwickelst dich allmählich genau zu dem, was du immer verabscheut hast.«

Wieder reagierte er mit einem verächtlichen Schnauben. »Ach, du hast ja keine Ahnung!«

Susan schaute Reno an, der neben Alex so unbedeutend wirkte. Reno besaß nicht die Kraft, sich zu wehren, schon gar nicht gegen Alex. Und sie konnte es nicht stellvertretend für ihn tun. Ihr wurde klar, dass Reno nicht mehr lange bei Alex würde bleiben können. Dann hätte er nicht mal mehr eine Unterkunft und müsste tatsächlich in einer Seitenstraße des Marktplatzes sitzen und auf seiner Gitarre herumklimpern, um sich das Geld für sein Marihuana zu beschaffen. Genau wie all die anderen Versager. Eine Zukunftsvision, die sie zutiefst beunruhigte.

Plötzlich wollte sie nur noch weg. Lieber war sie allein als in dieser Schlangengrube. »Na, ich geh dann mal wieder«, sagte sie und berührte Reno kurz an der Schulter. »Viel Glück, Reno.«

Reno antwortete mit einem angedeuteten Nicken. Sie wollte sich auch noch von Alex verabschieden, aber der hatte sich bereits wieder weggedreht und tippte auf seinem Handy herum. Tat so, als sei sie Luft.

Alice parkte den alten Porsche unten an der Einfahrt und stieg aus. Im Büro hatte sie behauptet, sie fühle sich nicht wohl. Niemand hatte das bezweifelt. Ihre Haut war über das Wochenende aschfahl geworden, ihre Augen blickten stumpf und darunter zeichneten sich tiefe Ringe ab. Selbst eine dicke Make-up-Schicht konnte das nicht vertuschen. Sie war nicht krank. Nicht im eigentlichen Sinne des Wortes jedenfalls, sie empfand kein körperliches Unbehagen. Sie war nach Hause gefahren, weil sie wissen wollte, was los war. Sie machte sich Sorgen. Sie hatte Sil nicht angerufen und Bescheid gesagt, dass sie unterwegs war. War einfach ins Auto gestiegen und losgefahren.

Es war merkwürdig, so mitten am Tag nach Hause zu kommen. An der Tür zögerte sie hineinzugehen. Das Haus sah irgendwie anders aus. Wirkte abweisender. Weniger wie ihr Zuhause. Tagsüber war es Sils Terrain. Sie hatte keine Ahnung, was er so trieb, wenn sie nicht da war. Ein unbestimmtes Gefühl der Angst beschlich sie. Die Angst, möglicherweise irgendetwas zu entdecken, was sie gar nicht wissen wollte. Etwas, was er möglicherweise vor ihr verborgen hielt. Was alles erklären würde. Seine geistige Abwesenheit in den letzten Jahren. Sein Schweigen. Die Beinahe-Vergewaltigung letzten Freitag. Sein ausweichendes Verhalten.

Sie öffnete leise und vorsichtig die Tür. Leise, um ihn nicht zu warnen. Sie hörte keine Musik. Das war das Erste, was ihr auffiel. Dadurch wirkte das Haus merkwürdig verlassen. Sie zog ihre Schuhe aus, stellte sie neben die Fußmatte und schlich auf Nylonstrumpfhosen weiter. Ihre Füße hinterließen feuchte Abdrücke auf den kühlen Fliesen. Sie ging hinunter ins Souterrain. Es brannte kein Licht und der Trainingsraum mit den Maschinen lag verlassen da. Sie kehrte leise zurück in den Flur und ging ins Wohnzimmer. Leer. Schaute in der Küche nach. Auch dort war er nicht.

Dann hörte sie Geräusche im Arbeitszimmer. Leise lief sie über die Natursteine im Flur und blieb einen Meter vor der Tür stehen.

Sil stand mit dem Rücken zu ihr an seinem Schreibtisch. Er hatte sie nicht gehört und wirkte äußerst gereizt. Sie erkannte es an seiner Körperhaltung. Ungeduldig betätigte er eine Taste des Telefons. Sie hörte durch den Lautsprecher das Rufzeichen. Nach dem viertem Mal ertönte ein Klicken und dann eine Stimme. Eine weibliche Stimme, eine fröhliche, sorglose, tiefe Stimme.

»Hallo, hier ist Susan Staal. Ich bin nicht da oder will nicht gestört werden. Wenn es wichtig ist, hinterlassen Sie bitte eine Nachricht oder schicken Sie mir eine Mail.«

»Verdammt nochmal, Susan!« Er schrie beinahe. »Tu mir das nicht an!«

Frustriert hieb er mit der Faust auf den Schreibtisch. Durch den Stoß wackelte die Schreibtischlampe und fiel von ihrem Sockel. Zerbrach auf dem Fußboden.

Alice fuhr zurück. Vergaß zu atmen. Stand da wie angewurzelt. Zitterte am ganzen Leib. Schlich leise zurück in die Diele. Nahm ihre Schuhe in die Hand und rannte die zwanzig Meter bis zu ihrem Auto auf Strümpfen. Stieg ein, drehte den Zündschlüssel um und fuhr los. Ein paar Straßen weiter parkte sie den Porsche am Straßenrand, weil der Asphalt wie ein wässriges Kaleidoskop mit dem Horizont und den Alleebäumen zusammenfloss. Sie holte ein Papiertaschentuch aus dem Handschuhfach und schnäuzte sich die Nase. Tupfte die Tränen ab, doch es quollen neue hervor und nach einer Minute war das Taschentuch durchweicht.

Es stimmte also. Sie hatte ihn schon vor Jahren verloren, und sie hatte es die ganze Zeit über gewusst. Die ganze Zeit. Sie fühlte sich verstoßen. Allein.

Plötzlich kamen ihr Pauls Worte in den Sinn: »Wenn er dir jemals wehtut, komm zu mir.«

Ohne zu zögern fuhr sie zurück zu *Programs4You.*

Der Anrufbeantworter war während ihrer Abwesenheit zehn Mal angesprungen. Oder noch öfter, sie hatte gar nicht mehr richtig mitgezählt. Immer dieselbe Nummer leuchtete auf der LCD-Anzeige auf.

Sils Nummer.

Sie hatte den Stecker des Telefons herausgezogen und sich auf ihre Umsatzsteuervoranmeldung konzentriert. Und jetzt klingelte es an der Tür. Sie schaute auf die Uhr. Sieben. Beunruhigt eilte sie in die Küche und schaute aus dem Fenster. Am Rande der schmalen Einbahnstraße sah sie nur ihren eigenen schwarzen Vitara und die Autos der Nachbarn stehen. Keinen dunkelblauen Porsche. Bevor sie die Tür öffnete, warf sie zur Sicherheit einen Blick durch den Spion. Sven.

Sie machte auf.

»Bist du gerade beschäftigt?«, fragte er.

Sie schüttelte den Kopf. »Nein, mit nichts Wichtigem jedenfalls.«

»Ich wollte dich mal was fragen, ich weiß, es klingt vielleicht komisch, aber hättest du eventuell Lust, bei mir drüben einen gemütlichen Abend auf dem Sofa zu verbringen?«

Sie schaute ihn fragend an.

»Ganz ohne irgendwelche Hintergedanken«, versicherte er rasch. »Ich dachte mir einfach, zu zweit wäre fernsehen vielleicht gemütlicher als allein.«

Wieder schaute sie ihn an. Zuckte dann mit den Schultern. Eigentlich gar keine so schlechte Idee. Sie griff nach ihren Schlüsseln und folgte ihm in sein Apartment.

Sie blickte sich um. Wohin sie auch sah: überall aufeinandergestapelte Kisten. In der Ecke stand eine alte Stehlampe mit Stoffschirm, die sogar ihre Großmutter auf den Speicher verbannt hätte. An den Wänden hing noch immer die grüne Tapete, Modell Fünfzigerjahrebarock, die ausgezeichnet zur Einrichtung des früheren Bewohners gepasst hatte, sich aber schrecklich mit dem modernen, violetten Sofa biss, das jetzt davorgerückt worden war. Das blaue, schief hängende Rollo vor dem Wohnzimmerfenster erkannte sie sofort als Sonderangebot aus dem letzten Baumarktblättchen.

»Wie ich sehe, hast du dich hier bereits häuslich eingerichtet«, bemerkte sie.

Er schaute sich kurz um. »Tja, tut mir leid. Ich hatte einfach noch keine Zeit, hier alles fertig zu machen. Ich wohne ja auch nur vorübergehend hier. Setz dich doch.« Er zeigte auf das Sofa und ging in die Küche. Sie hörte ihn herumfuhrwerken und kurz darauf kehrte er mit zwei großen Tassen ins Wohnzimmer zurück.

»Mit Zucker, aber ohne Milch, stimmt's?«

Sie nickte und nahm ihm einen Becher ab. Er hockte sich zu dem Fernseher, der dem Sofa gegenüber auf dem Boden an der Wand stand. Dahinter und daneben lag ein Wirrwarr von Kabeln. Er kniete sich vor das Gerät und versuchte verzweifelt, den Kabelsalat zu sortieren. Susan schloss daraus, dass es noch eine Weile dauern würde, bis die Vorstellung beginnen konnte. Sie blickte sich im Zimmer um. Es sah aus wie in einer Studentenbude. Ein bisschen schlampig, aber es hatte etwas. Sie hatte nie viel auf den äußeren Schein gegeben und fühlte sich wohler in einer Umgebung wie dieser als in einem sorgfältig gestylten Haus, wo man schon Angst hatte, das Sofa schmutzig zu machen, wenn man sich nur daraufsetzte.

»Musst du heute Abend nicht arbeiten?«

Er schüttelte den Kopf und zog ein weißes Kabel aus dem

Wust. »Michel hat Dienst. Nur wenn ein komplizierter Fall reinkommt, muss ich nochmal los.«

»Hast du schon ein Haus in Aussicht?«

Er zuckte mit den Schultern. »Ich habe mich bisher noch gar nicht richtig darum gekümmert. Ich bin mir nicht sicher, was ich wirklich will. Ein ganzes Haus für mich allein? Vielleicht kaufe ich auch die Bude hier oder so. Im Grunde ist sie groß genug.«

Susan trank einen Schluck von ihrem Kaffee und verzog angewidert das Gesicht. »Hast du irgendwo einen Löffel?«

Er nickte. »Nimm dir einfach einen aus der Küchenschublade.«

Sie öffnete die oberste Schublade und stand da wie vom Donner gerührt. Riss die Augen auf und starrte gebannt auf das, was sie sah.

In der Schublade lagen drei Schusswaffen.

Er hatte wahrscheinlich ihr Zögern bemerkt, denn er hob den Kopf.

»Nicht in dieser Schublade, in der ganz rechts«, sagte er in einem Ton, als sei es die normalste Sache der Welt, dass Pistolen in seiner Küchenschublade lagen – und als erwarte er, dass sie genauso denken würde.

Sie schwieg noch immer und rührte sich nicht.

»Was ist denn?«, fragte er.

Sie konnte ihre Augen nicht von den Waffen abwenden. Das waren keine Betäubungspistolen. Die sahen anders aus. Die hatte sie bei den Wildtierärzten gesehen, mit denen sie gelegentlich unterwegs gewesen war. Das hier waren echte Pistolen. Mit denen man Menschen töten konnte.

Was für ein Tierarzt war das?

»Das sind keine Betäubungspistolen«, sagte sie schließlich.

»Stimmt, richtig gesehen. Das sind eine Ruger, eine Sig-Sauer und eine Beretta. Warum?«

»Warum?«

»Ich müsste sie eigentlich in einem Tresor aufbewahren«, fuhr er fort. »Aber ich habe noch keinen hier. Bei mir laufen ja auch keine Kinder herum und außerdem sind die Dinger nicht geladen. Deshalb finde ich das nicht so problematisch. Die Löffel sind in der ganz rechten Schublade am Fenster.«

Sie schaute ihn verständnislos an.

»Schießen ist mein Hobby«, erklärte er. Und als sie immer noch nichts sagte, fügte er hinzu: »Ich bin Sportschütze, Mitglied in einem Schützenverein.«

Sie nickte, noch nicht recht überzeugt.

»Es macht wirklich Spaß, weißt du«, sagte er, um sie zu beruhigen.

»Sven«, sagte sie. »Das hier sind Schusswaffen. Sie sind dazu da, Menschen zu töten.«

Er lachte. »Gebrauchsgegenstände kann man zu verschiedenen Zwecken benutzen. Eine Schusswaffe ist genauso tödlich wie ein Auto, ein Küchenmesser oder eine Kreissäge. Es kommt darauf an, was man damit anstellt. Mit Waffen wie diesen kann man auch einfach nur an Schießwettbewerben teilnehmen.«

Sie schaute ihn an. »Aber Waffen werden zu dem Zweck hergestellt, Menschen zu töten. Kreissägen nicht.«

»Spielt das denn eine Rolle? Schießen ist ein ziemlich beliebter Sport, weißt du. Vielleicht solltest du mich mal zum Schießstand begleiten. Dann könntest du mit eigenen Augen sehen, dass gar nichts Schlimmes dabei ist. Es gibt keine Toten, und wir schleichen auch nicht im Dunkeln herum und jagen den Leuten Angst ein. Und bei uns werden auch keine verurteilten Pädophilen über den Platz gehetzt – leider.« Er lachte. »Alles verläuft in ganz geordneten Bahnen.«

Sie schob die Schublade mit den Waffen zu und nahm einen Löffel aus der anderen. Drehte sich um und blickte erneut ihren Nachbarn an, der sie seinerseits fragend anschaute. Sie hatte schon so oft erlebt, dass Leute auf den ersten Blick ganz anders wirkten, als sie tatsächlich waren. Im positiven wie im negativen Sinne. Doch jeder Mensch hatte seine verschiedenen Seiten. In der Regel bestand eine Persönlichkeit aus mehreren Schichten, und so konnte ein vernünftiger, netter Kerl wie Sven eben auch ein Hobby wie Schießen betreiben. Daran war nichts Schlimmes, das war völlig in Ordnung.

»Warum nicht?«, hörte sie sich zu ihrer eigenen Überraschung sagen. »Ich komme gerne einmal mit. Man sollte alles im Leben einmal ausprobiert haben.«

»Nein, nicht alles«, erwiderte er, stand auf, wischte sich die Hände an der Jeans ab und schaltete den Fernseher ein. Ein Actionfilm mit Mel Gibson, *Payback,* wurde gerade angekündigt.

»Es gibt Erfahrungen, auf die kann man gut und gern verzichten«, fügte er hinzu.

Sie schauten sich den Film an. Susan saß mit angezogenen Knien auf dem Sofa, Sven davor auf dem Boden. Sie fand es angenehm, in seiner Nähe zu sein. Es fühlte sich nicht bedrohlich an. Natürlich hatte sie Augen im Kopf. Er sah gut aus. War intelligent, hatte Humor.

Aber er war nicht Sil.

Aus Höflichkeit ging sie nicht sofort nach dem Ende des Films nach Hause, sondern blieb noch eine Viertelstunde.

10

Sil klingelte und sah, wie die Gardine vor ihrem Fenster kurz beiseitegeschoben wurde. Sie war zu Hause.

Er hoffte, dass sie ihn nicht vor der Tür stehen lassen würde wie einen Deppen. Nahm sich vor, die Tür einzutreten, falls sie es tat.

Sie ließ ihn nicht stehen. Die Tür ging auf. Sie trug eine abgewetzte Lederhose, die an den Oberschenkeln spannte, und darüber ein nur zur Hälfte zugeknöpftes Holzfällerhemd. Darunter nichts. Ihr braunes Haar fiel ihr offen auf die Schultern. Kein Make-up. Nackte Füße. Er starrte sie an, er konnte einfach nicht anders. Jede Faser seines Körpers erwachte zum Leben. Er starrte sie einfach nur schweigend an, war wie verstummt. Konnte nicht mehr denken.

Sie musterte ihn schweigend.

»Ich werde mich von Alice trennen«, brachte er schließlich hervor.

»Komm rein«, sagte sie leise.

Er trat ein, blieb jedoch in der kleinen Diele stehen. Sie drehte sich schweigend zu ihm um. Schloss die Tür hinter sich. Drückte dagegen, bis sie ein Klicken hörte. Blieb mit dem Rücken zur Tür stehen, die Handflächen auf das kühle Holz gelegt.

Wie in Zeitlupe ging er einen Schritt auf sie zu, und im nächsten Moment klammerten sie sich aneinander wie ausgehungerte Tiere. Ihre Lippen waren weich und ihre Zunge warm, feucht und schnell. Sie atmete flach. Er schob die Hände unter ihr Hemd und zog es ihr über den Kopf. Ihm stockte der Atem. Ihre Brüste waren voll und rund. Er schaute sie an, als sähe er zum ersten Mal im Leben Brüste und als sollte es zugleich das letzte Mal sein. Er umfasste ihren Busen mit beiden Händen und strich mit den Lippen darüber, bis sie mit einem Stöhnen praktisch unter ihm wegrutschte. Er legte ihr einen Arm um die Taille, um sie aufrecht zu halten. Zog ihr Gesicht zu sich hin. Leckte ihre Lippen und bekam kaum mit, wie sie seine Lederjacke herunterzerrte und danach ungeduldig an seinem Pullover zog. Im nächsten Augenblick lag der Pulli von außen nach innen gekehrt auf dem Fußboden. Ihre Hände wanderten weiter nach unten, nestelten am Verschluss seiner Jeans. Er hielt den Atem an. Sein ganzer Körper war angespannt wie eine Feder. Sie fasste die Jeans zusammen mit seiner Boxershorts am Bund und streifte sie hinunter bis auf die Knöchel. Kniete vor ihm. Schaute zu ihm auf, ihre Augen verhangen, dunkel. Ihm blieb die Luft weg. Mit ihren weichen Händen fuhr sie an seinen Beinen hoch und knetete seinen Po. Plötzlich fühlte er ihre Zunge, feucht, weich und warm an der Innenseite seines Oberschenkels. Langsam wanderte sie weiter nach oben, immer weiter. Er würde auf der Stelle explodieren, wenn sie so weitermachte.

»Halt«, sagte er und atmete dabei heftig aus. Nahm sie an den Händen und zog sie hoch, drückte sie fest an sich. Begrub sein Gesicht in ihrem Hals.

»Später«, keuchte er.

Er schüttelte seine Schuhe und seine Hose ab. Sie zog ihn hinunter auf den Holzfußboden. Öffnete den Reißverschluss ihrer Hose. Er streifte sie ihr ab. Lag gleich darauf neben ihr und trat die zusammengeknüllte Hose von ihren Knöcheln weg. Stützte sich auf einem Arm ab, sodass er sie anschauen konnte. Mit der anderen Hand fasste er unter ihre Taille und zog sie näher an sich.

»Ich liebe dich«, flüsterte er leise, in dem Bewusstsein, dass dieser Satz nicht einfach so dahergesagt war, sondern dass er es wirklich ernst meinte.

Als Reaktion umklammerte sie ihn mit den Beinen und presste ihren Unterleib an ihn. Nahm ihn fest in die Arme und streichelte seinen Rücken. Schaute ihn an. Er konnte sich nicht mehr beherrschen. Wollte noch näher bei ihr sein. In ihren weichen, warmen Körper schlüpfen. So dicht bei ihr sein, wie es körperlich möglich war. Auf dem Holzfußboden im Flur flossen sie ineinander und alles andere spielte keine Rolle mehr.

Ein wenig nervös drückte Alice die Tür von Pauls Büro auf und ging hinein. Er telefonierte gerade. Lächelnd nahm sie ihm gegenüber Platz, zupfte an ihrem Rock und wartete geduldig, bis er den Hörer auflegte. Es dauerte bestimmt zehn Minuten, und während des ganzen Gesprächs schaute er sie kaum an. Das machte sie noch nervöser. Sie sagte sich, dass er eben viel zu tun habe. Versuchte, seinem Verhalten keinen zu großen Wert beizumessen.

»Alice«, sagte er, sofort nachdem er den Hörer aufgelegt hatte. »Was kann ich für dich tun?«

Sie schaute ihn schweigend an. Sie hatte einen anderen Empfang erwartet als diese distanzierte Begrüßung.

Sie schluckte. »Ich … na ja … ich wollte mich einfach nur bei dir bedanken, wegen gestern.«

»Hat dein Mann etwas gemerkt?«

»Nein. Er hat schon geschlafen, als ich nach Hause kam.«

»Und heute Morgen?«

Sie schüttelte den Kopf. »Er steht nie vor neun Uhr auf.«

Er nickte. Saugte an seiner Unterlippe und schaute sie unschlüssig an.

»Na ja, wo du schon einmal hier bist, Alice. Ich habe leider eine schlechte Nachricht für dich. Heute Morgen habe ich zwei Moderatorinnen ausgewählt.« Er legte eine kurze Pause ein, um seinen Worten mehr Gewicht zu verleihen. »Und du bist nicht dabei.«

Sie merkte nicht, dass ihr der Unterkiefer hinunterfiel.

»Wie bitte?«, fragte sie leise.

Er schüttelte den Kopf, als habe sie die falsche Antwort auf eine simple Quizfrage gegeben.

»Alice. Erst gestern Abend ist mir klar geworden, wie instabil deine persönliche Situation ist. Ich mag dich als Menschen. Das weißt du. Deshalb habe ich ernsthaft erwogen, dir diese Chance zu geben. Wir haben uns heute Morgen beraten, aber das Team findet, dass *Dreams4You* doch ein zu wichtiges Projekt ist, um jemanden ohne Erfahrung einzusetzen. Wenn ich ehrlich bin, ist das auch meine Meinung.« Wieder legte er eine Pause ein. Schaute sie unverwandt an. »Es hängt zu viel davon ab. Tut mir leid.«

Sie wusste nicht, ob sie vor Scham in ein Mauseloch kriechen oder ihm vor Wut an den Hals springen sollte. Die Wut gewann mühelos die Oberhand. Was er sagte, war kompletter Unsinn. Die Chance, Moderatorin zu werden, war der einzige Fixpunkt in ihrem Leben. Vor allem jetzt, da Sil eine andere Spielgefährtin gefunden hatte, hätte sie buchstäblich ihr Leben für *Dreams4You* gegeben. Es war der einzige Halt, der ihr geblieben war. Und das wusste Paul ganz genau. Schließlich hatte sie es ihm gestern erzählt, verdammt nochmal!

»Du hast mich benutzt«, schlussfolgerte sie, immer noch wie betäubt. »Du hast mir das Blaue vom Himmel herunter versprochen und dich nicht an dein Wort gehalten, weil du bekommen hast, was du wolltest. Stimmt doch, oder?«

Er legte die Hände vor sich auf den lederbezogenen Schreibtisch und sprach langsam und deutlich, als rede er mit einem Kind.

»Du bringst da etwas durcheinander, Alice. Wenn du das, was gestern zwischen uns passiert ist, als ›benutzen‹ bezeichnen möchtest, dann hast auch du mich benutzt. Du hast eine Schulter zum Ausweinen gesucht und wolltest auf andere Gedanken gebracht werden. Es war deine eigene Entscheidung, zu mir zu kommen. Ich war für dich da. Und ich kann nicht leugnen, dass wir es nett miteinander hatten. Aber es gibt eine Zeit zum Spielen und eine Zeit zum Arbeiten. Gestern haben wir hübsch miteinander gespielt. Heute ruft die Arbeit wieder.« Er schaute sie eindringlich an und fuhr dann ein wenig mitleidig fort, als wolle er seine harten Worte ein wenig abschwächen. »Du kriegst schon noch deine Chance. Aber regle jetzt erst mal deine Privatangelegenheiten. Das ist wichtig in unserer Branche. Und belege einen Kursus in Moderationstechniken oder so was Ähnliches.«

»Also stimmen die Gerüchte über dich«, sagte sie.

»Welche Gerüchte?«

»Die man sich überall über dich erzählt. Wie konnte ich nur so entsetzlich blind und loyal sein, dass ich sie einfach nicht glauben wollte? Die wievielte bin ich eigentlich, Paul? Mit wem bist du sonst noch im Bett gewesen auf deinem Boot? Und wen hast du sonst noch alles in dem Wahn gelassen, dass …«

»Ich glaube nicht, dass ich mich vor dir rechtfertigen muss.«

»Weiß deine Frau davon?«, fragte sie laut und voller Zorn. »Hat sie auch nur die geringste Ahnung davon, dass du jedem Rock hinterherrennst? Oder ist das für sie genauso neu wie für mich?«

»Lass Anna aus dem Spiel, Alice.«

»Vielleicht wird es höchste Zeit, dass ihr mal jemand die Augen öffnet.«

Ihr war gar nicht bewusst, wie drohend sie klang. Sie war außer sich vor Wut und Ohnmacht.

Doch er lächelte nur rätselhaft. Stand auf, ging in einen angrenzenden Raum und bedeutete ihr mit einem Wink, ihm zu folgen. Sie hatte keine Ahnung, was er vorhatte.

In dem Konferenzraum neben Pauls Büro fanden normalerweise die Versammlungen der Geschäftsleitung statt. Sie war noch nie dort gewesen. Auf dem schwarzen Teppichboden standen ein ovaler Konferenztisch aus Wurzelholz und acht luxuriöse Lederstühle. Paul tippte einen Lichtschalter leicht an, ging an einen Wandschrank und holte aus einer großen Schublade ein Videoband heraus, das er in einen Recorder einlegte. Hinter dem Konferenztisch erwachte ein großer Plasmabildschirm grellblau zum Leben und im nächsten Moment wurden Bilder sichtbar. Unscharf und grobkörnig, wie bei einem Amateurvideo.

Alice stand da wie angewurzelt und starrte auf den Bildschirm.

Es dauerte einen Moment, bis sie begriff, was sie da sah. Dann schlug sie die Hände vor das Gesicht. Sie wollte das nicht sehen, weigerte sich, ihren Augen zu trauen. In dem Video sah sie sich selbst. Mit Paul. Es war merkwürdig, sich selbst dabei zuzuschauen. Sie war nicht gerade ein Pornostar, was das Resultat noch trauriger und peinlicher machte, als es ohnehin schon war. Es sah unglaublich dilettantisch aus.

Schlimmer als peinlich.

Paul schaute sie an, die Hände in den Taschen. Seine Augen verrieten keine Spur von Mitleid.

»Wie ich dir bei anderer Gelegenheit schon mal gesagt

habe«, bemerkte er, »ist nichts auf der Welt so wechselhaft wie eine Frau. Und ich lasse mir nicht drohen.«

Schweigend starrte sie ihn an.

»Okay«, sagte er. »Das ist der Deal: Du redest mit Anna und schon geht dieses Band mit dem nächsten Kurier an deinen Mann.«

Sie schaute ihn weiterhin nur an, am Boden zerstört.

»Das ist doch nur gerecht, oder?«, fragte er, während er das Band anhielt, herausnahm und wieder zurück in die Schublade legte. Er drehte sich um und verschränkte die Arme vor der Brust. »Ich möchte gern, dass es bei meinen Geschäften fair zugeht, Alice. Dass alle Beteiligten wissen, woran sie sind.«

Sie war zu verstört, um etwas zu erwidern. Sie versuchte, klar zu denken, doch es gelang ihr nicht. Sie schaute auf den blauen Schirm, zu Paul und wieder zurück.

Vielleicht kam Sil das ja gerade recht.

»Ich weiß, was du denkst«, sagte er. »Aber mein Hobby ist es, Menschen zu beobachten, und weißt du, was mir aufgefallen ist? Auf dem Fest hat er sich sehr besitzergreifend verhalten. Fast pubertär eifersüchtig. Vielleicht nimmst du dir seine Eskapade zu sehr zu Herzen. Mehr als er. Bestimmt kommt er bald wieder zu dir zurück und bleibt für immer bei dir. Vielleicht wollte er dich überhaupt nie wirklich verlassen. Jedenfalls glaube ich nicht, dass es einer langen und glücklichen Ehe förderlich ist, wenn er zu sehen bekommt, was sein liebes Frauchen so anstellt. Er wird das nicht verkraften, Alice. Und dann bist du ihn für immer los.«

Sie schüttelte den Kopf. »Du irrst dich, Paul. Ich kenne meinen Mann. Sil kann dich sowieso nicht leiden. Er wird dich besuchen kommen.«

Paul lachte freudlos. »Auch darüber habe ich nachgedacht, Alice. Falls es dir noch nicht aufgefallen ist: Dein Mann ist ein

Denker, kein Macher. Er hat seine Gefühle gut im Griff. Das hat er bewiesen. Außerdem wissen wir beide, du und ich, dass er dieses Band nie zu sehen bekommen wird. Weil du nicht zu Anna gehen wirst.«

Sie schaute ihn ausdruckslos an. Er beobachtete ihre Gesichtszüge, die sich langsam verhärteten.

»Das kannst du nicht wollen, Alice«, sagte er. »Ich verspreche dir, ich schicke dieses Band los. Noch am selben Tag.«

Sie drehte sich mit einem Ruck um und ging zur Tür hinaus, ohne noch einmal zurückzuschauen.

Das gedämpfte Tageslicht, das durch die gelben Gardinen hereinfiel, verlieh dem Zimmer eine weiche, warme Atmosphäre. Das weiße Deckbett war am Fußende zu einem Berg zusammengeschoben. Sil lag nackt auf dem Bauch, den Kopf auf den verschränkten Armen. Susan zog mit dem Fingernagel eine imaginäre Linie über seine Schulter. Er folgte jeder ihrer Bewegungen durch die zusammengekniffenen Augenlider.

»Nein«, sagte er. »Genug ist genug.«

Sie lächelte, beugte sich über ihn und flüsterte ihm ins Ohr: »Ich kann mir nicht vorstellen, jemals genug zu bekommen. Nicht von dir.«

Er schaute sie blinzelnd von der Seite an. »Du laugst mich ja völlig aus! Du siehst aus wie eine Fee und bist in Wirklichkeit die böse Hexe, die alles Leben aus mir herauszieht. Du schaffst mich mehr als drei Stunden Bankdrücken.«

»Schwächling.«

Mit den Fingern folgte sie den Konturen einer bizarren weißen Narbe an seiner Körperseite. »Wie bist du denn daran gekommen?«

»Alte Kriegsverletzung. Vietnam.«

»Na klar. Und an diese?« Sie fuhr rund um eine weiße

Schwellung auf seinem Oberschenkel, groß wie eine Fingerkuppe.

»Schusswunde aus dem Ersten Weltkrieg. Bei der Schlacht um Arnheim.«

»Die Schlacht um Arnheim hat im Zweiten Weltkrieg stattgefunden.«

»Ach, ich werde alt, Susan, allmählich fange ich an, die Ereignisse durcheinanderzubringen.«

»Sil, du nimmst mich auf den Arm.«

»Ich nehme dich heute überhaupt nicht mehr. Du hast mich endgültig ausgesaugt. Ich bin fertig.«

Sie rollte sich auf ihn und legte sich der Länge nach auf seinen Rücken, grub ihre Wange in die Kuhle zwischen seinen Schulterblättern und streichelte seine Schultern. Genoss seine Körperwärme.

»Du kannst dir nicht vorstellen, wie glücklich ich bin«, sagte sie. »Ich fühle mich vollkommen ruhig und ausgeglichen, weißt du das? Ganz im Gleichgewicht. Das ist etwas Besonderes. Eine völlig neue Erfahrung.«

Er lächelte. »Ich fasse das mal als Kompliment an meine Potenz auf.«

Als sie ihr Gewicht verlagerte, schnaufte er kurz und kniff die Augen zusammen. »Bitte geh von meinem Rücken runter, Susan. Du tust mir weh.«

Träge ließ sie sich von seinem Rücken hinunterrollen und richtete sich auf. Jetzt erst sah sie den länglichen, etwa sechs Zentimeter breiten Bluterguss, der sich quer über sein Rückgrat hinwegzog. Sie setzte sich ganz auf.

»Was hast du denn da gemacht?«

»Ach, nichts Besonderes, nur eine kleine Verletzung«, murmelte er. »Hab gestern wohl zu hart trainiert.«

»Na klar«, sagte sie. »Jonglierst du vielleicht mit deinen

Hanteln? Du bist ja grün und blau. So was kriegt man doch nicht vom Krafttraining.«

Achselzuckend antwortete er: »Mir ist tatsächlich eine Hantel draufgefallen. Wirklich dämlich.«

»Trainierst du viel?«

»Ja, ziemlich. Fast täglich, mindestens eine Stunde. Und vorher laufe ich an die sechzig Minuten.«

»Warum tust du das?«

Er schwieg einen Augenblick lang. »Ich brauche das. Ich muss mich abreagieren. Wenn ich nicht trainiere oder laufen gehe, werde ich verrückt. Gehe buchstäblich die Wände hoch. Ich brauche den Sport als Ventil, genau wie meinen Sportwagen.«

»Als Ventil wofür?«

»Ach, für alles Mögliche. Weil ich in einem Leben feststecke, das mich kribbelig macht. Als Mensch ist man nicht darauf programmiert, auf seinem Hintern vor einem Computerbildschirm oder vor dem Fernseher zu hocken und alles für sich regeln zu lassen, sondern es steckt in unseren Genen, dass wir aktiv auf die Suche nach Nahrung gehen müssen, jagen, kämpfen, uns fortpflanzen und verteidigen, neue Horizonte erobern.«

Er drehte sich auf die Seite und stützte den Kopf auf eine Hand.

»Wir glauben, dass wir die Krone der Schöpfung sind«, fuhr er fort und streichelte ihr dabei abwesend durchs Haar. »Dass wir es als Spezies geschafft haben. Dass wir den Affen hinter uns gelassen haben. Der Mensch als Eroberer des Universums. Blödsinn. Jeder normale Gorilla hat sein Leben besser im Griff. Du brauchst dich nur umzuschauen, um festzustellen, dass unsere angebliche Kultiviertheit ein Witz ist. Eine Utopie.« Er schaute ihr plötzlich genau in die Augen. »Entschuldige, ich fange an zu predigen.«

»Nein, rede weiter. Du hast ja völlig Recht.«

Er drehte sich auf den Rücken und zog sie auf sich.

»Wie geht es dir denn inzwischen, Susan? Kämpfst du immer noch?«

»Immer und immer weiter«, antwortete sie leise. »Wenn mir alles zu viel wird, reagiere ich mich ab, indem ich Musik höre. In voller Lautstärke. Oder ich gehe zu einem Auftritt von Stonehenge. Wenn ich den ganzen Abend getanzt und mir die Lunge aus dem Hals geschrien habe, fühle ich mich hinterher wie neugeboren.«

Er lächelte und fuhr mit den Lippen über ihre Wange. »Und wie oft wird dir alles zu viel?«

»Kommt darauf an. Manchmal einmal in zwei Wochen. Manchmal jeden Tag.«

Sie strich über seine Brust und fühlte, wie sich seine Muskeln unter ihren Fingerspitzen anspannten.

»Aber es ist wirklich wahr«, sagte sie leise, »ich habe mich wirklich schon seit Ewigkeiten nicht mehr so im Einklang mit mir selbst gefühlt. Vielleicht war die Tatsache, dass du unerreichbar warst, eine der Ursachen für meine aufgestauten Frustrationen. Du ahnst ja nicht, wie sehr mich das belastet hat.«

»Ich bin ja jetzt da. Aber deine innere Ruhe darf nicht nur mit mir zu tun haben. Das macht dich abhängig, und das ist nicht gut.«

Hört, wer spricht, höhnte eine Stimme in seinem Kopf, aber er beachtete sie nicht.

»Du solltest deinen eigenen Weg suchen«, sagte er. »Ohne dich darum zu kümmern, wie andere darüber denken. In die Richtung gehen, in die du willst. Und dabei hin und wieder nach rechts und links schauen, ob vielleicht jemand auf gleicher Höhe mit dir läuft.«

»Läufst du auf gleicher Höhe mit mir, Sil?«

Er schwieg für einen Moment. Starrte an die Decke. Schließlich antwortete er, aber so leise, dass sie sich anstrengen musste, um ihn zu verstehen.

»Ich laufe schon seit einer ganzen Weile in meine eigene Richtung. Und ich habe verdammt oft nach rechts und links geschaut, aber keine Menschenseele gesehen. Irgendwann habe ich mich daran gewöhnt. Ich habe mich damit abgefunden, dass ich wahrscheinlich bis ans Ende meiner Tage allein bleiben werde. Klingt das idiotisch?«

Sie schüttelte den Kopf. »Nein.«

»Ich habe mir versucht weiszumachen, dass es ganz in Ordnung sei, allein zu sein«, fuhr er fort. »Aber an dem Nachmittag, nachdem du bei mir warst, wurde mir klar, dass ich gar nicht allein sein wollte. Dass ich mir das die ganze Zeit nur eingeredet habe.«

»Und jetzt?«

Er schwieg für einen Moment. Dachte nach. »Ich will heute Abend erst mit Alice reden. Ich liebe sie, Susan, auf eine andere Art als dich, aber sie bedeutet mir wirklich viel. Ich will nicht, dass sie zusammenbricht. Ich will ihr helfen, so lange, wie es nötig ist, bis ich sicher bin, dass sie damit fertig wird. Bis sie in der Lage ist, auf eigenen Beinen zu stehen.« Er machte eine Pause. »Und danach werden wir schon sehen.«

Sie nickte. Plötzlich knurrte ihr laut der Magen.

»Essenszeit«, sagte er.

»Ich habe keinen Hunger.«

»Komm schon«, sagte er, drehte sich auf die Seite und schob sie von sich weg. »Essen ist eine wichtige Sache. Ein Grundbedürfnis. Damit ist nicht zu spaßen.«

»Ich habe aber nichts Vernünftiges im Haus«, erwiderte sie.

»Egal, komm, ich lade dich ein.«

»Gehen wir auf die Kaninchenjagd?«, fragte sie. »Soll ich schon mal ein Feuer machen? Oder ein paar Beeren sammeln?«

Seine Augen funkelten. Sie war wundervoll, wie sie ihn so herausforderte. Nackt. Offen. Kraftvoll. Mit Abstand die schönste Frau, die er kannte. Nicht schön im klassischen Sinn. Sie war rein. Unverfälscht. Er zog sie an sich.

»Auf jeden Fall sollten wir uns ein bisschen dafür anstrengen«, brummte er. »Und jetzt zieh dir etwas über deinen schönen Körper, sonst kommen wir heute nirgendwo mehr hin.«

Sie zogen sich an und gingen hinaus. Bogen links ab, in Richtung des belebten Zentrums. Es war frisch und der Himmel über den alten Gebäuden wolkenverhangen. Wind kam auf, und sie zitterte. Sie schmiegte sich an seine Lederjacke.

»Worauf hast du Appetit?«

»Wenn es denn unbedingt sein muss, will ich Hamburger essen.«

Er zog die Augenbrauen hoch. »Hamburger?«

»Ja«, sagte sie. »Dann sind wir umso schneller wieder zurück. Ich nehme an, dass du nicht über Nacht bleibst.«

»Nein«, antwortete er bedrückt. »Das geht leider nicht. Ich freue mich wirklich nicht darauf, Alice heute Abend unter die Augen treten zu müssen, das kannst du mir glauben.«

»Doch, das glaube ich dir. Ich habe Schuldgefühle ihr gegenüber.«

»Ach, Unsinn.«

Sie gingen die breite Hinthamerpromenade entlang, wo dichtes Gedränge herrschte. Es war kurz vor fünf, und die Leute hatten es nach ihrem Einkaufsbummel eilig, nach Hause zu kommen. Susan und Sil gingen gegen den Strom. Mütter mit Buggys und quengelnden Kleinkindern, Schulkinder auf Inlinern, kichernde Teenager, bauchfrei und mit tiefen Hüfthosen, Grüppchen von Marokkanern, ältere Damen in Wollmänteln und Strickhüten. An manchen Stellen wurden Lieferwagen ausgeladen; dort war es schwieriger, den Leuten auszuweichen.

Susan schaute zu Sil auf. Er blickte sich aufmerksam nach allen Seiten um und sagte kein Wort. Er achtete auf alles und jeden, als sei er ständig auf der Hut. Sie war da ganz anders. In der belebten Innenstadt richtete sie stets den Blick ins Leere und schaltete ihren Verstand aus, sodass die Menschen sich zu einer grauen Masse auflösten, die an ihr vorbeiströmte. Obwohl sie so vieles voneinander wussten, gab es noch eine Menge zu entdecken.

Fünf Minuten später gab Sil am Schalter von McDonald's bei einer platinblonden Bedienung mit schwarz umrandeten Augen die Bestellung auf.

»Der Fischmäc wird Ihnen gleich an den Tisch gebracht«, sagte die Frau in breitem Brabanter Dialekt.

Sil schob das Tablett von der Theke herunter und ging damit zu einem leeren Tisch weiter hinten im Restaurant. Setzte sich mit dem Rücken zur Wand und stellte das Tablett ab. Susan nahm ihm gegenüber Platz.

»Fütterungszeit«, sagte er.

»Yep«, sagte sie und biss herzhaft in ihren Big Mäc.

Kurz darauf – der Tisch war übersät mit Papier und leeren Schachteln – kam ein kleiner Mann mit lichtem Haar und einem starken Bauchansatz zu ihnen an den Tisch. Er trug die Uniform des Restaurantmanagers und laut einem Namensschild an seinem Hemd hieß er Harry. Er legte eine blaue Schachtel auf ihr Tablett.

»Guten Appetit«, sagte er mit einer auffallend hohen Stimme für einen Mann seiner Statur und verschwand dann mit einem kurzen Nicken.

Sil blickte dem Mann breit lächelnd nach.

»Was ist denn so lustig?«, fragte Susan.

Er schüttelte den Kopf, immer noch einen amüsierten Blick in den Augen. »Ach, nichts. Ich musste nur gerade an etwas denken.«

Sie sah zu, wie er mit wenigen Bissen das Brötchen mit dem frisch ausgebackenen, panierten Fisch hinunterschlang. Er musste einen Magen wie ein Müllschlucker haben.

»Schnell genug?«, fragte er, nachdem er den letzten Happen vertilgt hatte. Sie standen auf und warfen den Müll in einen Abfallbehälter.

Draußen hatte es inzwischen angefangen zu nieseln. Auf Sils Bitte hin kehrten sie auf einem anderen Weg zurück, durch schmale Sträßchen mit kleinen Restaurants, Schuhgeschäften, exklusiven Boutiquen und Weinläden. Auch hier herrschte Gedränge, aber diesmal liefen sie mit dem Strom.

Als sie das Hinthamereinde erreichten, wurde es ruhiger. Die Einbahnstraße lag ein Stück außerhalb der Fußgängerzone, und Autos und Busse kamen ihnen entgegen.

Susan hörte das tiefen Dröhnen eines Motors, so laut, als gäben zehn Autos gleichzeitig Gas. Sie hätte das Geräusch dieses Motors und dieser Sportauspuffanlage unter tausend anderen herausgehört. Es gab nur ein einziges Auto in der ganzen Stadt, das sich so anhörte und bei dem zwei Endrohre unter der hinteren Stoßstange hervorschauten: der alte Opel Senator von Alex.

Alex hielt mit laufendem Motor auf der anderen Straßenseite an. Sie grüßte kurz und wollte schon weitergehen, als sie Reno auf dem Beifahrersitz erkannte. Er winkte ihr zu, und das Fenster auf Alex' Seite ging ruckend herunter. Reno beugte sich über ihn und rief ihr etwas zu. Durch den ganzen Lärm konnte sie ihn nicht verstehen. Sie schaute nach rechts und links und ging zu ihm hinüber.

»Wir kommen gerade von dir«, sagte Reno. »Ich habe ein paar Sachen bei dir liegen lassen. Bist du auf dem Weg nach Hause?«

Sie nickte.

»Prima, wir sind gleich bei dir.« Er warf einen kurzen Blick zu Sil hinüber, der mit den Händen in den Taschen wartete, und zog die Augenbrauen hoch. »Hast du einen neuen Freund?«

Sie nickte wieder.

»Freut mich für dich.«

Sie lächelte und kehrte zu Sil zurück. Hinter ihr fuhr der zerbeulte Senator mit kreischendem Keilriemen los. Das tiefe Auspuffblubbern hallte von den hohen Gebäuden wider. Ein paar Leute schauten dem Schlachtschiff nach, auch Sil. Er machte ein finsteres Gesicht.

»Reno und Alex«, erklärte sie. »Von Stonehenge. Ich befürchte, wir bekommen gleich Besuch. Reno hat etwas bei mir liegen lassen.«

»Wie nett«, bemerkte Sil zynisch und fuhr sich mit dem Handballen an der Nase entlang.

»Die bleiben nicht lange«, beruhigte sie ihn.

Anna Düring stand im Vorgarten. Eine außergewöhnlich große, schlanke Frau mit kurzen, dunkelrot gefärbten Haaren. Sie drehte sich um, als sie den Kies auf der Auffahrt knirschen hörte. Auch ohne Abendkleid und Make-up stellte sie eine auffallende Erscheinung dar. Ihre Augen waren von einem außergewöhnlich hellen Blau, fast schon grau. Sie standen weit auseinander, was ihr in Verbindung mit den hohen Wangenknochen und den dunklen Bögen ihrer Augenbrauen eine kraftvolle Ausstrahlung verlieh. Anna trug Gartenhandschuhe und neben ihr stand ein Müllsack, randvoll mit Zweigen, verblühten Blumen und trockenen Blättern. Sie richtete sich auf und zog die Handschuhe aus. Blickte Alice argwöhnisch an. Alice blieb in höflichem Abstand stehen.

»Hallo«, sagte sie unsicher. »Sie kennen mich wahrscheinlich nicht, aber ich arbeite bei *Programs4You*, für Ihren Mann. Mein Name ist Alice Maier.«

Alice streckte ihr die Hand hin. Die Frau schaute sie an, faltete jedoch die Hände um ihre Gartenhandschuhe.

»So?«, sagte sie. Sie hatte eine laute, dunkle Stimme.

»Es ist etwas vorgefallen«, sagte Alice und ließ ihre Hand langsam sinken. »Etwas, das Sie wissen sollten. Es geht um Paul.«

Für einen Augenblick erschien ein besorgter Zug auf Annas Gesicht, doch gleich darauf verfiel sie wieder in jene defensive, misstrauische Haltung, die ihr eigen zu sein schien.

»Komm rein«, sagte sie dann plötzlich.

Und schon verschwand sie um die Hausecke. Schockierende Nachrichten, ihren Mann betreffend, durften offenbar nicht im Vorgarten besprochen werden.

In der Küche wies Anna mit einem gereizten Nicken hinüber zum Esszimmertisch. Nervös setzte sich Alice. Anna nahm auf einem Stuhl ihr gegenüber Platz. Schaute sie mit unbewegter Miene an. Alice begriff, dass sie auf der Anklagebank saß.

»Du bist mit ihm im Bett gewesen«, sagte Anna unvermittelt.

Alice nickte nur, erleichtert darüber, dass sie es nicht hatte aussprechen müssen. Blickte hinunter auf ihre Schuhe.

»Paul betrügt mich mit einer Angestellten. Ist ja reizend.«

Die Frau beugte sich ein wenig nach vorn und schaute Alice mit durchdringendem Blick an. »Und warum kommst du hierher und reibst mir das unter die Nase?«

Alice zuckte mit den Schultern. »Ich wollte es dir nicht unter die Nase reiben. Ich war nur der Meinung, dass du es wissen solltest. Er macht das öfter. Auch mit anderen.«

»Woher weiß ich, dass du nicht lügst?«

»Ich habe keinen Grund zu lügen«, antwortete Alice tonlos. »Paul hat alles auf Video aufgenommen, du kannst ihn ruhig fragen. Er hat mir gedroht, das Band meinem Mann zu schicken, falls ich mit dir reden würde.«

Anna schaute sie reglos an.

»Mein Mann und ich haben Probleme«, fuhr Alice fort. »Deshalb macht es ohnehin nichts mehr aus.«

Annas Gesicht ähnelte einer Maske aus Granit. Sie zeigte keinerlei Gefühlsregung.

»Na ja. Jetzt weißt du es«, sagte Alice leise und stand auf. Es tat ihr jetzt schon leid, dass sie gekommen war. Ihr dämmerte allmählich, warum Paul sein Vergnügen bei anderen Frauen suchte.

Sie ging hinaus, stieg in ihren Wagen und fuhr rückwärts die Auffahrt hinunter auf die Hauptstraße. Sie konnte es nicht mehr ungeschehen machen: Sie hatte es getan. Ihretwegen konnte Paul ruhig sein Ekel erregendes Amateurvideo an Sil oder an die ganze Nachbarschaft schicken oder auch eine abendfüllende Veranstaltung im Gemeindezentrum damit gestalten. Es war ihr inzwischen egal.

Sie gelangte an eine Gabelung. Bremste. Fragte sich, wo sie hinsollte.

Nach Hause, wo Sil ihr traurig und gequält in die Augen schauen und ihr ausweichen würde, als habe sie die Pest, weil er mit dem Herzen bei dieser Susan war? Zurück ins Büro, wo es für sie nichts mehr zu tun gab? Oder zu einer ihrer Freundinnen, die sie schon so oft davor gewarnt hatten, dass sie einen Mann wie Sil nicht an sich würde binden können – und die samt und sonders darauf brannten, ihre Stelle einzunehmen? Bei ihren Eltern, die in Spanien wohnten, brauchte sie schon gar nicht anzuklopfen. Sil war so oft mit ihnen aneinandergeraten, dass sie zweifellos mit irgendeiner Wir-haben's-dir-ja-gleich-gesagt-Tirade reagieren würden.

Alice saß bewegungslos hinter dem Steuer. Die Tränen liefen ihr über die Wangen, doch sie merkte es nicht einmal. Ihr wurde klar, dass es niemanden gab, an den sie sich wenden konnte. Und das Schlimmste war: Sie konnte nicht einmal sich selbst helfen.

Durch ihre verweinten Augen schaute sie Schulkindern und Jugendlichen auf Fahrrädern hinterher, die an ihrem Auto vorbeifuhren. Sie nahm nicht wahr, wie die Kinder ihren alten Porsche bewunderten. Was sie sah – oder vielleicht auch nur glaubte zu sehen – waren ihre Blicke, der erwartungsvolle Glanz in ihren Augen, ihre jugendliche Arglosigkeit. Dasselbe blinde Vertrauen in die Zukunft, wie sie es selbst einst gehabt hatte, in jenen Jahren, als die Welt noch ein einziger großer Vergnügungspark zu sein schien. Als noch alles möglich war. Wenn man nur wirklich wollte und danach strebte.

Solange sie sich erinnern konnte, hatte es nur ein Ziel für sie gegeben, einen Endpunkt, den sie anstrebte: berühmt zu werden. Und sie war ihrem Ziel noch nie so nahe gewesen wie in den letzten Jahren bei *Programs4You.* Zugleich war sie noch nie so knallhart mit ihrem Versagen konfrontiert worden. Jeden Tag aufs Neue liefen, nein, rannten sie an ihr vorbei: Frauen, nicht selten zehn Jahre jünger als sie, die es im Gegensatz zu ihr geschafft hatten. Sie sah sie täglich, während diese Frauen sie wahrscheinlich nicht einmal wahrnahmen. Sie waren zu sehr mit sich selbst beschäftigt, zu sehr von ihrem künstlich aufgeblasenen Selbstbild eingenommen, um andere Menschen in ihrer Umgebung zu bemerken. Für sie war sie einfach nur eine der Mitarbeiterinnen, eine kleine, graue Maus ohne jede Bedeutung. Hintergrundrauschen.

Allmählich begriff sie: Es war vorbei. Ihre Ehe. Ihr Traum. Ihr Leben.

Was zurückblieb, war Leere, eine Zukunft ohne Hoffnung.

Hinter ihr hupte ungeduldig ein anderes Auto. Der Fahrer zeigte ihr einen Vogel, aber sie sah es nicht. Sie fühlte sich, als sei sie nach einer Reise durch den Weltraum in einem anderen Planetensystem gelandet. Schwerelos.

Der Mann hupte nochmals. Ohne nachzudenken gab sie Gas und schlug die Landstraße in Richtung Zeist ein. Die Straße vor ihr war frei. Sie beschleunigte den Porsche auf hundertvierzig Stundenkilometer, hundertfünfzig, hundertsiebzig, hundertneunzig. Der alte Sportwagen war noch lange nicht ausgereizt und ließ sich weiter beschleunigen, dafür war er gebaut. Der Turbo sang, und die Nadel des Drehzahlmessers wanderte langsam in Richtung des roten Bereichs. Plötzlich gab es einen Knall, als explodiere eine Granate im Motorblock. Ein Ruck fuhr durch den Wagen, die Rahmenkonstruktion knackte, aber die Räder fanden wieder den Kontakt zur Straße und rasten weiter über den Asphalt. Durch den Knall kam Alice wieder zu sich, und sie begriff, dass sie die Höchstgeschwindigkeitsgrenze des Autos erreicht hatte. Die Bäume am Straßenrand verschwammen zu einer dichten, meterhohen Hecke. Sie raste wie eine Wahnsinnige auf eine flache Kurve zu. In Sekundenbruchteilen erkannte sie, dass sie mit dieser Geschwindigkeit unmöglich unversehrt um die Biegung kommen würde. Vor Schreck trat sie auf die Bremse. Sie lenkte das Auto scharf in die Kurve hinein, und es geriet mit hundertvierzig Sachen auf die Gegenfahrbahn. Entgegenkommende Fahrzeuge hupten und wichen an den Straßenrand aus. Sie bremste erneut, jetzt energischer, und versuchte gegenzulenken. Der Porsche geriet ins Schleudern. Die Reifen quietschten, hinterließen eine dicke Gummispur auf dem Asphalt. Knapp schoss sie an einem Lkw vorbei, der hupte und sie anblinkte. Sie wurde für einen Moment geblendet, nahm den Fuß von der Bremse und lenkte noch einmal gegen, wodurch der Porsche wieder zurück auf die rechte Fahrbahn raste und einen Baum streifte. Wie eine Sprungfeder schnellte der weiße Sportwagen seitlich weg und begann sich um die eigene Achse zu drehen. Kreiselte wie wild quer über die Straße, eine Spur von Metall, Glas, Plastik und Flüssigkeit hinterlassend, bis er unter lautem Krachen mit dem Kühler zuerst in einen Graben stürzte und alles still wurde.

Sil schaute auf seine Armbanduhr. Sechs Uhr. Mit ein wenig Glück war er noch vor Alice zu Hause. Es würde das schwierigste Gespräch werden, dass er je würde führen müssen. Er seufzte tief und lenkte seinen Porsche die Auffahrt hinauf. Im nächsten Augenblick setzte sein Herz einen Schlag aus.

Auf der Einfahrt, dicht vor der Haustür, stand ein Streifenwagen mit beschlagenen Scheiben. Die Türen gingen gleichzeitig auf, und zwei uniformierte Beamte stiegen aus. Sie kamen auf ihn zu: ein älterer Mann mit rötlichen Haaren und militärischer Haltung sowie eine kleine, dunkelhaarige Frau. Seine erste Reaktion war: Rückwärtsgang einlegen und mit Vollgas abhauen. Doch er beherrschte sich.

Sie konnten es unmöglich wissen. Sie mussten aus einem anderen Grund hier sein. Aber warum?

Er stieg aus und schaute beunruhigt von einem zum anderen. Sie sahen ihn mit ernstem Blick an. Irgendetwas stimmte hier ganz und gar nicht.

Der Mann ergriff zuerst das Wort. »Sind Sie Sil Maier?«

Sil nickte. Soweit er erkennen konnte, trugen sie keine Waffen. Er drehte sich zu seinem Auto um und wandte sich dann wieder den Polizisten zu. »Es geht um Ihre Frau«, sagte der Mann ruhig. »Dürfen wir hereinkommen?«

Alice?

Wie betäubt ging er den Beamten voraus. Öffnete die Tür, tippte den Code der Alarmanlage ein und blieb in der Diele stehen. Vergaß, seine Jacke auszuziehen.

»Vielleicht sollten wir uns lieber einen Moment hinsetzen, Meneer Maier«, sagte der Mann.

Das verhieß nichts Gutes.

Er ging ins Wohnzimmer und setzte sich in einen Sessel. Die Beamten, die sich sichtlich unbehaglich fühlten, nahmen auf dem Sofa Platz. Die Frau sagte nichts, schaute ihn nur voller Mitleid an.

»Ihre Frau hatte einen Unfall«, sagte der Mann. »Einen Autounfall.«

»Einen Autounfall«, wiederholte Sil und schaute wieder von einem zum anderen.

Er dachte nach. Die Polizei litt an Personalmangel. Die schickten nicht zwei ihrer Leute los, um ihn darüber zu informieren, dass seine Frau mit einem gebrochenen Bein im Krankenhaus lag. Die hatten wahrhaftig andere Sorgen.

Das konnte nur eines bedeuten.

»Sagen Sie mir, dass das nicht wahr ist«, bat er fast unhörbar leise, während sein Blick weiterhin fieberhaft zwischen den beiden hin- und herhuschte.

»Sie war auf der Stelle tot«, sagte der Mann. »Die Kollegen vor Ort sind dabei, den Unfallhergang zu rekonstruieren. Wahrscheinlich ist sie viel zu schnell gefahren. Zeugen haben das bestätigt. Der Wagen wird von der Spurensicherung auf technische Defekte untersucht.«

Sil schlug die Hände vor das Gesicht. Stützte die Ellbogen auf die Knie.

Alles, was der Mann ihm sonst noch erzählte, rauschte wie in einem Albtraum an ihm vorbei. Er hörte, wie der Polizist mit monotoner Stimme auf ihn einredete und ihm Dinge erzählte, mit denen er nichts anfangen konnte und die er gar nicht wissen wollte.

Kurz darauf brachte er die beiden hinaus. Wie betäubt schloss er die Tür hinter ihnen und ging ins Schlafzimmer, um Trainingsanzug und Laufschuhe anzuziehen.

Zwei Stunden später lief er immer noch durch den lockeren Sand im Zeister Wald. Die Dunkelheit war hereingebrochen, und es regnete. Er war nass bis auf die Knochen. Er hörte die Vögel nicht, sah keine Passanten und achtete nicht auf die Golden Retriever und die Cockerspaniels, die schwanzwedelnd und bellend neben ihm herliefen. Die Endorphine, die sein Körper ausschütteten, bewirkten einen Rausch, in dem kein Platz mehr war für Schmerz.

11

Der Hörer wurde schon nach einmaligem Läuten abgehoben.

»*Da?*«, meldete sich eine helle Frauenstimme.

»Ich habe ihn gesehen.«

Es blieb still in der Leitung.

»Den Mann, der gesucht wird«, erklärte die Stimme am anderen Ende. »Ich weiß, wer er ist.«

»Ich weiß nicht, wovon Sie reden.«

»Ich war dabei. In Venlo.«

»Ich weiß nicht, was Sie wollen. Sie sind falsch verbunden.«

»*Pri wsjom uwazhenii*«, sagte der Mann rasch auf Russisch. »Bei allem Respekt. In Venlo wurden Iwan und Wladimir von dem Mann getötet, den Sie suchen. Es handelt sich mit fast hundertprozentiger Sicherheit um denselben Mann, der die Probleme in Rotterdam verursacht hat, mit Dmitrij und Andrej. Nochmals, ich war dabei, als das in Venlo passiert ist. Ich bin als Einziger davongekommen. Ich habe sein Gesicht gesehen und ihn später wiedererkannt. Ich kann herausfinden, wo er wohnt und wer er ist. Es dauert nicht länger als eine Woche.«

Es trat eine beredte Stille ein.

»Wer bist du?«

»Ljoscha. Wladimir war mein Onkel.«

Wieder trat eine Stille ein. »Warum weiß Roman nichts davon?«, fragte die Frau auf einmal.

»Weil ich nicht hätte dort sein dürfen. Wenn Roman gewusst hätte, dass ich dabei war, hätte Wladimir Probleme gekriegt.«

»*Wladimir umer*«, sagte die Frau. »Wladimir ist tot.«

»Stimmt«, sagte der Mann. »Aber Roman wollte mich nie bei irgendetwas mit dabeihaben. Warum sollte ich ihm helfen?«

Die Frau schwieg.

Der Mann hüstelte. »Ich hätte gern eine kleine Unkostenvergütung, und ich hielt es für sinnvoller, mich mit diesem Anliegen an Sie zu wenden und nicht an Roman.«

Erneutes Schweigen.

»Wir sollten uns treffen, Ljoscha«, sagte die Frau endlich.

»*Kogda?*«

»Komm unverzüglich zu mir.«

12

Sils Welt stand still. Wie betäubt saß er im Wohnzimmer und starrte ins Leere, nicht in der Lage, irgendetwas zu unternehmen. Der Tag war vergangen, es war Abend geworden, dann Nacht, und am nächsten Morgen ging die Sonne auf und tauchte den glatt geschorenen Rasen in ein fahles, rötliches Licht. Er musste irgendwann eingedöst sein, aber wann und für wie lange, konnte er nicht sagen.

Ihm wurde klar, dass gewisse Dinge erledigt werden mussten. Er stand vom Sofa auf und wankte wie ein Zombie ins Bad. Im Spiegel über dem Waschbecken schauten ihn zwei dunkel umrandete, hohle Augen in einem aschfahlen Gesicht mit Bartschatten an. Es war ihm egal, das Letzte, was ihn momentan interessierte, war sein Aussehen.

Er wusch sich, zog sich um und ging in sein Arbeitszimmer, wo er im Internet die Telefonnummer eines Bestattungsunternehmens heraussuchte. Er rief das erstbeste an, das er fand. Er registrierte halb im Unterbewusstsein, dass der Bestatter ihm verkündete, er könne noch heute Nachmittag bei ihm vorbeikommen.

Anschließend ging er in den Garten. Der strahlend blaue Himmel überraschte ihn. Die friedliche Atmosphäre draußen passte nicht zu seiner Stimmung. Vor ihm flatterten zwitschernde Spatzen auf, und er hörte eine Amsel singen. Er kniete sich an den Rand des Teiches, in dem seine Kois sofort zu ihm hingeschwommen kamen. Sie waren gut einen halben

Meter lang. »U-Boote« hatte Alice sie immer genannt. Zierlich waren sie tatsächlich nicht mit ihren abgeplatteten, zylindrischen Fischleibern, den kurzen, dicken Flossen und ihrer gemächlichen, bedächtigen Art zu schwimmen. Die Fische und das kristallklare Wasser hatten immer eine reinigende Wirkung auf seinen Geist gehabt, aber heute ging ihm das Schmatzen ihrer großen, schnappenden Mäuler an der Wasseroberfläche nur auf die Nerven. Um Futter bettelnd schienen die Tiere ihm klarzumachen, dass das Leben weiterging, mit oder ohne Alice.

So fühlt es sich also an, dachte er, während er aufstand und mit den Händen in den Taschen die Fische beobachtete. So fühlt es sich an, wenn ein Mensch von einem weggerissen wird. *So fühlen sich jeden Tag tausende, nein, zehntausende Menschen. Was ist das nur für eine gottvergessene Scheißwelt.*

Er hob einen Kieselstein vom Boden auf und schleuderte ihn heftig mitten zwischen die schnappenden Fische. Die Tiere tauchten blitzschnell ab und verschwanden in der Tiefe.

Er wünschte, er hätte weinen können, aber es kamen keine Tränen, und seine Versuche versandeten in einem lautlosen Schluchzen.

Knapp zwei Stunden später klingelte es an der Tür. Das musste der Bestatter sein. Etwas in ihm hätte den Mann am liebsten vor der Tür stehen lassen, als würde Alice' Tod erst zu etwas Unumstößlichem, wenn er ihn hereinließ. Aber natürlich würde das nichts an der Tatsache ändern. Alice war tot. Und das konnte man nicht ungeschehen machen. Das Letzte, was er noch für sie tun konnte, war, für das theatralische Begräbnis zu sorgen, das sie sich gewünscht hatte.

Der Bestatter war ein unauffälliger Mann unbestimmten Alters in einem unauffälligen Anzug. Er konnte ihn auf den ersten Blick nicht leiden.

Während er den Mann bat, auf dem Sofa Platz zu nehmen, klingelte es erneut an der Tür. Diesmal war es ein Bote mit einem Päckchen, dessen Empfang er quittieren musste. Ohne nachzusehen, von wem es kam und was darin war, legte er es auf das Tischchen neben der Eingangstür und vergaß es gleich darauf.

Als er ins Wohnzimmer zurückkehrte, hatte der Mann es sich bereits in einer Ecke des Sofas bequem gemacht. Ihm fiel auf, wie er anerkennend die teure Einrichtung musterte. Für den Bestattungsunternehmer ging es hier um ein Geschäft, es war seine Art, sein Einkommen zu erwerben. Er hatte den krisensichersten Beruf überhaupt; solange Menschen lebten, starben sie auch, daher mangelte es nie an Kunden. Die Angehörigen mäkelten nicht herum oder versuchten, Rabatte herauszuschlagen, weil ihnen für den teuren Verstorbenen nur das Beste gut genug war.

Als ihn der Mann hereinkommen hörte, verwandelte sich sein Gesichtsausdruck prompt in eine förmliche Maske, und er öffnete einen Aktenkoffer mit verschiedenen dicken Broschüren und Ordnern. Sil konnte sich, ohne einen Blick darauf zu werfen, ausmalen, dass sie Abbildungen von Särgen, Kränzen, Grabplatten und Urnen enthielten. Er brauchte sich das alles gar nicht erst anzuschauen.

Alice hatte einen weißen Sarg gewollt. Diesen Wunsch hatte sie vor langer Zeit einmal geäußert, als das Thema im Laufe eines nächtlichen, alkoholumnebelten Gesprächs zur Sprache gekommen war. Wie die meisten Menschen, die über ihre eigene Beerdigung reden, hatte sie es mehr oder weniger scherzhaft gesagt. Als sei es ein Witz. Allerdings mit einem ernsten Unterton. Vielleicht konnte er sich deswegen so genau daran erinnern.

Er wiederum hatte ihr erzählt, dass er lieber ausgebeint und an herrenlose Hunde im Tierheim verfüttert werden wollte. Die Tierheime baten jedes Jahr um Spenden, weil immer mehr verstoßene, hungrige Hunde dazukamen und sie scheinbar chronisch über zu wenig Geld verfügten, um die Tiere ordentlich zu ernähren. Wenn er bei seinem Ableben noch immer seine neunzig Kilo wöge, hatte er zu Alice gesagt, dann würden sehr viele arme Hunde ein eiweißreiches und nahrhaftes Festmahl bekommen. Und er hätte am Ende doch noch etwas Sinnvolles in dieser Welt vollbracht. Er hatte ebenso scherzhaft davon geredet, wie Alice sich ihre Filmstar-Beerdigung ausgemalt hatte. Und ebenso wie Alice hatte er es aus tiefstem Herzen ernst gemeint.

Wären ihre Rollen umgekehrt gewesen, hätte er niemals seine Hundemagen-Bestattung erhalten. Aber eine Beerdigung, wie Alice sie sich gewünscht hatte, lag durchaus im Rahmen des gesellschaftlich Akzeptablen.

Sie sollte sie bekommen, genau so, wie sie es sich vorgestellt hatte.

»Ich habe keine Lust, mir die Prospekte anzuschauen«, sagte er, während er in einem Sessel Platz nahm, der etwa fünf Meter vom Sofa entfernt stand. »Sie wollte einen weißen Sarg, hochglanzpoliert.«

Der Mann machte sich Notizen auf seinem Schreibblock. »Wünschen Sie Blumenschmuck auf dem Sarg?«

Sil nickte. »Ein rautenförmiges Bukett mit den schönsten dunkelroten Rosen, die Sie auftreiben können.«

»Welche Musik hatten Sie sich vorgestellt?«

Er überlegte kurz. Das letzte Mal, dass er auf einer Trauerfeier gewesen war, lag Jahre zurück, aber er wusste noch, dass ihn die abgenudelte Trauermusik unheimlich gestört hatte, die *Ave Marias* und die Trauermärsche, die sich über die schlechten Musikanlagen, die für Trauerhallen typisch zu sein schienen, noch schlimmer anhörten. Vielleicht hatte sich die Tonqualität inzwischen verbessert. Vielleicht aber auch nicht.

»Ich möchte, dass Sie ein Zigeunerorchester engagieren«, verlangte er. »Es soll *Caravan* und ein paar ähnliche Stücke spielen. Sorgen Sie dafür, dass es keine abgehalfterten Kirmesmusikanten sind, sondern gute Musiker, die mit Gefühl spielen.«

Der Mann runzelte besorgt die Stirn. »Das wird nicht einfach. Schließlich ist es recht kurzfristig.«

»Ist es denn nicht immer kurzfristig?«, erwiderte Sil gereizt. »Oder gibt es vielleicht Leute, die schon ein paar Wochen vorher wissen, wann sie sterben, und die Ihnen schon im Voraus die exakten Daten und ihre genauen Wünsche mitteilen?«

Der Mann rutschte auf dem Sofa hin und her.

»Hören Sie zu«, fuhr Sil fort und deutete aggressiv mit dem Zeigefinger auf den Bestatter. »Es interessiert mich keinen Deut, wie viel Mühe es macht oder wie viel Geld es kostet, und wenn Sie Leute dafür einfliegen müssen, dann tun Sie es! Alice wird nur einmal beerdigt, es wird kein zweites Mal geben. Sorgen Sie also dafür, dass alles hundertprozentig perfekt ist!«

Der Bestattungsunternehmer warf ihm einen ziemlich nervösen Blick zu.

Sil fand ihn unerträglich.

»Sie möchten sicher auch Trauerkarten verschicken?«

Sil wollte das alles so schnell wie möglich hinter sich bringen. Er empfand ein fast unwiderstehliches Bedürfnis, den Mann zu würgen. Ihm seine Bücher mit den Abbildungen eines nach dem anderen in den Rachen zu rammen. Zugleich war ihm bewusst, dass es seine entsetzliche Ohnmacht war, die sich auf unangemessene Art ein Ventil suchte. Dass dieser Mann nichts dafür konnte und einfach nur seine Arbeit tat.

Seine geruhsame, einfache Aasgeierarbeit.

»Diesen Service können wir für Sie übernehmen.«

»Gut«, sagte Sil und sprang auf. »Ich drucke Ihnen eine Adressliste aus.«

Er ging in sein Arbeitszimmer. War froh, aus dem Wohnzimmer zu entkommen. Er startete seinen PC und druckte die Weihnachtskarten-Adressliste aus, die Alice sorgfältig auf dem aktuellen Stand gehalten hatte. Sie hatte ein effektives System dafür entwickelt: Bereits Anfang Dezember verschickte sie die Karten und hakte in den kommenden Wochen die Namen derer ab, die eine Karte zurückschickten. Alle, die nicht antworteten, wurden resolut von der Liste gestrichen, sodass die Daten jedes Jahr aktualisiert wurden. Dieses Jahr würde keine einzige Weihnachtskarte verschickt werden, dachte er. Garantiert nicht. Er hatte die Notwendigkeit sowieso nie eingesehen.

Während der Laserdrucker leise summend ein Blatt nach dem anderen aus seinen elektronischen Eingeweiden herausschob, fiel ihm ein, dass er Alice' Eltern noch nicht angerufen hatte. Das war nachlässig von ihm. Er nahm sich vor, das sofort zu erledigen, nachdem sich dieser Aasgeier getrollt hatte.

Es war schon fast zwei Uhr, als der Bestatter sich mit einem feuchten Händedruck verabschiedete und ihm versicherte, dass alles nach seinen Wünschen geregelt werden würde. In Gedanken versunken kehrte Sil ins Arbeitszimmer zurück und suchte die Telefonnummer seiner Schwiegereltern heraus. Er rief sie so gut wie nie an.

Alice' Eltern wohnten seit der Frühpensionierung ihres Vaters im spanischen Benidorm, wie zehntausende andere niederländische und englische Pensionäre und Frührentner auch. Alice und er waren in all der Zeit nur ein einziges Mal dort gewesen. Für einen Tag. Mehr hätte er nicht geschafft, ohne völlig durchzudrehen.

Sie lebten in einem verwohnten Zweizimmerapartment mit Aussicht auf hunderte andere, ebenso trostlose kleine Wohnungen in großen, hässlichen Mietskasernen. Wenn man sich auf dem winzigen Balkon, der diesen Namen kaum verdiente, halsbrecherisch verrenkte, konnte man einen Blick auf den kahlen, gelbbraunen Bergrücken jenseits der Autobahn erhaschen. Abends war der Boulevard buchstäblich grau vor Menschen. Männer in grauen Hosen und passenden Hemden und Frauen in Nylonkleidern mit Blumenmotiven auf dem Weg zum Bingoabend oder zum Seniorentanz. Abende, die, wie Alice und Sil am eigenen Leib erfahren hatten, musikalisch von heruntergekommenen Typen auf verstimmten Heimorgeln untermalt wurden. Außerhalb der Hochsaison war Benidorm eine Enklave für Senioren über fünfundsechzig – ein Freiluftaltersheim. Sil gönnte jedem das seine, aber nirgendwo auf der Welt hatte er eine derart beklemmende Atmosphäre erlebt, die ihn so erbarmungslos mit seiner eigenen Sterblichkeit konfrontierte. Und was ihn noch mehr bedrückte: dieser scheinbar unvermeidliche Dämmerzustand, der dem Tod vorausging. Am nächsten Morgen hatten sie sich eine Ausrede ausgedacht, um wegzukönnen, und waren ohne Pause durchgefahren bis an die Küste Südfrankreichs, wo das pralle Leben herrschte und die Leute schön, reich und gesund waren. Wo er wieder freier atmen konnte.

Nachdenklich betrachtete er die lange Telefonnummer. Zögerte einen Moment. Alice hatte nie einen wirklich innigen Kontakt zu ihren Eltern gehabt. Zwar war ihre Jugend lange nicht so schrecklich gewesen wie seine, aber sie war keineswegs zum Spaß schon mit siebzehn aus ihrem Elternhaus geflüchtet. Inniger Kontakt oder nicht – ihre Eltern mussten die Chance erhalten, der Beerdigung ihrer Tochter beizuwohnen.

Er klemmte den Hörer zwischen Schulter und Kinn und wählte die Nummer. Kurz darauf nahm Alice' Vater ab.

»Hallo, ich bin's, Sil. Ich muss euch leider etwas sehr Schlimmes mitteilen.«

Stille.

»Alice hatte einen Autounfall.«

»Wie geht es ihr?«

Es spielte keine Rolle, ob er es ihnen knallhart oder schonend beibrachte.

»Sie ist tot.«

»Mein Gott ...«

Er ließ dem alten Mann kaum Zeit, sich von dem Schock zu erholen. »Sie wird am Freitag eingeäschert.«

Wieder trat eine kurze Stille ein. Dann sagte der Mann zögernd: »Sil, es tut mir leid, das sagen zu müssen, aber die Kosten für ... Na ja, wir versuchen einfach, uns etwas zu leihen.«

Die Botschaft war deutlich. Da haben wir's wieder, dachte er. Sogar in einer Situation wie dieser konnten diese Leute an nichts anderes denken als an Geld. Sie konnten diese verdammten Spargroschen, auf denen sie hockten, demnächst allesamt mitnehmen ins Grab. Ihre einzige Erbin konnte sie nicht mehr für sie aufbrauchen. Er musste sich beherrschen, um den alten Mann nicht anzufahren.

»Gib mir eure Kontonummer, dann überweise ich euch telefonisch etwas.«

Ein erleichterter Seufzer am anderen Ende der Leitung.

Sil hielt das Gespräch so kurz wie möglich und vereinbarte, dass sich die beiden auf seine Kosten von Schiphol aus ein Taxi nehmen sollten und er ein Hotelzimmer für sie reservieren würde. Dann legte er auf und wählte die Nummer seiner Bank, erteilte einem Angestellten Anweisungen, eine bestimmte Summe nach Spanien zu überweisen, und buchte, da er schon einmal dabei war, gleich ein Zimmer in einem Mittelklassehotel in Zeist.

Er starrte auf den Computerbildschirm. Dachte an Susan und fühlte, wie sich sein Magen zusammenkrampfte.

Sollte er sie anrufen?

Es gab niemanden auf der ganzen Welt, mit dem er jetzt lieber geredet hätte.

Niemanden.

Er fuhr sich mit den Händen übers Gesicht. Verdammt, dabei war Alice noch nicht einmal beerdigt. Er seufzte tief. Vielleicht sollten sie eine Weile Abstand voneinander halten. Ja, das erschien ihm das Beste. Er klickte das Outlook-Express-Icon an und schrieb eine kurze E-Mail, die er widerstrebend abschickte.

Erst gegen Mitternacht machte sich Sil zum Zubettgehen bereit. Nicht, dass an Schlaf zu denken war. Es war eher ein armseliger Versuch, eine Art Rhythmus wiederzufinden. Ein erster Ansatz dazu.

Als er an der Haustür vorbeiging, fiel sein Blick auf das Päckchen, das ihm der Kurier heute Mittag ausgehändigt hatte. Es lag noch immer auf dem Tischchen neben der Tür. Er nahm es in die Hand. Es war eine flache Schachtel, mehr ein veredelter Pappumschlag, wie man sie vom Internetbuchhandel kennt. Vom Format her hätte es tatsächlich ein Buch sein können, aber dafür war es zu leicht. Auf dem Adressaufkleber, die Kopie einer Kopie, stand ein Absender in so undeutlichen Buchstaben, dass er sie nicht ohne Weiteres entziffern konnte. Er riss das Päckchen an der Seite auf. Eine Videokassette steckte darin, ohne Hülle und ohne Etikett. Eine normale, schwarze, altmodische VHS-Videokassette. Er schüttelte das Päckchen und schaute hinein. Es war keine Nachricht dabei.

Merkwürdig.

Er ging mit dem Band ins Wohnzimmer und schob es in den Recorder. Setzte sich mit der Fernbedienung vor den Fernseher und drückte auf Wiedergabe. Es dauerte ein paar Minuten, ehe er begriff, was er sich da anschaute. Und noch eine lange Minute verging, bis sich ein roter Nebel vor seine Augen senkte.

Die Fernbedienung knackte unter seinem eisernen Griff.

Den Rest wollte er nicht mehr sehen.

Dennoch schaute er weiter zu und spürte, wie sich ihm der Magen umdrehte.

Alice war tot. Sie lag irgendwo leblos, mit geschlossenen Augen und eiskalter, blutleerer Haut in einer Kühlschublade in einer Leichenhalle und wartete darauf, eingeäschert zu werden. Doch auf dem Band lebte sie, bewegte sich. Tat die ekelhaftesten Dinge.

Er merkte kaum, wie er am ganzen Körper vor Wut und Ohnmacht unkontrolliert zu zittern begann. Er kniff die Augen zu, um die Bilder nicht mehr sehen zu müssen, aber er wusste, dass es sinnlos war. Sie hatten sich durch seine Netzhaut gebohrt und waren in sein Bewusstsein eingedrungen wie ein chronisches, latentes Virus.

Er warf die Fernbedienung auf den Marmorboden, wo sie zerschellte.

Er stand auf und schaute auf die Uhr. Es war zehn nach zwölf.

Er eilte in sein Arbeitszimmer, setzte sich an den Computer und bewegte die Maus ungeduldig hin und her, bis der PC aus seinem Stand-by-Schlummer erwachte. In Alice' Weihnachtsadressenbestand fand er, was er suchte: Paul und Anna Düring. Eine Adresse in Naarden. Er klickte das Icon eines Routenplaners an und gab die Adresse ein. Merkte sich den Weg, fuhr den PC herunter und ging ins Ankleidezimmer.

Vom obersten Regal nahm er eine Tarnhose, einen schwarzen Pullover und ein paar knöchelhohe Sportschuhe herunter. Rasch zog er sich um und hockte sich vor den Tresor unten im Kleiderschrank. Er gab den Code ein, und die Tür sprang mit einem Klicken auf. Er zog einen kleinen, schwarzen Rucksack heraus und überprüfte den Inhalt: Sturmhaube, Maglite, ein Paar dünne, schwarze Kunststoffhandschuhe, ein aufgerolltes Werkzeugset und ein zusammengerolltes Holster. Er zog das Holster über seinen Pullover und wandte sich wieder dem Inhalt des Tresors zu. Holte einen Schalldämpfer heraus und seine Pistole, eine Heckler & Koch Mark 23 SOCOM. Weiter hinten im Tresor lagen noch drei weitere, kleinere Waffen und eine halb volle Schachtel mit .45-ACP- und 9-Millimeter-Munition. Er streifte die dünnen Handschuhe über und nahm die ACP Patronen heraus. Bestückte ungeduldig das Magazin der HK mit zwölf der speziellen Unterschallpatronen und schob das Magazin mit einem Klicken in den Griff. Dann zog er die Handschuhe wieder aus, ließ den Schalldämpfer in die Seitentasche seiner Tarnhose gleiten und steckte die HK in das Holster. Schlüpfte in eine schwarze Jacke, verstaute die Handschuhe im Rucksack und zog mit einem Ruck das Verschlussband zu.

Mit dem Rucksack in der Hand drehte er sich um. Aus dem mannshohen Garderobenspiegel starrte ihn ein grimmiger Kerl an.

Ihm graute vor seinem eigenen Spiegelbild.

Es war nicht sein Aufzug, der ihn erschreckte. Es war der Ausdruck in seinen Augen.

Kalte Mordlust sprach aus ihnen.

Auf dem Weg durch die Diele griff er nach den Autoschlüsseln auf dem kleinen Tisch und betrat vom Haus aus die Garage. Er nahm einen Klappspaten aus dem Regal und ging hinaus. Die Scheinwerfer des Carrera 4 leuchteten auf, als er mit der Funkfernbedienung die Alarmanlage ausschaltete und die Türen entriegelte. Er öffnete die Heckklappe, warf den Spaten in den Kofferraum und stieg ein. Fuhr langsam die Auffahrt hinunter. Die sechs Zylinder surrten folgsam. Erst am Ende der Straße schaltete er die Scheinwerfer ein und gab Gas.

Es war kein besonders großes Haus. So, wie er Paul einschätzte, hätte er ihm etwas Protzigeres zugetraut als die nüchterne Zwanzigerjahre-Villa. Ohne anzuhalten oder auch nur die Geschwindigkeit zu verringern, fuhr er vorbei. Prägte sich blitzschnell das Haus und alles Wichtige in dessen Umfeld ein.

Es war ein Haus, wie es typisch für Naarden und Umgebung war: ein Balkon zur Straße hin, weiß gestrichene Holzleisten entlang der Regenrinne, graue Dachpfannen und zahlreiche Bleiglasfenster in einer Art Jugendstil. Pauls Wagen stand nicht in der Auffahrt, aber das musste nichts zu bedeuten haben. Er täte gut daran, ihn in der Garage rechts neben dem Haus am Ende der Auffahrt zu parken.

Ein paar Straßen weiter fand Sil einen öffentlichen Parkplatz neben einem kleinen Einkaufszentrum. Etwa zehn Pkws waren dort abgestellt, dazu ein kleiner Lkw und der Lieferwagen eines Handwerkbetriebs. Zu dieser späten Stunde war der Parkplatz nicht mehr beleuchtet, und die Autos waren durch einige schlampig abgestellte Kleidercontainer und verwilderte Sträucher größtenteils der Sicht von außen entzogen.

Er schaltete die Scheinwerfer aus und fuhr den Porsche in eine dunkle Parklücke zwischen dem Lieferwagen und dem Lkw. Drehte den Zündschlüssel um und stieg aus.

An die fünf Minuten blieb er reglos in der dunklen Stille stehen und hörte nur das Ticken des abkühlenden Motors. Er beobachtete die Fenster der umliegenden Wohnungen, die zu dem kleinen Platz hin lagen. Nirgends ging Licht an. Nirgendwo wurde eine Gardine beiseitegeschoben.

Erst als er sich sicher war, dass er niemanden aus dem Schlaf gerissen oder anderweitig alarmiert hatte, machte er sich in Richtung der Villa auf den Weg. Er wollte sich dem Haus lieber nicht von der Straße her nähern, da die gesamte Vorderfront von Straßenlaternen erleuchtet wurde.

Er überquerte die Straße, ging an einigen Reihenhäusern entlang und bog in eine Brandgasse ein, die in einer T-Kreuzung endete. Vor ihm lag ein Wassergraben. Auf der anderen Seite befanden sich die Zäune der Villengärten.

Er bog links ab und blieb auf diesem Weg. Er lief dicht an den Zäunen und Gartenschuppen der Reihenhäuser entlang und hielt sich so weit wie möglich im schützenden Schatten.

Pauls Haus war leicht wiederzuerkennen, da es das einzige mit weißen Regenrinnen war. Er befand sich jetzt genau dahinter. Das Problem war der Graben, der ungefähr zwei Meter breit war. Am anderen Ufer verlief ein dunkler, höchstens dreißig Zentimeter breiter Streifen, der, wie er annahm, aus nackter Erde bestand und der an den Zaun von Pauls Garten angrenzte. Von der Rückseite her kam er nicht an das Haus heran. Der Boden musste feucht sein, und er würde zu viele Spuren hinterlassen, die die Spurensicherungsexperten und das kriminaltechnische Labor lesen würden wie ein offenes Buch.

Er schaute nach links den Weg hinunter, der in eine Seitenstraße der Hauptstraße mündete. Zwischen dieser Straße und Pauls Villa stand nur noch ein weiteres Gebäude.

Er hoffte darauf, dass um diese Zeit nur noch wenige Leute auf den Beinen waren, und solange er sich im Schatten hielt, war er durch seine Kleidung ausgezeichnet getarnt. Er holte seine Sturmhaube aus dem Rucksack, zog sie über den Kopf und ging bis ans Ende des Weges. Schaute nach rechts und links. Kein Mensch weit und breit.

Im Laufschritt rannte er weiter, bis er wieder die Straße erreicht hatte. Dort blieb er an der Ecke des Bürgersteigs stehen und hielt nach allen Seiten Ausschau. Bog rechts ab und hielt sich so dicht wie möglich an den Sträuchern der Vorgärten. Hoffte, dass niemand auf die Idee kam, jetzt noch mit seinem Hund Gassi zu gehen.

Geräuschlos und halb gebückt rannte er an dem Eckhaus vorbei nach rechts und schaffte es, unbemerkt die Auffahrt von Pauls Villa zu erreichen. Dort suchte er im Schatten eines Baumes Schutz vor dem Licht der Straßenlaternen.

Von seinem Versteck aus begutachtete er das Haus genauer und runzelte die Stirn. Unter dem Dach der Seitenfassade war ein Bewegungsmelder angebracht. Von Alarmanlagen hatte er keine Ahnung. Er besaß zwar genügend technisches Wissen und gesunden Menschenverstand, um solche Anlagen auszubaldowern, wenn er genügend Zeit dazu hatte, aber dies war weder der richtige Zeitpunkt noch der richtige Ort dafür. Er stieß einen unterdrückten Fluch aus. Fragte sich anschließend, wie lange es dauern würde, bis die Polizei zur Stelle sein konnte, nachdem der Alarm losgegangen war. Er hatte keine Ahnung. Zehn Minuten? Eine Viertelstunde? Würde ihm das reichen?

Er ließ den Blick weiter über die Fassade wandern. Nirgendwo brannte Licht. Er spitzte die Ohren, doch es drangen keinerlei Geräusche aus dem Haus. Er verlagerte seine Aufmerksamkeit auf die Auffahrt, die noch genauso verlassen dalag wie vorhin, und dann zur Garage am Ende, die zwei grüne Holztüren und ein Giebeldach besaß.

Es erschien ihm ratsam, sich zuerst dort etwas umzusehen. Vorsichtig setzte er einen Fuß auf den Betonrand, der den Kies auf der Auffahrt von dem mit Rhododendren bewachsenen Begrenzungsbeet trennte. Er verlagerte sein gesamtes Gewicht auf diesen Fuß. Der Betonrand war stabil. Wie ein Seiltänzer balancierte er darauf etwa zwanzig Meter weit die Auffahrt entlang, wobei er immer wieder über überhängende Rhododendronzweige treten musste. An der Garage blieb er stocksteif stehen.

Über den dunkelgrünen Türen hing eine rechteckige Halogenleuchte. Möglicherweise war sie mit einem Bewegungssensor ausgerüstet. Er richtete den Blick auf eine Nische zwischen der hinteren Fassade der Villa und der Garage. Dort befand sich ein dunkles Gartentor. Noch einmal betrachtete er die Halogenlampe und wägte die Gefahren ab. Er schätzte die Wahrscheinlichkeit äußerst gering ein, dass drinnen irgendjemand mitbekam, wenn sich das Licht einschaltete. Das einzige Fenster auf dieser Seite befand sich im Erdgeschoss.

Er musste es riskieren. Mit wenigen Sprüngen erreichte er das Gartentor. Die Lampe leuchtete nicht auf. Also kein Bewegungsmelder.

Er merkte, dass er zitterte, und gönnte sich ein paar Sekunden Pause, um wieder ruhiger zu werden. Er vergewisserte sich, dass man ihn von der Straße aus nicht sehen konnte, nahm den Rucksack ab, zog aus der kleinen vorderen Tasche die Handschuhe heraus, streifte sie über und warf den Rucksack wieder über die Schulter. Dann drückte er behutsam den Griff des Gartentores hinunter. Es war abgeschlossen, was ihm unsinnig vorkam. Aber ein Schloss, selbst in einem nicht mal zwei Meter hohen Gartentor, vermittelte den Leuten eben ein trügerisches Gefühl der Sicherheit.

Mit den behandschuhten Händen zog er sich an dem Tor hoch. Er blickte über den Rand hinweg in den Garten. Er lag fast ganz im Dunkeln, war höchstens zehn Meter lang und von einem hohen Zaun umgeben, den er vorhin schon von der Rückseite her gesehen hatte. Rechts lag die linke Seitenwand der Garage, in der sich zwei Fenster auf Brusthöhe sowie eine Tür zum Garten befanden. Zwei altmodische Straßenlaternen dienten als Gartenbeleuchtung. Eine davon stand auf dem Trennstreifen zwischen dem Zierpflaster der Terrasse und dem Rasen, eine hing neben der Hintertür. Sie waren nicht eingeschaltet.

Er zog sich weiter hinauf und setzte einen Fuß oben auf das Tor. Dann den anderen. Das Tor knarrte ein wenig unter seinem Gewicht. Er hielt den Atem an. Langsam ließ er sich auf der anderen Seite hinunter. Einen Moment lang blieb er still stehen, mit dem Rücken dicht am Tor. Erst als er sicher war, dass er nichts anderes hörte als das laute Pochen seines eigenen Herzens, bewegte er sich vorsichtig weiter bis zu dem ersten Garagenfenster. Aus der Seitentasche seiner Tarnhose holte er die kleine Maglite, schaltete sie ein, indem er den Kopf drehte, und verkleinerte den aufleuchtenden Lichtkegel mit der Hand. Er leuchtete in die Garage hinein. Betonfußboden, unverputzte Backsteinwände. Regale mit Farbdosen, einige an einem Brett aufgehängte Gartengeräte, eine Werkbank, ein Fahrrad und eine Tiefkühltruhe. Trotz allem war noch genügend Platz für ein Auto, aber es stand keines darin. Mit an Sicherheit grenzender Wahrscheinlichkeit konnte er jetzt davon ausgehen, dass Paul nicht zu Hause war. Er sog seine Wangen nach innen und dachte nach.

Natürlich würde Paul heute Nacht irgendwann nach Hause kommen. Er könnte ihn in seiner Garage oder auf der Auffahrt abfangen. Dadurch würde er die Alarmanlage und den damit einhergehenden Zeitdruck umgehen.

Irgendetwas sagte ihm, dass er nicht gründlich genug nachgedacht hatte. Dass er etwas übersah.

Etwas Essenzielles.

Plötzlich fiel ihm ein, was es war. Er hätte sich vor den Kopf schlagen können. Anna. Er war so auf Paul fixiert gewesen, dass er nicht mehr an dessen Frau gedacht hatte. Anna, die nicht das Geringste mit der Sache zu tun hatte. Die wahrscheinlich nicht einmal etwas von den kranken Spielchen ihres Mannes ahnte. Sie war unschuldig. Auch ihr wurde Unrecht getan. Auf eine andere Weise als ihm, aber dennoch. Es würde ihr einen schlimmen Schock versetzen, von einem maskierten, bewaffneten Kerl gefesselt oder bewusstlos geschlagen zu werden, der sich anschließend ihren Mann vorknöpfte. Womöglich würde sie nie mehr darüber hinwegkommen. Er versuchte, sich an Anna zu erinnern, wie sie auf dieser schrecklichen Jubiläumsparty ausgesehen hatte. Selbstsicher war sie aufgetreten, die Umstehenden hatten an ihren Lippen gehangen. Ein strahlender, starker Mittelpunkt. Nach einem gewalttätigen Überfall wäre es mit ihrer Selbstsicherheit ein für alle Mal vorbei.

Idiot!, schalt er sich selbst, wie konntest du nur so überstürzt aufbrechen, ohne eine Sekunde darüber nachzudenken? Was willst du hier eigentlich?

Gleich darauf fiel ihm noch etwas Unangenehmes ein. Sein Auto. Es stand nur ein paar Straßen weiter. Zwar war es schon spät, aber noch nicht so spät, dass die Straßen völlig ausgestorben waren. Und ein schicker Porsche, keine vier Jahre alt, war so ziemlich das letzte Transportmittel, mit dem man nicht auffiel. Wenn irgendjemand den Porsche gesehen hatte und es würde jemals eine Befragung der Nachbarschaft durchgeführt, würde man sich hundertprozentig an seinen Wagen erinnern. Vielleicht sogar an einen Teil des Kennzeichens.

Da wurde ihm klar, dass er in dieser Nacht nichts ausrichten konnte. Rein gar nichts. Er war mit einem nach Vergeltung schreienden Herzen von zu Hause aufgebrochen, einem Herzen, das seinen Verstand einfach übertönt hatte. Er erkannte, dass er die Katastrophe nur noch verschlimmern würde, wenn er jetzt weitermachte.

Mit diesem Wissen im Hinterkopf spürte er, wie er langsam ruhiger wurde. Er warf einen Blick auf die Rückwand des Hauses und beschloss, sich ein wenig umzuschauen. Wo er nun schon einmal hier war. Informationen zu sammeln konnte nie schaden. Für das nächste Mal.

Er schlich den Weg an der Garage entlang bis ans Küchenfenster. Die Gardinen waren fest zugezogen. Leise ging er weiter, an der Hintertür vorbei, bis zu dem Fenster, hinter dem er das Wohnzimmer vermutete. Auch hier waren die Gardinen zugezogen, und er konnte nichts erkennen. Er schlich weiter bis ans Ende der Mauer, schlug einen Bogen um die große Regentonne und schaute um die Ecke. Ein schmaler, gewundener Rasenstreifen schlängelte sich zwischen Beeten und Sträuchern hindurch bis zum Vorgarten.

Fünf Meter von der Ecke entfernt befand sich ein Fenster in der Seitenfassade, halb verborgen hinter großen Sommerfliedersträuchern. Er schaltete die Taschenlampe ein und ließ den Lichtkegel über den Boden vor seinen Füßen wandern. Auf den Beeten lag eine dicke Mulchschicht. Über Fußspuren brauchte er sich hier keine Sorgen zu machen. Er ging einen Schritt nach vorn. Ließ den Lichtstrahl von links nach rechts und am Fensterrahmen hinaufwandern. Schaute zum Fenster hinein. Es war eine Art Arbeitszimmer mit hohen Bücherregalen. Ein violetter oder dunkelroter Teppich lag auf dem Boden. Mitten im Raum stand ein antiker englischer Schreibtisch mit lederbezogener Tischplatte. Ein Stapel Post, einige Papiere, ein Fax und ein Telefon. Der Lichtstrahl schwenkte nach links. Als Blickfang hing mitten an der Wand ein großes eingerahmtes Foto von einer schwarzen Yacht.

Er hörte schon seit einer Weile das Brummen eines Motors. In der Stille der Nacht nahm man alle Geräusche deutlicher wahr, deshalb hatte er zunächst nicht darauf geachtet. Doch jetzt, als das Brummen anschwoll und sich immer mehr zu nähern schien, drehte er blitzschnell die Taschenlampe aus. Er rannte zur Vorderseite des Hauses und traf genau in dem Moment dort ein, als Pauls schwarzer BMW Z3 in die Einfahrt einbog.

Er lief zurück zu dem Seitenfenster und duckte sich mit angehaltenem Atem zwischen dem Sommerflieder auf den Boden. Er hörte den Kies unter den Reifen knirschen. Der Motor drehte im Leerlauf, und eine Autotür wurde geöffnet. Schritte auf dem Kies. Das Klimpern eines Schlüsselbundes. Ein Garagentor wurde geöffnet. Dann das andere. Wieder Schritte auf dem Kies. Jetzt schwoll das Motorgeräusch an und erstarb kurz darauf. Er hörte, wie jemand die beiden Flügel des Garagentores schloss und im nächsten Moment legte sich die Stille wie eine Decke über ihn.

Gebückt schlich er zur Rückseite des Hauses und duckte sich hinter die Regentonne. Wartete. Hörte, wie die Hintertür der Garage aufgeschlossen wurde. Sah die Tür aufgehen. Es war eine Frau. Sie war allein. Das musste Anna sein. Sie trug einen langen Mantel und hatte eine Tasche bei sich. Sie schloss die Garagentür hinter sich ab und ging den Gartenweg entlang zur Hintertür des Hauses. Unwillkürlich duckte er sich tiefer hinter die Regentonne und hörte, wie Anna die Hintertür öffnete, hineinging und die Tür hinter sich abschloss. In der Küche wurde Licht eingeschaltet, das einen rechteckigen Schein auf die Terrasse und einen Teil des Rasens warf. Er hörte sie drinnen rumoren. Schränke wurden geöffnet und wieder geschlossen. Etwa fünf Minuten später ging das Licht wieder aus.

Er schaute auf die Uhr. Es war inzwischen Viertel vor zwei.

Er hätte sich vor den Kopf schlagen können. Das wäre eine fantastische Gelegenheit gewesen. Vielleicht die Gelegenheit überhaupt. Keine Probleme mit der Alarmanlage, kein Drama wegen Anna. Er hätte den Scheißkerl vor dem Garagentor abfangen und ihn fertigmachen können, sobald er aus dem Auto ausgestiegen wäre. Und das, ohne Aufsehen zu erregen. Er fluchte in sich hinein, weil er durch seine unglaublich dummen Fehler eine Riesenchance vermasselt hatte.

Als sich fünf Minuten lang nichts rührte, eilte er zum Gartentor und zog sich daran hoch. Jetzt knarrte es lauter als vorhin. Oder bildete er sich das nur ein?

Rasch ließ er sich auf der anderen Seite hinunter und lief auf demselben Weg zurück, den er gekommen war. Er vergewisserte sich, dass er keine Motorgeräusche hörte, und rannte zurück zu der Brandgasse. Er duckte sich in den Schatten und wäre beinahe über eine Zyperkatze gestolpert, die ihn anfauchte und sich aus dem Staub machte.

Zehn Minuten später rollte der Porsche ohne Licht von dem Parkplatz. Erst als er die Durchfahrtsstraße erreichte, schaltete Sil die Scheinwerfer ein.

Heute Nacht war nichts daraus geworden. Aber das bedeutete lediglich eine Schonfrist für Paul.

Bis auf Weiteres.

13

»*Da?*«

»Ich bin's. Ljoscha.«

»Was hast du herausgefunden?«

»Ich weiß, wo er wohnt. Ich bin dort gewesen. Das Haus ist gesichert, und ich habe mir auch die Umgebung angesehen. Es wird nicht leicht werden, an ihn heranzukommen.«

»Du hast schon mehr getan, als wir vereinbart hatten, Ljoscha. Von jetzt an übernehmen wir. Wo wohnt er?«

Der Mann nannte ihr die genaue Adresse.

»Gut«, sagte die Frau. »Du brauchst jetzt nichts weiter zu tun. Deine Aufgabe ist erledigt.«

Es trat eine kurze Stille ein.

»Wann bekomme ich meinen Lohn?«

»Sobald wir ihn erwischt haben, kommst du hierher. Dann kriegst du dein Geld.«

»*Kogda?* … Wann?«

»Ich lasse es dich wissen.«

Die Frau unterbrach abrupt die Verbindung und tippte anschließend eine lange, internationale Telefonnummer ein.

»*Da?*«, meldete sich eine müde Männerstimme. Es knackte in der Leitung.

»Wann kommen sie?«

»Sie sind unterwegs. Ich rechne damit, dass sie in etwa vier Tagen bei dir eintreffen.«

»*Choroscho*«, sagte sie. »Schön. Wir wissen inzwischen,

wer er ist und wo er wohnt. Bist du sicher, dass sie etwas von ihrem Fach verstehen?«

»Sie werden verschwinden, ohne eine Spur zu hinterlassen. Noch vor der Übergabe ist alles erledigt.«

»Ich hoffe, deinen Leuten ist klar, dass sie diskret vorgehen müssen. Wir können hier kein Aufsehen gebrauchen. Kannst du mir das garantieren?«

»Ich habe schon vor langer Zeit gelernt, dass es im Leben keinerlei Garantien gibt. Aber wenn es zwei Menschen auf der Welt gibt, die für ihre Aufgabe wie geschaffen sind, dann diese beiden. Du kannst ganz beruhigt sein.«

14

»Mein Gott …«

Susan schlug beide Hände vor den Mund. Auf ihrem Monitor stand eine kurze Nachricht, in kleinen Arial-Buchstaben, gestern verschickt. Sil hatte ein furchtbares Drama in vier Sätzen zusammengefasst. Sie konnte die Tragweite der Worte kaum erfassen. Sie las die E-Mail noch einmal.

Alice tot? *Tot?*

Wie versteinert starrte sie auf den Bildschirm. Nachdem sie sich von ihrem ersten Schrecken erholt hatte, musste sie sich zwingen, nicht sofort ins Auto zu steigen und nach Zeist zu fahren. Sil musste durch die Hölle gehen. Doch sie wusste, dass sie nicht zu ihm konnte. Es ging nicht. Sie gehörte nicht dorthin. Sie war eine Außenstehende.

Vielleicht sogar die Verursacherin?

Alices Tod warf plötzlich ein anderes Licht auf ihre Beziehung zu Sil. Sie besaß jetzt nichts Erhabenes mehr, sondern schrumpfte zu einer banalen außerehelichen Affäre zusammen. Niederträchtiger Verrat.

Die Türklingel schreckte sie aus ihren Gedanken auf. Für einen Moment geriet sie in die Versuchung, so zu tun, als sei sie nicht zu Hause. Die Welt auszusperren. Doch als nochmals geklingelt wurde, stand sie auf und ging an die Tür. Schaute durch den Spion und öffnete dann. Blinzelte gegen die niedrig stehende Sonne.

Es war Sven.

Er erkannte sofort, dass mit ihr etwas nicht stimmte. Zog die Augenbrauen hoch.

»Geht's dir nicht gut?«

Sie schüttelte den Kopf und fing auf einmal an zu weinen. Sven war mit einem Schritt bei ihr und nahm sie ungeschickt in die Arme.

»Was ist denn passiert, Susan?«, fragte er.

Stockend und abgehackt erzählte sie ihre Geschichte. Anschließend schaute sie ihn mit geröteten Augen an. Sie fühlte sich völlig ausgelaugt und kraftlos.

»Mein Gott«, sagte er. »Und du glaubst, dass es Selbstmord war?«

Sie schluchzte. »Ich weiß es nicht. Es könnte sein, Sven. Er war vorgestern hier und wollte es ihr noch am gleichen Abend beichten. Und einen Tag später ist sie tot. Ein Autounfall. Was soll ich davon halten?«

»Dass ein Mann eine andere hat, ist noch lange kein Grund für eine Frau sich umzubringen, Susan. Vielleicht war es wirklich ein Unfall. So was passiert öfter, weißt du, dass jemand bei einem Autounfall ums Leben kommt.«

Susan schüttelte den Kopf. »Ich hoffe es sehr, Sven. Aber ich glaube es nicht wirklich. Sie hat ihn geliebt. Und sie hatte so wenig Selbstbewusstsein. Bevor er von hier weggegangen ist, hat er noch gesagt, dass es sicher ein paar Monate dauern würde, vielleicht auch länger, bevor wir für uns weitersehen könnten. Er wollte ihr erst helfen, ein neues Leben aufzubauen. Das hat er nicht umsonst gesagt. Vielleicht ist sie durchgedreht. Vielleicht haben sie sich gestritten.«

Wieder kamen ihr die Tränen. »Vielleicht alles meine Schuld«, sagte sie mit erstickter Stimme.

»Es hat keinen Sinn, darüber zu spekulieren, Susan«, erwiderte er ihr. »Du wirst es irgendwann erfahren. Es ist sinnlos, dir jetzt alles Mögliche einzureden. Vielleicht war es einfach Pech, ein dummer Zufall. Vielleicht hatte er es ihr ja noch gar nicht erzählt, hast du daran schon mal gedacht?«

Sie schaute ihn fragend an. »Meinst du?«

»Möglich wäre es. Niemand brennt darauf, schlechte Nachrichten loszuwerden. Vielleicht hat er es vor sich hergeschoben. Und es sterben jeden Tag Menschen bei Verkehrsunfällen.«

Sie merkte, dass sie ein wenig ruhiger wurde. Vielleicht hatte Sven Recht. Aber wahrscheinlicher war, dass sie ihm einfach gerne glauben wollte.

»Komm«, sagte er dann. »Ich möchte dich gern ein bisschen aufmuntern. Eigentlich habe ich bei dir geklingelt, weil ich dich fragen wollte, ob du mit mir zum Schützenverein kommen möchtest.«

Sie schaute ihn mit müden Augen an. »Tut mir leid, heute habe ich wirklich keine Lust dazu.«

»Aber hier herumzusitzen und zu grübeln führt doch zu nichts. Jetzt komm schon.«

Es war schwer, sich nicht von Svens Enthusiasmus anstecken zu lassen, aber sie widerstand ihm. Sie hatte keine Lust, das Haus zu verlassen und anderen Leuten zu begegnen. Sie wollte allein sein.

»Ein andermal, Sven, wirklich, ich kann jetzt einfach nicht.«

Er schaute sie an. Zuckte mit den Schultern.

»Na gut«, sagte er. »Aber nächstes Mal kommst du mit, versprochen?«

»Einverstanden.«

Er zögerte. »Kann ich dich denn jetzt allein lassen?«

»Ja«, antwortete sie. »Mach dir keine Sorgen. Lass mich einfach ein bisschen zu mir kommen.«

15

Es war voll auf der A 12. Bis Utrecht kam man praktisch nur im Schritttempo voran. Sil lotste sein schweres Geländemotorrad zwischen den kilometerlangen Autoschlangen hindurch. Aus Gewohnheit behielt er stets die Vorderräder der Fahrzeuge im Auge, die er überholen wollte, und bremste kräftig, wenn er sie in Richtung der Fahrbahnmarkierung drehen sah. Er wäre nicht der erste Motorradfahrer gewesen, der mit vierzig Sachen gegen einen Pkw krachte, und gewiss auch nicht der letzte.

Einen Unfall konnte er nicht gebrauchen. Schon gar nicht jetzt. Es wäre eine Katastrophe.

Schließlich sah er, was den Stau verursacht hatte: Ein Lkw war umgekippt und die Fahrbahn mit Topfpflanzen übersät. Einige Arbeiter in reflektierenden Westen waren damit beschäftigt, die Straße zu kehren, und ein Polizist mahnte mit ungeduldigem Winken den Verkehr zum Weiterfahren. Behände manövrierte Sil das Motorrad durch das Chaos von Blumenerde, Plastiktöpfen und Pflanzen hindurch und gab Gas.

Unter normalen Umständen hätte er die Fahrt und die stabile Straßenlage seiner schwarzen Triumph Tiger 955i richtig genossen. Einmal auf Touren, so wie jetzt, produzierte der Motor ein Heulen, fast schon eine Art Kreischen, das ihm stets ein angenehmes Gefühl im Unterleib verursachte. Er hätte dem Potenzial der Maschine unter ihm nicht widerstehen können und Gas gegeben, um sämtliche hundertfünf Pferdestärken bis zum Äußersten auszureizen.

Aber das hier war keine normale Situation. Die Tachonadel bewegte sich auf dem ganzen langen, langweiligen Weg bis nach Almere kein einziges Mal über die erlaubte Höchstgeschwindigkeit hinaus.

Nach einer halben Stunde sah er das futuristische, aus Glas und Metall errichtete Gebäude von *Programs4You* zu seiner Linken liegen. Dahinter befanden sich etwa ein Dutzend dunkelblaue Lagerhallen, die vermutlich als Studios oder als Materialspeicher dienten. Der umfangreiche Komplex lag ein ganzes Ende von den Wohngebieten entfernt, verloren inmitten einer vollkommen ebenen, künstlich angelegten Polderlandschaft mit jungen Bäumen und ausgedehnten Wiesen.

Er bog in die lange Zufahrtsstraße zu dem Medienunternehmen ein, kehrte jedoch sofort wieder um, als er Pauls silbergrauen BMW direkt vor dem Haupteingang entdeckte. Der Wagen war unmöglich zu übersehen, weil er auf einer absurden, mit goldenen Pfosten und dicken, roten Tauen abgetrennten Sonderparkfläche stand. Sil kannte so etwas von einer Firma her, mit der er früher Geschäfte gemacht hatte. Derartige Parkplätze waren entweder dem »Verkäufer des Monats« oder dem Direktor vorbehalten. Amerikanische Verhältnisse. Typisch für diesen aufgeblasenen Schlappschwanz von Paul, sich einen solchen Parkplatz herrichten zu lassen. Bestimmt war er selbst auf diese Idee gekommen.

Fünfhundert Meter weiter fand er einen Grünstreifen mit zahlreichen Sträuchern und jungen Bäumen, hinter denen sich ein Graben entlangzog. Er schob sein Motorrad zwischen die Sträucher, fand eine platt getretene Dose, die er unter einen der Ständerarme schob, warf seinen Rucksack in den Graben und legte sich daneben.

Abgesehen von dem kalten, feuchten Boden war dies ein idealer Platz. Profis nannten so etwas einen Observationsposten. Primitiv und wesentlich weniger komfortabel, als jemanden von einem warmen, trockenen Auto aus zu beobachten. Aber mit ein bisschen Abhärtung lebte es sich länger. Von den schützenden Sträuchern aus ließ er den Blick über den Parkplatz wandern. Zwei Autos fuhren nacheinander weg. Er duckte sich etwas tiefer zwischen die Blätter. Betrachtete die Gesichter der Insassen. Paul war nicht dabei. Er verspürte ein enormes Bedürfnis nach Nikotin, unterdrückte es jedoch. Er würde nur unnötige Spuren hinterlassen. Außerdem könnte der Rauch ihn verraten. Er schaute durch die herbstlichen Zweige hindurch hoch zum Himmel. Es sah nicht nach Regen aus. Ein Glückstreffer.

Gegen sechs Uhr wurde es dunkel. Er hatte bereits dutzende Autos vorüberfahren sehen. Nur Pauls BMW stand noch auf dem Parkplatz, der jetzt von einigen Laternen erleuchtet wurde. Sil wurde ungeduldig. Er verspürte ein unangenehmes Kribbeln in den Beinen und streckte sie nacheinander aus. Er merkte, wie erschöpft er war, sowohl körperlich als auch geistig. Zu wenig Schlaf und die aufwühlenden Ereignisse der letzten Tage forderten ihren Tribut.

Heute Morgen war Alice eingeäschert worden. In der Erinnerung kam ihm das gesamte Ereignis surrealistisch vor. Er hatte einen dunkelblauen Anzug angezogen und sich unbehaglich darin gefühlt. Ganz vorn in der kirchenartigen Halle sitzend, hatte er den weißen, glänzenden Sarg angestarrt und sich gesagt, dass darin nichts weiter lag als eine leere Hülle, das abgestorbene Fleisch einer Frau, die einst Alice gewesen war. Die er geliebt hatte und die er noch immer liebte. Die Andacht an sich tröstete ihn nicht im Geringsten. Ein wenig Genugtuung bereitete ihm die Erkenntnis, dass Alice ihre eigene Beerdigung wundervoll gefunden hätte. Der Bestatter hatte eine bunte, unorthodoxe Schar zusammengetrommelt, die voller Hingabe drei Stücke spielte, darunter *Caravan*. Um ihn herum hatten die Leute geweint. Alice' Mutter am allerlautesten. Während die Musiker spielten, hatte er den Blick gehoben und sich wider besseres Wissen vorgestellt, dass Alice auf einer kleinen Wolke schwebte und hinunterschaute, die Beine über den Rand baumeln ließ, lächelte und die Musik mitsummte. Anschließend hatte er allen die Hand geschüttelt und sich mechanisch für die Beileidswünsche bedankt.

Der große Abwesende war Paul, und das erstaunte ihn keineswegs. Paul war schließlich nicht lebensmüde. Ihm musste klar sein, dass er zu weit gegangen war. Zumindest sollte er nervös sein. Und auf der Hut. Sil schaute erneut hinüber zu dem Parkplatz. Der BMW stand immer noch da. Im Gebäude sah er Licht brennen.

Erst gegen halb sieben erschien ein großer Mann mit dunklen Haaren am Haupteingang. Es war Paul; selbst aus dieser Distanz heraus war er unverwechselbar. Paul stieg in seinen BMW und fuhr in Sils Richtung die lange Zufahrtsstraße entlang.

Sils Müdigkeit war mit einem Schlag verflogen. Er wartete, bis der BMW rechts abbog, setzte seinen Helm auf, zog sein Motorrad aus den Sträuchern und fuhr die Zufahrtsstraße entlang hinter seinem Zielobjekt her.

Es war nicht schwer, Paul unauffällig zu folgen. Auf dem langen, schnurgeraden Autobahnstück, das die durch Einpolderung gewonnene Provinz mit dem ursprünglichen Festland verband, ließ er sein Motorrad zurückfallen, bis von dem BMW nichts mehr zu sehen war außer zwei roten Rückleuchten. Als der Wagen sich der A 1 näherte, gab er Gas. Im letzten Moment sah er den grauen Boliden in östlicher Richtung abbiegen, in Richtung Amersfoort, und er folgte ihm weiter in sicherem Abstand.

Sil kannte die Umgebung hier ziemlich gut und rechnete damit, dass Paul nach Hause fahren würde, doch der BMW verließ die Autobahn früher als erwartet. Vor der Abfahrt Gooimeer setzte Paul den Blinker. Sil gab Gas und überholte einige Fahrzeuge, gerade noch rechtzeitig, um Paul am Ende der Ausfahrt links abbiegen zu sehen. Das konnte nur eines bedeuten: dass er zum Yachthafen fuhr.

Das war ärgerlich. Mehr als ärgerlich. Sil kannte diesen Yachthafen. Er war in seiner *Sagittarius*-Zeit oft genug dort gewesen, öfter, als ihm lieb gewesen war. Dieser Hafen gehörte zu den elitärsten weit und breit. Aufgrund der gesellschaftlichen Stellung zahlreicher Schiffseigner betrachtete das Personal jedes unbekannte Gesicht mit Argusaugen. Paul direkt bis ins Hafengebiet zu folgen war ausgeschlossen. So lange her war es nun auch wieder nicht, dass er regelmäßig dort zu Gast gewesen war. Er ärgerte sich schwarz darüber, dass er sein Äußeres nicht verändert hatte. Ein Schnäuzer, eine Brille, eine andere Haarfarbe, und er hätte sich ohne Weiteres unter die Schiffseigner mischen können, ohne dass jemand in der kontaktscheuen Brillenschlange Sil Maier von *Sagittarius* wiedererkannt hätte. In langsamem Tempo bog er in die Straße ein, die am Hafen vorbeiführte. Große Flaggen wehten an den Masten neben dem Eingang.

Im Vorüberfahren schaute er nach links und sah den BMW auf den erleuchteten Parkplatz einbiegen. Anstatt Paul zu folgen, fuhr er die Straße weiter durch. Am Ende gabelte sie sich. Er bremste, schaltete in den Leerlauf und drehte den Zündschlüssel um. Er brauchte Zeit zum Nachdenken.

Was wollte Paul hier, direkt nach der Arbeit? Vielleicht wollte er essen gehen. Oder er war verabredet. Mit Geschäftsfreunden. Der Rotaryclub hatte seinen Sitz im Restaurant des Yachthafens, und er hätte sich schon sehr irren müssen, wenn Paul dort nicht Mitglied gewesen wäre. Vielleicht besuchte er jemanden, der hier ein Boot liegen hatte. Das Foto von der schwarzen Yacht fiel ihm ein, das im Arbeitszimmer in Pauls Haus an der Wand hing. Wie groß war die Chance, dass die schwarze Yacht Paul gehörte? Und dass das Schiff in diesem Hafen lag, nur wenige Kilometer von Pauls Haus entfernt? Ziemlich groß. Er ließ den Motor an und fuhr zurück, an dem Eingang mit den Fahnenstangen vorbei. Dann lenkte er seine Triumph auf einen schmalen Weg, der dem Eingang fast genau gegenüberlag, und fuhr hundert Meter weiter. Er hätte es schlechter treffen können.

Der Hafen lag außerhalb von Naarden und war von Sträuchern und Bäumen geschützt. Von der Autobahn aus sah man nichts von dem ausgedehnten, modernen Hafengebiet, das an den Naarder Wald angrenzte. Es gab nur eine Ein- und Ausfahrt und dutzende Stellen, an denen er Posten beziehen und die Zufahrt ungesehen beobachten konnte.

Möglicherweise war Paul hierhergefahren, um ein Häppchen zu essen. Das würde er durch Beobachtung schnell herausfinden. Und wenn Paul nicht von selbst herauskam, würde er ihn in ein paar Stunden besuchen gehen.

Er blickte sich um, bevor er das Motorrad in die Büsche schob. Warf einen Blick nach oben. Der Himmel war klar und dunkelblau, und es schien ein matter Sichelmond. Sil brach ein paar Zweige von Bäumen und Sträuchern ab und bedeckte damit das Motorrad. Dann raffte er dürre Blätter zusammen und verteilte sie sorgfältig über die Zweige. Auf diese Weise sah man von der Straße aus so wenig wie möglich unnatürliches Glänzen.

Falls die Polizei jemals Ermittlungen anstellte, würden die

abgebrochenen Zweige unter Umständen gefunden. Aber die Chancen standen gut, dass sie hier nicht einmal suchen würden. Oder die Zweige übersahen. Immer wieder blickte er über die Schulter. Noch immer war von seinem Versteck aus kein Mensch zu sehen, aber das konnte sich jeden Moment ändern.

Zum zweiten Mal an diesem Tag legte er sich auf den kalten Boden und versuchte, eine bequeme Haltung zu finden. Es könnte ein äußerst langweiliger Abend werden. Besser, er bereitete sich schon einmal darauf vor.

16

Sie betraten die Kantine. Abgesehen von den Postern verschiedener Waffenfirmen an den Wänden und Fotos von Männern, die in der Hocke sitzend stolz in die Zielfernrohre ihrer angelegten Gewehre schauten, gab es keinen Unterschied zum Vereinsheim eines Fußballclubs. Susan fiel auf, dass nicht nur Männer anwesend waren, sondern auch Frauen, von denen einige die fünfzig schon hinter sich gelassen hatten. Sie trugen kleine Koffer mit Waffenlogos bei sich und glichen im Übrigen jenen älteren Damen, die sie manchmal in den Angebotskörben von Bekleidungsgeschäften wühlen sah oder die sich mit schweren Einkaufstaschen vom Markt abschleppten. Nicht gerade der Typ Frau, den sie hier erwartet hätte. Vielleicht musste sie wirklich ihre Vorurteile über Schützenvereine revidieren.

Sven trat an einen Schalter, wo sie ein Formular mit ihrer Adresse ausfüllen und unterschreiben musste.

Rechts von dem Schalter befand sich eine Tür, neben der etliche bunte Schallschützer hingen. Sven nahm zwei von einem Haken und reichte ihr ein Paar.

»Gegen den Lärm«, erklärte er. »Die brauchst du, sonst hörst du zwei Tage lang nicht mehr viel.«

Susan setzte die Schallschützer auf und plötzlich wurde es still. Sie fragte sich, wie man sich mit einem solchen Ding auf den Ohren verständigen konnte. Doch es ging besser, als sie dachte.

Sven öffnete die Tür und ging ihr voraus durch einen Windfang. In der Kantine war es ziemlich ruhig gewesen, es lief Hintergrundmusik, und Leute unterhielten sich. Jenseits der Tür dagegen kam man sich vor wie im Krieg. Susan hörte lautes Knallen, von einem leichten Peng bis zu einem dröhnenden Donnern, das sie an Kanonenschüsse erinnerte. Es gab an die zehn Schießstände mit einer niedrigen Decke darüber. Geschossen wurde auf Pappscheiben, die von Schienen herunterhingen. Die Wände waren mit schalldämpfendem Material verkleidet. Das laute Knallen drang durch die Schallschützer hindurch. Natürlich hatte Susan gewusst, dass Schießen Lärm verursacht, aber dass es so laut krachte, hatte sie nicht erwartet. Manchmal hörte es sich an, als sei eine Granate explodiert.

Susan rieb sich die Hände. Es war kalt.

Sven sah, wie sie zitterte.

»Das liegt an der Entlüftungsanlage«, erklärte er. »Die Pulverdämpfe müssen abgesaugt werden.«

Sie nickte.

»Du hast Glück«, sagte er. »Normalerweise wirst du bei der Einführung vom Schießstandleiter begleitet, aber weil ich auch hin und wieder diese Aufgabe übernehme, ist es kein Problem, dass ich dich heute anleite.«

Ein älterer Mann mit Filzhut und Jagdgewehr packte an Stand acht seine Siebensachen zusammen und Sven ging hinüber. Susan folgte ihm. Auf die Ablage vor ihnen legte er eine Waffe mit Holzgriff.

»Das ist eine Pistole mit dem Kaliber .22«, erklärte er. »Hiermit fängst du an, zur Eingewöhnung. Sie hat kaum Rückschlag, deshalb ist sie ideal für Anfänger. Nimm sie ruhig mal in die Hand, sie ist nicht geladen.«

Susan griff nach der Waffe, die relativ leicht war. Sie schaute von unten in den Griff hinein, aber er war leer. Sie legte die

Pistole wieder hin. Hatte keine Ahnung, was sie damit anfangen sollte.

Sven lächelte. »Okay«, sagte er. »Regel Nummer eins: Behandle jede Waffe, als sei sie geladen. Du darfst damit nie, ich wiederhole: niemals, auf jemanden zielen. Auch nicht aus Versehen.«

Susan nickte.

»Den Abzug«, fuhr er fort, »betätigst du mit dem Zeigefinger, und das tust du nur, während du zielst. Wenn du also eine Pistole in die Hand nimmst, legst du deinen Zeigefinger, nennen wir ihn mal Abzugsfinger, seitlich neben den Abzug. So kannst du nie versehentlich einen Schuss abgeben.«

Er nahm die Waffe in die Hand und demonstrierte es ihr. Es sah ganz leicht aus. Bis dahin schien es nicht weiter kompliziert zu sein.

»Und jetzt tu mal so, als würdest du schießen«, sagte er.

Sie nahm die Haltung an, die sie aus dem Fernsehen kannte: die Beine leicht gespreizt, die Knie etwas gebeugt und die Pistole mit beiden Händen umklammernd. Sie fand, dass es ziemlich professionell aussah, zugleich aber auch lächerlich. Es war irgendwie blöd, mit einer ungeladenen Waffe auf die Schießscheibe zu zielen.

»So«, sagte er. »Das ist aber ganz schön gefährlich.«

Sie schaute ihn fragend an.

»Du hast den linken Daumen hinter den Schlitten gelegt. Der fährt bei jedem Schuss mit einer Mordsgeschwindigkeit nach hinten und, glaub mir, das Metall gibt keinen Millimeter nach. Wenn da also dein Daumen im Weg ist, wird unter Garantie ein Stück herausgerissen.«

Sie nickte und legte den Daumen auf die linke Seite der Waffe, neben ihren rechten Daumen.

»Genau«, sagte er. »So ist es besser. Und so zielt man: Du

schaust über den Schlitten nach vorn, in Richtung der Schießscheibe. Oben auf dem Lauf befinden sich Fortsätze, siehst du die?«

Sie nickte.

»Die vorne auf dem Lauf, das ist das Korn, und die beiden anderen am Ende mit einem Zwischenraum in der Mitte heißen Kimme. Versuche, das Korn genau in die Mitte und auf dieselbe Höhe der Kimme zu bringen. Je exakter Kimme und Korn auf einer Linie liegen, desto größer ist die Chance, dass du das triffst, worauf du zielst.«

Sie zielte und sah, was er meinte. Aber es war gar nicht so einfach. Ihre Hände zitterten so, dass der kleine Fortsatz immer wieder aus der Mitte der beiden anderen verschwand.

»Meine Hände zittern.«

»Das ist ganz normal. Durch Übung lernt man, sie ruhig zu halten. Und durch kontrolliertes Atmen.«

Susan nickte. Das war nichts Neues für sie. Ganz kurz, für den Bruchteil einer Sekunde, den Atem anzuhalten, um ein scharfes Foto zu schießen, war ihr zur zweiten Natur geworden. Sie hatte schon viele Kollegen mit einer weniger sicheren Hand schwere Stative mit sich herumschleppen sehen, aber sie selbst kam fast immer ohne Hilfsmittel aus. Dass ihre Hände jetzt zitterten, hatte gewiss psychologische Gründe. Das hier war keine Kamera. Das war eine Waffe. Aber das Prinzip war dasselbe. Zielen und schießen. Es musste ganz ähnlich sein. Sie beschloss, sich auf ihre Atmung zu konzentrieren.

»Am besten atmest du zuerst ein«, sagte Sven. »Dann zielst du, atmest halb aus, hältst den Atem an und schießt. Am besten innerhalb von fünf Sekunden, denn sonst musst du wieder von vorn anfangen.«

Sie versuchte es mehrmals. Das Zittern wurde schon weniger.

»Okay«, sagte er. »Willst du es mal versuchen?«

Sie nickte.

Er drückte auf einen Knopf in der Trennwand und rasend schnell kam an hängenden Schienen ein großer, schwarzer Pappkarton angesegelt, der knapp einen halben Meter vor ihnen abrupt anhielt. Susan wich unwillkürlich zurück. Sven befestigte mit Abklebeband eine Schießscheibe auf der Pappe, drückte erneute auf einen Knopf und der Karton wurde in demselben Tempo wieder zurückkatapultiert.

»Zwölf Meter«, sagte er. »Weniger ist hier nicht möglich. Aber das ist gut zu schaffen. Viel Erfolg.«

Susan nahm die geladene, entsicherte Waffe in beide Hände, achtete darauf, dass beide Daumen seitlich anlagen und konzentrierte sich. Atmete ein. Zielte. Atmete ein wenig aus. Hielt den Atem an. Schoss.

Sven hatte Recht. Der Rückschlag war nicht zu unterschätzen. Die Scheibe hatte sie wohl nicht getroffen. Es war schwer zu erkennen auf diese Entfernung. Sie schaute Sven an. Er nickte, und sie schoss noch einmal.

»Schieß ruhig fünfmal hintereinander«, sagte er.

Sie schoss noch dreimal und legte die Waffe vor sich auf die Ablage. Sven drückte auf einen Knopf, und innerhalb von einer Sekunde war die Scheibe in Griffweite.

Er zog die Augenbrauen hoch. »Na, so was!«

»Wie, ›na, so was‹?«

»Schau doch mal!«

In der Schießscheibe waren vier Löcher von einem halben Zentimeter Durchmesser, zwei von ihnen nicht weit vom Mittelpunkt entfernt.

»Zeig das bloß niemandem hier«, sagte er. »Ehe du dich versiehst, rekrutiert dich jemand für Wettkämpfe.«

Sie lächelte. »War das denn gut?«

»Ja«, sagte er, »sehr gut sogar. Hast du wirklich noch nie geschossen?«

Sie schüttelte den Kopf. »Nein, aber ich bin Fotografin, erinnerst du dich? Vielleicht liegt es daran.«

»Das wird's sein«, sagte Sven und klebte eine neue Scheibe auf die schwarze Pappe.

Eine Stunde später standen sie immer noch am Schießstand, und Susan traf mit der kleinkalibrigen Vereinspistole mindestens vier von fünf Mal die Schießscheibe. Um sie herum wurde es allmählich ruhiger. Die meisten Schützen verschwanden in die Kantine oder gingen nach Hause.

»Okay«, sagte Sven und blickte sich um. »Genug gespielt.« Er drückte ihr eine schwere Pistole in die Hand.

»Eine 9-Millimeter«, sagte er. »Ein erheblich größeres Kaliber. Sie hat einen ordentlichen Rückschlag. Halte deshalb deine Arme nicht gestreckt, sondern leicht gebeugt, um den Schlag abzufangen. Versuch's mal.«

Sie schaute ihn an.

»Es ist eigentlich gegen die Regeln«, erklärte er. »Aber solange du nur auf die Schießscheibe zielst und nicht auf meine Beine, ist es schon in Ordnung.«

Sie nickte.

Sie blieben noch zwei Stunden am Schießstand. Schossen abwechselnd. Mit der 9-Millimeter war es wesentlich schwieriger als mit der kleinkalibrigen Waffe. Die ersten paar Male erschrak sie vor dem Rückschlag, der sich anfühlte, als versetze ihr jemand einen kurzen, festen Tritt gegen die Hände. Die Schüsse hörten sich auch erheblich lauter an als das zivilisierte Peng der .22er. Es war alles andere als angenehm, aber man gewöhnte sich rasch daran. Nach zehn Runden schoss sie mit der großen Waffe genauso sicher wie mit der Vereinspistole.

»Du bist gut«, sagte Sven, als sie ihre Sachen zusammenpackten. »Besser als ich am Anfang. Willst du wirklich nicht weitermachen?«

Sie schüttelte den Kopf. »Es hat mir Spaß gemacht, es einmal auszuprobieren. Und vielleicht komme ich noch einmal mit, wenn das für dich okay ist jedenfalls, aber ich möchte es nicht jede Woche machen oder sogar zweimal pro Woche so wie du. Ich finde es nicht wirklich entspannend. Dafür erinnert es mich zu sehr an meine Arbeit.«

»Schade«, sagte er.

Auf dem Rückweg redete Sven in einer Tour über seine Leidenschaft für Waffen. Wie man Munition manipulierte, ähnlich wie man ein Auto oder ein Moped tunte, sodass sie schneller wurde. Wie man lernen konnte, das selbst zu machen. Er quasselte ununterbrochen und sie nickte und murmelte eine bestätigende Antwort, wenn er mal eine kurze Pause einlegte.

Sie dachte an Sil. Bestimmt war Alice inzwischen beerdigt worden. Sie fragte sich, ob sie jemals wieder von ihm hören würde. Wahrscheinlich saß er jetzt auf seinem Sofa im Wohnzimmer und starrte, zerfressen von Schuldgefühlen, ins Leere.

17

Seine Gore-Tex-Motorradkombi hielt die Nässe ab, schützte ihn aber nicht ausreichend vor der Kälte, sodass er inzwischen bis auf die Knochen durchgefroren war. Außerdem knurrte ihm der Magen. Sich eine Zigarette anzuzünden, um den Hunger zu betäuben, war ausgeschlossen. Er verfluchte Paul, der in dem exklusiven Hafenrestaurant saß, wo er sich wahrscheinlich einen kapitalen Hummer genehmigt hatte. Seine Henkersmahlzeit, dachte er grimmig.

Er schaute auf seine Seiko. Es war inzwischen schon nach elf. Seit gut einer Stunde hatte kein Fahrzeug mehr das Hafengelände verlassen. Jetzt hielt er die Umgebung für menschenleer und ruhig genug, um sich aus seiner Deckung zu wagen.

Es wurde Zeit, Paul aufzuspüren.

Er ging davon aus, dass das Foto der schwarzen Yacht in Pauls Arbeitszimmer sein jetziges Schiff zeigte und nicht etwa sein erstes. Das Problem war, dass hier hunderte Boote vor Anker lagen, über verschiedene Stege verteilt, und er unmöglich wissen konnte, an welcher Stelle sich Pauls Yacht befand. Er forschte in seinem Gedächtnis.

Soweit er sich erinnern konnte, lagen in diesem Hafen hauptsächlich Segelboote, die die Besitzer zu Vergnügungsfahrten auf dem Gooisee oder dem etwas weiter entfernten Ijsselmeer nutzten. Die Motoryachten waren bei Weitem in der Minderzahl und hatten ihre Liegeplätze jeweils an den äußeren Enden der Stege, zwischen den Segelbooten.

Es gab allerdings einen besonderen Steg für die größeren Schiffe, und zwar am nördlichen Ende des Geländes, wenn er sich recht entsann. Auf diesen Steg, an dem auch zahlreiche Motorboote ankerten, wollte er sich zuerst konzentrieren. Sollte er die Yacht dort nicht finden, würde er für heute aufhören. Er konnte unmöglich den ganzen Hafen absuchen und auf den Stegen hin- und herlaufen, ohne dass ihn irgendjemand sah oder hörte.

Jetzt, da er endlich aktiv werden konnte, wurde sein Kopf klarer, und die Wut kochte wieder in ihm hoch. In den vergangenen Stunden hatte er sich derart auf wegfahrende Autos und seinen leeren Magen konzentriert, dass der Grund seiner Anwesenheit an diesem Ort in den Hintergrund getreten war. Vielleicht war das ganz gut so. Immer schön eins nach dem anderen. Zuerst der erste Schritt, dann der zweite.

Er stand auf. Seine Muskeln waren steif geworden. Er streckte Arme und Beine aus, drehte den Kopf hin und her und rollte mit den Schultern. Er holte seine Sturmhaube aus dem Rucksack und streifte sie über den Kopf. Schloss den Rucksack, setzte ihn auf und machte sich auf den Weg.

Halb gehend, halb rennend lief er den schmalen Weg hinunter und überquerte die asphaltierte Straße zum Eingang des Yachthafens. An den Fahnenmasten blieb er stehen und warf einen Blick hinüber zu dem Wachhäuschen am Ende der Zufahrt, neben dem rechts und links rot-weiße Schlagbäume die Ein- und Ausfahrt blockierten. Zum Eingang führte eine an die zweihundert Meter lange, gerade, beleuchtete Straße. Auf der linken Seite befand sich ein Wäldchen und ein Stück weiter, in Höhe des Wachhäuschens, ein Parkplatz. Rechts von ihm stand eine Koniferenhecke, dahinter war ebenfalls Wald. Das gesamte Hafengebiet wurde von einem hohen Metallzaun umgeben.

Er zwängte sich zwischen den Koniferen hindurch, kletterte

über den Zaun und lief in nordöstlicher Richtung durch den Wald. Er musste aufpassen, wo er hintrat. Der Boden war extrem uneben, und er konnte die eigene Hand nicht vor Augen sehen. Abgestorbene Äste und Blätter knackten und raschelten unter seinen Sportschuhen. Ab und zu blieb er stehen und lauschte. In der Ferne hörte er Leute lachen und reden; das Wasser trug den Schall sehr weit. Ein Hund bellte. Musik.

Langsam lief er weiter bis an den Waldrand, wo er wieder auf einen Zaun stieß. Wenn ihn sein Gedächtnis nicht im Stich ließ, musste er von hier aus den Steg mit den Motoryachten einigermaßen erkennen können. Doch auch hier versperrte ihm eine Reihe kräftiger Sträucher die Sicht. Er hielt sich an den Spitzen des Zaunes fest, stemmte seine Füße gegen die Streben und schwang sich auf die andere Seite hinunter.

Sich hinter die hohen Koniferen duckend, bog er ein paar Zweige zur Seite. Vor ihm lag ein lang gestreckter Parkplatz, erleuchtet von einer einsamen Straßenlaterne, dahinter eine Grünfläche und dahinter wiederum lagen die Stege.

Er hörte irgendetwas Metallenes knarren und quietschen. Es kam näher. Zwischen den Koniferen hindurch sah er die Umrisse eines Mannes auf einem Fahrrad.

Ein Wachtposten!

Der Mann fuhr in etwa fünf Metern Entfernung an ihm vorbei. Er pfiff ein Liedchen vor sich hin. Ein paar Minuten später sah Sil ihn auf demselben Weg zurückradeln. Dann verschwand er außer Sicht. Meistens hielten sich Wachtposten an eine feste Route; er musste nur noch herausfinden, in welchem Rhythmus der Mann seine Kontrollfahrten durchführte. Dann konnte er berechnen, wie viel Zeit er hatte, unauffällig zu den Booten zu gelangen. Und wie viel Zeit ihm blieb, unbemerkt wieder abzuhauen.

Information war das A und O.

Er merkte sich die Uhrzeit und folgte dem Zaun in Richtung des nördlichen Stegs. Am Ende des Parkplatzes war ein Hügel aufgeschüttet. Er blickte sich nach links um, sah aber keine Menschenseele. Vorsichtig trat er zwischen den Koniferen hervor und ging den Hügel hinauf. Oben kauerte er sich zusammen und kroch auf Knien und Ellenbogen weiter, bis er den Steg überblicken konnte. Das Gelände war nur spärlich erleuchtet, aber es reichte, um die Boote erkennen zu können. Er ließ den Blick am Steg entlangwandern. Beinahe hätte er die Yacht übersehen, weil sich der schwarze Stahl kaum vom dunklen Wasser abhob. Ihm stockte für einen Moment der Atem. Da, das zweite Schiff rechts außen war unverkennbar schwarz. Das musste Pauls Boot sein! Jetzt, da sich die Umrisse allmählich deutlicher abzeichneten, sah er auch, dass in der Kajüte ein schwaches Licht brannte.

Hab ich dich, du Mistkerl!

Er beschloss zu warten, bis das Licht in der Kajüte ausging.

Erst gegen ein Uhr nachts wurde es ruhiger im Yachthafen. Davor waren hin und wieder Autotüren zugeschlagen worden, und Leute hatten sich voneinander verabschiedet, weit weg, in der südwestlichen Ecke des Geländes nahe dem Restaurant. Hier dagegen war es sehr still, und man hörte nichts als das leise Klatschen der Wellen gegen die Stegpfosten und die Schiffsrümpfe und dann und wann das Schnattern einer Ente. Sonst war alles ruhig. Das Licht auf der schwarzen Yacht brannte jetzt seit einer guten Stunde nicht mehr. Er hatte inzwischen herausgefunden, dass der Wachtposten etwa alle dreißig Minuten seine Kontrollrunde fuhr. Gerade erst war der Mann in Richtung des Restaurants verschwunden. Es wurde Zeit, aktiv zu werden.

Er holte ein Paar dünne Handschuhe aus seinem Rucksack und streifte sie über.

»*Showtime*«, flüsterte er leise, hauptsächlich, um sich selbst anzustacheln. Der vertraute Adrenalinstoß pulsierte durch seine Adern. Er ließ sich von dem flachen Hügel hinunterrutschen und ging hinüber zu dem Steg, der von einem etwa einen Meter vierzig hohen Tor versperrt wurde. Behutsam, um so wenig Lärm wie möglich zu verursachen, hielt er sich mit beiden Händen an einem der Torpfosten fest und schwang sich vom Kai aus hinüber auf den Steg. Geräuschlos passierte er das erste Boot und gelangte an das Heck des zweiten. *4Seasons – Naarden* stand in zierlich geschwungenen Buchstaben auf dem Rumpf. *4Seasons, Programs4You* ging es ihm durch den Kopf – das konnte kein Zufall sein. Er war an der richtigen Adresse.

Er zog die HK aus dem Holster, holte den Schalldämpfer aus der Seitentasche seiner Jacke und schraubte diesen auf das Gewinde. Er setzte einen Fuß auf das Achterdeck des Bootes und ging auf die Glasschiebetür zu, durch die man in die Kajüte gelangte. Die Tür stand einen Spalt offen. Das war merkwürdig und ließ ihn einen Moment zögern. Vielleicht mochte Paul frische Luft und vertraute blind auf die Bewachung, die hier besser war als in manch anderem Hafen. Aber vielleicht schlief er auch noch gar nicht, sondern saß in der dunklen Kajüte und lauschte jedem seiner vorsichtigen Schritte auf dem Deck.

Mucksmäuschenstill blieb er stehen. Er versuchte, irgendetwas in dem Raum hinter der Schiebetür zu erkennen, aber es gelang ihm nicht. Alles, was er sah, war ein rechteckiges schwarzes Loch.

Dann konzentrierte er sich auf die Geräusche. Er hörte nichts als das beruhigende Plätschern des Wassers. Vorsichtig schob er die Glastür weiter auf und zwängte sich seitlich in die Kajüte hinein. Presste sich gegen die Wand und ging hinunter in die Hocke. Wartete. Lauschte. Nahm die neue Atmosphäre in sich auf und ließ seinen Augen Zeit, sich an die fast vollständige Dunkelheit zu gewöhnen. Nach und nach begannen sich graue Umrisse in der Kajüte abzuzeichnen. Vor ihm führte eine Treppe nach oben, vermutlich zum Ruderhaus. Zu beiden Seiten der Treppe führten weitere Stufen nach unten. Rechts von ihm befand sich eine Nische, in der ebenfalls eine kleine Treppe nach unten führte.

Er hörte noch immer nichts. Er schaute auf die grün aufleuchtenden Zeiger seiner Uhr. Schon acht Minuten vergangen. Noch war es zu schaffen. Falls nichts Unvorhergesehenes geschah und Paul brav mitkam. Falls Paul überhaupt hier war. Er ging die Treppe hinunter und legte ein Ohr an die Tür. Nichts. Einige kostbare Sekunden lang blieb er stehen, dann öffnete er die Tür. Sie führte zu einem Badezimmer mit großer, runder Badewanne, einem Doppelwaschbecken, einer Toilette und einer Dusche. Es roch nach Aftershave. Irgendetwas lag auf dem Boden, es sah aus wie ein gebrauchtes Handtuch. Ein Handtuch. Wenn Paul in weiblicher Begleitung gewesen wäre, hätten mindestens zwei Handtücher dort gelegen. Vielleicht hatte er Glück.

Leise schlich er durch die Kajüte bis zu der Tür ganz rechts, zu der die Stufen hinaufführten. Plötzlich blieb er stocksteif stehen. Horchte aufmerksam. Gedämpftes Schnarchen drang durch die Wurzelholztür.

Wieder schoss ein Adrenalinstoß durch seinen Körper. Jetzt wurde es spannend.

Er öffnete die Tür so leise wie möglich. Ging in die Hocke und kroch auf allen vieren in das Zimmer hinein. Pauls Schlafzimmer wurde matt erhellt durch das Licht, das von draußen durch die großen, ovalen Bullaugen hereinfiel. Der scharfe Geruch von Alkohol stieg ihm in die Nase. Von hochprozentigem Alkohol.

Paul schnarchte ungestört weiter. Besonders vorsichtig brauchte er jetzt nicht mehr zu sein. Er hockte sich an das Fußende des Bettes, holte seine Maglite heraus und leuchtete am Bett entlang. Eine benutzte Unterhose, ein Buch, eine Fernbedienung. Behände wie eine Schwarze Witwe kroch er auf die Seite des Bettes, auf der Paul schlief. Sah eine leere Flasche Jack Daniel's auf dem schwarzen Teppichboden liegen. Pauls Hand baumelte darüber, als habe er die Flasche festgehalten, bis er vom Schlaf übermannt wurde und die Flasche ihm aus den Fingern gerutscht war.

Sil umklammerte unwillkürlich den Griff seiner HK. Er richtete sich auf. Gerade als er Paul aus seinem benebelten Schlaf reißen wollte, fiel sein Blick auf ein Nachtschränkchen. Er öffnete die Schublade. Ein kleiner Revolver. So ein ziseliertes Kitschding. Er klemmte das Ende der Taschenlampe zwischen die Zähne und überprüfte den Zylinder. Die Waffe war geladen. Er klopfte die Patronen eine nach der anderen heraus und steckte sie in seine Jackentasche. Legte den Revolver zurück und schloss die Schublade.

Dann richtete er den Lauf seiner HK auf den Kopf des schlafenden Mannes und den Lichtstrahl der Taschenlampe auf dessen Gesicht.

»Aufwachen, Scheißkerl!«

Er sagte es nicht wirklich laut, aber nach so vielen Stunden der Stille klang es wie Donnerhall. Paul schreckte sofort aus dem Schlaf. Die Augen weit aufgerissen, die Haare wild abstehend.

»Wa...s?«

»Hinsetzen!«

Nach außen hin blieb er eiskalt, aber unter der Oberfläche rauschte das Blut in seinen Adern, und sein Herz pochte wie wild. Noch nie im Leben hatte er einen Menschen so sehr gehasst. Doch er wusste auch, dass er seine Gefühle unter Kontrolle behalten musste. Ruhig bleiben. Er musste seine Gedanken beisammenhalten, bei jedem Schritt, bei jeder Bewegung.

»Wer bist du? Was willst du von mir? Was ist hier los?«

»Wer ich bin spielt keine Rolle. Nur, wer du bist. Ein Scheißkerl, der es nicht verdient hat, am Leben zu sein.«

Paul schwieg. Sil vermutete, dass er nachdachte und dass dieser Prozess einige Zeit in Anspruch nehmen konnte, weil sein Gehirn vom Alkohol umnebelt war. Plötzlich hechtete Paul zu der Nachttischschublade hin, griff nach dem Revolver und zielte auf Sil.

Ein metallisches Klicken ertönte. Der Schuss blieb aus.

»Du schläfst zu tief«, sagte Sil nicht ohne Schadenfreude. Er wusste jetzt, dass er Paul genau im Auge behalten musste.

»Was willst du? Ich habe kein Geld hier!«

»Dein Geld interessiert mich nicht.«

»Was soll das eigentlich? Wer bist du? Wovon redest du überhaupt?«

Plötzlich weiteten sich seine Augen. »O … o … Scheiße! Maier? Sil Maier?«

Paul hatte ihn an der Stimme erkannt. Egal. Das war kein Grund, seine Sturmhaube auszuziehen. Sie würden den Teppichboden mit dem Staubkamm abziehen. Jede Faser, jedes Härchen, das gefunden wurde, würde bis in die kleinsten Details analysiert. Er wollte keine DNA-Spuren hinterlassen. Nicht eingesperrt werden. Nicht wegen eines solchenReckskerls wie Paul. Er war es nicht wert.

»Zieh dich an. Wir hauen hier ab.«

Mit unkontrollierten Bewegungen kroch Paul aus dem Bett. Er trug nichts als ein weißes Unterhemd, unter dem sein Pimmel hervorbaumelte. Für Paul, der es gewöhnt war, als Respektsperson behandelt zu werden, musste die Situation erniedrigend sein. Sil war zufrieden. Paul konnte gar nicht genug erniedrigt werden für das, was er mit Alice getan hatte. Sil steckte die Taschenlampe ein und trat einen Schritt zurück. Schob eine Schranktür auf und zog auf gut Glück einen Stapel Kleidungsstücke heraus. Warf den Stapel auf das Bett. Seine Waffe hielt er die ganze Zeit über auf Paul gerichtet.

»Schau nach, ob was dabei ist. Draußen ist es kalt.«

Steif zog sich Paul an. »Wohin gehen wir?«

»Das wirst du gleich sehen.«

Im schummrigen Laternenlicht, das durch die Bullaugen hereinfiel, sah er, dass Paul am ganzen Leib zitterte. Es lag nicht am Alkohol. Auch nicht an der Kälte. Er zitterte vor Angst. Vor Todesangst.

Irgendwie befriedigte ihn diese Vorstellung.

Rasch schaute er auf die Uhr. Noch zwölf Minuten. Die Zeit wurde knapp.

»Wo hast du deinen Autoschlüssel?«

»In meiner Manteltasche. In der Kajüte, auf dem Sofa.«

»Nimm ihn mit.«

Die HK auf Pauls Rücken gerichtet, ging er hinter ihm her in die Kajüte, nahm im Vorbeigehen den kleinen Revolver vom Bett und steckte ihn in seine Jackentasche.

»Zieh deinen Mantel an.«

Paul tat, wozu er aufgefordert wurde, und schaute Sil abwartend an.

»Und jetzt tust du genau das, was ich sage.« Sil sprach mit ihm wie mit einem dummen Schuljungen. »Du gehst mir voraus den Steg entlang, durch das Eingangstor und dann den kleinen Hügel hinauf, in einer geraden Linie bis an den Zaun. Du schlüpfst durch die Koniferen, wendest dich nach rechts und gehst zwischen Hecke und Zaun entlang in Richtung der Wachhäuschen. Ich bleibe dabei die ganze Zeit hinter dir.«

Paul nickte.

»Und noch etwas. Du gibst keinen Ton von dir. Du stolperst nicht. Du versuchst nicht abzuhauen. Ein Mucks und ich schieß dir den Kopf weg, verstanden?«

Paul nickte wieder.

»Was … Was hast du vor?«

»Wir fahren ein Stückchen.«

Im Wald war es still und dunkel. Der Motor des BMW brummte leise und war durch die Doppelfenster kaum hörbar. Sil saß auf der Rückbank, im weichen, schwarzen Leder, hinter Paul, die HK auf dessen Hinterkopf gerichtet.

»Was machen wir hier?«

»Schalte den Motor aus und lass den Schlüssel stecken.«

Paul gehorchte ohne zu zögern.

Die Stille, die folgte, war ohrenbetäubend.

»Steig aus, langsam, sodass ich jede deiner Bewegungen verfolgen kann. Behalte die Hände hinter dem Kopf.«

Paul stieg aus. Sil drückte die Tür auf, sprang aus dem Auto und nahm den Klappspaten mit, den er vor einer Viertelstunde aus seinem Rucksack geholt hatte.

Demonstrativ ließ er den Mechanismus des Spatens klicken, als er ihn aufklappte. Paul erstarrte. Er begriff wohl erst jetzt, womit der nächtliche Ausflug enden sollte.

»Lauf weiter, bis ich sage, dass du stehen bleiben sollst«, sagte Sil mit ruhiger Stimme, die nichts von seiner unterschwelligen Wut verriet.

Paul setzte sich in Marsch. Sie schlugen einen schmalen Pfad ein, der zwischen den Bäumen hindurchführte. Die Mondsichel am leicht bewölkten Himmel beleuchtete den Weg nur ganz schwach. In der Ferne ertönten die Rufe einer Eule und Blätter raschelten im Wind. Sil folgte Paul in sicherem Abstand.

»Stehen bleiben.«

Paul hielt abrupt inne, die Hände noch immer hinter dem Kopf gefaltet.

»Hier links ab, noch etwa zwanzig Meter.«

Paul lief weiter durch das niedrige Unterholz.

»Ist es wegen Alice, Sil?«, fragte Paul plötzlich. »Willst du mich jetzt umbringen, wegen dem, was mit Alice passiert ist? Ich konnte das doch nicht ahnen, ich …«

Sil wäre beinahe explodiert. »Halt die Fresse, Arschloch! Was soll das heißen, du konntest das nicht ahnen? Du hast sie doch mit voller Absicht in dein Hurennest gelockt! Du hast alles gefilmt und mir dieses schmierige Amateurvideo geschickt, damit ich auch was davon hatte! Was konntest du nicht ahnen? Was hast du wohl sonst damit bezweckt, verdammt nochmal? Dachtest du, ich würde mir das so einfach gefallen lassen? Hast du wirklich geglaubt, du würdest unbeschadet davonkommen? Du Dreckskerl! Halt bloß die Schnauze!«

Paul drehte sich hölzern um. »Maier, sie war eine tolle Frau«, sagte er unsicher und mit mehr Mut, als man ihm in dieser Situation zugetraut hätte. »Ich meine das ernst. Ich mochte sie sehr gern.«

»Du hast sie einen Scheißdreck gemocht! Maul halten!«

Sil warf Paul den Spaten zu. Er landete mit einem dumpfen Schlag auf dem kalten Waldboden.

»Los, grab, du miese Ratte!«

Paul bückte sich und hob den Spaten auf. Sil sah, wie er zögerte und sich seine Chancen ausrechnete, den Spaten als Waffe zu benutzen. Er beobachtete, wie sich nacheinander die verschiedensten Gefühle auf seinem vom Mond erleuchteten Gesicht widerspiegelten. Dann ließ Paul die Schultern sinken, als habe er alle Möglichkeiten durchgespielt und sähe keinen Ausweg mehr. Er stach mit dem Spaten in den lockeren Waldboden und begann aufreizend langsam zu graben. Sil beobachtete ihn aus einigen Metern Abstand.

Plötzlich rief Paul laut: »Nein, Sil, nicht ich habe sie ermordet, sondern du! Der Einzige, den sie liebte und für den sie lebte, das warst du und was macht ihr toller Ehemann?« Seine Stimme hallte schrill und verzerrt durch den Wald.

Pauls Worte trieben Sil zur Raserei. Was hatte Alice diesem Arschgesicht bloß alles erzählt? Er verspürte den unwiderstehlichen Drang, Paul zu treten und zu schlagen, wo immer er ihn treffen konnte.

Aber er tat es nicht. Paul war größer als er. Zwar weniger muskulös, weniger durchtrainiert. Aber Menschen, die dem Tod ins Auge blicken, sind zu viel mehr im Stande, als man vorhersehen kann. Also beherrschte er sich und blieb auf der sicheren Seite seiner HK.

»Du hast kein Recht, so zu reden«, sagte Sil. »Wenn du deine dreckigen Pfoten bei dir behalten hättest, wäre nichts geschehen, du widerliches Arschloch. Dann würde sie jetzt noch leben. Alice kannte ihren Porsche durch und durch. Sie muss so außer sich gewesen sein, dass sie wie eine Wahnsinnige gefahren ist und die Gewalt über den Wagen verloren hat. Und rate mal, aus welcher Richtung sie kam? Wo sie zuletzt gewesen ist? Du bist nicht mal eine Kugel wert, du Scheißkerl. Aber du sollst sie kriegen. Sei dankbar dafür. Es gibt Schlimmeres als einen schnellen Tod.«

»Vielleicht hättest du lieber deine dreckigen Pfoten bei dir behalten sollten«, entgegnete Paul, plötzlich selbstsicherer geworden. »Sie war fix und fertig. Sie ist zu mir gekommen, weil sie sich ausweinen wollte.«

Sil sah die weinende Alice deutlich vor Augen.

Die Vorstellung war unerträglich.

Im nächsten Moment lag Paul würgend und röchelnd auf

dem Boden, die Hände auf den Magen gepresst. Sil holte erneut aus. Trat ihn in den Rücken, gegen den Kopf, sprang in einem Anfall wahnsinniger Wut über den stöhnenden Mann hinweg und trat ihm ins Gesicht. Dann ging der rote Vorhang hoch, und er wurde sich auf einmal bewusst, was er da tat. Er keuchte. Zitterte am ganzen Körper, der voll gepumpt war mit Adrenalin. Er holte tief Luft. Versuchte, seinen Herzschlag und seine Atmung unter Kontrolle zu bringen.

»Steh auf!«, keuchte er. »Und grab, verdammt nochmal, grab!«

Paul blieb jammernd liegen.

»Halt dein Jammermaul, oder ich trete es dir ein!«

Paul rappelte sich auf. Langsam und steif. Stand leicht vornübergebeugt da, eine Hand in der Magengegend. Ein Rinnsal von schleimigem Blut lief ihm aus der Nase.

»Mach jetzt keinen Fehler, Maier«, sagte er schwer atmend und fing unzusammenhängend und schnell an zu reden. »Ich mochte sie gern, das habe ich schon gesagt. Es war nicht gegen dich gerichtet. Ich wünschte verdammt nochmal, dass ich es ungeschehen machen könnte. Vor allem nach dem, was geschehen ist. Aber ich konnte doch nicht ahnen, dass sie einen so furchtbaren Unfall haben würde. Woher sollte ich das wissen? Sie ließ mir keine andere Wahl! Sie drohte, es Anna zu erzählen.«

Sil schaute ihn schweigend an.

»Das tun sie immer«, fuhr Paul fort. »Aber jede von ihnen hat einen Ehemann oder einen Freund. Sie betrügen sie genauso wie ich Anna, und hinterher bereuen sie es. Aber meine Frau besitzt die Anteile, verstehst du? Wenn sie dahintergekommen wäre, wäre alles vorbei gewesen. Alles. Und *Programs4You* ist verdammt nochmal mein Leben. Deshalb habe ich es immer auf Video aufgezeichnet. Als Versicherungspolice. Es hatte nichts zu bedeuten. Ich wünschte wahrhaftig, ich könnte es ungeschehen machen …«

»Deine Versicherungspolice ist abgelaufen«, sagte Sil. Er dachte an das Videoband. Natürlich war es eine Kopie. Es musste ein Original geben.

»Wo bewahrst du die Bänder auf?«

»Im Büro.«

»Alle?«

»Alle.«

»Los. Marsch. Zurück zum Auto.«

Paul schaute ihn erstaunt an. Einen Funken Hoffnung in den Augen.

Die Autobahn war wie ausgestorben. Sil saß hinter Paul, die Pistole gegen die Rückenlehne des Sitzes gedrückt. Ein kurzer Blick auf die Seiko sagte ihm, dass es Viertel nach zwei war. Er war immer noch müde. Paul fuhr wie ein Zombie. Als der Tacho 150 anzeigte, fand Sil, dass es Zeit zum Eingreifen war.

»Versuch nicht, mich zu verarschen. Du fährst nicht schneller als hundert, sonst halten wir mal eben rechts an. Im Kofferraum kann ich dich auch transportieren.«

Paul murmelte etwas Unverständliches und ging vom Gas.

In der Stille, die im Wagen herrschte, versuchte Sil, zu rekapitulieren, was genau geschehen und was gesagt worden war. Er fragte sich, warum er Paul sturzbetrunken auf seinem Schiff gefunden hatte, wenn keine zwei Kilometer entfernt ein Zuhause und eine Frau auf ihn warteten.

»Weiß Anna davon?«, fragte er plötzlich. »Hat sie dich rausgeworfen?«

Paul gab keine Antwort.

Impulsiv nahm Sil ihn in den Schwitzkasten und drückte

ihm den Lauf der HK hart an die Schläfe. »Ich hab dich was gefragt, verdammt nochmal!«

Der BMW geriet kurz ins Schlingern. »Ja, ja«, antwortete Paul. »Sie weiß es. Und sie ist nicht begeistert.«

Sil nahm den Arm wieder weg. »Also bist du deine Firma los?«

»Kann sein«, sagte Paul leise, und dann lauter: »Aber was geht dich das an?«

Es war das Letzte, was Paul sagte, bis sie nach einer Viertelstunde Almere erreichten. Sil zwang ihn, über die lange Zufahrt zu *Programs4You* bis dicht vor den Eingang zu fahren.

»Steig langsam aus«, befahl er. »Gib mir die Schlüssel.«

Paul gehorchte, stieg aus, und schon war Sil bei ihm, den Lauf der HK noch immer auf seinen Kopf gerichtet.

»Hör mir gut zu. Wir gehen jetzt rein. Ich will, dass du mir das Original aushändigst. Und dazu sämtliche existierenden Kopien.«

»Warum sollte ich?«

Die Antwort bestand aus einem kurzen, harten Stoß in Pauls Nierengegend. Paul verlor das Gleichgewicht und landete mit den Knien auf dem Pflaster. Er rappelte sich wieder auf, drehte sich um. Schaute Sil mit stumpfem Blick an. Er atmete schwer. Ihm lief immer noch Blut aus der Nase. Vermutlich war sie gebrochen.

»Du kriegst das Band«, sagte er.

Er ging Sil voraus zum Eingang. Das gesamte Gebäude lag im Dunkeln.

»Läuft eine Überwachungskamera?«

Paul schüttelte den Kopf. »Nein.«

»Sicher?«

»Ja.«

Sil warf ihm die Schlüssel zu, und Paul fing sie ungeschickt auf.

»Okay, schließ die Tür auf.«

Paul steckte den Schlüssel ins Schloss und öffnete eine der Türen. Sil folgte dicht hinter ihm. Sie standen in einem Zwischenflur. Vor ihnen befanden sich zwei weitere schwere Glastüren, in die das *Programs4You*-Logo eingeschliffen war. Links an der Wand, dicht neben der zweiten Tür, hing ein verchromtes Kästchen mit einer Plexiglasklappe davor.

Paul ging zu dem Kästchen hin und streckte die Hand aus.

»Leg mich bloß nicht rein, Paul«, warnte Sil. »Denn eines verspreche ich dir: Was auch geschieht, ich werde dich überall finden. Nächste Woche. Nächstes Jahr. Meinetwegen in zehn Jahren. Und ich schwöre dir, dass ich deinen Kopf hier vor deiner Firma auf einen Pfahl aufspießen werde.«

Paul zuckte unwillkürlich mit den Schultern. Öffnete die Klappe und gab einen Code ein. Ein elektronisches Summen ertönte, und die Türen öffneten sich automatisch.

Sil war immer noch misstrauisch. Er konnte nicht wissen, ob Paul den Zugangscode eingegeben hatte oder den des stillen Alarms, sodass es hier in ein paar Minuten vor Polizei wimmelte. Er an Pauls Stelle hätte das ganz sicher getan. Zweifellos. Aber er war an Stresssituationen gewöhnt. Paul nicht.

»Das Band«, sagte er. »Wo ist es?«

»In meinem Büro.«

»Los.«

Im Gebäude war es dämmrig, aber nicht ganz dunkel. Das Glas ließ viel Licht von außen herein. Sil folgte Paul. Ihre Schritte hallten hohl in den hohen Räumen wider. Sil hatte keine Ahnung, ob sie in die richtige Richtung liefen. Er war noch nie hier gewesen. Er dachte daran, dass Alice hier ein und aus gegangen war, fast täglich in den letzten Jahren. Sie kannte den Betrieb wie ihre Westentasche. Hatte ihn gekannt, verbesserte er sich innerlich, und wieder zog sich sein Magen zusammen. Er unterdrückte einen Schauder.

Sie nahmen die Treppe bis in die oberste Etage und gelangten in Pauls Büro. Paul streckte den Arm aus, um das Licht einzuschalten, doch Sil hielt ihn zurück und leuchtete mit der Taschenlampe. Ließ den Schein auf Pauls Gesicht fallen. Paul sah nicht gut aus.

Es lag nicht an der gebrochenen Nase, an der geronnenes Blut klebte. Es waren seine Augen. Stumpf, erschöpft, wie die eines Achtzigjährigen, dem das Leben übel mitgespielt hatte.

Paul war heute Nacht innerhalb weniger Stunden um vierzig Jahre gealtert.

Sil fragte sich, ob es das wert war. Paul war ein Arschloch, aber war das ein Grund, ihn umzubringen? Ging er nicht zu weit, wenn er das hier bis zum Ende durchzog? Ging er nicht ohnehin schon zu weit? Und dann stellte er sich die Frage, die ihn am meisten schmerzte, nämlich ob er nicht ebenso große Schuld an Alice' Tod trug wie Paul.

»Die Videos sind hier nebenan«, sagte Paul und ging ihm voraus in einen angrenzenden Raum. Es war stockdunkel darin.

»Ich kann nichts sehen, hier muss ich wirklich das Licht einschalten. Der Raum hat keine Fenster.«

»In Ordnung«, sagte Sil und schloss die Tür hinter sich. Das plötzlich aufflammende Licht war so grell, dass er automatisch die Augen zukniff. Dabei zielte er weiterhin mit der HK in die Richtung, in der er Paul vermutete. Er blinzelte.

Im nächsten Moment wurde ihm die HK aus der Hand getreten. Er fiel rückwärts um. In Bruchteilen von Sekunden saß Paul auf ihm. Umklammerte seinen Hals mit beiden Händen, mit einer ungeheuren Kraft, wie sie nur Menschen in Todesangst mobilisieren können. Sil versuchte, Atem zu holen, aber die Luftzufuhr war ihm abgeschnitten, und er spürte einen zunehmenden Druck auf dem Kehlkopf. In einem Reflex drückte er das Kinn auf die Brust und spannte seine Nackenmuskeln an. Flecken tanzten ihm vor den Augen, und er hörte Paul keuchen und schnaufen wie einen Wahnsinnigen.

Er wird mich umbringen, schoss es ihm durch den Kopf, *er wird mich verdammt nochmal umbringen!*

Er fuhr wie wild mit einem Arm über den Teppichboden, fühlte den Flor und berührte schließlich das kalte Metall der HK. Doch er schob die Waffe nur noch weiter weg und hätte sie ohnehin nicht greifen können.

Paul muss jetzt loslassen, dachte er verzweifelt, jetzt sofort. Der letzte Rest Sauerstoff in seinem Körper war aufgebraucht. Er spürte, wie seine Muskeln übersäuerten und wie das Leben Millimeter für Millimeter aus ihm herausgepresst wurde.

Mit letzter Energie griff er nach Pauls Haaren, seinen Ohren, seinem Gesicht. Er presste beide Händeflächen mit voller Kraft rechts und links gegen seinen Kopf und bohrte ihm die Daumen in die Augenhöhlen. Er drückte und drückte. Immer fester.

Pauls Griff erschlaffte.

Im nächsten Moment schlug Sil blind mit der Faust zu. Traf seinen Widersacher mitten im Gesicht. Durch die Wucht des Schlags fiel Paul nach hinten. Blitzschnell kroch Sil unter ihm hervor, griff nach seiner HK und richtete die Waffe auf ihn. Zusammengekrümmt in Fötushaltung lag er auf dem Boden, die Hände vor den Augen. Er jammerte nicht. Sagte nichts. Lag einfach nur da.

»Du bist wohl völlig …«, er hustete, »… völlig übergeschnappt!«

Ihm tanzten noch immer Flecken vor den Augen. Er keuchte. Zuckte am ganzen Körper. Er wollte aufstehen, sah aber wie in einem Albtraum Paul auf sich zuhechten, sein blutiges Gesicht zu einer Grimasse verzerrt, den Mund grotesk zu einer grinsenden Maske verzogen, die Hände zu Klauen gekrümmt. Sil drückte den Abzug. Paul fiel wie ein Sack Kartoffeln über seine untere Körperhälfte. Sil zog seine Beine unter ihm hervor. Kroch im Sitzen rückwärts weg und rutschte weiter, bis er Widerstand im Rücken fühlte. Ein Schrank. Er stützte sich mit dem Rücken dagegen und drückte sich hoch. Schaute auf Paul hinunter. Aus Pauls Mundwinkel sickerte Blut, und seine Augen blickten ausdruckslos in Richtung Tür. Unter seinem Kopf entstand eine klebrige, nasse Pfütze auf dem Teppichboden. Paul war tot.

Die HK noch immer auf Paul gerichtet, lehnte er laut keuchend an dem Schrank. Schloss die Augen. Schluckte. Sein Mund war knochentrocken, und seine Kehle schmerzte. Wieder hustete er. Blieb für einen Moment so stehen. Zitternd. Keuchend.

Dann beruhigte er sich allmählich.

Er dachte nach.

Paul hatte offenbar den richtigen Code eingegeben. Niemand war im Gebäude, außer Pauls Leiche und ihm selbst. Es herrschte absolute Stille. Er brauchte nichts zu überstürzen.

Er blickte sich um. Die messingfarbene Hülse des ACP Geschosses lag rechts von ihm, ein paar Meter weiter, vor der Leiste des Wandschranks. Er hob sie vom Teppichboden auf und steckte sie in die Jackentasche. Er hockte sich neben den Toten. In Pauls Hals war ein kleines, rundes Loch. Er rollte ihn auf die Seite und betrachtete ihn von hinten. Die Kugel war quer durchgeschlagen und an Pauls Hinterkopf wieder ausgetreten. In der Vertiefung, wo der Hals in den Kopf überging, klaffte eine etwa drei Zentimeter große Wunde.

»Idiot«, sagte er leise. »Das wäre wirklich nicht nötig gewesen.«

Er erkannte, dass er mit Paul sprach, als würde er noch leben.

Er richtete sich auf und begann, eine Schranktür nach der anderen zu öffnen. Ordner, Marketingbroschüren und zahlreiche CD-Roms. In einer breiten Schublade fand er schließlich an die fünfzehn Videokassetten, sauber geordnet. Alle schwarz, ohne Hülle, ohne Aufdruck oder Etiketten. An den Seiten waren kleine weiße Aufkleber angebracht, auf denen mit blauem Stift Codes geschrieben standen: *08/11/00, 30/08/97, 17/06/99, 05/04/02.*

Daten.

Dieser kranke Penner hatte sie nach Datum geordnet.

Sil zog ein Videoband vom Oktober dieses Jahres heraus und legte es in den Videorecorder ein, der auf einem Regal über der Schublade stand. Hinter dem Konferenztisch erwachte ein Plasmabildschirm zum Leben. Sobald Sil Alice darauf erkannte, hielt er das Band an und zog es aus dem Apparat.

Er schaute von der Kassette zu dem leblosen, blutigen, geschundenen Leichnam Pauls und bereute es auf einmal gar nicht mehr so sehr, dass er dessen Hirnstamm zu Mus geschossen hatte.

Er öffnete seinen Rucksack und fing an, die Videokassetten einzupacken. Es waren zu viele, sie passten nicht alle hinein. Er warf die übrig gebliebenen Bänder auf den Boden und trat sie entzwei. Das Plastik zerbrach und knisterte unter seinen Schuhsohlen. Er raffte die Bruchstücke zusammen und stopfte sie in den Rucksack. Jetzt passten sie restlos hinein.

Danach wandte er sich wieder Paul zu. Er fasste den leblosen Körper unter den Achseln und schleifte ihn zum Tisch hinüber. Pauls Kopf fiel schlaff zur Seite. Sil zerrte die Leiche auf einen der Konferenzstühle und versetzte ihr einen Schubs gegen den Oberkörper. Pauls Gesicht landete mit einem dumpfen Schlag auf der Tischplatte. Sil kehrte zur Schrankwand zurück, holte einen Stapel Marketingprospekte heraus, riss sie in Fetzen und legte Papierknäuel unter und auf die Leiche. Genauso verfuhr er mit einem Stapel Kopierpapier. Er platzierte die zusammengeknüllten Blätter unter dem Stuhl, zwischen dem Tisch und Pauls Kopf sowie auf seinem Schoß.

Danach schaute er sich die Decke des Raumes genauer an. Zwischen dem Konferenztisch und der Wand, an der der Plasmabildschirm hing, befand sich ein Sprinklerkopf. Das System war ihm vertraut. In dem kleinen Metallrahmen des Sprinklerkopfs befand sich eine Ampulle mit wärmeempfindlicher Flüssigkeit. Sobald die Hitze im Raum eine gewisse Temperatur überstieg, dehnte sich die Flüssigkeit in dem Behälter aus, das Glas zerbrach und hunderte Liter Wasser pro Minute wurden in den Raum hineingesprüht. Man konnte dieses System nicht sabotieren, außer man drehte den Haupthahn zu. Dann würde nur das Wasser, das in den Leitungen stand, herauslaufen, und das war zu wenig, um einen Brand zu löschen. Zu wenig, um bei einem Feuer auch nur in die Nähe von Paul und jener Stelle zu gelangen, an der der Kampf stattgefunden hatte.

Sil lief durch den Flur und die Metalltreppe hinunter. Unten im Foyer öffnete er eine der Türen im hinteren Teil, eilte einen Flur entlang und fand, was er suchte: den Versorgungsraum. Er brauchte keine drei Minuten, um den roten Haupthahn zu entdecken, ihn zuzudrehen und wieder in den Konferenzraum zurückzukehren.

Er ging zu Pauls Leiche, holte ein Zippo-Feuerzeug aus der Tasche und hielt die Flamme an die Papierränder. Blies vorsichtig, als entfache er ein Kaminfeuer. Trat zurück, als die Rauchentwicklung stärker wurde. Fünf Minuten später leckten die Flammen an dem Stuhl und setzten ein Stuhlbein in Brand. Züngelten an Pauls Hosenbeinen, kletterten weiter hinauf. Zupften an seinem Hemd. Griffen auf die Tischplatte über und kräuselten sich am Rand hoch.

Fasziniert blieb er stehen und sah zu. Pauls Kopf lag in einem Kranz von Feuer. Weitere fünf Minuten später brannte der Leichnam wie eine Fackel. Es war ein widerwärtiger Anblick. Er wandte den Blick ab. Der Raum war voller Rauch, und es stank nach versengtem Haar und verbranntem Plastik, und nach etwas, was ihn an sommerliche Grillpartys erinnerte. Er erkannte, dass es der Geruch von Fleisch war. Von brennendem Fleisch.

Er wandte sich ab, holte weitere Stapel von Broschüren aus dem Schrank, riss Seiten heraus und knüllte sie zu Pfropfen zusammen. Legte eine Spur von Papier bis zu der Stelle, wo der Kampf stattgefunden hatte. Dort breitete er noch mehr Prospekte und Ordner aus. Die ersten Flammen suchten von einem schwarz verkohlten Paul aus nach neuer Nahrung und züngelten an den Prospekten entlang. Jetzt wurde die Hitze größer, und der Rauch raubte ihm die Sicht und den Atem. Er schloss die Tür hinter sich und ging hinunter auf den Parkplatz.

Er betrachtete den BMW. Er hatte im Auto Spuren hinterlassen, so viel war klar. Sie waren im Wald gewesen, man würde die Erde finden. Trotz seiner Sturmhaube hatte er mit Sicherheit Haare verloren, Hautschuppen. Genetische Fingerabdrücke. Er wollte jetzt nur noch weg von hier und zwar so schnell wie möglich, aber er widerstand dem Drang zu flüchten.

Erst zehn Minuten später lief er die dunkle Zufahrtsstraße entlang, die über den Parkplatz führte. Hinter ihm schwoll eine rötliche Glut an. Er hörte eine Explosion und splitterndes Glas, drehte sich um und sah, dass die Windschutzscheibe des BMW herausgesprungen war und die Flammen sich über das ganze Auto ausbreiteten.

Er streifte die Handschuhe ab und steckte sie in die Hosentasche. Seine Hände waren nass geschwitzt.

Am anderen Ende des Parkplatzes schaute er sich noch einmal um. Der Wagen stand lichterloh in Flammen. Er würde vollständig ausbrennen, falls nicht innerhalb der nächsten halben Stunde die Feuerwehr eintraf. In dem verkohlten Auto würden keinerlei Spuren mehr zu finden sein. Seine Hauptsorge war es jetzt, von hier wegzukommen. Wenn er in diesem Tempo weiterlief, könnte er in drei Stunden am Hafen und bei seinem Motorrad sein.

Plötzlich sah er Scheinwerferlicht, rechts von ihm, nur wenige hundert Meter entfernt. Er war noch so erfüllt von den wahnwitzigen Ereignissen dieser Nacht, dass es eine Weile dauerte, bis er erkannte, dass die Scheinwerfer auf ihn zukamen. Erst im letzten Moment sprang er beiseite und duckte sich in den Straßengraben. Gleich darauf glitten die Lichtkegel über ihn hinweg und ein großer, heller Mercedes raste vorbei. Er blieb liegen und beobachtete, was geschah. Sah, wie das Auto an der Einfahrt zum Parkplatz anhielt.

Niemand stieg aus.

Er war zu müde, um neugierig zu sein. Er hatte keine Zeit, sich hier noch länger aufzuhalten. Die Feuerwehr würde nicht mehr lange auf sich warten lassen und mit ihr würden Rettungswagen und Polizei eintreffen. Er musste aufbrechen und sich so weit wie möglich von hier entfernen, bevor der Tanz so richtig losging. Er kroch aus dem Graben und verfiel in einen Laufschritt.

18

»Ich weiß, es ist ziemlich kurzfristig, Susan, aber der Fotograf, den wir mit Robert zusammen losschicken wollten, musste mit einer Blinddarmentzündung ins Krankenhaus.«

Susan lehnte an der Wand und drehte die gewundene Telefonschnur zwischen den Fingern.

»Wann geht's los?«, hörte sie sich fragen.

»Im Prinzip morgen früh. Robert meinte, er würde etwa fünf, sechs Tage brauchen.«

Sie dachte nach. Norwegen. Da war es kalt um diese Zeit. Soweit sie sich erinnern konnte, lag in Norwegen sieben Monate im Jahr Schnee.

Die Fotografin in ihr legte automatisch eine Liste der Materialien an, die sie bei diesen Witterungsbedingungen brauchen würde. Filme mit unterschiedlicher Lichtempfindlichkeit, weil es an einem Tag düster und grau sein konnte, aber man schon am nächsten Tag oder nur wenige Stunden später mit einem strahlend blauen Himmel und blendend weißer Umgebung rechnen musste. Und sie brauchte zwei Kameras, für jede Lichtempfindlichkeit eine, denn nichts war so unökonomisch und nervtötend, wie halb belichtete Filme auswechseln zu müssen, weil einen die plötzlich veränderten Lichtverhältnisse dazu zwangen. Zusätzliche Batterien waren kein überflüssiger Luxus, auch für die Blitzgeräte. Und sie brauchte einen Reflexionsschirm, um die harten Schatten abzumildern. Ihr alter, faltbarer Schirm hatte in Australien den Geist aufgegeben, und sie war noch nicht dazu gekommen, einen neuen zu bestellen. Vielleicht konnte sie heute noch einen auftreiben. Ansonsten gab es bestimmt in Oslo ein Fachgeschäft, das einen vorrätig hatte.

»Susan, bist du noch da?«

»Ja.«

»Kann ich mit dir rechnen?«

Wieder schwieg sie einen Moment. Und wenn Sil gerade jetzt endlich so weit war, mit ihr Kontakt aufzunehmen? Wenn er mit ihr über Alice reden wollte oder über was auch immer? Wenn er sie gerade dann brauchte, wenn sie im norwegischen Hemsedal durch den Schnee pflügte, zwölf Flugstunden von ihm entfernt? Doch dann fragte eine innere Stimme zurück, wie groß wohl die Wahrscheinlichkeit wäre, dass er sich schon jetzt, so bald nach Alice' Tod, bei ihr melden würde? Sie beschloss, ihm ihre Handynummer zu mailen. Dann wäre sie auf jeden Fall für ihn erreichbar.

»In Ordnung, Ton«, hörte sie sich zu ihrem Gesprächspartner sagen. »Ich bin ja nicht aus der Welt.«

19

Es war elf Uhr vormittags. Zu seiner Linken lag Metz. Von der erhöht verlaufenden Autobahn aus konnte Sil von der Stadt nicht mehr erkennen als ein Grau in Grau von Haus- und Fabrikdächern links und rechts der Mosel. Der Himmel war wolkenverhangen und das Wasser des Flusses von einem nuklearen Grün. Er registrierte das alles aus den Augenwinkeln heraus, ohne bewusst etwas wahrzunehmen. Gedankenverloren zündete er sich eine Zigarette an.

Heute Morgen um halb sieben war er nach Hause gekommen, die Füße voller Blasen und erfüllt von einem Gefühl bleierner Müdigkeit. Er hätte sich gern zu einem kurzen Nickerchen hingelegt, aber stattdessen hatte er rasch geduscht, seine Füße verarztet, eine Reisetasche gepackt und weitere Vorbereitungen getroffen.

Um kurz nach sieben war er aufgebrochen, in dem Wissen, dass er vorerst nicht in sein Haus zurückkehren würde. Denn ihm war klar, dass er nicht so leicht davonkäme. Paul war kein Krimineller gewesen. Die Kripo würde ermitteln, und wenn die Fahnder ihr Fach verstanden, würden sie sich wie Bluthunde auf jeden Hinweis stürzen, wie klein und unbedeutend auch immer.

Der Konferenzraum musste vollständig ausgebrannt gewesen sein, bevor die Feuerwehr feststellte, dass nicht nur das Auto in Flammen stand. Mit dem, was sie im Inneren des Gebäudes finden würden, war garantiert nicht viel anzufangen.

Vielleicht würde man das Geschoss, das Paul Dürings Leben so plötzlich beendet hatte, aus einer der Wände pulen. Es musste durch den Einschlag stark verformt sein, platt geschlagen wie ein weiches Stück Blei. Das würde ihnen nicht viel nützen. Die Hülse war interessanter, aber die würden sie nicht finden, weil sie zusammen mit vielen Litern Wasser kurz hinter der Grenze bei Maastricht in einer öffentlichen Toilette verschwunden war.

Vielleicht schnüffelten jetzt schon zwei Dutzend Kripobeamte in den Papieren der Firma herum, telefonierten mit Geldgebern, zitierten schockierte Angestellte einen nach dem anderen in einen gesonderten Raum und befragten sie. Sie würden überprüfen, wo Paul zum letzten Mal gesehen worden war. Wie in einem Film sah Sil vor sich, wie sie die *4Seasons* durchkämmten, Kajüte für Kajüte, und jede fremde Faser und jede Fußspur sorgfältig konservierten. Fingerabdrücke würden sie nicht finden. Nicht seine jedenfalls. Die blutigen Handschuhe hatte er in einen Container auf dem Parkplatz einer großen Luxemburger Tankstelle geworfen, zusammen mit einem Teil der zerstörten Videokassetten. Beweismaterial hatte er keines hinterlassen. Das hatte er sorgsam vermieden.

Ein viel größeres Problem war aus einer ganz anderen Ecke zu erwarten, nämlich wenn es um das Motiv ging. Morde geschahen nicht aus heiterem Himmel. Geld und Eifersucht standen ganz oben auf der Liste der plausibelsten Beweggründe. Falls Paul geschäftlich keine krummen Dinger gedreht hatte, konnte Geld als Motiv größtenteils ausgeschlossen werden. Also würde sich die Polizei hauptsächlich auf die Frauen in Pauls Leben konzentrieren.

Es würde mit Fragen an Anna beginnen wie: »Hatten Sie ein gutes Verhältnis zu Ihrem Mann?«, und: »Warum hat Ihr Mann an dem bewussten Abend nicht zu Hause übernachtet?«

Bis hin zu Fragen wie: »Wissen Sie, ob Ihr Mann eine Affäre hatte? Und vielleicht auch, mit wem?« Der Name Alice Maier würde fallen, der ehebrecherischen Angestellten, die – so ein Zufall! – kurz zuvor bei einem tragischen Unfall ums Leben gekommen war. Viel Mühe würde es nicht kosten herauszufinden, dass sie einen trauernden Ehemann hinterließ, und irgendjemand würde sich bestimmt daran erinnern, dass dieser auf der Jubiläumsparty eine Auseinandersetzung mit Paul Düring gehabt hatte.

Er war sich sicher, dass alle Spuren geradewegs zu ihm führen würden. Er passte so perfekt in das Täterprofil, als würde ein Leuchtpfeil mit der Aufschrift *Mörder* auf seinen Kopf zeigen.

Er überlegte und kam zu dem Schluss, dass er alles getan hatte, was er konnte. Er hatte so viele Spuren verwischt wie möglich und schon von vornherein verhindert, dass er überhaupt welche hinterließ. Von daher würde es nicht einfach sein, ihm zu beweisen, dass er es tatsächlich gewesen war – eine Grundvoraussetzung, um ihn zu verurteilen. Und sie würden ihm niemals beweisen können, dass er tatsächlich geschossen hatte. Weil es nicht zu beweisen war. Nicht, solange die HK nicht gefunden wurde. Sie lag in der Reisetasche hinten im Landcruiser, zusammen mit fünf anderen Waffen und Schachteln mit Munition. Daneben stand eine weitere Reisetasche voller Bargeld, die er kurz vor seiner Abfahrt aus dem Kriechkeller unter seinem Arbeitszimmer hervorgeholt hatte. Nein, dachte er, im Haus würden sie auch nichts Verdächtiges oder Belastendes finden.

Doch schon allein wegen des Motivs würden sie ihn in die Mangel nehmen und das Unterste zuoberst kehren. Darauf war er nicht ausreichend vorbereitet. Noch nicht. Was er jetzt erst einmal brauchte, war Luft, Platz, Zeit zum Nachdenken und um zu sich zu kommen. Um seine Batterien aufzuladen. Es war einfach zu viel geschehen. Danach würde er schon weitersehen.

Hinter Nancy veränderte sich die Landschaft, die vorher hunderte Kilometer weit von hässlichen Städten und ausgedehnten Gewerbegebieten geprägt gewesen war. Er fuhr jetzt durch einen freundlichen, dünn bevölkerten Hügellandstrich mit grünen Weiden und kleinen Baumgruppen. Hier und da grasten weiße Kühe. Die Autobahn war nur noch zweispurig, und er musste regelmäßig scharf bremsen, weil ein Lastwagenfahrer unbedingt einen Kollegen überholen wollte, nur weil der fünf Stundenkilometer langsamer fuhr. Der Tempomat wurde hier zum überflüssigen Luxus.

Sechzig Kilometer vor Dijon kam eine Avia-Tankstelle in Sicht. Es wurde Zeit zu tanken. Er vergaß nicht, bar zu zahlen. Bevor er weiterfuhr, warf er noch die Reste des widerwärtigen Video-Beweismaterials in einen übervollen Container. Die glänzenden Bänder versanken raschelnd zwischen voll geschissenen Pampers, Plastikflaschen und leeren Chipstüten.

Bei Beaune wurde die Autobahn vierspurig und der Tempomat konnte seinem rechten Fuß die Arbeit abnehmen. Links und rechts der Autobahn lagen kleine Dörfer mit Kirchtürmen in der herbstlichen Hügellandschaft, die sich in allen Schattierungen gelb, rot und braun verfärbte.

Auf dieser Strecke sah man deutlich mehr Fahrzeuge mit niederländischem oder englischem Kennzeichen. Vermutlich waren die Leute auf dem Weg zu ihren Ferienhäusern hier in der Gegend oder ein paar Kilometer weiter in der Auvergne oder in der Ardèche. Vielleicht befanden sie sich aber auch nur auf der Durchreise zur spanischen Costa Brava, einem mindestens ebenso populären Zufluchtsort für jene Nordeuropäer, die sich einfach nicht an den grauen Himmel und die feuchte, klamme Atmosphäre gewöhnen konnten, die die ewigen Regenfälle mit sich brachten.

Er warf einen Blick auf das Display des Navigationssystems. Noch 565 Kilometer. Die Strecke kam ihm unendlich vor. Der Bordcomputer zeigte sechzehn Grad Außentemperatur an. Sechs Grad mehr als heute Morgen in Zeist. Er gähnte und schaltete den CD-Player ein. Suchte eine alte CD von Metallica heraus und drehte die Lautstärke auf. Er musste wach bleiben.

Bei Villefranche-sur-Saône, als sich *Enter sandman* zum zweiten Mal wiederholte, reihte er sich in die Schlange vor der Mautstation ein. Aus alter Gewohnheit zog er die Kreditkarte aus dem Portemonnaie, besann sich aber rechtzeitig, legte den Rückwärtsgang ein und schloss sich an die Reihe vor dem Bargeldschalter an. Er fragte sich jetzt auch, ob man ihn womöglich über sein Handy orten könnte. Er war sich nicht sicher, aber vorsichtshalber schaltete er den Apparat aus, bevor er seine Fahrt fortsetzte.

Er dachte zurück an Paul. Sah wieder vor sich, wie die Flammen sein Haar versengten und an seiner Kleidung fraßen, wie Paul nach und nach lichterloh brannte wie eine menschliche Fackel und was für ein Übelkeit erregender Geruch von ihm ausgegangen war. Er würde für den Rest seines Lebens nie wieder grillen können, ohne dass ihm dabei schlecht wurde. Aber er konnte wenigstens noch grillen. Paul nicht mehr.

Als er von zu Hause aufgebrochen war, hatte er fest vorgehabt, Paul zu ermorden. In seinem Kopf war nur noch Platz für Rachegedanken gewesen. Noch im Wald, als Paul mit dem viel zu kleinen Spaten sein eigenes Grab aushob, war er nicht von seinem Plan abgewichen. Zweifel waren ihm erst bei *Programs4You* gekommen, als Paul ihn mit diesem leeren, toten Blick angesehen hatte. Da hatte er beschlossen, ihn gehen zu lassen, unter grimmigen Drohungen, die Paul zweifellos ernst genommen hätte. Aber es war anders abgelaufen.

Vor allem war es ausgesprochen schlecht für Paul abgelaufen.

Vor ihm leuchteten die Bremslichter eines Lkws auf, und er ging vom Gas. Er fuhr auf der A 46, einer zweispurigen Autobahn, die parallel zur Rhône in Richtung Marseille verlief. Der gesamte Verkehr nach Süden presste sich durch diese enge Verkehrsader, sodass der Tacho des Landcruisers die ganze Zeit kaum über achtzig Stundenkilometer anzeigte.

Er blickte nach rechts und links und sah, dass sich die Landschaft erneut verändert hatte und jetzt einen südlicheren Charakter besaß. Nadelbäume mit den typischen breiten, ausladenden Kronen und kompakte, säulenförmige Koniferen. Hießen die nicht Zypressen? Hier und da lagen verstreut einzelne lang gestreckte Häuser mit orangefarben und gelb verputzten Fassaden sowie Dächern in blassem Terracotta. Die sanften Hügel waren zu mittelhohen Bergen geworden, mit eingeknickten Rücken wie liegende Rinder.

Bei Orange war die mediterrane Atmosphäre perfekt, und die Autobahn teilte sich. Die meisten Lkws entschwanden in westlicher Richtung, nach Barcelona im Norden Spaniens oder nach Bordeaux an der französischen Westküste. Ein Straßenschild zeigte die verbleibenden Kilometer bis Nizza an: 270. Nur noch wenige Stunden. Dann konnte er schlafen. Wenn alles gut ging.

Inzwischen war es vier Uhr nachmittags, und sein Magen protestierte lautstark. Er griff nach dem Päckchen Zigaretten auf dem Beifahrersitz, musste aber feststellen, dass es leer war. Er hatte, ohne es zu merken, seit heute Morgen eine ganze Packung Zigaretten geraucht.

Kurz vor Avignon tankte er noch einmal, fuhr anschließend

weiter zu dem Autobahnrestaurant hinter der Tankstelle und stellte den Wagen auf einem der kleinen Parkplätze schräg vor dem Gebäude ab. Er stieg aus und schaute zum Himmel hinauf. Strahlend blau. Kein Wölkchen zu sehen. Die Temperatur war angenehm, fast schon zu hoch. Er atmete tief ein.

Der Süden.

Im Restaurant suchte er die Toilette auf. Bestellte anschließend an der Theke einen *Café au lait* und ein *Steak haché*. Die französische Version eines Hamburgers. Er setzte sich mit seinem Tablett ans Fenster, sodass er sein Auto im Blick behalten konnte. Der Inhalt war zu wertvoll; er konnte nicht riskieren, dass er gestohlen wurde.

Der Hamburger schmeckte wie das meiste Essen in Autobahnrestaurants: Man kriegte ihn runter. Er erinnerte sich daran, dass das in Frankreich früher einmal anders gewesen war, zu der Zeit, als man noch mit Francs bezahlte.

Mit vollem Magen setzte er sich wieder ans Steuer seines Toyota und fuhr zurück auf die Autobahn. Er spürte, dass er träge wurde, wie immer nach einer warmen Mahlzeit, und befürchtete einzuschlafen. Er regelte die Innentemperatur auf fünfzehn Grad und wählte eine CD aus, die ihn schon öfter wach gehalten hatte, *Infest* von Papa Roach. Wer es schaffte, bei dieser Musik einzuschlafen, musste entweder sturzbetrunken, völlig verrückt oder stocktaub sein. Er war nichts davon. Geballte Energie dröhnte aus den Boxen und vertrieb seine Müdigkeit ebenso schnell, wie sie aufgekommen war.

Bei Aix-en-Provence ging er vom Gas und reihte sich zum wiederholten Mal in eine Schlange vor dem Mauthäuschen für Barzahler ein. Sobald die Schleuse in Sicht kam, drehte er die Lautstärke herunter, um so wenig Aufmerksamkeit wie möglich zu erregen.

Erst als sich die Schranke hob, um ihn durchzulassen, sah er das Polizeiaufgebot. Sechs uniformierte Gendarmen patrouillierten vor den Autos in den Mautschleusen entlang. Ganz offensichtlich waren sie auf der Suche nach irgendetwas oder irgendjemandem. Er wusste nicht, wonach sie suchten, aber ein einzelner Mann war immer verdächtig. Er hielt den Atem an. Versuchte, ein so gelangweiltes Gesicht wie möglich zu ziehen. Nicht verzweifelt, nicht erschöpft, sondern nur gelangweilt und entnervt, wie die anderen Autofahrer auch, die heute noch etwas anderes vorhatten.

Einer der Polizisten hielt ihn mit erhobener Hand an. Ihm brach der Schweiß aus. Wenn sie seinen Wagen durchsuchten, war er geliefert. In einer der Taschen im Kofferraum befand sich genügend Geld, um ein Einfamilienhaus bar zu bezahlen, und in der anderen genügend Waffen und Munition, um so ein Haus in Schutt und Asche zu legen.

Der Beamte musterte mit schief geneigtem Kopf sein Kennzeichen, trat einen Schritt zurück und winkte ihn mit einer gereizten Geste durch. Sil hob zum Gruß den Zeigefinger vom Lenkrad und gab Gas. Sobald die Polizisten außer Sicht waren, stieß er einen Seufzer der Erleichterung aus. Wahrscheinlich suchten sie keinen Niederländer.

Zu Hause suchten sie allerdings einen. Der Gedanke führte ihn weiter zu dem unvermeidlichen Tag, an dem er zwei ernst blickenden Kripobeamten eine wasserdichte Geschichte würde auftischen müssen. Diesen Tag wollte er möglichst noch hinausschieben. Um eine Woche. Oder zwei. Vielleicht auch länger, so lange, bis er wieder einen klaren Kopf hatte und etwas zur Ruhe gekommen war. Sollen sie doch suchen, dachte er. Je länger sie brauchten, um ihn zu finden, desto besser.

Nachdem er die Mautstation hinter sich gelassen hatte, wurde die Autobahn kurvenreicher. Auf der rechten Seite erstreckte sich eine ausgedehnte Hügellandschaft mit da und dort ein paar kahlen, hellgrauen Felsen, umgeben von dunklem Bewuchs. Im Westen, genau hinter ihm, färbte die tief stehende Sonne die Landschaft rot. Er stellte seine Spiegel ein, um nicht geblendet zu werden. Papa Roach ging ihm allmählich auf die Nerven. Die Jungs schrien sich die Kehle aus dem Hals und droschen auf ihre Gitarren ein – es war eine der am meisten unterschätzten Bands aller Zeiten. Aber was ihn anging wurde es jetzt höchste Zeit für etwas Ruhigeres. Er war fast an seinem Ziel.

Unter musikalischer Begleitung von U2 verließ er bei Le Muy die Autobahn und bog auf die D 125 ein, eine Landstraße, die sich in südlicher Richtung durch Weinberge und Korkeichenwälder schlängelte. Hin und wieder erhaschte er einen Blick auf die Berge am Meer. Die untergehende Sonne färbte sie rauchblau und den Himmel darüber purpurrot. Er schaltete das Licht ein und schaute auf die Uhr. Kurz vor halb acht.

In dem Küstenort Sainte-Maxime erreichte er einen Kreisel, neben dem ein McDonald's aufragte. Beim Anblick des erleuchteten *M* dachte er unwillkürlich an Susan, verdrängte diesen Gedanken aber sofort wieder.

Er bog an der ersten Ausfahrt ab und gelangte auf eine Küstenstraße, die am Golf von Saint-Tropez entlangführte. Kilometerweit fuhr er nach Westen. In der Ferne, auf zehn Uhr, glitzerte das Lichtermeer von Saint-Tropez vor dem Hintergrund eines dunklen Bergrückens. Direkt hinter einer Unterführung verließ er die Küstenstraße und kam schließlich in Port Grimaud an, einem relativ jungen, venezianisch anmutenden Küstendorf.

Er bog in eine breite, hufeisenförmige Allee ein, stellte sein Auto in einer Parktasche vor dem Tennisplatz ab und stieg aus. Jetzt erst merkte er, wie müde er wirklich war. Ihm zitterten die Beine, sein Magen fühlte sich trotz der Mahlzeit vor wenigen Stunden leer an, und er hatte bohrende Kopfschmerzen.

Er holte die Reisetaschen aus dem Auto und betrat unter einem verputzten, mit Wein bewachsenen Torbogen hindurch einen hellrosafarbenen Apartmentkomplex. Er stieg drei Treppen hinauf, ging durch bis zur letzten Tür auf der Balkongalerie und zog den Schlüsselring mit den beiden brandneuen Schlüsseln aus seiner Jeans. Einer der Schlüssel passte.

In der Wohnung war es stockdunkel, woraus er schloss, dass die Rollläden vor den Glasschiebetüren heruntergelassen waren. Der Lichtschalter im Flur funktionierte nicht. Er lächelte. Das Apartment war also nicht vermietet, was bedeutete, dass er es mindestens bis kommenden Samstag für sich allein hatte.

Der Besitzer dieser Ferienwohnung, ein niederländischer Rentner, vermietete das beengte Zweizimmerapartment höchstens sechs Wochen im Jahr, nutzte es selbst nur etwa vierzehn Tage und ließ es während der übrigen Zeit leer stehen.

Er war letztes Jahr hier gewesen, zusammen mit Alice. Da er die meiste Zeit mit Lauftraining am Strand oder in den Bergen verbracht hatte, hatte er für Alice im Dorf Schlüssel nachmachen lassen. Nach ihrer Rückkehr hatte er vergessen, dem Wohnungsbesitzer die zusätzlichen Schlüssel auszuhändigen. Erst heute Morgen hatte er wieder an sie gedacht und sie im Seitenfach eines Koffers von Alice gefunden. Im Dunkeln durchquerte er den Flur, öffnete eine Klappe in der Wand, leuchtete mit seinem Zippo in den Sicherungskasten hinein und legte den Hauptschalter um. Prompt sprang das Licht im Flur an. Er blickte sich um. Dieselbe helle Einrichtung, das weiße Sofa, Weichholzschränke. Die Rollläden vor den Glasschiebetüren zum Balkon, von wo aus man auf die schmalen Kanäle mit den Vergnügungsyachten blickte, waren geschlossen. Er hielt es für ratsam, es dabei zu belassen.

Er ging noch einmal hinunter, öffnete mit dem anderen Schlüssel die kleine Garage, fuhr sein Auto hinein und war nach fünf Minuten wieder oben. Es gab nur ein Schlafzimmer mit zwei getrennten Betten. Er streckte sich auf der nächstbesten kahlen Matratze aus und schloss die Augen.

20

Sie saßen vornübergeneigt und mit hochgezogenen Schultern in einem Kellerraum an einem Resopaltisch, der braune Spuren von ausgedrückten Zigarettenkippen aufwies. Zwei drahtige Männer von mittlerer Statur. Ihre Augen blickten ausdruckslos und desinteressiert. Auf ihren Köpfen lichtete sich das Haar, und ihre Gesichtshaut war bleich, fast aschfahl. Sie glichen sich wie ein Ei dem anderen. Zwillingsbrüder. Sie schlürften von ihrem schwarzen Kaffee und aßen ein Brötchen, in einem Tempo, als könne es ihnen jeden Moment aus der Hand gerissen werden. Eine Angewohnheit aus früheren Zeiten.

Sie wechselten kein Wort miteinander, aber das war auch gar nicht nötig. Sie hatten ihr ganzes Leben zusammen verbracht, aufgewachsen in einem kleinen Dorf im Norden Russlands, von der Regierung vergessen, ein blinder Fleck für den Rest der Welt. Solange sie sich zurückerinnern konnten, hatte ein verrosteter alter Traktor auf dem Hof ihres Vaters gestanden. Er war vergammelt, weil kein Geld da war für Ersatzteile. Dieser Traktor war ihr einziges Spielzeug gewesen, damals, als sie noch erwartungsvoll und voller Vertrauen in die Zukunft geblickt hatten, als es in den kurzen Sommern nicht an Nahrung gemangelt hatte und noch nicht diese höllische Kälte durch das Land gezogen war, die nach und nach durch jede Ritze ihres Elternhauses drang.

Sie dachten nur noch selten an früher. Und sie sprachen

noch seltener darüber. Sie hatten mit angesehen, wie ihr Vater aus Mangel an funktionierenden Maschinen jahrein, jahraus mit primitivsten Mitteln das unfruchtbare Land bearbeitet hatte, bis er mit achtunddreißig genauso ausgelaugt war wie der Boden. Und er darauf tot umfiel.

Als er starb, waren sie so weit, dass sie keine Wut mehr verspürten, keine Ohnmacht und keine Trauer. Nur noch den eisernen Willen zu überleben. Mit sechzehn Jahren zogen sie fort aus ihrem Dorf und gingen zum Militär. Sie erwiesen sich als intelligent und gehörten auch körperlich zu den Besten. Schon bald wurden sie zu den Spezialeinheiten versetzt, wo sie noch härter trainierten und lernten, mit Waffen und Sprengstoff umzugehen, sich unsichtbar zu machen und in der Dunkelheit zu operieren.

Es ging ihnen gut. Die Baracken waren geheizt, es gab genug zu essen, und sie hatten Geld, um sich zu amüsieren. Einer von ihnen lernte ein Mädchen kennen und wollte heiraten. Im Nachhinein betrachtet waren das die besten Jahre ihres Lebens.

Aber die Zeiten änderten sich.

Durch die Wirtschaftskrise in ihrem Land wurde der Sold manchmal monatelang nicht ausbezahlt. In der Kaserne wurde das Essen rationiert und die Atmosphäre immer angespannter. Sie sahen einen Kameraden nach dem anderen fortgehen, auf der Suche nach besseren Möglichkeiten, als ihre Heimat ihnen bieten konnte.

Als sie in einer Bar einen reichen Kerl aus Rostow kennen lernten, der ihnen das Dreißigfache ihres Solds anbot, nahmen sie sein Angebot an, ohne lange darüber nachzudenken. Die Arbeit sei gefährlich und müsse unter äußerster Geheimhaltung ausgeführt werden. Gleichgültig hatten sie mit den Schultern gezuckt. Das war genau das, wozu sie ausgebildet worden waren. Nichts Neues für sie. Sie waren es nicht anders gewöhnt. Überall auf der Welt musste der Müll weggeräumt werden und niemand wollte sich die Hände schmutzig machen.

Vor sieben Jahren waren sie über Tschechien nach Westeuropa gekommen. Seitdem verband sie nur noch ihre Muttersprache mit ihrem Heimatland, das sie ausgesaugt hatte bis auf die Knochen und sie zu dem gemacht hatte, was sie waren: namenlose, unsichtbare Müllmänner.

Ihre Auftraggeber konnten sich bei ihren Instruktionen auf vier Punkte beschränken: wer, wo, wann und wie. Sie fragten nie nach dem Warum. Sie taten das, worin sie gut waren, und verschwanden wieder, zum nächsten Flughafen, zum nächsten Grenzort. Vor wenigen Tagen noch hatten sie sich in einem walisischen Kaff mit unaussprechlichem Namen aufgehalten. Danach waren sie in Cardiff an Bord eines russischen Containerschiffs gegangen, das sie an die Südwestküste Frankreichs brachte, nach Bordeaux, wo sie den nächsten Auftrag erledigt hatten. Anschließend hatten sie ihre feste Kontaktperson angerufen, die ihnen ein Auto mit belgischem Kennzeichen besorgte und ihnen einen Namen und eine Adresse in den Niederlanden nannte.

Gestern Abend hatte ihnen hier in Utrecht eine Frau an dem Resopaltisch gegenübergesessen und ihnen in fließendem Russisch Instruktionen erteilt. Sie hatten genauso desinteressiert dreingeblickt wie immer. Doch sie hatten aufmerksam zugehört und sämtliche Informationen gespeichert.

Der Müll, der weggeräumt werden sollte, wehrte sich. War schwer zu erwischen. Selten zu Hause, kein fester Tagesablauf. Sie hatten sich sofort auf den Weg gemacht und die ersten Vorsorgemaßnahmen getroffen. Sie warteten auf den richtigen Zeitpunkt zum Zuschlagen.

Sie schauten sich an. Einer von ihnen öffnete ein Köfferchen voller Apparaturen und einem kleinen Bildschirm, auf dem ein heller Punkt inmitten wirrer Linien aufleuchtete. Der Mann runzelte die Stirn und wandte sich an seinen Zwillingsbruder.

»*On y va*«, sagte er mit zynischem Unterton. »Machen wir uns auf den Weg.«

21

Er reckte sich und schaute mit zusammengekniffenen Augen auf die grün aufleuchtenden Zeiger und Ziffern seiner Seiko. Er hatte vierzehn Stunden an einem Stück geschlafen. Im Apartment war es dunkel, draußen dagegen schien hell die Sonne. Die Strahlen fielen durch die Rolllädenritzen ins Schlafzimmer herein. Er wälzte sich aus dem Bett und ging ins Bad, um zu duschen und sich zu rasieren. Anschließend zog er saubere Kleidung an und verließ das Haus. Er fuhr in westlicher Richtung die Küstenstraße entlang. In Saint-Tropez parkte er den Landcruiser auf der linken Straßenseite, direkt vor einem Bekleidungsgeschäft, und ging in Richtung Markt. Auf halbem Wege überquerte er die Straße und bog in die Avenue Paul Roussel ein.

Das Internetcafé gab es noch. Zwei junge Männer mit Piercings nickten ihm zu. Ohne sie weiter zu beachten, setzte er sich an einen PC und rief als Erstes die Website von *De Telegraaf* auf, einer überregionalen Tageszeitung, die jede Sensation ausschlachtete. Gespannt wartete er, bis die Seite geladen war. Paul war keine Titelschlagzeile wert. Er suchte weiter auf der Site, fand aber überhaupt keinen Bericht über Paul Düring. Er versuchte es bei einer weiteren niederländischen Zeitung, dann bei einer dritten. Fehlanzeige. Die Suche in einer französischen Regionalzeitung blieb ebenso ergebnislos. Doch er gab noch nicht auf. Bei einer Suchmaschine tippte er den Namen *Paul Düring* ein und wartete. Zweiundvierzig Ergebnisse wurden angezeigt, aber die meisten enthielten Links zu *Programs4You* oder waren nicht aktuell.

Er runzelte die Stirn. Vielleicht wurde die Nachricht noch unter Verschluss gehalten. Er würde sich noch bis morgen gedulden müssen, sagte er sich, dann würde es mit Sicherheit in allen Zeitungen stehen.

Er loggte sich aus, bezahlte für eine halbe Stunde und spazierte in Richtung des Boulevards. Die Sonne schien, und es war um die zwanzig Grad oder noch wärmer. Er setzte sich in den Schatten einer Markise vor ein Café und bestellte etwas zu essen und einen *Café au lait.*

In Gedanken versunken betrachtete er die Passanten. Eltern mit Kindern, junge Leute auf Motorrollern, Pärchen. Viele reiche Leute. Männer mit Dreiviertelhosen, nackten Füßen in Mokassins und bleicher Haut, die zweifellos den Dreifachnachnamen ihres Urgroßvaters trugen und unter einer Erbkrankheit litten. Andere dagegen schlenderten entspannt einher und guckten sich in Ruhe alles an. Mit der Tasse in der Hand fragte sich Sil, was hier wohl so interessant war. Außer den exklusiven Boutiquen und den Luxusyachten gab es eigentlich nichts Besonderes zu sehen in Saint-Tropez – es sei denn, man betrachtete die Boutiquen und die Yachten als etwas Besonderes.

Er ließ den Blick über die Hecks der exklusiven Schiffe wandern, die am Boulevard vor Anker lagen. Sie erinnerten ihn an die *4Seasons.* In Naarden mochte dieses Schiff eine Besonderheit sein, hier in Saint-Tropez würde Pauls Augapfel kaum Aufsehen erregen.

Er bestellte eine weitere Tasse Kaffee, blieb noch eine ganze Weile sitzen, spielte mit einem Zuckertütchen und schaute sich die Menschen an, die an ihm vorübergingen. Er hatte nichts zu tun und musste irgendwie versuchen, den Tag herumzubringen. Er hatte keine Lust, in das kleine Apartment zurückzukehren. Wenn sie ihn einmal aufgespürt hatten, würde er womöglich noch genug Zeit in beengten Räumen verbringen müssen. Er versuchte, das Leben im Hier und Jetzt zu genießen, die angenehme Sonne und den salzigen Geruch der See.

Schließlich stand er auf und schob zwei Zehneuroscheine unter seinen Teller. Die Hände in den Taschen wanderte er bis ans Ende des Boulevards, wo über großen, grauen Felsbrocken ein Pier angelegt worden war. Er schlenderte bis an die Spitze des Piers und setzte sich auf ein Mäuerchen, mit dem Rücken zur Stadt und zum Boulevard. Er schaute über das Meer und versuchte, an gar nichts zu denken. Fühlte, wie die Sonne auf seinen Unterarmen brannte. Dann und wann kamen Leute den Pier entlang. Hinter sich hörte er, wie sie sich in den unterschiedlichsten Sprachen unterhielten. Italienisch, Französisch, Englisch, Deutsch. Er achtete nicht weiter darauf.

Als er aber hörte, wie jemand auf Niederländisch sein Kind ermahnte, schwang er die Beine über die Mauer und machte sich auf den Weg zurück zu seinem Auto. Den Rest des Tages verbrachte er in dem Apartment. Er legte sich auf das Sofa, die Beine auf dem Glastisch, und zappte gedankenverloren von MTV zu CNN und wieder zurück.

Erst gegen sieben, als es schon langsam dunkel wurde, verließ er wieder das Haus. Keine hundert Meter entfernt sah er auf der anderen Straßenseite einige Restaurants. Er überquerte die Straße und betrat eine Kneipe mit Bistro namens *Monroe's*. Es war nicht viel los. Die Franzosen aßen spät, manchmal erst gegen neun, und die meisten Touristen passten sich ihren Gewohnheiten an.

Das *Monroe's* war in zwei Hälften unterteilt: Links befand sich eine Kneipe mit einer langen Bar und rechts das Esslokal mit rot-weiß karierten Tischdecken auf dunklen Holztischen. Überall hingen Hexenmasken aus Plastik, Totenköpfe und Spinnweben. Schon in Saint-Tropez war ihm die seltsame Dekoration aufgefallen, aber erst jetzt wurde ihm klar, dass das amerikanische Halloween schließlich den Atlantischen Ozean überquert hatte.

Er wählte einen Platz ganz hinten im Restaurant und setzte sich mit dem Rücken zur Wand, sodass er die Neuankömmlinge beobachten konnte. Eine Serviererin mit starkem Londoner Akzent und üppigem Busen brachte ihm die Karte. Er bestellte eine Lasagne und einen halben Liter Bier und schaute ihr unwillkürlich hinterher, als sie mit wiegenden Hüften in Richtung Küche verschwand. Er sah, dass die wenigen Männer an der Bar dasselbe taten.

Die Lasagne schmeckte gut, und er bestellte noch ein Bier. Er war überhaupt nicht müde, die Atmosphäre gefiel ihm und vielleicht half ihm der Alkohol, auf andere Gedanken zu kommen. Wer hatte einmal zu ihm gesagt, die Antwort auf alle Fragen finde man am Boden der Flasche? Ein alter Schulfreund? Oder war das ein Songtext? Er wusste es nicht mehr.

Unwillkürlich schweiften seine Gedanken zu Paul ab. Er hatte einen ganz normalen Mitbürger umgebracht. Ihn vorsätzlich ermordet. Allerdings aus gutem Grund. Natürlich, sagte er sich höhnisch, es gab immer einen Grund. Paul hätte seine dreckigen Pfoten von Alice lassen sollen. Dann würde er jetzt noch leben.

Er hatte einmal von einem Fall gehört, bei dem ein Mann, der den Freund seiner Frau umgebracht hatte, freigesprochen worden war, weil das Gericht Verständnis für ihn hatte. Die Sache hatte sich in Belgien abgespielt, wo *crimes passionels,* Verbrechen aus Leidenschaft, manchmal durchaus noch unter den Teppich gekehrt wurden oder die Täter zumindest mit

Strafminderung rechnen konnten. Soweit er wusste, funktionierte das in Frankreich genauso. Doch für ihn galt niederländisches Recht, und darin war kein Platz für mildernde Umstände. In den Niederlanden brauchte er nicht mit Verständnis für seine Tat zu rechnen. Im Gegenteil: Durch die Vorbereitungen, die er getroffen hatte, sowie die illegale Mordwaffe war es ganz eindeutig heimtückischer, vorsätzlicher Mord gewesen. Er würde ohne Federlesens ins Gefängnis wandern. Für fünfzehn, sechzehn Jahre. Vielleicht auch zwanzig. Man würde ihn einsperren. Er wusste jetzt schon, dass er das nicht ertragen könnte. Er würde verrückt werden. Sofern er das nicht ohnehin schon war.

Er bestellte noch ein Bier und bemerkte, dass sich die Bar allmählich mit Gästen füllte, hauptsächlich Engländern, Amerikanern und einigen wenigen Deutschen.

Die Serviererin, die er für eine Londonerin hielt, bat ihn höflich, an der Bar Platz zu nehmen. Mit seinem halb vollen Glas schlenderte er an die Theke und setzte sich auf einen Barhocker. Allmählich spürte er den Alkohol. Es war lange her, dass er in einer Kneipe gewesen war und sich hatte volllaufen lassen. Als ein benebelter Schotte den Arm um ihn legte und mit feuchter Aussprache schmutzige Witze zu erzählen begann, fiel ihm auf einmal wieder ein, warum das so lange her war. Gegen zehn Uhr ging er zurück zum Apartment und schlief erneut wie ein Stein.

Am nächsten Tag begrüßten ihn die Piercing-Typen im Internetcafé wie einen alten Stammkunden. Fieberhaft durchsuchte er das Netz, aber noch immer fand er keinerlei Neuigkeiten über Paul Düring. Weder in den niederländischen noch in den französischen Zeitungen noch mithilfe der Suchmaschinen. Er dachte nach. Hier war etwas oberfaul.

Pauls Leiche musste vor drei Tagen gefunden worden sein. Paul war keine Berühmtheit gewesen, aber dennoch zu bekannt, als dass ihn die Medien einfach so ignorieren würden. Merkwürdig. Ein Mord, der vertuscht wurde, deutete stets darauf hin, dass noch irgendetwas anderes damit zusammenhing, was nicht an die Öffentlichkeit dringen durfte, das war ein ehernes Gesetz. War Paul in irgendwelche illegalen Machenschaften verwickelt gewesen? Das konnte er sich eigentlich kaum vorstellen. Auf seine gute Menschenkenntnis hatte er sich sein Leben lang verlassen können. Paul war ein mieser Sack gewesen, aber ein Krimineller?

Unwillkürlich fiel ihm der Mercedes wieder ein, der mitten in der Nacht auf ihn zugekommen war, als er sich von dem brennenden BMW und *Programs4You* entfernte. Jetzt, da die Nachrichten über Pauls Tod ausblieben, erschien ihm das Auto verdächtig. Vielleicht war Paul doch nicht so koscher gewesen, wie er stets blind geglaubt hatte. Doch er verwarf diesen Gedanken sofort wieder. Schon die Idee war völlig absurd.

Er bezahlte und kehrte zu seinem Auto zurück. Es herrschte wunderbar mildes, mediterranes Herbstwetter, so warm, dass man immer noch im T-Shirt herumlaufen konnte. Er war noch keine vier Schritte gegangen, als seine innere Alarmglocke schrillte. Ihn beschlich das Gefühl, dass ihn jemand beobachtete. Er ging weiter, ohne seine Schritte zu verlangsamen, und blieb dann abrupt stehen. Tat, als interessiere ihn ein Schaufenster, und beobachtete in der spiegelnden Scheibe die andere Straßenseite. Nichts, nur harmlose Touristen. Er schüttelte den Kopf.

Ich werde paranoid.

Niemand konnte wissen, dass er hier war.

Er schwang sich hinter das Lenkrad des Landcruisers und fuhr auf der Küstenstraße zurück zu dem Apartmentkomplex in Port Grimaud. Während der ganzen Fahrt schaute er immer wieder in den Rückspiegel, doch es war nichts Außergewöhnliches oder Auffälliges zu sehen. Wahrscheinlich hatte er es sich nur eingebildet.

In der Wohnung zog er seine Bergschuhe, eine Jeans und ein schwarzes, langärmeliges T-Shirt an. Er warf einen Blick auf die Reisetasche, in der sich seine HK befand. Zögerte. Beschloss, dass ein wenig Paranoia in seiner Situation nicht schaden konnte, legte das Holster um und steckte die HK an ihren Platz. Er zog eine Jacke über, nahm seine Schlüssel und ging zur Tür hinaus.

Draguignan lag eine Dreiviertelstunde von Port Grimaud entfernt. Die historische Stadt wirkte viel bevölkerungsreicher als die fünfunddreißigtausend Einwohner, die sie offiziell zählte, wahrscheinlich weil sie einen großen französischen Militärstützpunkt beherbergte. Auf jeden sechsten Zivilisten kam ein Soldat in Tarnanzug, ein merkwürdiger Anblick für ein Land in Friedenszeiten. An einer Durchfahrtsstraße parkte er den Landcruiser in zweiter Reihe und kaufte in einem kleinen Supermarkt ein paar Sandwiches und einige Halbliterflaschen Mineralwasser.

Von Draguignan aus war es noch eine gute Dreiviertelstunde Fahrt auf einem asphaltierten Weg quer durch militärisches Übungsgebiet, bis er die ausgedehnte Berglandschaft der Gorges du Verdon erreichte, der europäischen Ausgabe des Grand Canyon. Eine schmale Straße schlängelte sich durch die Berge. Die Temperatur lag hier sechs Grad unter der in Port Grimaud. Die Luft wurde dünner und die Vegetation spärlicher. Majestätische Berggipfel verbargen sich in einer grauen Wolkendecke. In der letzten halben Stunde war ihm kein Mensch mehr begegnet. Er hatte den CD-Player eingeschaltet und hörte in der Enge seines Geländewagens die langsame

Nummer *Pretty in White* von Bush. Ihn überfiel eine tiefe Melancholie. Egal. Die Stimmung passte zu seinem Vorhaben.

Sein Reiseziel lag rechts vor ihm, eingebettet zwischen einem Bergrücken und dem äußersten Zipfel eines lang gezogenen, grünen Stausees.

Das mittelalterliche Dorf Moustiers-Sainte-Marie war bekannt für sein bemaltes Keramikgeschirr, das Delfter Porzellan ähnelte. Sil fand es furchtbar kitschig, aber das spielte keine Rolle. Er war nicht hier, um sich Keramikgeschirr anzusehen.

Im Dorf war es ruhig. Ein Touristenort in der Nachsaison. Er bog auf die Zufahrtsstraße ein, fuhr über eine kleine Steinbrücke und parkte den Landcruiser ein Stück weiter an der rechten Straßenseite, vor einer hohen Bruchsteinmauer. Er stieg aus und spazierte in das Dorf hinein. Viele Läden waren geschlossen und nur wenige Menschen unterwegs.

Ein weiß gefleckter, magerer Hund mit langen, schmalen Ohren trabte dicht an ihm vorbei. Im Vorbeigehen streichelte er dem Tier achtlos über den Kopf. Der Hund lief weiter, ohne darauf zu reagieren.

Durch schmale, steile Straßen, in die kaum Sonne hineindrang, lief er über graues, glattes Pflaster bergan, bis er am Fuße einer halb verfallenen Treppe ankam. Sie führte hinauf zu einer Kapelle, die hoch oben auf dem Berg stand. Letztes Jahr hatte er versucht, die Stufen zu zählen, hatte aber unterwegs dauernd den Faden verloren. Es waren an die vierhundert Tritte und zusammen stellten sie eine ernsthafte Herausforderung dar. Die meisten Leute brauchten zwanzig Minuten oder länger, um hinaufzugelangen, falls sie nicht nach der Hälfte – oder schon früher – aufgaben.

Er konnte sich noch genau daran erinnern, wie Alice sich hier letztes Jahr abgekämpft hatte. Wie sie auf dem Weg nach oben dreimal erschöpft auf einer Stufe sitzen geblieben war, mit roten Wangen und keuchend vor Anstrengung. Wie er sie gepiesackt hatte, indem er immer wieder an ihr vorbeigelaufen oder besser: -gerannt war. Er war schon zweimal oben gewesen, bevor sie außer Atem den ersten Fuß auf das Plateau vor der Kapelle setzte. Letztes Jahr hatte er es als Spaß betrachtet, wollte sie ein bisschen ärgern. Heute kam ihm sein Verhalten unglaublich kindisch vor.

Er blickte hinauf und begann mit dem Aufstieg. Das Bauwerk war irgendwann im vierzehnten Jahrhundert entstanden, und das merkte man. An manchen Stellen waren die unregelmäßigen grauen Steine locker und die breiten, tiefen Stufen abgesackt, sodass man kein ebenes Fleckchen fand, auf das man den Fuß setzen konnte, und er mehr oder weniger schräg hinauflaufen musste. Zwischendurch führte der jahrhundertealte Pfad über eine hohe Brücke, unter der ein Wasserfall rauschte.

Knapp fünfzehn Minuten später war er oben. Er drehte sich um und schaute in das Tal hinunter. Von hier aus erschien das Dorf inmitten des überwältigenden Bergpanoramas weit weg, nichtig und klein. Der eckige Kirchturm auf der Place de L'Eglise, auf dem dutzende grauer Tauben hockten, das Meer der Hausdächer mit den alten, ausgeblichenen, hell orangefarbenen Ziegeln – er konnte sie mit zwei Händen umfassen. Irgendwo links von ihm hörte er einen Wasserfall plätschern. Der Bach entsprang tiefer in den Bergen und schwoll auf seinem Weg hinunter ins Dorf zu einem reißenden, grauen Fluss an. Er floss quer durch das Dorf, unter einer steinernen Bogenbrücke hindurch und in den tiefen Stausee hinein, der von hier aus ebenfalls zu sehen war. Man hörte nur das Rauschen des Bachs, sonst war alles still. Keine Menschenseele weit und breit.

Sil drehte sich zur Kapelle um und blieb einen Moment lang

so stehen. Das Bauwerk hatte Alice tief beeindruckt. Nachdem sie sich von dem Aufstieg erholt hatte, war sie hineingegangen und hatte sich auf eine Bank vor dem Altar gesetzt, ohne ein Wort zu sagen. In sich gekehrt, die Hände auf dem Schoß gefaltet. Er hatte sich maßlos daran gestört und sie beinahe hinausschleifen müssen.

Jetzt war er allein hier.

Er betrat die Kapelle, die höchstens dreißig Meter lang und zehn Meter breit war und eine hohe Gewölbedecke besaß. Links und rechts standen Bänke. An den Wänden hingen Ölgemälde, Heiligenfiguren standen auf Sockeln. Am Ende des Mittelgangs befand sich eine Erhöhung mit dem rechteckigen Altar. Er ging durch bis ganz nach vorn. Seine Schritte klangen hohl und hallten von dem Gewölbe wider. Er setzte sich auf eine Bank. Auf denselben Platz, auf dem Alice letztes Jahr gesessen hatte.

Abschied nehmen von Alice.

Er wollte es hier tun. Nicht in einer Atmosphäre, die er hasste, in der spießbürgerlichen, steifen Umgebung einer Trauerhalle. Nicht gemeinsam mit hunderten anderen Leuten in Sonntagskleidern und mit ernsten Gesichtern, von denen seiner Schätzung nach neunzig Prozent nur gekommen waren, weil es sich so gehörte. Die Alice nicht einmal richtig gekannt hatten. Die nachts nicht schlechter schliefen, weil sie nicht mehr da war.

Als er heute Morgen in Port Grimaud erwacht war, war ihm diese Idee gekommen, und er war froh, dass er seinem plötzlichen Impuls nachgegeben hatte.

Er blickte sich um und betrachtete die Gemälde und die Figuren, die ihn in versteinerter Frömmigkeit anstarrten. Er war nicht gläubig. War es nie gewesen. Seine Oma, die ihn größtenteils erzogen hatte, hatte ihn jeden Sonntag in die Kirche gescheucht, aber er hatte nie etwas mit dem Gottesdienst anfangen können. Sie hatte ihn beten gelehrt, aber es hatte ihm nie etwas gegeben. Im Laufe der Jahre hatte er sich seine eigene Meinung vom Glauben gebildet. Dass es einen Gott gab, war nicht logisch, und die Welt wäre besser dran gewesen ganz ohne Religionen, egal, welche. Dieselben Gläubigen, die diese Kirche erbaut hatten, hatten noch bis weit ins siebzehnte Jahrhundert hinein scharenweise ihre Frauen abgeschlachtet, weil sie nicht spurten oder weil sie es wagten, unabhängig zu denken. Sie folterten sie, verbrannten sie bei lebendigem Leibe oder ersäuften sie. Sadismus und Frauenmord als Mittel zum Zweck, alles nur für das eine Ziel: Macht zu erlangen. Das Volk unter der Knute zu halten.

Und bis heute wurden die meisten Glaubensgemeinschaften von frustrierten Kerlen geleitet, die sich schon bei der Vorstellung in die Hosen schissen, dass Frauen genauso viel zu sagen haben sollten wie sie, und die ihre baufälligen Elfenbeintürme hartnäckig gegen das weibliche Geschlecht verteidigten.

Ja, letztes Jahr hatte er sich maßlos über Alice geärgert. Aber jetzt, da er hier allein war, in dieser stillen, friedlichen Umgebung, weit weg von der hektischen Außenwelt, begriff er endlich, warum sie hier so lange gesessen hatte.

Es lag nicht an der Kirche. Es hatte nichts mit Glauben oder Religion zu tun.

Es war die Stille. Die Ruhe. Dies war ein Ort, an dem man zu sich finden konnte. Hier zu sitzen war wie eine Form der Meditation.

Er betrachtete die Kerzen, die halb heruntergebrannt auf kleinen Altären neben dem Gang standen. Atmete den Geruch von Kerzenruß und von dem Bohnerwachs ein, mit dem die alten, glänzenden Bänke vollgesogen waren. Nahm die Atmosphäre in sich auf und spürte, wie sein gestresster Körper langsam, aber sicher zur Ruhe kam. Die Gehetztheit und die Nervosität legten sich. Und er dachte an Alice.

Er hätte nicht sagen können, wie lange er dort gesessen hatte. Es hätten zehn Minuten gewesen sein können, genauso gut aber auch dreißig. Oder mehr. Auf einmal nahm er von draußen Geräusche wahr.

Er hörte Schritte. Sie näherten sich der Kirche. Ruhige Schritte, ohne Eile. Er registrierte ein metallisches Klicken, das leise Schaben von Metall über Metall, das er nur allzu gut kannte und das so gar nicht zu dieser Umgebung passte. Seine Nackenhaare sträubten sich, und er war auf einmal hellwach.

Eine innere Stimme sagte ihm, dass er in der Klemme saß. Und zwar bis zum Hals.

Instinktiv duckte er sich hinter die Bank und legte unter seiner Jacke die Hand auf die HK. Lauschte. Nichts. Stille. Langsam richtete er sich auf. Er schaute hinüber zu der Stelle, an der er das Geräusch lokalisiert hatte. Die Kirchentüren standen sperrangelweit offen und von draußen fiel helles Licht herein. Er stand ganz auf. Im nächsten Augenblick bohrte ihm jemand einen harten Gegenstand in die Rippen. Gleichzeitig tauchte aus dem Halbdunkel ein Kerl vor ihm auf. Kam langsam auf ihn zu. Zielte mit einer schwarzen Pistole auf ihn. Der Druck auf seinen Rücken verringerte sich nicht. Zwei Männer. Seine Hand lag noch immer auf der HK, aber ihm war klar, dass er sie nicht schnell genug würde ziehen können.

Sein rasender Herzschlag jagte ihm das Blut in hohem Tempo durch die Adern.

Sie konnten ihn hier unmöglich gefunden haben.

Das konnte einfach nicht sein!

Der Mann blieb etwa zwei Meter vor ihm stehen. Er war ungefähr zehn Zentimeter kleiner als er selbst und drahtig gebaut. Er hatte ein hartes, ausdrucksloses Gesicht. Lichtes Haar.

Sein Alter konnte er schlecht schätzen. Grüne Augen starrten ihn kalt an. Sil stand da wie angewurzelt und hielt den Atem an.

»*Where is the money?*«, fragte der Mann. Er sprach Englisch mit einem slawischen Akzent. Sil schaute den Mann unbewegt an. Sagte kein Wort. Er versuchte nachzudenken, herauszufinden, mit wem er es zu tun hatte. Sein Gehirn versagte ihm den Dienst. Er stand einfach nur da, wie gelähmt vor Angst.

Dann schoss ein flammender Schmerz durch seinen unteren Rücken. Nach Luft schnappend fiel er um und knallte mit dem Gesicht unsanft gegen die Holzlehne der Kirchenbank.

Der Mann hinter ihm hatte ihm einen empfindlichen Schlag in die Nieren versetzt.

»*The money!*«, wiederholte der Mann.

Er lag da und rang nach Luft. Verbiss sich die Schmerzen. Hier könnte alles enden, ging es ihm durch den Kopf, in einer Kapelle in Frankreich. An dem Ort, an dem er es zuletzt erwartet hätte.

Aber war das nicht immer so?

»Steh auf«, hörte er den Mann sagen.

Er zog sich an der Kirchenbank hoch und kam schwankend wieder auf die Beine. Seltsamerweise verspürte er noch keine Schmerzen im Gesicht, nur ein Taubheitsgefühl, aber der metallische Geschmack in seinem Mund sprach Bände. Langsam hob er den Kopf. Blinzelte. Seine Sinne schienen ein makaberes Spiel mit ihm zu spielen. Vor ihm standen zwei Männer. Er schaute von einem zum anderen. Entweder sie waren eineiige Zwillingsbrüder oder Repräsentanten eines aus dem Ruder gelaufenen Genversuchs. Sie sahen aus wie Kopien voneinander. Nur durch ihre Kleidung unterschieden sie sich. Der eine trug ein beigefarbenes Oberhemd und eine Jeans, der andere eine schwarze Hose und ein blau kariertes Hemd. Beide hielten eine Waffe auf ihn gerichtet und schauten ihn mit demselben Gesichtsausdruck an. Emotionslos. Entschlossen.

»*How much?*«, hörte er sich selbst fragen. Wie schnell konnte eine Lippe anschwellen? War das überhaupt seine Lippe?

Die Männer schnauften verächtlich. Schauten ihn an, als sei er aus der Kanalisation gekrochen.

»*You know*«, sagte einer von ihnen mit mühsam gezügelter Ungeduld.

»Nein«, erwiderte er. »Woher soll ich das wissen? Wie viel wollt ihr?«

»Hundertzwanzigtausend«, sagte der Mann mit dem karierten Hemd.

Sil rechnete rasch im Kopf nach. Rotterdam hatte dreißigtausend gebracht, ein Jahr zuvor hatte er bei demselben Verein neunzigtausend erbeutet.

Russen.

Es waren die Russen.

Fieberhaft schaute er von einem zum anderen. Er hätte ihnen das Geld einfach aushändigen können. Das war nicht das Problem. Er hatte noch keinen Euro davon ausgegeben. Aber damit wäre es nicht getan. Die beiden Typen würden ihm nicht zum Abschied freundlich zuwinken, wenn sie das Geld einmal hatten. Er erkannte es an dem Blick in ihren Augen. Sie hatten den Auftrag, das Geld zu holen und seine Leiche irgendwo loszuwerden. Aus ihrer ganzen Haltung sprach, dass sie das keineswegs zum ersten Mal taten. Sie waren Profis.

Er musste versuchen, Zeit zu gewinnen.

»Woher wusstet ihr, wo ich bin?«, fragte er auf Englisch.

Der Mann mit dem beigefarbenen Oberhemd hielt die

Hand vor den Mund, als müsse er gähnen. Der andere streckte den Arm aus und zielte auf Sils Unterleib.

»Wir wollen wissen, was du mit dem Geld gemacht hast«, sagte der Mann im blauen Hemd leise, mit einem drohenden Unterton.

Zeit gewinnen!

»Es ist in den Niederlanden«, antwortete er schnell. »Nicht hier.«

»Wo?«

»In einem Schließfach, einem Privatschließfach bei der Bank. Wenn ihr mich abknallt, kommt ihr nie ran.«

Sie schwiegen. Starrten ihn durchdringend an. Die Blicke der beiden Männer trafen sich für einen Augenblick. Für den Bruchteil einer Sekunde.

»Du lügst!«, blaffte der Mann mit dem karierten Hemd.

Sil schüttelte den Kopf. Versuchte, nicht an die Tasche mit den Banknoten in Port Grimaud zu denken. Sie würden es an seinen Augen ablesen.

»Nein«, erwiderte er. »Ich lüge nicht. Wenn ihr das Geld wollt, müssen wir in die Niederlande. Nach Utrecht.«

Wieder verständigten sich die Brüder mit einem kurzen Blick.

Der Mann mit dem karierten Hemd wies schließlich mit einem Nicken zur Tür. Der andere trat einen Schritt beiseite. Die Botschaft war nicht misszuverstehen.

Langsam ging er vor ihnen her nach draußen. Der Himmel war leicht bewölkt. Er spürte das Gewicht seiner HK unter der Jacke. Sie hatten ihn nicht durchsucht. Waren sich wahrscheinlich ihrer Sache so sicher, dass sie es nicht für nötig hielten. Das war ein Fehler gewesen. Er würde jede noch so kleine Chance unverzüglich nutzen.

Sie liefen die lange Treppe hinunter. Der Abstieg war weniger anstrengend als der Aufstieg, aber dennoch nicht ohne für Leute mit nur durchschnittlicher Kondition. Die Russen hielten jedoch mühelos mit ihm Schritt. Blieben ihm dicht auf den Fersen, wie rasch er die Stufen auch nahm. Er blickte sich links und rechts um, heimlich, aus den Augenwinkeln heraus. Suchte einen Ausweg. Eine Fluchtmöglichkeit. Konzentrierte sich auf die Geräusche hinter ihm. Versuchte einzuschätzen, wo sich die Brüder befanden und wie weit sie voneinander entfernt waren. Heimlich taxierte er die jahrhundertealte Mauer, die wie eine Art Geländer neben der Treppe entlangführte.

Die Mauer war etwa einen Meter hoch, und dahinter lag der felsige Berghang, an den das Dorf ein paar Hundert Meter tiefer gebaut war. Von der Treppe aus konnte er nicht erkennen, wie steil der Hang auf dem ersten Stück war. Weiter unten standen Sträucher und Bäume. Er schätzte den Abstand bis dorthin. Im nächsten Moment hechtete er über die Mauer hinweg, den Rücken zu einem Buckel gekrümmt wie eine Katze. In einem Reflex zog er die Knie an, presste das Kinn auf die Brust und hielt die Arme vor das Gesicht. Er fiel ein paar Meter tief und schlug auf hartem, mit losen Steinen bedecktem Untergrund auf. Er geriet sofort ins Rutschen und rollte weiter den Hang hinunter, prallte von dem unnachgiebigen Boden ab und kam erneut hart auf. Weiter und weiter rollte er in die Tiefe. Die Umgebung verschwamm zu einem grauen Wirbelsturm. Dann spürte er Widerstand. Zweige. Blätter.

Er rollte nicht mehr weiter. Er öffnete die Augen und stellte fest, dass er auf dem Rücken lag, in einem großen Strauch, der seinen Fall gebremst hatte. Ihm war schwindelig, und sein Mund fühlte sich trocken wie Sandpapier an. Seine erste Reaktion war, flüchten zu wollen. Aufstehen. Weg hier. Blind kroch er weiter, in den Schutz eines alten Olivenbaumes. Öffnete den Reißverschluss seiner Jacke und zog die HK aus dem

Holster. Schwankend stand er auf und lehnte sich schwer gegen den Baumstamm. Schaute vorsichtig in die Richtung, aus der er gekommen war. Er war weiter heruntergerollt, als er gedacht hatte. Er sah nichts als den Berghang und musste fast vertikal hinaufschauen, um die Mauer erkennen zu können, über die er eben gesprungen war. Sie standen nicht mehr dort.

Sie konnten inzwischen überall sein.

Er versuchte sich zu erinnern, ob er einen Schuss gehört hatte. Er glaubte nicht, war sich aber nicht sicher. Daraus schöpfte er neue Hoffnung. Diese Jungs waren Profis. Auftragskiller. Sie wussten, dass es auf diese Distanz keinen Sinn hatte zu schießen, nur um jemanden zum Stehenbleiben zu zwingen. Egal, wie gut man war: Es bestand immer die Gefahr, ein lebenswichtiges Organ zu treffen, und ein Toter konnte sie nicht zu dem Geld bringen. Das Geld war ihre höchste Priorität. Also würden sie nicht schießen, weil sie nicht das Risiko eingehen wollten, ihn zu töten.

Aber sie würden ihn verfolgen.

Er lief von Baum zu Baum weiter den Hang hinunter, hinkend wie ein angeschossener Fuchs. Schaute alle paar Schritte über die Schulter, auf jede Bewegung achtend, sah aber nichts als Felsen, Bäume und Sträucher. Der Berg fiel steil ab und Steine und Kiesel rollten und glitten unter dem Profil seiner Bergschuhe weg. Er rutschte ein paar Meter ab und konnte sich gerade noch so auf den Beinen halten. Merkte, dass seine Handflächen aufgeschürft und blutig waren.

Er war unten angekommen. Lehnte sich erschöpft gegen die Rückwand eines Hauses, das halb in den Berghang hineingebaut war. Mit einer Hand an der Mauer wandte er sich nach rechts, sich gegen den steil abfallenden Boden stützend. Er tastete sich an der Wand entlang bis an die Hausecke, wo der Fluss in das Dorf hineinströmte. Die Seitenwand des Hauses bestand aus einem massiven Felsen, der senkrecht aus dem brodelnden Wasser aufragte. Weiter unten rauschte der Wasserfall.

Er ließ sich an dem steinigen Ufer hinunterrutschen, bis er mit den Füßen im eiskalten Bergquellwasser stand. Ohne sich noch einmal umzuschauen, watete er durch den Fluss stromabwärts, in Richtung der kleinen Brücke. Der harte Untergrund war gefährlich glitschig und uneben, die Strömung stark. Mehr als einmal musste er sich an einem der Felsbrocken am Ufer festhalten, um das Gleichgewicht nicht zu verlieren.

Unter der Brücke schien das Wasser noch stärker zu brodeln. Es zog an seinen Beinen. Er stand jetzt fast bis zur Taille in dem kalten Fluss. Watete weiter, unter der Brücke hindurch. Blieb dicht am Rand und hielt sich dabei ständig mit der linken Hand an dem glatten, tropfnassen Felsgestein der Brücke fest. Vor ihm donnerte das Wasser meterweit in die Tiefe. Der Lärm war ohrenbetäubend. Er kam immer langsamer vorwärts, weil die Strömung so stark war und seine Beine durch das eiskalte Wasser allmählich taub wurden.

Auf der anderen Seite der Brücke fanden seine Hände Halt an einem vorspringenden Mauerstück, und er zog sich aus dem Wasser. Er schwang die Beine hoch und stolperte die Uferböschung hinauf. Keuchte wie ein Wahnsinniger, den Mund weit aufgerissen. Blickte hinauf. Eine Mauer. Er wusste genau, wo er sich befand. Über diese Brücke war er ins Dorf gelangt. Das bedeutete, dass er den Landcruiser keine dreihundert Meter Luftlinie von hier entfernt geparkt hatte.

Er steckte die HK zurück in das Holster. Schaute erneut an der Mauer hoch. Schätzte die Höhe. Etwa drei Meter. Seine Beine schienen hundert Kilo zu wiegen und waren durch die Kälte träge und unbeweglich. Steif zog er sich hoch und kletterte an den groben Bruchsteinen nach oben. Auf dem letzten

Stück zog er sich mit den Armen hinauf und schob mit den Füßen nach. Er warf die Arme über den Rand der Mauer und hielt sich an der Kante fest. Zog sich weiter hinauf. Suchte die Straße ab. Er beobachtete eine nach der anderen die Gassen, die von der Straße abzweigten. Blickte hinüber zu seinem Auto. Konnten sie schon dort sein? Erwarteten sie ihn bei seinem Wagen?

Er zog die HK wieder aus dem Holster und rannte wie vom Teufel gehetzt zu seinem Landcruiser. Wäre beinahe über seine eigenen Füße gestolpert. Ohne langsamer zu werden, holte er die Autoschlüssel aus der Hosentasche und entriegelte mit der Funkfernbedienung die Wagentüren. Außer Atem erreichte er den Geländewagen, zog die Fahrertür auf, sprang hinter das Steuer und fuhr mit Vollgas davon.

In der relativen Sicherheit seines Autos spürte er auf einmal die Schmerzen. Sein ganzer Körper war wie zerschlagen, als hätte ihn eine Meute aufgebrachter Dörfler gesteinigt und mit Knüppeln bearbeitet. Er versuchte, die Schmerzen, so gut es ging, zu unterdrücken. Konzentrierte sich auf die Straße vor ihm. Sie würden ihn verfolgen. Also musste er ein hohes Tempo beibehalten. Er hatte keine Ahnung, wohin er sich wenden sollte. Kilometerweit folgte er einfach der Straße. An einer Weggabelung hatte er die Wahl zwischen einer schmalen Bergstraße, die steil aufwärts führte, oder einer breiten Durchgangsstraße.

Er entschied sich für die Bergstraße. Der Landcruiser holperte bergan. Der Weg führte mitten durch einen dichten Wald. Auf der ganzen Strecke schaute er ebenso oft vor sich wie in den Rückspiegel. Er merkte kaum, dass seine Handflächen bluteten. Er dachte nach. Fragte sich, wie sie ihn hatten finden können, hier in Frankreich, im sprichwörtlichen *middle of nowhere.* Er ging in Gedanken sämtliche Möglichkeiten durch. Dann trat er plötzlich so stark auf die Bremse, dass er vom Sitz gehoben wurde, und lenkte den Landcruiser im Schritttempo neben eine steinige Erhöhung am Straßenrand. Er schaltete die Automatik auf *Parken* und stieg aus. Legte sich flach auf den Boden, drehte sich auf den Rücken und kroch unter den Wagen. Fieberhaft untersuchte er den Rahmen, die Metallverstrebungen und die daran entlanglaufenden Leitungen. Seine Augen huschten von rechts nach links. Und dann sah er es. Ein quadratisches, olivgrünes Kästchen, das mit dickem, schwarzem Klebeband am Rahmen befestigt war.

Ein Peilsender.

So hatten sie ihn also aufgespürt. Und so würden sie ihn wieder finden. Deshalb hatten sie keine Eile gehabt. Er rollte sich unter dem Auto hervor, öffnete die Beifahrertür und holte ein Taschenmesser aus dem Handschuhfach. Verschwand wieder unter dem Auto. Er wollte schon das Band zerschneiden, aber dann fiel ihm etwas ein.

Vielleicht konnte er sich den Sender zu Nutze machen.

Er ließ das Kästchen, wo es war, stieg ein und fuhr los. Gab so viel Gas wie möglich. Mit seinem 4,2-Liter-Sechs-Zylinder war der Landcruiser ein richtiger Hammer, nicht nur im Gelände. Er gehörte zu den wenigen Geländewagen, die mit Leichtigkeit 200 Stundenkilometer auf der Autobahn erreichten. Doch er war nicht für enge Kurven auf Bergstraßen gebaut. In den Haarnadelkurven neigte sich das Chassis gefährlich weit über und die Reifen quietschten. Links gähnte der Abgrund, der an manchen Stellen hunderte Meter tief abfiel. Sil fuhr hart an der Grenze. Wollte den Abstand zwischen sich und seinen Verfolgern so weit wie möglich vergrößern.

In der Ferne entdeckte er eine Stelle, die für sein Vorhaben infrage zu kommen schien. Rechts davon befand sich ein leicht ansteigender, dicht bewachsener Hang und links von der asphaltierten Straße lag ein unbefestigtes Wegstück mit einem weiß gestrichenen Holzfangzaun.

Er lenkte den Landcruiser auf den unbefestigten Weg, fuhr durch bis ans äußerste Ende und stieg aus. Im Laufschritt überquerte er die Straße. Auf zwei Uhr schlängelte sich ein schmaler Bergpfad nach oben. Er kletterte hinauf. Ein Schwarm kleiner Vögel flog zwitschernd auf. In ausreichender Entfernung zu dem Bergpfad und zu seinem Auto ließ er sich zwischen die Sträucher fallen, zog seine HK und wartete.

Keine drei Minuten später hörte er das anschwellende Geräusch eines sich nähernden Fahrzeugs. Der Fahrer schien es eilig zu haben. Im nächsten Augenblick raste ein dunkelblauer Peugeot 206 mit belgischem Kennzeichen auf seinen Landcruiser zu. Unwillkürlich duckte er sich dichter auf den harten Boden und hielt den Atem an.

Sie bremsten, sobald sie den Landcruiser erreicht hatten, waren aber viel zu schnell und rutschten noch ein ganzes Stück daran vorbei. Das Auto war noch nicht zum Stehen gekommen, als die Schaltung krachte und der Wagen mit aufheulendem Motor rückwärts fuhr.

Sie parkten den Peugeot hinter dem Landcruiser und stiegen sofort aus. Der Mann mit dem beigefarbenen Oberhemd verschwand hinter dem Peugeot. Blauhemd ging auf den Landcruiser zu. Er hielt eine Waffe in der Hand, die für Sil wie ein abgespecktes Maschinengewehr aussah. Der Lauf war auf seinen Wagen gerichtet. Der andere schlug einen Bogen und ging zur anderen Seite hinüber. Dabei hielt er sich die ganze Zeit tief geduckt. Jetzt standen beide rechts und links neben dem Toyota. Sie hockten sich vor die Türen und sprangen dann gleichzeitig auf, die Mündungen ihrer Waffen auf das Wageninnere gerichtet. Sie schauten in das Auto hinein und duckten sich wieder.

Sil begriff, dass sie zu weit weg waren, um etwas gegen sie zu unternehmen. Die HK war ungefähr bis zu einer Entfernung von dreißig Metern zuverlässig. Darüber hinaus wurde es kritisch. Er konnte das Risiko nicht eingehen, danebenzuschießen und dabei seinen Aufenthaltsort zu verraten. Sie waren viel besser ausgebildet als er, und sie hatten die besseren Waffen, die auch auf weite Entfernungen zielsicher schossen. Die Waffe, die Blauhemd bei sich trug, sah aus, als könne sie innerhalb einer Minute genügend Munition für einen kleinen Volksaufstand ausspucken. Schon nach dem ersten misslungenen Versuch wäre er so gut wie tot. Es bestand eine geringe Chance, dass sie nicht schossen, weil sie ihn lebend haben wollten, aber er wagte es nicht, darauf zu spekulieren, und blieb still liegen. Gespannt verfolgte er jede ihrer Bewegungen.

Der eine warf einen Blick über das Geländer in die Schlucht hinein. Der andere lief ein Stück weit den Weg entlang, blickte dann am Berg hoch und überquerte die Straße. Fing an, den Hang hinaufzuklettern. Sein Bruder gesellte sich zu ihm und kurz darauf verschwanden beide fünfzig Meter von Sil entfernt aus seinem Blickfeld. Ihm fiel auf, wie geschmeidig sie sich bewegten. Sie waren behände wie Bergkatzen.

Er lauschte konzentriert auf die Geräusche, die sie verursachten. Vergaß beinahe zu atmen. Kurz darauf verstummten das Knirschen das Gerölls und das Rascheln der Blätter.

Eine bessere Gelegenheit als diese würde sich nicht noch einmal bieten. Womöglich war es seine letzte Chance. Er stand auf und kam lautlos aus seinem Versteck hervor, ließ sich den Abhang hinunterrutschen und rannte über die Straße. Lief um den belgischen Peugeot herum und duckte sich dahinter. Wälzte sich auf den Rücken, bis sein Kopf sich in Höhe des linken Hinterrads befand, und schob sich unter den Wagen. Sein

Kopf passte gerade so darunter. Mit den Fingern tastete er die schmierigen Kabel und Leitungen ab.

In ferner Vergangenheit hatte er gelegentlich an alten Autos herumgeschraubt, aber er hätte nie gedacht, dass ihm diese Erfahrung später einmal nützlich sein könnte. Jedenfalls nicht auf diese Weise. Er zog sein Taschenmesser heraus und schnitt einige tiefe Kerben in die Bremsleitungen.

Er rollte sich unter dem Auto hervor. In der Hocke kroch er zum Heck des Wagens. Suchte den Berghang ab. Spähte über die Sträucher hinweg, lauschte auf Geraschel, achtete auf Bewegungen im Gebüsch, die nicht vom Wind verursacht wurden. Nichts. Anschließend kroch er zur Vorderseite des Peugeot, lauschte und spähte erneut. Nichts.

Er holte den Schlüssel des Landcruisers aus seiner Hosentasche, entriegelte die Türen und sprintete los. Sprang in den Wagen und startete den Motor. Der Diesel erwachte stotternd und nagelnd zum Leben. Sil schaltete auf *Drive* und trat mit dem linken Fuß auf das Bremspedal. Den rechten hielt er über dem Gas, bereit, sofort loszufahren. Wartete. Schaute ständig in Rück- und Außenspiegel. Auf seiner Stirn bildeten sich Schweißtröpfchen, und sein Atem ging schnell. Das Blut an seinen Händen hatte sich mit der Schmiere und dem sandigen Dreck unter dem Peugeot vermischt. Die Bremsflüssigkeit oder was auch immer es war brannte in den Schnitt- und Schürfwunden. Er beachtete die Schmerzen nicht, sondern konzentrierte sich auf jede Bewegung hinter sich und am Berghang.

Die Vögel verrieten sie. Kleine Schwärme flogen auf, ließen sich nieder und flogen gleich wieder auf, in wellenförmigen Bewegungen. Die Brüder waren auf dem Rückweg.

Jetzt nahm er den Fuß vom Bremspedal und fuhr so gemächlich er es fertigbrachte in Richtung Straße. Rollte langsam weiter, um den Eindruck zu erwecken, er habe sie nicht bemerkt. Nachdem er um eine Kurve gebogen war, gab er mehr Gas. Fuhr immer schneller. Dabei beobachtete er mit halbem Auge die Straße hinter sich. Auf einem übersichtlichen Stück mit flachen Kurven erhaschte er weit hinter sich einen Blick von der Schnauze des Peugeots. Er gab mehr Gas. Und noch mehr.

Vor ihm ragten die majestätischen kahlen Berge der Gorges du Verdon auf, jenseits einer tiefen Schlucht. Ein schief stehendes Verkehrsschild am Rand warnte vor einer scharfen Rechtskurve. Er hielt den Blick fest auf die Straße vor sich gerichtet. Umklammerte mit beiden Händen das Lenkrad. Lehnte sich unwillkürlich mit dem Oberkörper nach vorn, trat kurz vor der Kurve voll auf die Bremse, riss das Lenkrad herum und gab gleichzeitig kräftig Gas. Der Wagen geriet bei dem plötzlichen Manöver stark ins Schwanken. Nach der Kurve verlief die schmale Straße relativ gerade, und er fuhr mit an die achtzig Sachen weiter. Schaute ständig in den Rückspiegel. Kein Peugeot. Die Straße hinter ihm blieb leer. Nach ein paar Kilometern nahm er den Fuß vom Gas und ließ den Wagen ausrollen. Hielt an. Wartete. Nichts.

Er lenkte den Geländewagen ein kleines Stück den Berg hinauf und stieg aus. Er wusste nicht, was ihn erwartete, deshalb lief er nicht auf der Straße zurück, sondern entschied sich für einen Umweg. Er kletterte ein paar Meter den Berg hinauf, wobei er die Vorsprünge, die durch das Heraushauen der Straße aus dem Felsen entstanden waren, als Handgriffe und Fußstützen gebrauchte. Nach einigen Metern gelangte er an einen flachen Abhang und kletterte weiter hinauf, bis sein Wagen klein wie ein Modellauto unter ihm lag. Von dort aus bewegte er sich auf dem felsigen Untergrund parallel zur Straße weiter. Es gab keinen Weg, und er kam nur langsam voran. Es schien eine

Ewigkeit zu dauern, bis er die Stelle erreichte, an der die Straße sich um den Berg herumwand. Langsam trat er näher an den Abhang heran. Das Erste, was er hörte, war knarrendes Metall, im Rhythmus des Windes. Dann sah er den Peugeot. Das rechte Hinterrad stand noch auf der Straße. Der Rest des Wagens hing in der Luft, nur noch gehalten von einem abgerissenen Stück Metallfangzaun, das lose über dem Abgrund baumelte.

Er zog seine HK, entriegelte sie und ließ sich vom Berg abrutschen. Die letzten beiden Meter musste er hinunterspringen. Er überquerte die Straße. Die Windschutzscheibe des Peugeots war zersplittert, ebenso wie das Fenster auf der Beifahrerseite, und unter der Motorhaube liefen verschiedene Flüssigkeiten hervor. Der Fangzaun schabte und krachte. Er legte sich flach auf den Asphalt und kroch zu dem Auto hin. Stand langsam auf. Schaute durch das Fenster auf der Fahrerseite. Einer der Männer lag über dem Lenkrad, die Arme über das Armaturenbrett ausgebreitet, als wolle er sein Auto umarmen. Der andere lag schief an ihn gelehnt. Sie bluteten wie abgestochene Schweine. Er konnte nicht feststellen, ob sie tot waren. Auf jeden Fall waren sie bewusstlos.

Er ging um den Wagen herum und schaute in die Schlucht. Der Wind zerrte an seiner Jacke. Die Wand fiel mehrere hundert Meter tief senkrecht ab, der Boden der Schlucht bestand aus hartem Felsen. Erneut warf er einen Blick auf die beiden Männer, ließ die Waffe sinken und rannte die Straße entlang zurück zu seinem Toyota. Innerhalb von zehn Minuten hatte er ihn erreicht. Er schwang sich hinter das Lenkrad, wendete und fuhr zurück bis zu der Kurve, an dem Peugeot vorbei, und wendete erneut. Er fuhr mit dem massiven Kuhfänger des Toyota bis an den Peugeot heran. Gab kontrolliert Gas. Kroch Zentimeter für Zentimeter voran. Er sah das Autowrack vor sich hin- und herschaukeln. Der Zaun gab langsam nach. Er schob noch ein wenig weiter. Der Zaun krachte und ruckte. Der Peugeot rutschte seitlich weg und stürzte in die Tiefe.

Er fuhr ein Stück zurück und stieg aus. Trat an den Rand des Abgrunds. Schaute hinunter. Es dauerte einen Augenblick, bis er das Wrack fand. Es lag viele hundert Meter unter ihm auf den Felsen. Die Unterseite des Peugeot hatte dieselbe Farbe wie das Gestein.

Er drehte sich um und nahm sein Taschenmesser zur Hand. Rutschte unter sein Auto und schnitt das schwarze Klebeband durch. Schleuderte den Sender in den Abgrund.

Als er wieder im Wagen saß, merkte er, dass er am ganzen Körper zitterte. Mit bebenden Händen klappte er die Sonnenblende herunter und schaute in den Spiegel. Quer über der Oberlippe klebte eine dunkelrote Kruste bis an die Nase. Geronnenes Blut zog sich in bizarren, braunroten, getrockneten Rinnsalen über sein ganzes Gesicht bis zum Hals. Auf einem seiner Wangenknochen zeichnete sich eine gelbviolette Schwellung ab, und auf seiner Stirn hatte er eine große Schürfwunde. Er betrachtete seine Hände, die bedeckt waren mit Schrammen, schwarzem Dreck und geronnenem Blut. Sie kribbelten und brannten. Seine Kleidung, noch immer durchnässt und kalt von seinem Bad im Fluss, war zerrissen und abgewetzt. Sein ganzer Körper fühlte sich an wie krankenhausreif geschlagen. Alles tat ihm weh.

Aber seine Wunden würden heilen. Er konnte noch umherlaufen, rennen, kriechen. Nichts war gebrochen. Also alles halb so wild. Dennoch wollte das Zittern nicht aufhören. Er versuchte, sich zusammenzureißen, aber es gelang ihm nicht so recht. Er holte tief Luft. Und noch einmal.

Eine innere Stimme mahnte ihn, dass er von hier wegmusste. Wenn er Pech hatte, bog im nächsten Moment ein Rentnerehepaar mit einem Wohnwagen um die Kurve oder ein Bauer mit einem Traktor. Und dann saß er noch übler in der Klemme als ohnehin schon.

Ihm war klar, dass er zunächst zurück nach Port Grimaud musste. Sich waschen und umziehen. Seine Wunden versorgen. Sein Geld holen. Und dann wieder weg. Aber wohin? Er wusste es nicht. Jedenfalls weg aus Frankreich.

Knapp vier Stunden später fuhr er auf der Autobahn an Aix-en-Provence vorbei. In Port Grimaud hatte er sich mehr schlecht als recht frisch gemacht. Seine Wunden behandelt. Sich das Öl an den Händen mit Spülmittel abgeschrubbt, das noch gemeiner brannte als der ganze Dreck zusammen. Anschließend hatte er einen Verband angelegt, der die Finger frei ließ. Er hatte seine nassen, kaputten Kleider in einen Container vor dem Apartmentkomplex geworfen und saubere Sachen angezogen. Aber er sah immer noch aus, als habe man ihn nach Tagen unter einem eingestürzten Gebäude hervorgezogen. In einem ersten Impuls hatte er vorgehabt, weiter nach Süden zu fahren. Nach Spanien. Oder auf der Autobahn, die an Cannes, Monaco und Nizza vorbeiführte, bis nach Italien. So weit wie möglich von den Russen und ihren Bluthunden weg. Er wollte in einem Versteck irgendwo im tiefen, anonymen Süden Europas wieder zu Atem kommen und einen Plan ausarbeiten. Aber er hatte diese Idee rasch wieder fallen gelassen und an ihre Stelle war eine lähmende Angst getreten.

Ihm war inzwischen klar geworden, dass er die ganze Organisation wachgerüttelt hatte. Der Sender musste bereits in den Niederlanden an seinem Auto befestigt worden sein. Wahrscheinlich klebte ein identischer Apparat unter dem Porsche. An der Art und Weise ihres Vorgehens hatte er erkannt, dass die Männer Profis waren.

Er hatte eine Gruppe von Leuten gegen sich, die genau

wussten, was sie taten. Sie verfügten über Waffen, Ausrüstung und Mitarbeiter. Dass er die Zwillingsbrüder hatte ausschalten können, war mehr Glück als Verstand gewesen. Und es verschaffte ihm lediglich eine Atempause. Einen Hinrichtungsaufschub. Sie würden keine Ruhe geben. Man würde ihm einen frischen Trupp russischer Mordmaschinen auf den Hals hetzen, daran bestand kein Zweifel. Da konnte er sich ganz sicher sein.

Solange er sich auf so unlogischen Wegen wie möglich fortbewegte, nirgendwo länger als zwei Tage blieb und die Augen offen hielt, würden sie sich allerdings schwertun, ihn zu erwischen.

Aber er hatte einen schwachen Punkt. Es gab ein Druckmittel, das sie gegen ihn einsetzen konnten. Das Einzige, mit dem er sich aus der Reserve locken lassen würde. Und die Wahrscheinlichkeit war groß, dass sie davon wussten. Susan.

In den letzten zwei Stunden hatte er ununterbrochen versucht, sie zu erreichen. Vergeblich. Was, wenn sie sie schon erwischt hatten? Ihm brach der Schweiß aus.

Die Stunden krochen vorüber.

Es war fast zwei Uhr nachts, als er in einer Vorstadt von Brüssel ankam. Er fuhr so lange weiter, bis er ein heruntergekommenes Viertel erreichte. Er stieg aus. Schäbige, braune Backsteinhäuser, deren hohe Fassaden direkt an den abgesackten Bürgersteig angrenzten. Mindestens die Hälfte der Häuser schien leer zu stehen. Durch die mit Graffiti besprühten, zugenagelten Türen und Fenster bot die Häuserzeile einen trostlosen Anblick. Es war dunkel und still hier. Ein perfekter Ort, um den Landcruiser loszuwerden.

Er holte seine Sachen aus dem Auto, hakte die Funkfernbedienung und den Zündschlüssel von seinem Schlüsselbund und legte beides auf den Fahrersitz. Öffnete den CD-Wechsler und holte seine CDs heraus. Überprüfte das Handschuhfach. Aus einer Klappe über der Konsole nahm er seine Sonnenbrille und steckte sie in eine der Reisetaschen. Schloss die Tür, schwang sich die drei Taschen über die Schulter und machte sich auf den Weg.

Am Ende der Straße drehte er sich noch einmal um und warf einen Blick zurück auf sein Auto. Bestimmt eine Minute lang blieb er so stehen und prägte sich das Bild seines Landcruisers ein. Er sah ihn zum letzten Mal. Schon nächsten Monat würde irgendein anderer Kerl in Sankt Petersburg, Warschau oder Riga damit durch die Gegend fahren. Es tat ihm leid, das Auto zurücklassen zu müssen. Er hatte viel Spaß damit gehabt.

Ebenso wie den Porsche hatte er den Landcruiser damals nicht als Statussymbol gekauft, obwohl es eine Zeit gegeben hatte, in der er für solche Dinge nicht unempfänglich gewesen war. Damals hatte er einen unbezähmbaren Drang verspürt, sich zu beweisen, der Welt mitzuteilen, dass Sil Maier, ein Junge aus einem Asozialenviertel, der seinen Vater nie gesehen hatte, es geschafft hatte. Doch als er *Sagittarius* verkaufte, war diese Phase schon lange vorbei gewesen.

Beide Autos hatten ihn wegen ihrer Motoren maßlos begeistert. Der Porsche wegen seiner flirrenden Geschwindigkeit, Wendigkeit und der Empfindlichkeit, mit der er auf den geringsten Impuls reagierte. Noch bei einem Tempo von über zweihundert Stundenkilometern schaffte es der Sportwagen, ihm einen kleinen, ungeduldigen Schubs in den Rücken zu versetzen, wenn er das Gaspedal weiter hinuntertrat. Der Landcruiser war quasi das Gegenstück dazu. Der schwere Diesel hatte den Charakter eines frisierten Panzers. Die Kraft, die das plumpe Gefährt entfalten konnte, war geradezu erschreckend. Es war ein mächtiges Spielzeug.

Er hatte sie an zwei aufeinander folgenden Tagen gekauft.

Nach dem Verkauf von *Sagittarius* schenkte ihm sein Bankkonto die Freiheit, nicht zwischen beiden Fahrzeugen wählen zu müssen.

Einige Wochen lang war er überglücklich gewesen mit seinem kleinen Fuhrpark. Dann begann die Unruhe wieder an ihm zu nagen.

Dass Glück mit Besitz zusammenhing, war ein Mythos, der von einer Generation auf die andere überliefert wurde. Millionäre und hochdekorierte Würdenträger, die einsam in einem Hinterzimmer ihrem Leben ein Ende setzten, wussten es besser, aber sie waren anschließend nicht mehr im Stande, es weiterzusagen. Und selbst wenn sie es weitergesagt, ja hinausgeschrien hätten, es hätte ihnen doch niemand zugehört. Denn die Menschen wollten nun einmal an Mythen glauben und nach Zielen streben, die außerhalb ihrer Reichweite lagen. Mehr und mehr, um ein Monster zu füttern, das unersättlich war. Schneller, höher, schöner, teurer, besser.

Irgendwann wurde das alles völlig sinnlos.

Er fühlte Regentropfen auf der Haut und hob den Blick. Regenwolken hingen über der Stadt. Der Himmel war pechschwarz, nur einige wenige Sterne leuchteten, Lichtjahre von der Erde entfernt. Der Mond reflektierte das Licht der Sonne, die hundertfünfzig Millionen Kilometer entfernt die andere Seite der Erde erwärmte.

Wieder schaute er sich nach seinem Auto um.

Es ist nur Blech, Sil, sagte er sich. Es ist käuflich. Besitz. Metall, Gummi, Kunststoff, mach nicht mehr daraus, als es ist.

Hör auf, einem Blechhaufen nachzuweinen, verdammt!

Er wandte den Blick ab und machte sich in Richtung Innenstadt auf den Weg. Da musste es auch einen Bahnhof geben. In dem Moment, als er um die Ecke bog, hatte er sein Auto vergessen.

22

Das Telefon läutete. Susan stellte die schweren Supermarkttüten neben das Sofa und nahm ab.

»Susan«, meldete sie sich und wurstelte den anderen Arm aus ihrem Mantel heraus.

»Wie geht's dir?«

Sie erstarrte. Blieb mit dem Arm im Mantel hängen.

»Könnte besser sein«, antwortete sie leise. »Ich vermisse dich.«

»Ich dich auch.«

Sie hielt den Hörer in beiden Händen. Öffnete den Mund, um zu fragen, wie es ihm ergangen war. Wie er sich fühlte. Aber ihr fielen nicht die richtigen Worte ein. Deshalb sagte sie nichts.

»Ist alles in Ordnung mit dir?«, fragte er.

»Ja, jetzt schon.«

»Ich versuche dich schon seit Tagen zu erreichen.«

Jetzt erst fiel ihr auf, wie gehetzt er klang.

»Ich war in Norwegen. Ein Eilauftrag. Ich bin erst vor zwei Stunden wieder nach Hause gekommen. Was ist denn los?«

»Bist du allein?«

Sie runzelte die Stirn. »Ja, Sil. Jetzt sag schon, was ist los?«

»Das ist eine lange Geschichte. Ich würde sie dir lieber unter vier Augen erzählen. Kannst du zu mir kommen?«

Ihr skeptischer Gesichtsausdruck blieb.

»Klar. Ich bringe nur noch eben die Filme ins Labor und

anschließend mache ich mich sofort auf den Weg nach Zeist, okay? Ich kann in einer bis anderthalb Stunden bei dir sein.«

»Ich bin nicht zu Hause, ich bin in Antwerpen.«

»In Antwerpen?«

Sie hörte, wie er zögerte. »Ich wohne in einem kleinen Hotel. Es liegt in einer Seitenstraße in der Nähe des Pferdemarktes. Nicht gerade das Hilton.«

Er gab ihr die Adresse. Sie suchte herum, fand einen Stift und schrieb sich seine Angaben auf die Hand.

»Susan?«

»Ja?«

»Kennst du das Eröffnungslied der Muppet Show?«

»Der Muppet Show? Ja klar, warum?«

»Die Rezeption, oder besser das, was die Rezeption sein soll, ist fast nie besetzt. Komm rauf in die zweite Etage. Ich wohne Zimmer Nummer 23, links, etwa in der Mitte des Flurs. Klopf bitte im Rhythmus der Muppet-Show-Melodie an. Sollte irgendetwas nicht in Ordnung sein, oder es ist jemand bei dir, dann klopfe ganz normal. Wie du es von dir aus tun würdest.«

Eine kurze Stille trat ein. »Das klingt ja ziemlich beunruhigend, Sil«, sagte sie leise.

»Das ist es auch.«

»Erzähl mir erst, was los ist.«

»Ich erzähle es dir. Sobald du hier bist. Hör mir gut zu, Susan. Sag niemandem, wo du hinfährst oder wo ich mich aufhalte. Niemandem. Versprichst du mir das?«

»Ja«, hörte sie sich sagen. »In Ordnung.«

»Und Susan?«

»Ja?«

»Vergiss die Filme. Komm direkt zu mir.«

Sie schwieg.

»Susan?«

»Ja?«

»Versprich es mir.«

Sie seufzte. »Okay, versprochen.«

»Pass gut auf dich auf.«

Danach unterbrach er die Verbindung. Sie schaute den Telefonhörer an. Jetzt machte sie sich erst richtig Sorgen.

In der kleinen Seitenstraße gab es nur ein Hotel. Und genau wie Sil gesagt hatte, war hinter dem schmuddeligen Schalter im Foyer niemand zu sehen. Susan stieg die Treppe hinauf. Die Läufer waren an den Rändern noch rot, in der Mitte jedoch völlig verschlissen. In dem Gebäude roch es muffig, als seien seit seiner Erbauung niemals die Fenster geöffnet worden. Im zweiten Stock ging Susan durch den schmalen Flur und suchte die richtige Zimmernummer. Aus einem unerfindlichen Grund waren die Ziffern an den Türen fast bis zur Unleserlichkeit abgewetzt. In der Mitte des Flures blieb sie vor einer Tür stehen, auf der sie mit viel Fantasie die Ziffer 3 erkennen konnte. Zögernd klopfte sie an.

Tocktock-tock-tock-tocktocktock.

Im nächsten Moment wurde sie grob ins Zimmer gezerrt. Sil schloss sofort die Tür hinter sich. Drehte sich zu ihr um. Sie erschrak. Er hatte sich seit mindestens vier Tagen nicht rasiert, und seine Augen waren blutunterlaufen. Seine Oberlippe war geplatzt. Am Haaransatz über der Stirn klebte geronnenes Blut und außen an seinem linken Auge zeichnete sich ein sichelförmiger Bluterguss ab, der bis zum Wangenknochen reichte. Durch den blauen Fleck war auch sein Auge teilweise zugeschwollen. Er sah aus, als käme er von der Front. Auch seine Arme und Hände waren bedeckt mit abheilenden Schürfwunden. Verwirrt blickte sie zuerst in sein mitgenommenes Gesicht, dann auf seine Arme und wieder zurück.

»Was ist denn mit dir passiert?«

»Ich stecke in Schwierigkeiten«, antwortete er leise. »Ich musste untertauchen und hier wird man mich vorerst nicht so schnell suchen.«

Wieder schaute sie ihn verständnislos an.

»Ich habe ein paar Leuten ins Handwerk gepfuscht«, erklärte er. »Und die ganze Sache ist ein bisschen aus dem Ruder gelaufen.«

Sie öffnete den Mund, um ihn weiter auszufragen, aber er brachte sie mit einer Handbewegung zum Schweigen.

»Gleich«, sagte er und hockte sich neben eine Reisetasche. »Möchtest du etwas trinken? Ich kann dir heute leider nur Bier oder Sprudel anbieten.«

»Meinst du, ich könnte vielleicht ein bisschen Alkohol gebrauchen?«

Er verzog das Gesicht zu einem unsicheren Grinsen und reichte ihr eine Dose Bier. Sie suchte einen Platz zum Hinsetzen, fand keinen Stuhl, setzte sich ans Fußende des Bettes und riss die Bierdose auf. Sah zu, wie er ein Päckchen Camel vom Nachtschränkchen nahm, eine Zigarette herausklopfte und sie anzündete. Dann wandte er sich zu ihr um. Ihr fiel auf, dass er sich verändert hatte. Es lag nicht nur an den Verletzungen. Es war seine Haltung. Seine ganze Ausstrahlung. Er setzte sich neben sie auf das Bett und starrte auf den Boden, wo sich vergilbte Stromkabel, die keinerlei Funktion zu haben schienen, neben einer dunkelbraunen Fußleiste entlangschlängelten. Er rollte die Bierdose zwischen den Handflächen hin und her. Die Zigarette lag unangerührt in einem Aschenbecher vor ihm auf dem Boden.

»Ich möchte dir etwas erzählen, Susan«, begann er. »Es gibt da einiges, was du nicht über mich weißt. Was du aber wissen solltest.«

Gespannt blickte sie ihn an.

»Ich begehe Raubüberfälle«, beichtete er in einem Atemzug.

Seine Worte trafen sie wie Schüsse. Auf der Fahrt nach Antwerpen hatte sie sich in Gedanken die verschiedensten Szenarien ausgemalt, aber keinen Moment, keine Sekunde lang hatte sie an so etwas gedacht. Sie war wie vor den Kopf geschlagen. Es dauerte einige lange, stille Minuten, bevor sie wirklich begriff, was er da gesagt hatte. Die unterschiedlichsten Gefühle übermannten sie. Sie musste sich mit aller Gewalt beherrschen, um nicht mit den Fäusten auf ihn loszugehen. Sie sprang vom Bett auf.

»Du lässt mich den ganzen Weg hierherkommen, um mir zu erzählen, dass du ein Verbrecher bist?«

»Nein, so ist es nicht«, unterbrach er sie hastig. »Oder jedenfalls nicht ganz. Ich weiß nicht, was du unter einem Verbrecher verstehst, aber ich raube nicht etwa Tankstellen oder Banken aus. Das ist doch erbärmlich. Etwas für verzweifelte Versager. Ich dachte, du würdest mich besser kennen.«

Sie musterte seine heruntergekommene Kleidung, den Stoppelbart, die Wunden und die roten Ränder um seine Augen. So, wie er hier vor ihr saß, war er für sie das Musterbeispiel eines verzweifelten Versagers.

»Was denn dann? Brichst du bei Juwelieren ein? In Museen? Mein Gott, Sil, auf so was habe ich wirklich keine Lust.«

Sie machte Anstalten zu gehen, aber er war schneller und drückte sie mit Gewalt wieder hinunter auf das Bett. Stellte sich vor sie, die Hände auf ihre Schultern gelegt.

»Hör mir zu!« Er schrie sie fast an. Als ihm bewusst wurde, wie er sich benahm, zog er die Hände von ihren Schultern weg.

»Jetzt hör mir doch erst mal zu«, wiederholte er in ruhigerem Tonfall. »So etwas würde ich niemals tun, Susan, niemals. Ich bestehle keine unschuldigen Leute. Wie kannst du so etwas von mir denken! Du kennst mich doch! Du kennst mich besser als irgendjemand sonst.«

Sie schaute ihn weiterhin zornig an. Sie wusste nicht, auf wen sie wütender war, auf ihn oder auf sich selbst. Wahrscheinlich Letzteres.

»Ich weiß nicht mehr, was ich glauben soll«, sagte sie mit zitternder Stimme. »Ich dachte … Ich dachte, ich würde dich kennen. Aber …«

»Du kennst mich auch. Du weißt nur nicht über alles Bescheid, was ich tue. Aber ich möchte es dir gern erzählen. Wenn du mich lässt. Wenn du wirklich bereit bist, mir zuzuhören. Ich will dir alles erzählen, Susan. Nichts lieber als das. Aber nicht, wenn du mich weiterhin so finster anschaust.«

Susan überlegte. Er wirkte so aufrichtig. Energisch. Innerlich gefestigt. Strahlte Wärme aus. Weisheit. Kraft. All die Eigenschaften, die ihr die letzten zwei Jahre den Schlaf geraubt hatten. Und er wollte ein Krimineller sein?

»Gut, ich höre dir zu«, versprach sie, wenn auch immer noch misstrauisch.

Er nickte. Setzte sich vor sie auf den Boden, den Rücken an die Wand gelehnt, die Ellbogen auf den Knien.

Das wenige Licht, das durch die Gardinen hereinfiel, erhellte sein Gesicht auf bizarre Weise. Die rechte Hälfte lag im Schatten, seine blauen Augen leuchteten. Sie hätte ihn am liebsten fotografiert. Es wäre eine fantastische Aufnahme geworden. Wie er so dasaß, vor der vergilbten Blümchentapete, mit seinen Wunden und dem skeptischen Gesichtsausdruck, strahlte er eine große innere Kraft aus. Sie war sich sicher, dass sie diese Ausstrahlung auf ein Schwarz-Weiß-Foto bannen könnte. Sie würde ein 28-Millimeter-Objektiv benutzen, mit dem sie alle vier Zimmerecken draufbekäme. Durch das Objektiv würde die Wand mit ihren Strukturen auf surrealistische Weise verzerrt und Sil zum dramatischen Mittelpunkt erhoben. Alles, was sie bräuchte, wäre ihre Minolta, ein 28-Millimeter-Objektiv und ein 800-Iso-Film.

Susan sah die Welt oft wie durch eine Kamera. Es beruhigte sie. Jede Situation wurde übersichtlicher, wenn man sie als Fotografie betrachtete. Wenn man einen Ausschnitt aus der Wirklichkeit herausnahm, außerhalb dessen nichts existierte. Wenn man den Blick fest auf Äußerlichkeiten richtete. Hinter nichts anderem konnte man sich so gut verstecken wie hinter einer Kamera. Bildausschnitte, der richtige Winkel, Beleuchtung, Technik und zahllose andere Dinge, auf die man sich konzentrieren musste, machten es unmöglich, an etwas anderes zu denken. Klick! und weg. Fange deine Gefühle auf Papier ein, und du kannst sie in eine Schublade legen. Dort haben sie ihren Platz, und du kannst sie vergessen. Auf diese Weise hielten sich Kriegsfotografen trotz der schrecklichen Szenen, die sie erlebten, seelisch über Wasser. Aber in diesem Moment hatte Susan keine Kamera bei sich. Keinen Puffer.

»Ich suche mir meine Zielobjekte sorgfältig aus«, begann er. »Es handelt sich immer um Personen, die genau wissen, dass sie mit dem Feuer spielen. Es sind Kriminelle, Susan. Nicht selten beobachte ich sie vorher monatelang, damit ich mir meiner Sache absolut sicher sein kann. Glaub mir, das sind alles keine braven Bürger.«

Sie nahm sich Zeit, seine Worte abzuwägen. »Du bestiehlst also Kriminelle.«

Er nickte.

»Du raubst ihnen Geld?«

Wieder nickte er.

»Warum denn? Du hast doch Geld genug?«

Er griff nach dem Päckchen Zigaretten, das neben ihm auf dem Boden lag. Zündete sich eine neue Zigarette an. Er musste wahnsinnig nervös sein. Und es musste einen guten Grund dafür geben.

»Ich tue es nicht des Geldes wegen«, erwiderte er und zog an seiner Zigarette. »Das Geld ist Nebensache. Eine Trophäe. Nichts weiter.«

Sie runzelte die Stirn.

»Ich habe lange darüber nachgedacht, warum ich es tue«, fuhr er fort und schaute dabei zum Fenster. »Warum ich überhaupt damit angefangen habe. Was mich dazu getrieben hat. Und mich immer noch treibt. Und ich komme immer wieder zu demselben Ergebnis.«

Sie schaute ihn fragend an.

»Ich tue es für mich selbst«, fuhr er fort. »Für niemanden sonst.«

»Für dich selbst?«

Er nickte.

»Ich suche die Herausforderung. Diese Typen sind auf alles vorbereitet und zu allem fähig. Das macht die Sache zu einem Sport, zur ultimativen Herausforderung. Die brauche ich anscheinend. Ich brauche sie, Susan …« Er unterbrach sich und schaute sie starr an. »Um zu spüren, dass ich lebe.«

Sie fühlte, wie ihr Mund trocken wurde.

»Es ist mein Ventil. Meine Methode, um zu verhindern, dass ich völlig durchdrehe. Um nicht abzustumpfen.«

»Was für Kriminelle sind denn das, von denen du da redest?«, wollte sie wissen.

Er schluckte und rieb sich über die Augenbrauen.

»Sil?«

»Die ganz Harten. Die richtig schweren Jungs.«

»Aber diesmal …«

»Diesmal ist es schiefgegangen. Sie hätten mich beinahe erwischt.«

»Und … und warum ziehst du mich da mit hinein?«

Seine Augen verengten sich. Er wandte den Blick ab und starrte auf einen imaginären Punkt hinter ihr in einer Ecke des Zimmers.

Die Worte kamen leise, fast unverständlich aus seinem Mund. Sie musste sich Mühe geben, ihn zu verstehen.

»Es kann sein, dass sie von dir wissen, Susan. Ich bin mir nicht sicher. Aber ich will dich nicht unnötig in Gefahr bringen. Du solltest lieber hierbleiben.«

Entsetzt starrte sie ihn an. »Was sind das für Leute, Sil?«

Er erwiderte eindringlich ihren Blick. »Russen. Die russische Mafia.«

Sie hatte das Gefühl, als versinke sie ganz langsam in einer Wanne voller Skorpione. Heute Mittag erst war sie aus Norwegen zurückgekehrt, und ihre größte Sorge war es gewesen, rechtzeitig das Fotomaterial für eine Reportage über Skiurlaub im norwegischen Hemsedal abzugeben und Bier zu holen für den Fall, dass Reno vorbeikam. Oder Sven. Und jetzt, keine vier Stunden später, wurde sie plötzlich von der russischen Mafia bedroht.

Sil setzte sich neben sie und schlang einen Arm um ihr Bein. Sie schüttelte ihn mit einer gereizten Bewegung ab und schaute ihn wütend an. Sah den intensiven Blick in seinen Augen. Er versuchte, zu ihr durchzudringen. In sie hineinzuschauen. Er wollte wissen, was in ihr vorging.

Sie ließ es nicht zu. Wandte ihren Blick ab. In ihr wütete ein Orkan. Sie hatte geglaubt, ihn in- und auswendig zu kennen, und nun stellte sich heraus, dass er ihr völlig fremd war. Die Wände des Zimmers schienen auf sie zuzukommen. Plötzlich wollte sie nur noch weg.

»Ich brauche Zeit, um darüber nachzudenken«, sagte sie und stand auf. »Ich fahre jetzt nach Hause.«

Er sprang auf und drückte sie zurück auf das Bett.

»Nein«, sagte er. »Du kannst nicht zurück nach Hause.«

»O doch. Ich werde einfach gehen und wage es nicht, mich aufzuhalten!«

Wieder versuchte sie aufzustehen, aber er hielt sie am Arm fest. »Ich will nicht, dass du gehst!«

Streitsüchtig fuhr sie ihn an: »Das ist dein Problem! Du bist einfach krank, weißt du das? Krank!«

»Du bist genauso krank wie ich, Susan, wenn du es so ausdrücken willst«, erwiderte er. Seine Stimme klang heiser. »Du weißt es selbst nur noch nicht.«

Sie wurde aggressiv. »Vergleiche mich bloß nicht mit dir! Vielleicht bin ich in vieler Hinsicht ein bisschen daneben, aber solche bescheuerten Hobbys wie du habe ich noch lange nicht!«

Sie marschierte zur Tür, aber als sie nach dem Türknauf griff, riss Sil sie zurück. Sie schaute genau in den Lauf einer Pistole.

»Ich sage es jetzt noch einmal. Du bleibst hier!«

Sie erschrak maßlos. Ihre Augen wurden geradezu magnetisch von der Mündung der Waffe angezogen. Eine falsche Bewegung, ein Krampf, ein Muskelzucken, und ihr Leben würde an diesem Punkt enden. Wie versteinert blieb sie stehen. Unglaube und Angst zeichneten sich auf ihrem Gesicht ab. Im nächsten Moment wurde sie an die Wand gepresst, mit dem Gesicht zu der vergilbten Tapete. Wie ein Schraubstock hielt er mit einer Hand ihre Haare gepackt. Er zog ihr den Kopf in den Nacken.

»Au, du tust mir weh! Bitte lass mich gehen!«

»Du gehst nirgendwo hin!«

Sie fühlte das kalte Metall der Pistole an ihrer Schläfe. Ihr Atem ging schneller, sie zitterte am ganzen Körper, und ihr Herz hämmerte laut in ihrem Brustkorb. Wie verrückt war er eigentlich? Was hatte er vor? Was wusste sie im Grunde von ihm?

Wie viel konnte man überhaupt von seinen Mitmenschen wissen?

»Dieses Gefühl ist mit nichts zu vergleichen, Susan. Teile es mit mir, teile es!«

Seine Stimme klang befehlend, fast verzweifelt.

»Was fühlst du jetzt?« Er atmete schwer. »Sag es. Was fühlst du jetzt?«

»Ich habe Angst«, sagte sie mit einer Piepsstimme, die nicht ihr zu gehören schien.

»Was noch?«

Mit perverser Zärtlichkeit streichelte er mit der Pistole an ihrem Gesicht entlang und dann an ihrem Rückgrat hinunter und wieder herauf. Dann drückte er ihr den Lauf gegen den Hals. Es folgten Minuten der Stille, in denen sich weder er noch sie bewegten. Er stand ganz dicht bei ihr. Sie konnte seinen süßlichen Körpergeruch riechen. Fühlte sein Herz gegen ihren Rücken klopfen. Sein Atem strich an ihrem Ohr entlang. Sie zitterte und bebte.

»Was sonst noch, Susan?«, flüsterte er.

Er schmiegte sich an sie. All ihre Sinne schärften sich. Sie fühlte seine Oberschenkelmuskeln durch ihre Jeans hindurch. Seine Hüfte an ihrem Po. Seine Brust, die sich in demselben Tempo wie seine schnellen Atemzüge in ihrem Rücken hob und senkte.

Er lockerte seinen Griff und fing an, ihren Hals leicht zu massieren.

»Sag mir, was du sonst noch fühlst, Susan.«

Er biss ihr zart in den Hals. Die Berührung fuhr wie ein Elektroschock durch ihren ganzen Körper und verursachte eine kleine Explosion in ihrem Unterleib.

»Sag's mir!«

Ihr Verstand arbeitete auf Hochtouren, aber sie konnte nicht in Worte fassen, welches ihrer Gefühle das intensivste war. Sie empfand eine Mischung aus Weinen, Lachen und erotischer Anspannung.

»Ich ... weiß es nicht, ich ... O Gott, was geschieht mit mir?«

An welchem Punkt war die Lust größer geworden als die Angst? Hatte es überhaupt einen Übergang gegeben?

Ihr panisches Flüstern ging in ein Stöhnen über. Er nahm die Pistole weg und riss sie an sich.

»Teile es mit mir«, flüsterte er. Und dann, leiser: »Bitte.«

Sie sah, dass seine blauen Augen sich verdunkelt hatten wie der Himmel bei einem nahenden Gewitter. Sie waren jetzt dunkelgrau. Im Rausch ihrer Gefühle bekam sie kaum mit, wie ihre Kleidungsstücke eines nach dem anderen auf den Boden fielen. Er schob seine Hände unter ihren Po und presste sie gegen die glatte Tapete. Hob sie weiter hoch, bis ihre Füße den Boden nicht mehr berührten. Sie schlang die Beine um seine Taille, hielt sich an seinem Hals fest und legte den Kopf an seine Schulter. Er flüsterte ihr unverständliche Worte ins Ohr, die in ihren Körper hineinschlüpften und durch ihre Adern reisten, jeden Winkel ihres Körpers erreichten und kribbelnde Schauder auslösten. Er packte fester zu. Hielt sie mit seinem Blick gefangen. Im nächsten Moment drang er in sie ein. Sie drückte den Rücken durch. Stöhnte und knurrte wie ein wildes Tier. Krallte sich in seinem Rücken fest. Ihre Fingernägel hinterließen dunkle Striemen auf seiner Haut.

»Sieh mich an!«

Sie öffnete ihre Augen und schaute genau in seine, die ihr jetzt schwarz erschienen und sich mitten durch ihre Seele bohrten. Das Hotelzimmer um sie verschwamm in einem Strudel von Farben und Geräuschen. Sie umklammerte ihn, stöhnte bei jedem Stoß. Verlor jedes Gefühl für Zeit und Raum. Sie merkte kaum, dass er sie hochhob und auf die kühle Matratze legte, sie mit seinem Körper bedeckte, sie küsste und liebkoste. Wie er mit der Zunge und den Lippen über ihre Augenlider fuhr, über ihren Mund, ihren Hals, ihre Brüste, ihren Bauch und dann weiter hinunter, wie er eine heiße Spur auf ihrer Haut hinterließ, bis sie seine Bartstoppeln auf der empfindlichen Innenseite ihrer Beine scheuern spürte und nach Luft schnappte. Sie bog ihren Körper durch, gierig, fordernd, flehend. Sie stöhnte und zuckte. Ihre Finger krallten sich in die Matratze. Er umfasste ihre Hände, ihre Finger schlangen sich ineinander. Dann legte er sich auf sie und drang in sie ein. Sie rang nach Atem. Ihr Mund öffnete sich zu einem Schrei, aber es kam kein Laut hervor. Es gab kein Oben und kein Unten mehr. Nur einen gleichmäßigen, anschwellenden Rhythmus, der mit jedem Stoß schneller wurde und in einer unglaublichen Explosion endete, die sie beide zusammen in den alles versengenden Mittelpunkt der Erde hineinsog.

Lange Zeit blieben sie auf dem Bett liegen, ineinander verschlungen, eingeschlossen in ihre Körper.

Schrittweise nahmen ihre Sinne wieder ihre Arbeit auf, als würde sie jemand an einem Mischpult einen nach dem anderen einschalten. Gedämpfte Geräusche drangen von draußen herein. Hupende Autos in der Ferne. Regen, der gegen die Scheibe prasselte. Die Beulen der alten Bettfedern, die gegen ihren Rücken drückten. Draußen war die Dämmerung hereingebrochen. Das Hotelzimmer lag in grauen Schatten. Sie zuckte und zitterte und atmete immer noch schnell.

Sil rollte von ihrem erhitzten Körper herunter und stützte sich auf einem Ellenbogen ab. Blickte sie forschend an. Streichelte sie.

»Ich habe keine andere Möglichkeit mehr gesehen, es dir begreiflich zu machen«, sagte er leise.

Ihre Stimme klang unsicher. »Es macht mir Angst, Sil.«

»Es macht dir Angst?«

Sie nickte fast unmerklich.

»Du hast Angst vor deinen innersten Gefühlen, Susan?«, flüsterte er und streichelte sie dabei unablässig. »Angst davor, wie du wirklich bist?«

Sie schaute ihn an.

»Du hast eben die intensivsten, elementarsten Gefühle erlebt, die man nur empfinden kann. Und alle zugleich. Findest du das beängstigend? Wusstest du nicht, dass du dazu im Stande bist?«

»Du bist zu weit gegangen«, erwiderte sie heiser. Schluckte hörbar. Ihre Kehle war wie ausgedörrt.

»Zu weit wofür? Für wen? Für dich?« Er schüttelte den Kopf und blickte sie eindringlich an. »Nein, Susan, es ging dir keineswegs zu weit.«

Sie schüttelte den Kopf. »Das war lebensgefährlich.«

Er hielt sie mit seinem Blick gefangen. »Ich weiß. Aber du hättest dich sonst nicht geöffnet.«

»Das ist doch Wahnsinn!«

Er legte ihr den Zeigefinger auf die Lippen. »Pst. Hör auf, darüber nachzudenken. Was hast du eben empfunden? Erzähl mir einfach, was du gefühlt hast.«

Ihr traten die Tränen in die Augen. Sie fühlte sich wie zerschlagen, als sei eine Herde Elefanten über sie hinweggetrampelt. Aber es tat nicht weh. Nicht wirklich. Es fühlte sich gut an, nein, »gut« war ein viel zu schwacher Ausdruck dafür. Es war fantastisch. Ekstatisch. Das lag nicht unbedingt nur am Sex. Es ging viel tiefer als das. Viel weiter. Noch nie hatte sie sich so lebendig gefühlt.

Sie brauchte es ihm nicht zu erklären. Er wusste es, noch bevor sie es in Worte fassen konnte. Er hatte es die ganze Zeit gewusst.

»Erinnerst du dich noch daran«, begann er auf einmal, »wie langsam die Zeit verstrich, als du noch ein Kind warst? Ein Jahr dauerte eine Ewigkeit, ein ganzes Menschenleben. Aber sobald du älter wurdest, flogen die Wochen und Monate nur so vorüber. Schneller und schneller, sie schlüpften dir durch die Finger, ohne dass du dir dessen bewusst warst.«

Sie nickte, ohne zu wissen, worauf er hinauswollte.

»Weißt du auch, warum das so ist?«

Sie schaute ihn nur an. Schüttelte den Kopf.

»Es hängt mit deinen Gefühlen zusammen. Damit, offen für neue Erfahrungen zu sein. Sie zu fühlen, wirklich von Grund auf zu empfinden. Kinder besitzen diese Fähigkeit noch. Sie erleben alles noch ganz intensiv. Leben intensiv. Saugen das Leben in sich auf, jede Minute des Tages.«

Jetzt wusste sie, was er meinte.

»Dann lernen sie sich anzupassen. Von ihren Eltern, ihren Lehrern, ihrer Umwelt. Sie lernen, nicht vor anderen zu weinen. Nicht ungehörig laut zu lachen. Nicht über die Stränge zu schlagen. Sie lernen, ihre Gefühle, ihre inneren Impulse zu unterdrücken. Sich von ihnen zu distanzieren. Sie zu verdrängen. Sie distanzieren sich von dem, was sie sind und wonach sie eigentlich streben. Je älter sie werden, desto weiter entfernen sie sich von ihren Wurzeln und desto mehr erhöht sich ihre Wahrnehmungsschwelle. Und bis sie schließlich erwachsen sind, vergehen die Tage und Wochen wie im Flug.«

Er schwieg. Blickte sie unverwandt an, wollte sichergehen, dass sie ihm zuhörte. Dass sie begriff, was er meinte.

»Dann sind sie gefangen in ihren gesellschaftlichen Ritualen«, fuhr er fort. »Funktionieren wie Maschinen. Halten

Dinge für wichtig, die gar nicht wichtig sind. Ihre Ausbildung. Ihren Beruf. Ein Haus. Besitz. Weil es sich so gehört. Weil das normal ist. Weil sie es so gelernt haben. Aber empfinden sie auch so tief in ihrem Inneren? Nein. Innerlich schreit es in ihnen. Es quengelt und nörgelt. Deshalb suchen sie unentwegt nach Antworten. In der Religion, in Büchern, Musik, Alkohol, Drogen. Aber die wirkliche Antwort finden sie nicht. Sie steckt tief in ihnen, wurde aber so lange ignoriert und geleugnet, dass die Nervenbahnen dorthin abgeschnitten sind, wie ein unbenutzter Waldweg, der, von Unkraut und Gras überwuchert, auf die Dauer unsichtbar wird.«

Sie hörte ihm fasziniert zu.

»Generation für Generation werden die Menschen gegängelt«, fuhr er fort. »Und sie merken nicht einmal, Susan, dass sie jeden Tag ein klein wenig mehr absterben. Deshalb vergehen die Tage schneller. Weil die Menschen nicht mehr intensiv leben. Weil sie sich selbst verloren haben.«

Sie rückte näher an ihn heran. Er nahm sie in den Arm und schmiegte sein Gesicht in ihre Haare.

»Susan«, sagte er leise. »Ich habe auch einmal geglaubt, dass ein Designersofa, eine Küche aus rostfreiem Stahl und eine Karriere wichtig wären. Gesellschaftliche Geltung. Hart arbeiten, Erfolg haben, Empfänge abklappern, der ganze Zirkus. Dass es darum ginge im Leben. Bis mir eines Tages klar wurde, was eigentlich los war. Und ich mache da nicht mehr mit. Ich weigere mich, mich abstumpfen zu lassen. Denn es ist mein Leben. Es ist das Wertvollste, was ich besitze. Und ich will dieses eine Leben, das ich habe, auch bewusst leben.«

Sie legte die Wange an seine Brust. Fühlte, wie sein Herz klopfte. Langsam und kräftig. Sie blieb minutenlang so liegen, lauschte seinem Herzschlag, konnte kein Wort hervorbringen.

Schließlich flüsterte sie heiser: »Aber das passt nicht zusammen, Sil. Wenn du so am Leben hängst, warum schaffst du dir dann solche Probleme?«

»Das Gefühl zu haben, dass man lebt, mit seinem ganzen Wesen, ist niemals so stark wie an der Grenze zwischen Leben und Tod. Das hast du doch eben am eigenen Leib gespürt. Man fühlt den Adrenalinstoß im ganzen Körper, das Blut, wie es durch sämtliche Adern fließt, alles erlebt man so viel intensiver. Das ist es, was mich an diese Grenzen treibt. Atmen allein ist nicht genug. Ich will mit jeder Faser meines Körpers spüren, dass ich lebe!«

»Auch wenn das deinen Tod bedeutet?«

Er setzte sich auf und umfasste ihr Gesicht mit beiden Händen. Streichelte ihre Wangen mit den Daumen.

»Wenn dein Leben wie ein Film im Zeitraffer an dir vorbeizieht, Susan, dann bist du schon tot. Ich weiß, wie das ist. Aber ich weiß auch, wie anders es sein kann ... Ich will nicht mehr zurück. Verstehst du das?«

Sie hatte ihn noch nie so ernsthaft erlebt.

»Ja«, antwortete sie leise.

Sie verstand ihn. Aber sie wusste nicht, ob sie mit dem Wissen leben konnte, dass der einzige Mann, an den sie sich gebunden fühlte, absichtlich riskierte, einen frühen Tod zu sterben.

Er schien ihre Gedanken zu lesen.

»Vorhin hast du Angst gehabt«, sagte er. »Ich auch. Ich hatte furchtbare Angst davor, dass du weggehen würdest und mich nie mehr wiedersehen wolltest. Dass du mir keine Chance geben würdest. Ich habe keinen anderen Ausweg gesehen. Ich musste unbedingt erreichen, dass du mir zuhörst. Alice konnte ich es nie begreiflich machen. Ich will nicht denselben Fehler noch einmal machen, Susan. Nicht mit dir.«

In einer plötzlichen Aufwallung streichelte sie ihm über den Kopf.

»Ich will nicht. Ich kann nicht. Verdammt nochmal.«

Wieder nahm er ihr Gesicht in beide Hände, sodass sie ihn anschauen musste.

»Ich will nicht unbedingt alt werden, Susan. Ich bin nicht scharf darauf, mit einem Rollator durch eine altengerechte Wohnung zu schlurfen und die Vögel mit Brotkrumen zu füttern. Lieber erschieße ich mich. Du wirst also wahrscheinlich nicht gemeinsam mit mir alt werden. Sollte ich dir das jemals versprechen, dann aus reinem Egoismus, um dich an mich zu binden. Aber es wäre eine Lüge. Und wenn du mit diesem Gedanken nicht leben kannst, darfst du nicht bei mir bleiben und hoffen, dass ich meine Meinung ändere, denn das wird nicht geschehen. In dem Fall musst du gehen. In dem Fall musst du an dich selbst denken.«

Er schwieg für einen Moment. Holte tief Luft. Schaute sie gequält an. »Aber noch sind wir keine achtzig, Susan. Noch lange nicht. Ich habe drei Tage lang in diesem Stinkloch gesessen und bin fast durchgedreht bei der Vorstellung, dass sie dich vielleicht schon gefunden hätten. Ich habe dich in einer Tour angerufen. Ich bin vor Angst schier verrückt geworden. Mir wurde klar, dass ich dich liebe, mehr als irgendjemanden sonst auf der Welt, und ich wusste auf einmal, dass ich dich nicht verlieren will, Susan. Ich habe viel Zeit zum Nachdenken gehabt. Ich habe mir vorgestellt, du wärst hier, gesund und munter, und wie ich dir von mir erzählte und wie du darauf reagieren würdest. Ich hatte Angst, dass du mich danach nie mehr wiedersehen wolltest, dass du nicht akzeptieren könntest, was ich tue. Und in dem Moment wurde mir klar, dass du für mich wichtiger bist als alles andere und ich die guten Jahre mit dir teilen will. Und wenn das bedeuten würde, damit aufzuhören, diesen Typen hin und wieder einen Besuch abzustatten, dann würde ich es tun.«

Susan schluckte. Alt und gebrechlich zu sein war eine abstrakte Vorstellung, es lag noch so fern in der Zukunft. Sie lebte im Hier und Jetzt, in der Gegenwart. Und die Vorstellung, dass er sich mutwillig in lebensgefährliche Situationen begab, vielleicht irgendwo verblutete, während sie gerade fotografierte, war womöglich noch surrealer.

Sie schüttelte den Kopf.

Es spielte keine Rolle, was sie wollte. Es war egal.

Ihr war klar, dass sie ihn nicht darum bitten konnte, aufzuhören. Sie würde ihn damit zu einem Leben verurteilen, in dem er sich eingesperrt fühlen würde wie ein Tiger in einem zu kleinen Zookäfig, der ziellos hin- und herlief und jeden Tag ein wenig mehr abstumpfte, bis schließlich nichts mehr von ihm übrig blieb.

Plötzlich fiel ihr eine Geschichte ein, die ihr ihre Mutter früher manchmal vor dem Schlafengehen erzählt hatte. Die Geschichte begann immer an einem sonnigen Tag, an dem ein Mädchen einen verletzten Vogel fand. Sie setzte den Vogel in einen Käfig und versorgte ihn hingebungsvoll. Dank ihrer Fürsorge und Aufmerksamkeit ging es dem Tier von Tag zu Tag ein bisschen besser. Eines Tages war der Vogel wieder kerngesund, und es wurde Zeit, ihm die Freiheit zu geben. Aber das Mädchen hatte den Vogel so lieb gewonnen, dass sie es nicht übers Herz brachte, ihn fliegen zu lassen. Sie hatte zu große Angst davor, dass sie ihren kleinen Freund nie wiedersehen würde, dass er davonflöge in die weite Welt und sie vergäße. Deshalb kaufte sie einen größeren, schöneren Käfig für ihn, fütterte ihn mit den schönsten Leckerbissen und leistete ihm jeden Tag Gesellschaft. Doch eines Tages, als das Mädchen aus der Schule kam und nach ihrem Vogel sah, war ihr

Liebling tot, das Körperchen zwischen den Gitterstäben zerquetscht. In dem Versuch, sich aus dem Käfig zu befreien, hatte sich das Tier selbst getötet.

Es war keine schöne Geschichte und sie ähnelte in keiner Weise den Geschichten und Märchen, die die Mütter ihrer Freundinnen vor dem Schlafengehen erzählten. Die gingen immer gut aus.

Aber irgendwie erzählte ihre Mutter die Geschichte stets so lebendig, dass sie immer aufmerksam zuhörte und sich jedes Mal wieder über die Gedankenlosigkeit des Mädchens ärgerte. Ganz selten einmal, wenn sie sie sehr eindringlich darum bat, erzählte ihre Mutter eine andere Version, bei der das Mädchen den Vogel doch noch freiließ. Nach vielen Irrwegen, Jahre später, saß das Tier dann eines Tages zwitschernd vor ihrem Schlafzimmerfenster und blieb aus freiem Willen bei ihr. Allerdings nicht in einem Käfig, sondern im Garten.

Erst viele Jahre nach dem Verschwinden ihrer Mutter hatte Susan begriffen, dass es in der scheußlichen Gutenachtgeschichte gar nicht um einen Vogel gegangen war.

Zwei Wochen vor Susans fünfzehntem Geburtstag war ihre Mutter plötzlich spurlos verschwunden. Weder Susan noch ihr Vater noch die Polizei noch die Bewohner der Nachbarschaft hatten irgendeine Ahnung, wo sie hätte sein können. Oder ob ihr vielleicht etwas zugestoßen war. Und sie war nie wieder zurückgekehrt, anders als der Vogel in ihrer Geschichte. Im Laufe der Zeit hatte Susan das Verschwinden ihrer Mutter als unabänderliche Tatsache hingenommen und aufgehört, überall nach einer Frau Ausschau zu halten, die ihrer Mutter ähnelte und ungefähr in dem Alter war, in dem sie jetzt sein musste.

»*Was du lieb hast, Susan, das musst du freilassen.*«

Sie hörte die warme, beruhigende Stimme ihrer Mutter so

deutlich im Ohr, als säße sie neben ihr, hier in diesem Raum, in Fleisch und Blut. Susan erschauerte.

Sie glaubte nicht an Geister. Und auch nicht an einen Gott. Weder an Reinkarnation noch an Astrologie noch an ein vorherbestimmtes Schicksal oder was auch immer. Sie glaubte fest an die Gesetze der Biologie, Chemie und Physik, an die chemischen Reaktionen von Substanzen im menschlichen Körper und dass diese das Denken und Handeln bestimmten. Sie glaubte, dass die heutige Wissenschaft einfach noch nicht so weit war, das menschliche Gehirn und dessen Möglichkeiten vollständig zu ergründen. Sie glaubte, der menschliche Geist sei zu wesentlich mehr im Stande, als man derzeit wissenschaftlich nachweisen konnte. Sie glaubte, dass in den grauen Zellen praktisch alles gespeichert wurde, was man je gelesen oder gehört hatte, und dass der Verstand wie eine Art Rumpelkammer funktionierte, die im Laufe des Älterwerdens immer voller wurde und in der alles durcheinander auf einem Haufen lag. Dann und wann öffnete sich jedoch ein Zugang dazu, manchmal gerade am richtigen Ort und zur richtigen Zeit.

Was man lieb hat, muss man freilassen.

Plötzlich wurde ihr das alles zu viel. Sie fing herzzerreißend an zu weinen. Sil nahm sie in die Arme und zog sie auf seinen Schoß. Wie ein Kind klammerte sie sich an ihn, ließ sich hätscheln und wiegen und sich sanft über den Rücken streicheln. Er hauchte ihr einen Kuss auf die Stirn, küsste ihre Augenlider. Wischte ihre Tränen weg. Betrachtete ihr Gesicht, an dem feuchte Haarsträhnen klebten und aus dem ihn zwei Augen, die inzwischen ebenso gerötet waren wie seine, verwirrt anblickten.

»Sil Maier, du bist völlig übergeschnappt.«

23

Durch die Gardinen fiel fahles Licht herein und kündigte auf trostlose Weise den Morgen an. In der Ferne hörte Susan den Verkehr rauschen. Neben ihr atmete Sil tief und regelmäßig. Sie drehte sich zu ihm um. Er lag auf dem Rücken, die Hände im Nacken gefaltet, und starrte an die Decke.

»Du bist ja wach«, sagte er.

Sie stützte sich auf die Ellbogen. Sie merkte, dass ihre Augen noch vom Weinen geschwollen waren, und fühlte sich geschwächt, als habe sie drei Wochen lang Fieber gehabt und dürfe heute zum ersten Mal wieder aufstehen.

»Wie lange machst du das schon?«, fragte sie.

»Ungefähr seit drei Jahren.«

»Warum bist du bisher nie erwischt worden?«

»Na ja, andere Leute, die jenseits der Legalität agieren, bewegen sich eben innerhalb bestimmter Kreise. Da findet sich immer irgendjemand, der unter Druck zusammenbricht und dich verpfeift. Und es gibt immer irgendeinen Anhaltspunkt, von wo aus man dich suchen kann und dich irgendwann zwangsläufig findet. Einen Waffenlieferanten oder jemanden, mit dem man gelegentlich zusammenarbeitet. Ich arbeite allein, deshalb wird man bei mir keinerlei Anhaltspunkt finden. Ich gehe äußerst sorgfältig vor, bin sehr vorsichtig und sorge dafür, dass ich beim Observieren und bei dem eigentlichen Überfall unerkannt bleibe. Ich plane alles bis ins kleinste Detail.«

»Aber nicht akribisch genug, wie es scheint.«

Er verzog reumütig den Mund. »Es tut mir leid, Susan, dass ich dich da mit hineingezogen habe. Aber es ist bald vorbei. Ich kriege das wieder hin.«

»Wie denn?«

Er schwieg.

»Wie, Sil?«, wiederholte sie.

»Diese Typen werden mich nicht laufen lassen«, antwortete er ruhig. »Selbst wenn das Geld wieder zum Vorschein kommt. Die wollen Blut sehen. Aber ich habe keine Lust, für den Rest meines Lebens jedes Mal eine Waffe ziehen zu müssen, wenn es an der Tür klingelt. Oder jedes Mal bevor ich in mein Auto einsteige, darunter nachschauen zu müssen, ob keine Bombe dranhängt. Und ich will, dass du in Sicherheit bist. Also werde ich das Problem ein für alle Mal lösen.«

Sein Blick verhärtete sich. Unwillkürlich drängte sich ihr eine Frage auf, deren Antwort sie im Grunde schon kannte.

»Hast du schon einmal …«

»… jemanden umgebracht?«

Sie nickte.

»Wäre das schlimm für dich?«

»Kommt drauf an, wie, glaube ich«, antworte sie leise.

»Spielt das denn eine Rolle?«

Sie dachte nach. Mord blieb Mord, aber die Art und Weise machte schon einen Unterschied aus. Der Grund auch. Und wer es gewesen war.

»Ich denke schon«, sagte sie schließlich.

»Ich versuche, möglichst zu verhindern, dass jemand getötet wird«, sagte er und versuchte mit aller Macht, den abscheulichen Anblick des brennenden Paul Düring aus seinen Gedanken zu verbannen. »Und auf die Gelegenheiten, bei denen es sich nicht vermeiden ließ, bin ich wirklich nicht stolz. Kannst du damit leben?«

Sie nickte. »Ja.«

Er setzte sich hin. Schüttelte das Kissen hinter sich auf und drückte es zwischen seinen Rücken und die Wand. Nahm sich eine Zigarette aus dem Päckchen auf dem Nachtschränkchen und zündete sie an.

»Kannst du nicht einfach fortgehen?«, fragte sie, schob sich ihr Kissen unter die Brust und schlang die Arme darum. »Das alles einfach hinter dir lassen?«

»Fortgehen?« Er zog die Augenbrauen hoch. »Wie meinst du das?«

»Na ja, ins Ausland?«

Er schüttelte den Kopf. »Das würde nur einen Aufschub bedeuten. Irgendwann würden sie mich kriegen. Sie haben mich sogar mitten in Südfrankreich aufgespürt.«

»Was ist denn eigentlich genau geschehen?«

Er dachte nach. Sah wie in einem Zeitraffer die Morde an Hase und Johnny vor Augen. An den beiden älteren Kerlen. Die Liquidation der Auftragskiller im Verdon. Er schloss die Augen und schüttelte den Kopf. Das würde er ihr nicht erzählen. Sie hatte vorerst genug zu verarbeiten.

»Die Sache ist die«, begann er. »Bei dem letzten Überfall hat mich jemand erkannt, und das Problem ist, dass ich nicht weiß, wer. Ein paar Tage bevor ich neulich zu dir gekommen bin, habe ich einen Schlag auf den Kopf gekriegt und war eine Zeit lang bewusstlos. Ich wurde eingesperrt, konnte aber entkommen. Alle, die an diesem Abend dabei waren, haben mein Gesicht gesehen. Aber nur einer ist davongekommen. Mir entwischt.«

Er ignorierte ihren entsetzten Gesichtsausdruck und fuhr fort: »Also kann es nur dieser Kerl gewesen sein. Er hat sie auf meine Spur gebracht. Und das Einzige, das ich von dem Kerl weiß, ist, dass er groß sein muss. Mindestens genauso groß wie ich, oder größer. Er kann Russe sein, aber ebenso gut auch Niederländer oder Deutscher. Kurzum, es könnte jeder sein. Jemand, der mich schon vorher kannte und mich dort wiedererkannt hat, oder jemand, der mich in den Tagen nach dem Überfall und bevor ich nach Frankreich gefahren bin irgendwo gesehen hat und mir nach Hause gefolgt ist. Irgendwie so muss es gewesen sein.«

»Hast du irgendeine Idee, wo du suchen sollst?«

»Ja. Aber ich weiß bisher noch zu wenig über diesen Verein. Also werde ich zunächst ziemlich viel Zeit in Erkundigungen investieren.«

»Und das bedeutet?«

»Dass ich versuche, mir ein Bild von der Organisation zu machen. Versuche, herauszufinden, ob meine Vermutungen zutreffen. Und dann werde ich herausfinden müssen, wer dort das Sagen hat. Und ob es einen oder mehrere Bosse gibt. Und an die muss ich herankommen. Aber das kann gut eine Woche dauern, vielleicht auch zwei.«

»Und dann, Sil? Wenn du weißt, wer sie sind?«

Er antwortete nicht. Ihr lief ein kalter Schauder über den Rücken. »Über wie viele Leute reden wir?«, fragte sie.

»Keine Ahnung. Vielleicht zwei. Vielleicht auch mehr. Aber das muss ich noch prüfen. Jetzt, wo du in Sicherheit bist, will ich so schnell wie möglich damit anfangen. Heute Abend noch. Und ich möchte, dass du in der Zwischenzeit hierbleibst.«

»Hier?«

Er nickte. »Ja. Solange es nötig ist. Hier bist du sicher.«

Sie schaute sich um. Der Gedanke, hier in diesem ekelhaften Loch hocken zu müssen, behagte ihr überhaupt nicht. Und wer weiß, ob er wieder zurückkehrte?

»Ich möchte lieber nach Hause, Sil. Hier will ich nicht bleiben.«

»Das verstehe ich, Susan, aber es geht nicht. Wenn sie gut sind, und sie sind gut, dann wissen sie von dir. Und dann wissen sie auch, wo du wohnst.«

»Warum sind sie dann noch nicht bei mir gewesen? Du hast doch gesagt, dass du schon seit vier Tagen hier bist.«

»Wahrscheinlich wissen sie noch nicht mal, dass ich entkommen bin. Davon gehe ich aus. Verstehst du nicht, mit wem wir es zu tun haben, Susan? Diese Leute gehen über Leichen. Ich habe ihnen ziemlich viel Geld abgeknöpft. Sie sind stinkesauer und wollen mich kriegen. Du bist mein einziger Schwachpunkt. Und ich wage gar nicht daran zu denken, was sie mit dir anstellen, falls sie dich erwischen.«

Sie schaute ihn erschrocken an, als würde ihr jetzt erst klar, dass sie in Lebensgefahr schwebte.

Er drückte seine Zigarette aus und stand vom Bett auf.

»Sil«, sagte sie, als er sich von ihr wegdrehte. »Ich meine das ernst. Hier will ich nicht bleiben. Es muss doch noch eine andere Möglichkeit geben!«

Er schüttelte den Kopf. »Nein, leider nicht.«

Er ging unter die Dusche. Sie hörte das Wasser plätschern und feuchter Dunst wallte ins Zimmer. Sie umklammerte das Kissen und drehte sich auf die andere Seite. Starrte die schmutzigen Gardinen an. Versuchte sich vorzustellen, wie es wäre, hier allein zu sein. Wie lange hatte Sil gesagt? Wochen? Das würde sie nicht überleben. Die Untätigkeit würde sie verrückt machen. Und die Angst, dass er nicht mehr zurückkäme.

Sie hörte, wie er den Hahn zudrehte. Er kam zu ihr ins Zimmer, noch dampfend warm vom Duschen. Er trocknete sich ab und blickte zu ihr hinunter.

»Es gibt doch noch eine andere Möglichkeit«, sagte er.

Drei Stunden später saßen sie schweigend nebeneinander in einem gemieteten blauen Opel Corsa. Der Mann am Steuer hatte dickes, blondes Haar und einen Backenbart. Der sichelförmige Bluterguss neben seinem Auge war unter einer Schicht Make-up und einer Brille verborgen, die aufgeplatzte Oberlippe versteckte sich fast vollständig unter einem blonden Kunsthaarschnäuzer. Susan hatte zugesehen, wie Sil sich im Badezimmer maskiert hatte und sich dabei Schritt für Schritt in einen Typ Mann verwandelte, von dem es auf der Straße nur so wimmelte. Ein Allerweltsgesicht. Natürlicher war ihr klar, warum er das tun musste, aber es war, als verkleide er sich nicht nur äußerlich. Als er fertig war, war ihr sein Anblick unheimlich.

Ihren Vitara hatte sie, um es mit seinen Worten auszudrücken, »abgeschrieben«. Der kleine Geländewagen stand versteckt in der Anonymität eines riesigen Parkplatzes am Rotterdamer Flughafen, wo sie auf ihren Namen für drei Wochen ein Auto bei Hertz gemietet hatten.

Sie schaute hinaus. Sie fuhren eine schmale Straße entlang, die sich, rechts und links von Eichen gesäumt, durch eine ländliche Gegend schlängelte. Sie sah große Bauernhöfe mit Reetdächern und Gärten, in denen Spielgeräte für Kinder standen. Eingezäunte kleine Weiden mit Ziegen, Gänsen und Shetlandponys. Große, umgepflügte Stoppelfelder, auf denen vor einem Monat der Mais abgeerntet worden war.

Susan kannte diese Gegend gut. Sie waren höchstens fünf Kilometer Luftlinie von ihrem Apartment in der Stadt entfernt. Doch irgendwie sah heute alles anders aus. Wie auf einem anderen Planeten. Dieselbe Landschaft, aber aus einer anderen Perspektive betrachtet. Sil hatte sie mit seiner Paranoia angesteckt.

Sie bogen auf den asphaltierten Parkplatz eines Ferienparks

ein, der mitten in den Laubwäldern lag. Sil stellte das Auto vor dem Eingang ab und holte die Reisetaschen aus dem Kofferraum. Sie nahm ihm eine ab.

»Nicht vergessen: Wir sind im Urlaub. Also immer schön lächeln!«, mahnte er sie eindringlich und zwinkerte ihr aufmunternd zu.

Sie nickte nervös.

Der Empfang befand sich in einem feststehenden Wohnwagen, der mit Drehständern für Prospekte der örtlichen Sehenswürdigkeiten vollgestopft war. An einem Tisch, der als Schalter diente, saß eine Frau Ende sechzig und blätterte in einem Klatschblättchen. Ihre graue Dauerwelle, die wohl eine Überdosis Farbspülung abbekommen hatte, leuchtete violett. Über ihre Lesebrille hinweg blickte sie auf.

»Hallo«, grüßte Sil freundlich. »Meine Freundin hatte Sie vorhin angerufen.«

»Ach ja«, sagte die Frau fröhlich, »Sie wollten mal spontan Urlaub machen.«

Sil nickte. Stieß Susan an. Sie lachte wie ein Bauer mit Zahnschmerzen.

»Zeigen Sie mir bitte Ihren Ausweis? Ich brauche ihn nur von einem von Ihnen, Führerschein oder Pass geht auch.«

Susan zog ihren Pass aus der Innentasche ihrer Jacke und legte ihn auf den Tisch.

Die Frau notierte sich die Nummer in einem Empfangsbuch und stand auf.

»Haben Sie Bettwäsche und Handtücher dabei?«

Susan schüttelte den Kopf.

»Macht nichts, Sie können sich hier welche leihen. Zwölf Euro pro Paket.«

»Prima.«

Die Frau wippte hoch auf die Zehenspitzen, zog mehrere in Plastik eingeschweißte Pakete aus einem Regal und gab sie Susan. Anschließend öffnete sie ein Schlüsselkästchen aus Holz und holte einen Schlüssel heraus, den sie ebenfalls Susan reichte.

»Ihr Haus heißt *Waldeule.* Sie gehen diesen Weg bis ganz ans Ende durch und biegen dann links ab. Es ist das zweite Haus auf der rechten Seite. Soll ich Sie hinbringen?«

»Nein danke«, sagte Sil. »Nicht nötig. Wir werden es schon finden.«

Es waren keine vierhundert Meter zu Fuß über den unebenen Waldweg. Sie begegneten niemandem. Die dutzende kleinen Häuser, an denen sie vorbeikamen, schienen leer zu stehen.

Ihres war ein braun gebeiztes Holzhäuschen mit weißen Fensterrahmen und einem grauen, mit Schindeln gedeckten Spitzdach. Inklusive der Veranda war es nicht größer als fünfzig Quadratmeter. Man ging über die Veranda hinein. Drinnen roch es nach Holz und Reinigungsmitteln. Der Fußboden bestand aus Kiefernholzdielen, und es gab eine Sitzecke mit Korbmöbeln und einem kleinen, schwarzen Fernseher auf einem Beistelltischchen aus Rattan. Die Küche bestand aus einem weißen Küchenblock, und rund um einen Küchentisch, der noch feuchte Wischspuren aufwies, standen vier Thonetstühle. An den Wänden hingen billige, weiß gerahmte Aquarellkunstdrucke und auf den Tischen und der Fensterbank im Wohnzimmer standen ein paar weiße Vasen mit künstlichen Blumen. Das Haus war klein, bot nur ein Minimum an Luxus und würde keinen Schönheitspreis gewinnen, aber es war ein Riesenfortschritt im Vergleich zu der winzigen Absteige in Antwerpen.

Sil ging sofort durch in das kleine Schlafzimmer und stellte seine Reisetaschen neben das Bett. Susan begann mechanisch, das Bett zu überziehen, und legte die Handtücher ins Badezimmer, das an das Schlafzimmer angrenzte. Sil rumorte in der Küche herum, klappte Schränke auf und zu und fand Filtertüten und Kaffee. Alles ging schnell, effizient und wortlos vonstatten. Für einen Außenstehenden hätte es ausgesehen, als seien sie seit zwanzig Jahren verheiratet.

Susan merkte, dass sie zitterte, und setzte sich auf das Sofa im Wohnzimmer.

»Hunger?«, fragte Sil und schaute um die Ecke.

Sie nickte.

»Dann gehe ich uns etwas holen. Ich muss sowieso noch ein paar Dinge erledigen. Ich habe schon mal Kaffee aufgesetzt. Ist es okay, wenn ich dich für kurze Zeit allein lasse?«

Sie nickte ergeben.

Er kam auf sie zu und gab ihr einen Kuss. Die Kunstfasern des Schnäuzers pikten ihr in die Oberlippe, und sie wich unwillkürlich zurück. Er zog sie vom Sofa hoch und drückte sie an sich. »Ist ja nur für eine Woche, Susan«, beruhigte er sie. »Höchstens zwei. Es ist bald vorbei, das schwöre ich dir. Aber bis dahin möchte ich, dass du hierbleibst.«

Sie nickte kaum merklich. Er drückte kurz ihren Oberarm und ging.

Vom Wohnzimmerfenster aus schaute sie ihm nach. Sie sah ihn den Waldweg in Richtung der Rezeption entlanggehen, zwei Reisetaschen über der Schulter. Als er weg war, schlüpfte sie aus ihren Schuhen und setzte sich wieder auf das Sofa. Zog die Beine an und schlang die Arme darum. Legte das Kinn auf die Knie. Starrte ausdruckslos vor sich hin.

Sie litt unter der Situation.

Trotz der spürbaren Anspannung vergingen die Stunden wie im Flug. Inzwischen war es Abend geworden. Nach Sils Rückkehr aßen sie ein paar Brote, und Sil informierte sie über die neuesten Entwicklungen. Er erzählte ihr, dass er ein Motorrad geliehen hatte, weil er damit im Zweifelsfall beweglicher war als mit einem Auto. Er hatte einen schwarzen Helm und verschiedene Utensilien aus einem Baumarkt mitgebracht. Nach dem Essen war er am Küchentisch sitzen geblieben, einen Block und einen Kugelschreiber vor sich, und hatte sich von Susan abgeschottet. Sie hatte ihm dabei zugeschaut, wie er hastige Entwürfe zeichnete, wütend Pfeile quer über das Papier malte und dann und wann Abkürzungen einkreiste, neben denen Daten standen. Und zahlreiche Fragezeichen. Die ganze Zeit über hatte er kein Wort gesagt und so getan, als sei sie Luft. Die Spannung in dem kleinen Haus war zum Schneiden.

Sein Verhalten sowie die Aussicht, dass er heute Abend ganz allein diese Mafiatypen ausspionieren wollte, hatten sie schier verrückt gemacht.

Mafiatypen, die ihn töten wollten. Und sie vielleicht auch.

Als der Abend hereinbrach, hatten sie schweigend eine Dosensuppe gegessen. Anschließend hatte er sich zu einem kurzen Nickerchen ins Schlafzimmer zurückgezogen.

Als er wieder auftauchte, war er unmaskiert. Er war wieder Sil, mit dem Unterschied, dass er jetzt eine Tarnhose mit grünen, braunen und schwarzen Flecken trug, dazu schwarze Sportschuhe und einen schwarzen Rolkragenpulli. Er hatte ein beigefarbenes Holster umgeschnallt, aus dem der Griff einer Pistole hervorschaute. Sie erkannte sie sofort als die Waffe, mit der er in Antwerpen auf sie gezielt hatte. Ein Schauder lief ihr den Rücken hinunter, und er musste es bemerkt haben, aber er beachtete sie nicht und wühlte stattdessen in einem schwarzen Rucksack herum. Überprüfte den Inhalt.

Sie betrachtete seine Kleidung, die aussah, als habe er sie schon oft getragen. Die Hose war an den Knien abgeschabt. Sie registrierte seinen konzentrierten Gesichtsausdruck. Die offensichtliche Routine, mit der er sich vorbereitete.

»Ich muss gleich los«, sagte er.

Sie hob den Blick.

»Hast du schon mal geschossen?«, fragte er.

Sie nickte. »Ja.«

»Ist es schon lange her?«

»Nein, erst letzte Woche.«

Er runzelte die Stirn und gleichzeitig erschien ein Lächeln auf seinem Gesicht. Das erste Lächeln des Tages.

»Erzähl.«

»Ich unternehme manchmal etwas mit Sven, meinem Nachbarn. Er ist in einem Schützenverein und hat mich mitgenommen.«

»Hast du es mit einer .22er probiert?«

»Ja, und mit einer 9-Millimeter.«

»Hat es denn einigermaßen geklappt?«

»Ja, ziemlich gut sogar. Vom Prinzip her ist es ähnlich wie Fotografieren, nur tritt meine Kamera nicht aus, wenn ich auf den Auslöser drücke.«

Wieder lächelte er.

»Okay«, sagte er, ging ins Schlafzimmer und kehrte mit einer schwarzen Automatikpistole zurück. Mit einem Klicken schob er das Magazin in den Griff. Legte den Sicherheitshebel um. Zog den Schlitten nach hinten. Legte die Pistole vor sie auf den Wohnzimmertisch. Sie schaute die Waffe an. Dann wieder ihn.

»Sie ist jetzt entsichert.«

Susan sagte nichts, schaute ihn nur unverwandt an.

»*Same procedure.* Wenn ich zurückkomme, klopfe ich in

demselben Rhythmus an wie du in Antwerpen. Beim geringsten Verdacht zögerst du keine Sekunde.«

Sie hob fragend den Blick.

»Dann schieß, um zu töten.«

Sie riss die Augen auf.

»Wie soll ich das denn machen?«

»Du zielst auf Kopf, Hals oder Brust«, antwortete er, als sei es das Normalste auf der Welt, in einem Ton, als verrate er ein Tortenrezept. »Versuche, die Person ins Gehirn, ins Rückenmark oder ins Herz zu treffen, dorthin, wo ein einziger Schuss sofort tödlich ist.« Er fuhr von der Mitte seiner Stirn hinunter zur Brust. »Ziele auf irgendeine Stelle, die auf dieser Linie liegt.«

»Ich weiß nicht … Ich weiß nicht, ob ich das kann.«

»Die Wahrscheinlichkeit ist zwar gering, aber wenn sie dich finden, will ich mir gar nicht ausmalen, was sie mit dir anstellen werden. Deshalb schieß, um zu töten, Susan. Nicht nachdenken, tu es einfach. Und bring es zu Ende. Wenn du einen erwischt hast und er ist noch nicht tot, musst du nochmal schießen. Warte nicht ab, schieß einfach vier-, fünfmal. Versprichst du mir das?«

Sie schwieg.

»Das Magazin dieser Pistole enthält siebzehn Patronen«, erklärte er und deutete auf die Waffe. »Also zähle, während du schießt. Dann weißt du, wie viele du noch übrig hast. Das erspart dir unangenehme Überraschungen.«

Sie fragte sich, ob es nicht sowieso schon eine unangenehme Überraschung wäre, die Waffe überhaupt gebrauchen zu müssen. Aber sie sagte nichts.

»Wahrscheinlich wird es nicht nötig sein«, sagte er leise. »Aber sicher ist sicher. Es sind üble Typen, und sollten sie hier aufkreuzen, dann denk gar nicht lange nach, sondern schieß!«

Sie nickte. Versuchte zu schlucken, aber sie hatte einen dicken Kloß im Hals.

»Morgen früh bin ich wieder da«, versprach er. »Oder schon früher.«

Etwas in seinen Augen sagte ihr, dass er seiner Sache nicht so sicher war, wie er ihr weismachen wollte.

»Willst du sie wirklich nur observieren? Und bist du dir sicher, dass sie dich nicht bemerken werden?«

Er zögerte einen Augenblick. Lange genug, um ihr einen Schrecken einzujagen.

»Ja«, sagte er.

Sie glaubte ihm nicht. Er versuchte, sie um jeden Preis zu beruhigen, aber sie spürte die unterschwellige Spannung, die von ihm ausging.

»Sil ... Ich habe Angst. Angst, dass dir etwas passiert«, flüsterte sie.

»Entspann dich«, entgegnete er. »Ich kann gut auf mich selbst aufpassen, und ich weiß, was ich tue.«

Er küsste sie auf die Stirn. Nahm ihr Gesicht in beide Hände und schaute sie eindringlich an.

»Bleib im Haus. Versprichst du mir das?«

Sie nickte.

»Dann bis gleich«, sagte er und ging zur Tür hinaus.

Sie lauschte angespannt auf seine Schritte, aber umsonst. Kurz darauf hörte sie in der Ferne ein Motorrad anspringen und wegfahren. Dann wurde alles still. Ihr Blick fiel auf die Pistole. Sie lag auf dem Kiefernholztischchen und grinste sie hämisch an. Sie sprang vom Sofa auf und ging in die Küche. Schaute in sämtliche Schubladen und Schränke und fand schließlich, wonach sie suchte: den Schreibblock mit seinen Aufzeichnungen. Sie nahm ihn mit ins Wohnzimmer und setzte sich wieder auf das Sofa. Sie studierte seine Anmerkungen. Seitenweise Begriffe und Abkürzungen, auf die sie sich keinen Reim machen konnte. Es war wie ein Rätsel, eine Knobelei für Fortgeschrittene. Mitten auf der ersten Seite stand ein eingekreister Code, *P4Y,* und dahinter ein Ausrufezeichen. Von allen Seiten zeigten Pfeile darauf. Sie fragte sich, was *P4Y* bedeutete. Wahrscheinlich war es wichtig.

Plötzlich fiel es ihr ein: *Programs4You.* Die Firma, für die Alice gearbeitet hatte. Sie runzelte die Stirn. Was hatte ein Sender wie *Programs4You* mit der russischen Mafia zu tun?

24

Er näherte sich dem Firmengelände von der Rückseite her. Besucher, die durch den Haupteingang kamen, konnten nicht ahnen, wie weit sich das Grundstück dahinter erstreckte. Zehn riesige Lagerhallen standen in einer Reihe hintereinander. Über jedem der Halleneingänge hingen Breitstrahler, die das Gelände in ein bläuliches Licht tauchten, ähnlich wie das der Xenonscheinwerfer hochwertiger Autos. Die Lagerhallen standen von seiner Position aus betrachtet auf der rechten Seite des Geländes und dahinter ragte die Glaskonstruktion des eigentlichen Firmengebäudes auf. Auf der linken Seite standen dutzende Container und ein großer, gelber Gabelstapler, der offenbar zum Beladen der Container diente. Überall sah man Stapel von Holzpaletten. Als er das Tor erreichte, erkannte er auf der Seitenfläche eines der Container die Aufschrift *Annas Theaterproduktionen.*

Er kletterte über den Maschendrahtzaun, der unter seinem Gewicht quietschend hin- und herschwankte, und ließ sich auf der andere Seite hinunterrutschen. Er duckte sich und wartete. Lauschte konzentriert. Er konzentrierte sich so stark, dass sein Gehör kilometerweit entfernte Geräusche registrierte. Fahrzeuglärm von der Autobahn her. Das hohe Kreischen einer Möwe. Es kostete ihn große Anstrengung, nur auf Laute in seiner direkten Umgebung zu achten. Schritte, Türen, die auf- oder zugingen. Aber er hörte nichts von alledem.

Er wunderte sich darüber, dass keine Wachhunde auf dem

Gelände frei herumliefen, und er fragte sich, ob er darüber froh sein sollte oder nicht. Hieß das, dass er umsonst hier war? Dass *Programs4You* nichts zu verbergen hatte? Doch er verwarf diesen Gedanken sofort wieder.

Irgendetwas war hier nicht koscher. Die Polizei hatte wegen des Mordes an Paul nicht ermittelt, und das konnte nur eines bedeuten: Die Firma hatte etwas zu verbergen. Und was immer es war, es konnte keine Kleinigkeit sein.

Programs4You hatte vierzig feste Mitarbeiter. Die konnten unmöglich alle zur Organisation gehören. Alice hatte jedenfalls von nichts gewusst. Und seltsamerweise vermutete er, dass auch Paul völlig ahnungslos gewesen war.

Leute, die etwas zu verbergen hatten, waren ständig auf der Hut. Man sah es ihren Augen, ihrer ganzen Haltung an. Oft waren es subtile Hinweise, die die meisten übersahen. Doch wenn man wusste, worauf man achten musste, fiel es einem sofort auf. Wer in kriminelle Machenschaften verwickelt war, zum Beispiel einer Untergrundorganisation angehörte, betrank sich zum Beispiel nicht bis zur Besinnungslosigkeit auf seiner Yacht, ohne vorher sorgfältig abzuschließen und die Alarmanlage einzuschalten. Wenn ihn seine Menschenkenntnis nicht im Stich ließ, war Paul clean gewesen, und die Arbeitnehmer von *Programs4You* wussten von nichts. Jedenfalls die meisten.

Also mussten die Spuren der beiden Brände verwischt worden sein, noch bevor die ersten Angestellten morgens erschienen waren. Man hatte im Eiltempo einen Plan ausgetüftelt, um Pauls Abwesenheit zu vertuschen. Und das alles in einer Nacht, ja sogar in nur wenigen Stunden. Das Ganze deutete auf eine ziemlich große, reibungslos funktionierende Organisation mit perfekt geölten Kommunikationswegen und einer Schar von Helfershelfern hin.

Ihm war klar, dass er eigentlich heute Abend nach Venlo

hätte fahren müssen, wenn er herausfinden wollte, wer ihm nach dem Leben trachtete. Aber seine Intuition hatte ihm gesagt, dass man die Antworten auf gewisse Fragen manchmal an Orten fand, die auf den ersten Blick unlogisch erschienen. Der Verdacht, den die Produktionsfirma in ihm geweckt hatte, hatte ihn in den letzten Tagen nicht mehr losgelassen. Es interessierte ihn brennend, was dort vor sich ging. Der Mercedes, der in der Brandnacht an ihm vorbeigefahren war, hatte stark einem Fahrzeug geähnelt, das er schon einmal gesehen hatte, an einem ganz anderen Ort. In einem weit entfernten Landesteil. In Rotterdam. Er konnte sich natürlich irren, aber er irrte sich selten. Deshalb wollte er sich die Sache einmal näher ansehen.

Geduckt lief er am Zaun entlang zum ersten Container, schlich darum herum und spähte um die Ecke. Die Vorderfront des Containers lag in dem hellen, bläulichen Licht der Breitstrahler. Er hörte ein Geräusch, aber es war nur das Flattern einer Abdeckplane irgendwo weiter entfernt auf dem Gelände, das immer noch verlassen wirkte.

Er schlich ein paar Schritte weiter und schaute sich das Schloss des Containers genauer an. Es war ein dickes Hängeschloss, neu und massiv. Er huschte zurück in den schützenden Schatten neben dem Container, streifte seinen Rucksack ab und zog einen dünnen Draht aus der Vordertasche. Zehn quälende Minuten später war es ihm immer noch nicht gelungen, das Schloss zu öffnen. Er schäumte vor Wut und hätte dem Container am liebsten einen kräftigen Tritt versetzt.

Er blickte sich um. Niemand zu sehen. Er überquerte das Gelände und musste an die hundert Meter ohne Deckung zurücklegen. Vor einem etwa vier Meter hohen Schiebetor blieb er stehen. Es führte zu dem Parkplatz vor dem Hauptgebäude von *Programs4You,* das rechter Hand emporragte.

Er krallte sich an dem Zaun neben dem Tor fest und kletterte hinauf. Oben angekommen schwang er die Beine hinüber und hangelte sich hinunter. Die letzten anderthalb Meter ließ er sich fallen und landete behände auf dem Asphalt. Er bewegte sich an dem Gebäude entlang, bis er den Parkplatz und die Zufahrt überblicken konnte. Alles lag verlassen da. Kein Auto, nichts. Er lief zurück zum Zaun, kletterte wieder hinüber und kehrte zu dem Container zurück. Er wollte unbedingt wissen, was sich darin verbarg, da er stark vermutete, dass es keine Kulissen waren.

Er fasste in die Hosentasche und zog eine schwarze Pistole heraus, die HS2000 von Hase. Er wusste, dass er ein hohes Risiko einging. Auf Stahl zu schießen war normalerweise so ziemlich das Dümmste, was man tun konnte. Es bestand immer die Gefahr, dass das Geschoss abprallte und weiß Gott wo einschlug. Aber ihm fiel auf die Schnelle keine andere Lösung ein. Er zog sich hinter einen Müllcontainer zurück und duckte sich, sodass nur seine rechte Gesichtshälfte und sein rechter Arm mit der Waffe dahinter hervorschauten. Er konzentrierte sich auf das Hängeschloss, zielte und drückte ab. Ein ohrenbetäubender Knall hallte zwischen den Lagerhallen und den Containern wider. Die Funken stoben vom Metall. In der Tür des Containers war eine tiefe Beule, etwa eine Hand breit von dem Schloss entfernt. Er zielte noch einmal. Hielt den Atem an. Diesmal traf er genau. Er sprang hinter seiner Deckung hervor und rannte zu dem Container hin. Aber das Schloss war noch intakt, obwohl er sich sicher war, dass er es getroffen hatte. Da fiel ihm die Seilsäge in seinem Rucksack ein.

Die Seilsäge schaffte, was zwei Kugeln nicht bewirkt hatten, auch wenn es lange dauerte und die Arbeit an dem hin- und herbaumelnden Schloss mühsam war. Endlich – es kam ihm vor wie Stunden, obwohl in Wirklichkeit nur zehn Minuten vergangen waren – konnte er das Schloss abziehen und die Türen des Containers entriegeln. Sein Blick fiel auf die Kühlerfront eines nagelneuen BMW X5 mit niederländischem Kennzeichen. Gewiss keine Theaterrequisite.

Bingo!

Er betrat den Container und schaltete seine Maglite ein. Ließ den Lichtkegel durch den Raum wandern. Die Räder des Autos waren mit Spanngurten an Haken festgezurrt, die am Containerboden festgeschweißt waren. Er pfiff zwischen den Zähnen hindurch.

Seine Intuition hatte ihn nicht getrogen.

Die Theaterproduktionen, der ganze Betrieb – alles nur Schein. Er musste zugeben, dass es geschickt eingefädelt war. *Programs4You* stand mitten im Licht der Öffentlichkeit, und das ganze Jahr über reisten Container mit Kulissen, Kostümen und Bühnentechnik rund um die ganze Welt. Schon seit vielen Jahren. *Programs4You* und *Annas Theaterproduktionen* waren bekannte, vertraute niederländische Unternehmen. Kein Zollbeamter würde es sich einfallen lassen, die Ladung zu kontrollieren. Es gab keinerlei Anlass dazu.

Er verließ den Container und schob die Riegel zurück an ihren Platz. Bückte sich und hob die Reste des Schlosses auf. Er kehrte zu der Stelle zurück, an der er über den Zaun gestiegen war, und warf die Stücke auf die andere Seite.

In dem Moment, als er mit seinen behandschuhten Fingern in den Zaundraht griff und sich hochziehen wollte, hörte er das Geräusch eines Fahrzeugs, das sich rasch näherte. Lichtkegel von Scheinwerfern schwenkten über das Gelände. Schnell ließ er sich zu Boden fallen und rollte sich hinter einen Müllcontainer. Er legte sich flach auf den Bauch, die Fäuste vor sich auf dem Boden, die Ellbogen nach außen abgewinkelt. Er schaute genau in die Scheinwerfer hinein. Das Auto blieb vor dem Tor stehen, das sich automatisch rasselnd und quietschend öffnete, ohne dass jemand ausstieg. Wahrscheinlich wurde es mit einem automatischen Toröffner bedient. Mit angehaltenem Atem blieb er liegen. Das Auto fuhr weiter in Richtung der Lagerhallen. Das Motorengeräusch verstummte. Die Scheinwerfer erloschen.

In dem bläulichen Licht der Halogenscheinwerfer sah er, dass es ein BMW war. Ein schwarzer. Annas Wagen. Er sah, wie sie auf der Fahrerseite ausstieg und die Beifahrertür ebenfalls geöffnet wurde. In dem blauen Licht erkannte er lediglich die Umrisse des Beifahrers. Er war ein magerer Kerl mit einer Baseballkappe auf dem Kopf, deren Schirm in seine Richtung wies. Ein junger Mann, seinem Gang nach zu urteilen. Er konnte sich nicht erinnern, ihn schon einmal gesehen zu haben. So, wie die beiden miteinander umgingen, hatte er den Eindruck, als könnten sie sich nicht besonders gut leiden. Aber der Schein konnte trügen. Anna machte sich an dem Schloss der fünften Halle vom Eingang aus zu schaffen und ging hinein. Der junge Kerl folgte ihr und schloss die Tür hinter sich.

Keine dreißig Sekunden später hörte er ein weiteres Fahrzeug ankommen. Die Scheinwerfer glitten über das Gelände. Wieder duckte er sich. Das Auto hielt neben dem BMW. Von seinem ungemütlichen Versteck aus sah er, dass es ein Mercedes war. Ein heller 550 SL – derselbe Wagen, der in Rotterdam vor dem Kfz-Betrieb gestanden hatte. Er war sich ganz sicher. Und es war dasselbe Fahrzeug, das in der Nacht, in der er Paul Düring erschossen hatte, an ihm vorbeigefahren war. Zwei Männer stiegen aus. Auch von ihnen erkannte er nur dunkle Umrisse. Das bläuliche Licht der Breitstrahler umgab sie wie eine Aura. Der Beifahrer war kräftig und hoch gewachsen, bestimmt einen Meter neunzig groß, der Fahrer wesentlich kleiner. Beim Laufen zog er ein Bein nach. Die beiden gingen ebenfalls zum Eingang von Halle fünf, und als der Lichtschein der Breitstrahler von oben auf sie fiel, konnte Sil sie deutlicher erkennen. Der hinkende Mann erregte seine Aufmerksamkeit. Er erkannte ihn sofort wieder. Es war einer der Männer aus Rotterdam. Die beiden Neuankömmlinge verschwanden in der Halle.

Ihm lief es kalt den Rücken hinunter. Der Frauenhandel in Venlo wurde von denselben Leuten kontrolliert wie der Autoklau in Rotterdam. Die Rotterdamer hatten ihn ja auch erst auf die Spur der Venloer gebracht. Er war einem der Männer von Rotterdam aus gefolgt. Das bedeutete entweder, dass es sich um ein und dieselbe Organisation handelte, oder aber, dass zwei Organisationen eng zusammenarbeiteten. Auf jeden Fall steckte *Programs4You* in der Sache mit drin. Das war sonnenklar.

Er hatte die Leute aufgespürt, die es auf ihn abgesehen hatten. Die ganze Zeit über hatte Alice für eine Firma gearbeitet, die sich in den Händen der russischen Mafia befand, und er hatte es nicht einmal geahnt. Aber wie hätte er auf die Idee kommen sollen? Anna und ihre Helfershelfer hatten wirklich jedem Sand in die Augen gestreut, indem sie ihre Organisation in eine derart auffällige Verpackung steckten, dass sie jeglichen Verdacht auf illegale Aktivitäten von vornherein lächerlich erscheinen ließ.

Auf dem kalten Boden hinter dem Müllcontainer arbeitete sein Verstand auf Hochtouren. Antworten auf alte Fragen warfen wiederum neue Fragen auf. Sein früherer Steuerberater, dieser van Doorn mit der ungesunden roten Gesichtsfarbe, hatte doch auf der schrecklichen Party irgendetwas über Anna gesagt. Wie war das gleich? Anna habe Paul finanziell in den Sattel geholfen und ziehe hinter den Kulissen die Fäden. War Paul nichts weiter als eine Marionette gewesen?

Was für eine Ironie des Schicksals, dass er die Marionette erschossen und die Marionettenspielerin verschont hatte.

Die wichtigste Frage war nun: Welche Position nahm Anna ein? Eine sorgfältig strukturierte Untergrundorganisation funktionierte nämlich genau wie eine Armee: nach dem so genannten Need-to-know-Prinzip. Die Handlanger wurden absichtlich dumm gehalten. Die Leute in niedriger Position wussten nicht, warum sie bestimmte Dinge taten. Sie erledigten einfach, was ihnen aufgetragen wurde, und hatten keine Ahnung vom Aufbau der Firma, für die sie arbeiteten. Sie wussten nichts von den Wegen, die die Ware nahm, und schon gar nichts über die Hintergründe der jeweiligen Operationen. Außer den Komplizen, mit denen sie auf Raubzug gingen, kannten sie nur denjenigen, der sie beauftragte und der sie bezahlte. Hinzu kam, dass häufig nicht mal ihre Auftraggeber genau Bescheid wussten. Oft waren auch sie nur Befehlsempfänger. An der Spitze der Organisation standen meist nur zwei oder drei Leute, die die Übersicht über die gesamten Abläufe hatten. Die Puppenspieler, die die Fäden zogen. Anna musste eine von ihnen sein, das war inzwischen klar. Dass gestohlene Autos in Containern mit ihrem Firmennamen auf ihrem Betriebsgelände standen, konnte unmöglich ohne ihr Mitwissen geschehen. Wenn er herausfand, wer die zweite und eventuell die dritte Person an der Spitze waren, könnte er sein Problem aus der Welt schaffen.

Er spürte, wie die Kälte vom Boden aus an ihm emporkroch. Er fragte sich, wie er weiter vorgehen sollte. War die Spitzenmannschaft hier und jetzt vollzählig beisammen? Waren das alle? Er beschloss, noch einen Moment abzuwarten, bevor er die nächsten Schritte unternahm. Vielleicht würden noch weitere Mitglieder eintreffen. Er schaute auf die Uhr. Zwanzig nach zwölf. Wenn sich bis Viertel vor eins nichts getan hatte, würde er reingehen.

25

Die hellgrünen Zeiger der Seiko zeigten auf Viertel vor eins, aber er stand nicht auf, sondern blieb flach auf dem Boden liegen. Er hatte ein Geräusch gehört, das in seine Richtung kam und schnell lauter wurde. Schwere Lkw-Motoren.

Einer nach dem anderen bogen sie auf das Gelände ein, Lkws mit flachen Ladeflächen und Anhängern, insgesamt fünf. Sie waren offenbar nicht zum ersten Mal hier. Sie parkten ordentlich in einer Reihe nebeneinander, als folgten sie einer Choreografie. Dieselqualm wallte durch die kalte Nachtluft. Sil wusste, wozu sie gekommen waren. Und ihm war klar, dass ihm nichts anderes übrigblieb, als in seiner Deckung auszuharren. Er musste still liegen bleiben und warten, bis sie wieder weg waren. Von seinem Versteck aus beobachtete er, wie die Fahrer und die Beifahrer aus ihren Kabinen sprangen. Einer von ihnen setzte sich in den gelben Gabelstapler und fuhr auf den ersten Container zu. Innerhalb der nächsten Stunde wurden die Container einer nach dem anderen emporgehoben und auf die Ladeflächen der Lkws gestellt. Fahrer und Beifahrer arbeiteten hart an der Sicherung der schweren Ladung, koppelten die Container an die Ladeflächen an. Es herrschte große Betriebsamkeit, doch ihm fiel auf, dass niemand ein Wort sprach. Keiner verständigte sich auch nur per Handzeichen mit einem anderen. Sie nickten einander nicht einmal zu. Sie arbeiteten wie Roboter. Erledigten ihre Arbeit. Routiniert und schweigend.

Es kam ihm vor wie eine Ewigkeit, bis die Motoren einer nach dem anderen wieder zum Leben erwachten und die Lkw-Kolonne das Gelände wieder verließ. Alle, bis auf den letzten Lkw. Während der Beifahrer schon einstieg, betrat der Fahrer die fünfte Lagerhalle. Knapp zehn Minuten später kam er in Begleitung des hinkenden Mannes aus Rotterdam wieder heraus. Ohne erkennbaren Gruß setzte sich der Fahrer wieder ans Steuer und fuhr los. Fast gleichzeitig stieg der hinkende Russe in seinen Mercedes und machte sich ebenfalls auf den Weg.

Das Gelände lag jetzt still da. Sil sah erneut auf die Uhr. Das Verladen der Container hatte alles in allem gut eine Stunde gedauert. Es war inzwischen fast kurz vor zwei Uhr nachts, und er war völlig durchgefroren. Er fragte sich, was Anna da drinnen noch tat und welche Funktion und welchen Status die beiden Männer besaßen, die bei ihr waren. Anfangs hatte er sie für Leibwächter gehalten, seine Meinung jedoch korrigiert, als der hinkende Russe allein weggefahren war. Es wäre unlogisch gewesen, sich auf dem Hinweg, nicht aber auf dem Rückweg beschützen zu lassen. Also war der Riesenkerl, der aus dem Mercedes ausgestiegen war, vermutlich kein Bodyguard, der Kerl, den er mit Anna zusammen gesehen hatte, dagegen schon. Er kam ihm irgendwie zu jung vor, um bereits zur Spitze der Organisation zu gehören. Der Mann, der eben weggefahren war, musste hingegen einen ziemlich hohen Rang einnehmen angesichts des ansehnlichen Betrags, den er ihm in Rotterdam abgeknöpft hatte. Sil vermutete, dass dieser Mann hauptsächlich für den Waffenhandel verantwortlich war. Das würde die Lieferwagen erklären, die in unregelmäßigen Abständen bei der Autofirma in Rotterdam aufgetaucht waren. Es waren Kunden gewesen. Damals glaubte er, es ginge um Drogen, aber jetzt, da er den BMW-Geländewagen in dem Container gesehen hatte, wusste er, dass Waffen im Spiel sein mussten. Autos aus westeuropäischen Ländern hin, Waffen aus russischer oder jugoslawischer Fabrikation zurück. Das Standardverfahren, das jedem vernünftigen Ermittler bei der Polizei bekannt war. Und ihm auch, dank seines jahrelangen, fast obsessiven Interesses an seinen Zielpersonen. Er hätte sich schon sehr irren müssen, wenn der Hinkende zur Spitzenmannschaft gehört hätte.

Alles in allem hatte er den Eindruck, dass die Spitze aus zwei Leuten bestand: Anna und dem Mann, der in Begleitung des Rotterdamer Russen gekommen war. Der junge Kerl mit der Baseballkappe war ein Leibwächter. Wahrscheinlich stand er jetzt hinter der Tür von Halle Nummer fünf, die Hand auf einer Zastava, und vertrieb sich die Zeit mit Warten.

Sil zog die Beine an und stand auf. Reckte seine kalten Glieder. Rollte mit dem Kopf und mit den Schultern. Lockerte seine Muskulatur. Atmete mehrmals hintereinander tief ein. Überprüfte die HK. Schraubte den Schalldämpfer auf den Lauf. Schob mit dem Daumen den Sicherheitsriegel beiseite. Machte sich in Richtung der Lagerhallen auf den Weg.

Bei Halle fünf angekommen, schmiegte er sich anderthalb Meter von der Tür entfernt an die Wand. Er legte sein Ohr an das kalte Metall des Spundwandprofils. Nichts. Er bückte sich, hob einen kleinen Stein auf und warf ihn gegen die Tür. Der Stein prallte von dem Metall ab. Vielleicht reichte das, um den Wachtposten zu alarmieren. Vielleicht auch nicht. Er wartete ein paar Minuten. Blieb reglos stehen. Nichts geschah. Er hob noch ein paar Kiesel auf und warf sie, diesmal fester. Gedämpftes Schlurfen hinter der Tür. Er drehte den Oberkörper mit einem Ruck in die Richtung, aus der das Geräusch kam, die HK mit gestrecktem Arm auf Augenhöhe haltend. Sein Herz pumpte das Blut mit einer solchen Geschwindigkeit durch seine Adern, dass er mit offenem Mund Luft holen musste, um genügend Sauerstoff aufzunehmen. Er versuchte, dabei kein Geräusch zu verursachen. Konzentrierte sich voll auf die Tür. Die HK lag fest in seiner Hand. Er brauchte nur ein paar Quadratzentimeter seines Ziels ins Visier zu bekommen. Nicht mehr. Er würde treffen. Sofort beim ersten Mal. Er sah, wie die Klinke zögernd hinuntergedrückt wurde. Hielt die Luft an und zielte an den Furchen auf dem Schlitten entlang wie ein Scharfschütze. Er wusste, er hatte nur eine Chance.

Die Tür öffnete sich einen Spalt. Er drückte sofort ab. Der Schuss klang wie ein Peitschenknall und hallte weit über die umliegenden Wiesen. Die Tür ging weiter auf. Wurde von einem menschlichen Körper aufgeschoben, der langsam in sich zusammensank und zuckend zur Seite kippte. Sil ließ die Pistole sinken.

Es war der junge Mann. Die Baseballkappe saß noch auf seinem Kopf. Er lag in einer merkwürdig verrenkten Haltung auf dem Klinker, kniend und dabei mit einer Schulter auf dem Boden. Einen Arm unter sich, den anderen ausgestreckt. Seine Hand umklammerte noch immer die Zastava. Sil sprang mit einem Satz nach vorn und schleifte den Jungen von der Tür weg. Zog ihm die Waffe aus der Hand, sicherte sie und steckte sie in die Seitentasche seiner Hose. Drehte die Leiche um. Dichte Brauen, darunter dunkelbraune Augen. Glasig starrten sie in den schwarzen Himmel. Das Geschoss war durch seinen Jackenärmel eingeschlagen, in der Mitte des Oberarms. Im orangefarbenen Stoff sah man nur ein kleines, rundes Loch, kaum einen halben Zentimeter groß. Sil hob den Arm des Jungen hoch. Darunter bot sich ein schlimmes Bild. Dunkle, nasse Flecken. Blut. Das Geschoss war quer durch seinen Arm und dann seitlich in seinen Oberkörper eingeschlagen und hatte dabei mehrere Hauptschlagadern verletzt. Oder das Herz. Der Junge war auf der Stelle tot gewesen.

Die ganze Aktion hatte vielleicht fünf Minuten in Anspruch genommen. Rasch lief Sil zurück zur Tür. Nahm wieder dieselbe Position an dem kalten Spundwandprofil ein und wartete. Blieb fünf Minuten lang reglos stehen, die HK mit gestreckten Armen vor sich haltend. Nichts geschah. Entweder sie hatten da drinnen nichts gehört, oder sie wandten dieselbe Methode an wie er und warteten auf ihn.

Nach weiteren fünf Minuten zwängte er sich durch die Türöffnung in die Halle hinein, presste sich gegen die Wand und ließ sich auf die Fersen hinunter. Es war dunkel. Das einzige Licht stammte von den Breitstrahlern draußen. Allmählich gewöhnten sich seine Augen an die Dunkelheit, und er sah vor sich, in etwa zwei Metern Entfernung, eine Wand. Links von ihm war ebenfalls eine Mauer. Er befand sich in einem Gang. Er lauschte angestrengt. Doch wie sehr er sich auch konzentrierte, er hörte absolut nichts. Es war dunkel und still. Als sei keine Menschenseele weit und breit.

Vorsichtig stand er auf und wandte sich nach rechts. Ließ seine behandschuhten Fingerspitzen an der Wand links von sich entlangwandern. Hielt die HK am ausgestreckten rechten Arm vor sich. Ging etwa zehn Meter weit und stand dann im Stockdunkeln. Er sah die Tür nicht, spürte aber am Luftwiderstand, dass kein offener Raum mehr vor ihm lag. Er fuhr mit den Fingern über die Wand, auf die er gestoßen war, und folgte den Konturen eines Türrahmens. Er fand eine Klinke und legte vorsichtig die Hand darauf. Drückte die Klinke hinunter. Versetzte der Tür mit der Kappe seines Sportschuhs einen leichten Stoß, hielt die HK auf Augenhöhe vor sich und trat einen Schritt nach vorn. Nichts geschah.

Der Raum, in dem er sich nun befand – was immer er auch für eine Funktion hatte –, war genauso finster wie das letzte Stück Flur, das hinter ihm lag. Er konnte die eigene Hand nicht vor den Augen sehen. Hätte einen Mord begangen für ein Nachtsichtgerät. Seine Zunge fühlte sich an wie ein raues Stück Pappe. Er schluckte. Es half nicht.

Plötzlich hörte er eine Stimme und zugleich erschien etwa sechs Meter vor ihm ein schmaler Streifen Licht, etwa einen Meter breit, der den Fliesenboden trapezförmig erleuchtete. Das Licht fiel unter einer Tür hindurch.

Schon beim ersten Geräusch hatte er sich zu Boden fallen lassen, die HK fest umklammert und mit gestreckten Armen vor sich haltend. Sollte jemand versuchen, sie ihm aus den Händen zu treten, musste er sich schon Mühe geben. Er war fest entschlossen, das ganze Magazin auf den erstbesten Schatten leer zu feuern, der sich ihm näherte. Aber niemand kam.

Doch er hörte weiter die Stimme. Sie klang gedämpft. Ganz offensichtlich kam sie aus dem angrenzenden Raum. Er nutzte den schwachen Lichteinfall und schaute sich blitzschnell um. Er befand sich in einer Zwischenhalle, einer Art Foyer, ungefähr dreißig Quadratmeter groß. Rechts von ihm lag die fensterlose Außenwand, links von ihm zwei Türen. Toiletten. Dicht vor sich erkannte er die Tür, unter der das Licht hindurchfiel.

Die Stimme war die eines Mannes, und er sprach Russisch. Es musste Annas Handlanger sein, der große Kerl, der gemeinsam mit dem Rotterdamer Russen eingetroffen war. Sil stand auf, schlich geräuschlos zur Tür und blieb mit der Pistole im Anschlag daneben stehen. Konzentrierte sich auf die Stimme. Er verstand kein Wort, aber es schien ihm, als stelle der Mann Fragen und gebe nach einer kurzen Pause Antworten. Der Mann führte ein Telefongespräch.

Jemanden während eines Telefonats zu erschießen war nicht ratsam. Man sollte nicht mehr Leute aufschrecken als unbedingt nötig. Außerdem konnte es sein, dass der Kerl nicht allein war. Dass Anna auch dort drüben irgendwo stand oder saß und geduldig schwieg, bis ihr Komplize sein Gespräch beendet hatte. Deshalb wartete er, bis Stille eintrat, was ziemlich bald geschah. Er nahm ein Geräusch wahr, das sich anhörte, als blätterte jemand in Papieren. Er wartete noch ein wenig länger. Den richtigen Zeitpunkt lediglich aufgrund von Geräuschen abzuschätzen war unmöglich. Er musste einfach sein Glück versuchen. Der Mann hatte seit vollen zwei Minuten nichts mehr gesagt.

Er zählte. Fünf. Vier. Drei. Zwei. Eins. Ein Adrenalinstoß durchfuhr seinen Körper. Er riss die Tür auf, die HK im Anschlag. Der große Kerl drehte sich mit erstauntem Gesichtsausdruck zu ihm um. Er war etwa fünfzig Jahre alt, hoch gewachsen und gut genährt, hatte dichtes, grau meliertes Haar und olivfarbene Haut. War mit Goldschmuck behangen. Trug einen dunkelvioletten Maßanzug. Sil dachte nicht nach. Zielte und schoss dreimal hintereinander in Brusthöhe. Beim dritten Schuss stieß der Mann einen Schrei aus und sank in sich zusammen. Sil dröhnten die Ohren. Die Schüsse hatten einen Heidenlärm verursacht.

Blitzschnell trat er die Tür hinter sich zu und duckte sich hinter einen grauen Aktenschrank. Er schluckte und schloss einen Moment die Augen. Riss sich zusammen. Er musste klar denken und sich konzentrieren.

Sein Blick huschte von rechts nach links.

Es war ein Büro. Einige graue Schreibtische, Aktenschränke in derselben Farbe. Die Decke abgehängt, ein System mit eingelassenen Spots. Der ganze Raum war nicht größer als fünfundzwanzig Quadratmeter. Es gab zwei Türen. Die, durch die er gerade gekommen war, sowie eine zweite auf der linken Seite. Dahinter konnte sich Anna befinden.

Der Mann lebte noch.

Hinter dem Schreibtisch ganz links erklang ein Stöhnen, gefolgt von einem abscheulichen Geröchel. Er befürchtete, dass ihm der Mann trotz allem noch gefährlich werden konnte. Mit wenigen Schritten durchquerte er das Büro, wobei er sowohl den Russen als auch die Tür im Auge behielt. Der Verletzte lag auf dem Rücken, die Krawatte neben dem Gesicht. Ein dunkelroter Fleck zeichnete sich auf seinem weißen Hemd ab. Blutspritzer befleckten die weiße Wand neben ihm, und auch der graue Filzteppich war blutverschmiert. Der Mann hatte die Augen geschlossen und atmete schwer. Seine Brust hob und senkte sich in raschem Tempo. Begleitet von Pfeifgeräuschen. Sil stellte sich über ihn. Überwand seine Hemmungen. Ein lauter Knall. Der Körper des Mannes federte kurz vom Boden hoch. Das Geröchel verstummte.

Sofort ging Sil wieder hinter dem Aktenschrank in Deckung, presste sich zwischen Wand und Schrank und wartete. Wenn sie nicht stocktaub war, musste Anna den Schuss gehört haben. Sie würde garantiert hierherkommen. Er blieb mucksmäuschenstill stehen und horchte. Keine Schritte. Kein Atmen. Keine Türen, die auf- oder zugingen. Kein startender BMW Z3, der mit quietschenden Reifen losfuhr. Nichts. Er blieb an die zehn Minuten so stehen. Dachte nach. Was hatte sie gehört? Wie schwer war sie bewaffnet? Was konnte ihn hinter dieser Tür auf der linken Seite erwarten? Wie sah der Rest dieser Halle aus?

Die Zeit verstrich. Nichts geschah. Er wurde allmählich ungeduldig. Er hatte keine Lust mehr, dort stehen zu bleiben, wollte lieber herausfinden, wo Anna war. Selbst wenn sie aus dem Gebäude geflüchtet war, könnte er sie noch in dieser Nacht aufspüren. Er kannte ihr Haus. Ihr Auto. Ihre Firma. Das Boot ihres Mannes. Und er kannte noch drei weitere Orte, wohin sie sich wenden konnte: die beiden Gebäude in

Venlo und die Autowerkstatt in Rotterdam. Irgendwo würde er sie erwischen. Es musste nicht unbedingt hier passieren. Aber auf jeden Fall so schnell wie möglich. Bevor sie weitere Auftragskiller auf ihn hetzen konnte, die wie Cruisemissiles arbeiteten: Einmal abgefeuert, ließen sie nicht locker, bevor sie ihr Ziel eliminiert hatten. Das musste er verhindern.

Er wagte sich hinter dem Schrank hervor. Ging zur Tür, drückte langsam die Klinke hinunter. Die Tür ging nach innen auf. Er zog sie auf sich zu, sorgfältig darauf bedacht, in der Türöffnung kein Angriffsziel zu bieten. Dann wartete er erneut, halb hinter die Tür geduckt. Wieder geschah nichts. Stille umgab ihn.

Er schaute sich dem angrenzenden Raum genau an. Es war ein Magazin. Licht brannte, ebenso grell wie im Büro. In der Halle standen Regale mit Beleuchtungsapparaturen, Stativen, Gleisen, Farbeimern und allem möglichen anderen Krempel. Der Raum war höchstens fünfzehn Meter tief, mehr nicht. Er konnte das weiße Spundwandprofil auf der anderen Seite erkennen, aber nicht den gesamten Raum überblicken. Dafür musste er sich weiter vorwagen. Er schob sich durch die Türöffnung, trat einen Schritt beiseite und wollte sich dicht an die Mauer pressen.

Da traf ihn ein Dampfhammer an der Schulter. Jedenfalls fühlte es sich so an. Erst danach hörte er den Schuss, wie zeitversetzt. Er begriff, dass er angeschossen worden war. Er ließ sich seitwärts zu Boden fallen. Er war noch nicht auf dem grauen Betonboden aufgekommen, als ihm jemand einen knallharten Tritt gegen die Hand versetzte. Der Schmerz fuhr ihm durch Mark und Bein, und er ließ die Waffe los. Seine Finger verweigerten ihm den Dienst. Die HK rutschte aus seiner bebenden Hand und fiel klappernd zu Boden. Aus den Augenwinkeln heraus sah er braune Damenschnürstiefel mit spitzen Metallkappen. Eine davon kam mit Lichtgeschwindigkeit auf ihn zu. Er versuchte, den Kopf aufzuwenden, doch seine Reaktion kam um hundertstel Sekunden zu spät. Ein scharfer Schmerz fuhr durch sein Gesicht. Er hörte sein Nasenbein brechen, und Blut quoll ihm in den Mund.

Verdammt!

»Na, ein bisschen Krieg spielen, Meneer Maier?«

Eine harte, völlig emotionslose Frauenstimme mit slawischem Akzent.

»Das war mein Finanzberater, den Sie da gerade in die ewigen Jagdgründe geschickt haben. Jemand, der mir viel bedeutet hat. Um genau zu sein, der einzige Mann, der mir überhaupt etwas bedeutet hat. Das war äußerst gedankenlos von Ihnen.«

Langsam drehte er den Kopf in Richtung der Stimme. Er versuchte, klar zu sehen. Es gelang ihm nicht. Er war völlig desorientiert. Alles verbarg sich hinter einem roten Schleier. Das musste Blut sein. Ihm lief Blut in die Augen. Er kniff die Augen zusammen. Versuchte, das Blut von seiner Netzhaut wegzublinzeln. Ihm tränten die Augen. Er zwinkerte wieder und wieder. Sein Blick schärfte sich, und die Farben kehrten wieder.

Gesichter beugten sich über ihn, weit entfernt, kantige Gesichter mit hohen Wangenknochen. Köpfe mit kurzem, rotem Haar. Sorgsam frisiert, mit blonden Strähnchen. Mit dünnen, dunkelroten Lippen, zu einem verbissenen Strich zusammengekniffen. Langsam fügten sich die Gesichter zusammen, schoben sich ineinander und formten schließlich ein deutliches Bild. Anna. Ihre schwarz geschminkten, grauen Augen blickten ihn kalt und hasserfüllt an.

Ich bin tot, dachte er. *Das war's.*

»Pinkeln Sie nicht ein bisschen weit außerhalb Ihres Reviers?«, fragte sie, beugte sich zu ihm hinunter und riss ihm in einer heftigen Bewegung die Sturmhaube vom Kopf.

»Du kannst mich mal«, murmelte er, fast unhörbar, und hob den Arm, um nach ihr zu schlagen.

Es brachte ihm einen üblen Tritt in die Hoden ein. Er sah Lichtblitze. Würgte. Es gab nichts mehr außer diesen höllischen Schmerzen. Sein gesamter Organismus war außer Gefecht gesetzt. Die Schmerzen waren überwältigend.

Er bekam nur im Unterbewusstsein mit, wie er an den Fußknöcheln weggeschleift und gegen ein Regal geschubst wurde. Seine Handgelenke wurden mit Klebeband an die Regalständer gefesselt.

Er lag in einer unbequemen Haltung, mit dem Rücken gegen den harten Rand einer Querstrebe, die Arme überstreckt. Sein Kinn ruhte auf seiner Brust. Er bekam kaum Luft, schaffte es aber nicht, den Kopf zu heben. Er konnte sich nicht erinnern, jemals so große Schmerzen gehabt zu haben.

Er machte sich bewusst, dass er einen klaren Kopf behalten musste. Er musste versuchen, logisch zu denken. An den Schmerzen vorbeizudenken. Langsam hob er den Kopf. Es tat furchtbar weh. Anna stand vor ihm. Sie trug ein braunes Wollkostüm und stand kerzengerade da, würdevoll und selbstsicher. Von ihrem Gesicht waren keinerlei Gefühlsregungen abzulesen. Sie hielt eine halbautomatische Waffe auf ihn gerichtet.

»So, jetzt unterhalten wir uns mal nett miteinander, Meneer Maier.«

Er schloss die Augen und atmete tief durch den Mund ein und aus. Schmeckte wieder diesen metallischen Geschmack. Das Blut lief ihm aus der Nasenhöhle hinten in den Hals und zwang ihn zu schlucken. Seine Kehle war wie ausgedörrt. Er hustete, was alles noch schlimmer machte. Er versuchte, sich auf seine Atmung zu konzentrieren. Versuchte, sich von den Schmerzen abzuschotten. Sich in einen meditativen Zustand zu versetzen, der es ihm ermöglichte, außerhalb seines Körpers zu treten. Keine Schmerzen mehr zu empfinden.

»Fangen wir damit an, dass Sie Geld haben, das mir gehört. Ich wüsste gern, wo Sie es gelassen haben.«

Er hüllte sich in Schweigen. Sie würde ihn ermorden. Nicht nur wegen des Geldes. Auch wegen Paul. Ihre Fassade drohte zu zerbröckeln, jetzt, da ihre Galionsfigur, ihre unwissende Marionette, nicht mehr existierte. Sie musste außer sich sein vor Wut. Das würde er nicht überleben. Er war sich ganz sicher.

»Ich habe Sie etwas gefragt, Meneer Maier!«

Er schwieg weiterhin. Alles tat ihm weh. Mehr als weh. Er verspürte höllische, stechende Schmerzen. Im Gesicht. In der Schulter. Seine Hand brannte, als sei sie in Salzsäure getaucht worden. Er konnte nicht durch die Nase atmen. Irgendetwas blockierte die Luftzufuhr. Geronnenes Blut. Auch durch den Mund bekam er nur mühevoll und röchelnd Luft. Er schmeckte das Blut in seinem Mund, und es hörte nicht auf zu fließen.

Sein Schweigen machte Anna rasend. Er registrierte einen Tritt in die Seite. Er spürte ihn nicht wirklich. Er merkte, dass ihm die Sinne schwanden. Fühlte, wie er erschlaffte. Ihm wurde kalt, und er begann unkontrolliert zu zittern. Er begriff, dass er zu viel Blut verlor. Dass er verblutete. Er schloss die Augen wieder.

»Antworten, Maier!«

Annas Stimme kam von weit her. Sie sagte noch viel mehr, er hörte sie reden, hörte, wie sie Worte aussprach, aber er konnte deren Sinn nicht ergründen. Er verstand sie nicht.

Plötzlich wurde ihm bewusst, dass er ohnmächtig zu werden drohte, und er versuchte, dagegen anzukämpfen. Er riss die Augen auf. Wollte nicht das Bewusstsein verlieren.

Oder sterben?

Als er die Augen öffnete, war ihr Gesicht ganz nah. Ein teuflisches Gesicht. Hochgezogene Augenbrauen. Lippen wie dunkle Spalten. Schmale, lange, dicht beieinanderstehende, ein wenig vorspringende Zähne.

Wenn es einen Teufel gab, musste er so aussehen. Ja, dachte er, der Teufel ist eine Frau. Und sie sah aus wie Anna Düring, so hässlich wie die Nacht.

»Ich glaube, hier trennen sich unsere Wege, Meneer Maier«, spie sie ihm ins Gesicht. »Sie haben schon genug Schaden angerichtet.« Ihre Worte erreichten ihn kaum. Er hörte, wie sich ihre Schritte von ihm entfernten. Plötzlich wurde ihm bewusst, was ihm bevorstand.

Ich werde sterben.

Irgendwo tief in ihm regte sich Widerstand. Er wollte sich nicht abknallen lassen wie ein zuckendes Tier. Er wollte hellwach sein, wenn es geschah. Anna sollte wissen, dass sie einen Menschen erschoss. Er wollte ihr in die Augen sehen, wenn sie es tat. In einem letzten Kraftakt hob er den Kopf. Ihm schwindelte. Er konzentrierte sich. Blickte sie an. Blickte ihr genau in die kalten, grauen Augen. Er atmete schwer.

Er war bereit.

Sie stand fünf Meter von ihm entfernt. Er sah, wie sie die halbautomatische Waffe auf ihn anlegte. Wie sie ein Auge schloss und zielte. Er hörte den Schuss. Und noch einen. Und noch einen. Drei Schüsse. Danach verschwand Anna aus seinem Blickfeld.

Er hatte sich den Tod vorgestellt wie ein schwarzes Loch. Ein Nichts. Leere. Aber er spürte noch immer dieselben unterschwelligen, durch Endorphine gemilderten Schmerzstiche. Er konnte seine Umwelt noch wahrnehmen. Nur war es, als ob er träumte, verschwommen, unscharf. Er sah, dass Anna auf dem Boden lag, und wunderte sich darüber.

Plötzlich kam von irgendwo außerhalb seines Blickfeldes eine andere Person in Sicht. Eine Frau. Es sah aus, als würde sie schweben. Sie schwebte zu Anna, die auf dem Boden lag und sich krümmte. Es war ein merkwürdiger Anblick. Die unbekannte Frau stellte sich über die Russin. Sie zielte mit einer Waffe auf sie. Schoss. Er hörte den Schuss nicht, aber er sah, wie der Arm der unbekannten Frau durch den Rückschlag hochzuckte. Er sah zu, wie sie die Waffe einsteckte. Sie war schön. Eine schöne Frau. Sie kam auf ihn zu, schwebend. Er sah ihr Gesicht. Sie sah besorgt aus. Es war Susans Gesicht. Er lächelte. Susan war auch im Himmel. Oder in der Hölle. Oder wo auch immer. Ihn durchzuckte der Gedanke, dass es sie also auch erwischt hatte.

Verdammt.

Dann spürte er auf einmal keine Schmerzen mehr. Er fühlte und sah überhaupt nichts mehr.

26

Hartnäckig drückte Susan auf die Klingel. Nach ein paar Minuten, die ihr wie Stunden erschienen, wurde die Tür geöffnet. Sie drückte sie mit beiden Händen weiter auf, stürzte sich auf Sven und klammerte sich an ihm fest. Er sah verwirrt und strubbelig aus: faltiges Gesicht, formloses T-Shirt, Boxershorts. Sie hatte ihn aus dem Schlaf gerissen.

»Sven!«, keuchte sie. »Komm mit in die Klinik, jetzt sofort, bitte!«

Er starrte sie verwirrt an. »Äh, was …?«

»Bitte komm sofort mit, ich habe keine Zeit, es dir zu erklären!«

»Lass mich wenigstens erst eine Hose anziehen.«

Er wollte sich umdrehen, aber Susan zog ihn an seinem T-Shirt zur Tür hinaus. Er wäre beinahe hingefallen und hielt sich am Türpfosten fest.

»Jetzt mal langsam, Susan, was ist denn los? Weißt du, wie spät es ist?«

»Sven, bitte, wir dürfen keine Zeit verlieren, es geht um Leben und Tod! Wenn du jetzt nicht sofort mitkommst, stirbt jemand!«

Er wusste nicht, warum, aber er ließ sich von ihr mitschleifen. Die Fliesen auf der Galerie fühlten sich rau und kalt an unter seinen nackten Füßen. Susan rannte auf einen Corsa zu, der mit laufendem Motor am Straßenrand stand. Die Rücklichter färbten die Straße rot.

»Komm schnell, bitte!«, sagte sie nochmals. Sie saß schon fast am Steuer, als sie plötzlich noch einmal heraussprang und ihn wieder zurück in den Hauseingang drängte.

»Die Schlüssel, die Schlüssel zu deiner Praxis, hol sie, schnell!«

Er eilte zurück zu seiner Wohnung, riss eine Windjacke von der Garderobe, rannte im Laufschritt zum Auto zurück und stieg auf der Beifahrerseite ein. Susan gab Gas. Der Opel ruckte kurz und schoss mit quietschenden Reifen die kleine Straße entlang. Sie bogen sofort rechts ab, fuhren mit mindestens achtzig Sachen über die Zugbrücke und anschließend durch eine Straße, die für den Verkehr stadtauswärts gesperrt war. Um diese Zeit waren nur wenige Leute unterwegs. Zwei Teenager auf Motorrollern wichen ihnen aus, blieben am Straßenrand stehen und starrten ihnen nach. Alle paar Sekunden wurde das Wageninnere von den Straßenlaternen, von denen nur jede zweite brannte, kurz erleuchtet. Sven runzelte die Augenbrauen und schnupperte.

Dieser Geruch.

Er kam ihm irgendwie bekannt vor. Was war das nur? Jedenfalls gehörte er irgendwie nicht in dieses Auto. Dann stieg ihm noch ein anderer Geruch in die Nase, weniger intensiv als der erste, aber irgendwie stechender. Plötzlich fiel ihm ein, was es war.

Blut. Schießpulver.

Mit einem Ruck drehte er sich um und warf einen Blick auf den Rücksitz, wo der Geruch herzukommen schien. Im selben Moment fuhren sie an einer Laterne vorbei, die das Wageninnere erhellte.

Sven erschrak und drehte sich sofort wieder um.

»Susan! Da liegt ein Verletzter hinten im Auto!«

»Ja. Das ist Sil.«

Susan blickte unverwandt auf die Straße. Sie fuhr wie eine Besessene. Sven musste sich festhalten, um nicht in jeder Kurve hin- und hergeschleudert zu werden.

»Sil? Dein Freund?«

»Ja.«

»Und was habe ich damit zu tun?«

»Du musst ihm helfen. Wir fahren zu deiner Praxis.«

»Susan«, sagte er und schaute sich erneut um, eine Hand auf dem Armaturenbrett, um nicht das Gleichgewicht zu verlieren. »Dieser Mann muss ins Krankenhaus, und zwar sofort.«

Susan schüttelte den Kopf und blickte weiterhin verbissen geradeaus. Riss das Lenkrad herum und bog in eine enge Straße ein. »Geht nicht.«

Svens Blick wanderte zwischen dem Mann auf der Rückbank und Susan hin und her. »Was ist denn … Wie ist denn das passiert?«

»Eine Schusswunde. Glaube ich. Du musst ihn so schnell wie möglich operieren.«

Sven war mit einem Schlag hellwach.

»Schusswunde? Operieren? Kommt gar nicht infrage! Meine Güte, Susan, ich bin doch kein Chirurg! Ich behandle Hunde, keine Menschen!«

Sie tat, als habe sie ihn nicht gehört.

Mit einem Blick auf den blutenden Mann sagte Sven resolut: »Wir bringen ihn jetzt sofort in die Notaufnahme, sonst verblutet er uns.«

Sie schaute ihn einen Augenblick lang fest an. »Nein, Sven. Das werden wir nicht tun. Wir können ihn nicht in ein Krankenhaus bringen. Glaub mir. Es geht einfach nicht. Du musst es tun. Es gibt niemanden sonst, an den ich mich wenden könnte. Tu es, bitte, ich helfe dir. Wenn wir nichts unternehmen, stirbt er so oder so.«

Sven schaute sich noch einmal um. Jetzt wurde er erst richtig nervös.

»Du magst doch komplizierte Fälle?«, sagte sie. »Herausforderungen, bei denen du deinen Grips benutzen musst? Das hast du selbst gesagt, weißt du noch? So, da hast du deine Herausforderung.«

Ihm war klar, dass sie nicht nachgeben würde, und allmählich beruhigte er sich ein wenig.

»Aber du musst mir auf jeden Fall erzählen, was passiert ist.«

»Mache ich. Später.«

Das Chassis des Corsa protestierte, als Susan auf dem Parkplatz vor der Tierklinik eine Vollbremsung machte. Es war stockdunkel. Der Eingang wurde nur von den Autoscheinwerfern erleuchtet. Geistesgegenwärtig schaltete sie sie aus. Es wäre äußerst unangenehm, wenn Passanten, die vielleicht gerade von einer Party nach Hause kamen, beobachten würden, wie sie und Sven einen leblosen Mann aus dem Wagen hievten.

Schon war sie aus dem Auto gesprungen.

»Komm, hilf mir, Sven.«

»Ich schließe erst mal die Tür auf.«

Er rannte los und zog im Laufen seinen Schlüsselbund aus der Hosentasche. Erst beim dritten Versuch erwischte er den richtigen Schlüssel. Die Tür ging auf. Im Dunkeln betrat er das Behandlungszimmer, rannte ohne Pause weiter in den dahinter liegenden Operationssaal und schaltete das Neonlicht ein. Anschließend eilte er wieder zurück nach draußen.

Susan hatte bereits die hintere Tür geöffnet und Sil unter den Achseln gepackt. Sein Kopf hing ihm in den Nacken. Sven übernahm Susans Position am Oberkörper. Susan fasste Sil unter den Knien und zusammen brachten sie ihn, so schnell es ging, in den Operationssaal, wo sie ihn auf den Tisch wuchteten. Er passte nicht ganz darauf. Seine Unterschenkel ragten über den Rand hinaus.

Sven warf Susan den Schlüsselbund zu. »Schließ die Tür ab. Und hol irgendetwas, worauf wir seine Füße legen können.«

Er hörte, wie sie durch das Wartezimmer hastete, und betrachtete den Mann auf dem Operationstisch. Er versuchte, sich einzubilden, dass er ein großer Rottweiler war, der von einem Auto überfahren worden war. Er musste es tun, sonst hätte er ihn nicht behandeln können. Aber der Kerl sah nicht mal im Entferntesten wie ein Rottweiler aus. Er war übel zugerichtet, von oben bis unten voller Blut. Dem Tod näher als dem Leben.

Denk nach, Sven, denk nach!

Er atmete tief ein und sprach sich selbst Mut zu. Schließlich war der Mensch ein Säugetier, ebenso wie eine Katze oder ein Hund. Nur größer. Er vermied es, Susan anzuschauen, die einen Stuhl unter Sils Füße geschoben hatte und ihn nun von der anderen Seite des Operationstischs aus anblickte, als sei er die Lösung für alle Probleme.

Er riss sich zusammen, legte los und tat seine Pflicht. Zuerst stabilisierte er seinen Patienten. Er überprüfte, ob die Atemwege frei waren. Sils Nase war von innen zugeschwollen und von außen großflächig violett verfärbt, was auf einen Nasenbeinbruch hindeutete. Das Blut in seinem Gesicht stammte größtenteils von dieser Verletzung. Sven nahm das Nasenbein zwischen Daumen und Zeigefinger, und es ließ sich ganz leicht bewegen. Zu leicht. Die Nase war also tatsächlich gebrochen, aber das war nicht das Schlimmste, darum konnte er sich später kümmern.

Da Sil nur durch den Mund atmen konnte, konnte zusätzliche Sauerstoffzufuhr nicht schaden. Sven zog den Apparat für die Inhalationsnarkose heran. Quietschend rollten die Räder über den Fliesenboden. Er zog eine Schublade auf und fuhr mit den Fingern suchend über die Endotrachealtubuli, durchsichtige, glatte, flexible Schläuche, die vor einer Operation in die Luftröhre der Tiere hineingeschoben wurden. Er hatte keine Ahnung, welchen Durchmesser eine menschliche Luftröhre hatte. Er entschied sich für den dicksten Tubus, den er hatte, und schob ihn in Sils Luftröhre hinein. Er drehte die Sauerstoffflasche auf, schloss sie an den Schlauch an und blies die Tubusmanschette auf, sodass Sils Luftröhre gänzlich abgedichtet war und er keine zusätzliche Luft einatmen konnte. Für eine ausreichende Sauerstoffzufuhr des Patienten war nun jedenfalls gesorgt. Anschließend maß Sven ihm den Blutdruck und stellte fest, dass er alarmierend niedrig war. Er kontrollierte Sils Puls und seine Schleimhäute und kam zu dem Ergebnis, dass es alles in allem sehr schlimm um ihn stand.

Sven drehte sich um und nahm zwei Scheren zur Hand. Eine davon reichte er Susan.

»Seine Kleidung ist im Weg, ich kann gar nichts erkennen!« Ihm war nicht bewusst, dass er schrie.

Susan legte sofort los. Zog Sil die Schuhe aus und schnitt seine Hosenbeine auf. Sven schnallte das Holster ab und knöpfte sich den Pullover vor. Der dicke Stoff klebte an Sils Schulter und ließ sich nicht so leicht abziehen.

Sven erschrak, als er sah, was unter der Kleidung zum Vorschein kam. Sils ganzer Körper war von oben bis unten mit Quetschungen, Blutergüssen und Schürfwunden bedeckt. Einige Verletzungen sahen frisch aus, andere verheilten bereits.

Was war das für ein Kerl? Was hatte er um Himmels willen angestellt? Sven untersuchte Sil auf Anzeichen für innere Verletzungen. Auf irgendeinen kleinen Hinweis, den zu übersehen fatal gewesen wäre. Aber die meisten Wunden sahen wie gewöhnliche Beulen, Schrammen und blaue Flecken aus. Die wirklich ernsthaft betroffenen Körperteile waren, soweit er das nach der ersten raschen Bestandsaufnahme feststellen konnte, die Nase und die Schulter. Sils Brustkorb hob und senkte sich regelmäßig, was ihn ein wenig beruhigte. Sein Herz und seine Lungen funktionierten noch. Aber nicht mehr lange, wenn er sich nicht ganz schnell etwas einfallen ließ.

Sils leichenblasse Haut bereitete ihm Sorgen. Wahrscheinlich war der hohe Blutverlust das größte Problem. Ein Mann wie Sil besaß normalerweise an die sechs Liter Blut. Sils Haut war aschgrau, und die Schleimhäute waren blass. Er musste also durch die Wunde an der Schulter einen erheblichen Teil dieser sechs Liter verloren haben. Susan hatte sehr gute Arbeit geleistet, als sie Sils Schulter abgebunden hatte, aber die Blutung war dadurch nicht zum Stillstand gekommen. Eine oder mehrere große Adern mussten getroffen worden sein. Ein zu hoher Blutverlust war lebensgefährlich. Die inneren Organe konnten durch Sauerstoffmangel irreparable Schäden erleiden. Oder der Patient geriet durch akuten Flüssigkeitsmangel in einen Schockzustand. Dann sah es wirklich schlecht aus. Im Eiltempo legte Sven seinem Patienten eine Infusion mit physiologischer Kochsalzlösung an, um zunächst einmal die Flüssigkeitsmenge in seinem Körper zu erhöhen. Doch nun bestand die Gefahr, dass Sil wach werden, in Panik geraten und sich sämtliche Schläuche herausreißen würde. Er musste versuchen, ihn zu betäuben. Sven starrte den Inhalationsnarkoseapparat an. Führte blitzschnelle Berechnungen durch. Sil wog um die neunzig bis fünfundneunzig Kilo. Der größte Hund, den er je behandelt hatte, war eine achtzig Kilo schwere Deutsche Dogge gewesen. Wie viel Narkosemittel hatte er für sie gebraucht? Ihm war bewusst, dass die richtige Menge des Narkotikums nicht allein von dem Gewicht eines Tieres abhing, sondern von mehreren, verschiedenen Faktoren. Zu viel konnte fatale Auswirkungen haben, verabreichte man jedoch zu wenig, erwachte der Patient. Nervös überblickte er die Knöpfe des Apparates. Drehte dann die Gaszufuhr auf. Stellte sicher, dass das Verhältnis von Lachgas zu Sauerstoff 3 : 6 betrug. Schluckte und hoffte, dass alles gut ging.

»Nimm dir eine Schüssel da raus«, sagte er zu Susan und wies mit einem Nicken auf einen kleinen, weißen Schrank neben der Tür. »Fülle sie mit warmem Wasser. Und hole Tücher. Da im Schrank hinter mir.«

Susan eilte los und wäre beinahe mit Sven zusammengestoßen, der in die entgegengesetzte Richtung lief.

Sven war jetzt heilfroh, dass er sich damals das fahrbare Röntgengerät angeschafft hatte. Rückwärts laufend zog er den Apparat neben den Operationstisch. Susan stand schon bereit, eine rostfreie Metallschüssel mit heißem Wasser in der Hand und weiße Handtücher über dem Arm.

»Stell das erst nochmal beiseite, Röntgen ist wichtiger«, sagte er gehetzt und reichte ihr eine schwere, etwa einen Zentimeter dicke Platte an.

»Ich hebe ihn hoch, du schiebst sie unter seine Schultern.«

Es kostete Sven große Mühe, Sils Oberkörper anzuheben. Schon der war schwerer als ein durchschnittlicher Rottweiler. Sven sah Susan auf einmal mit anderen Augen. Wie zum Teufel hatte sie es geschafft, diesen Kerl ins Auto zu wuchten? Susan schob die Platte unter Sil. Sven ließ ihn sinken und zog den Röntgenapparat bis über seine Schulter. Stellte routiniert, aber immer noch mit zitternden Händen das Gerät ein.

»Normalerweise müsstest du eine Bleischürze umlegen, aber dafür haben wie jetzt keine Zeit«, sagte er und drückte den Auslöser. Anschließend hob er Sil erneut an den Schultern hoch, und Susan zog rasch die Platte unter ihm weg. Sven schob schnell die Platte in den Entwicklungsapparat und eilte in einen kleinen Raum neben dem Operationssaal.

Er hatte noch nie eine Schusswunde gesehen, aber dieser Mann hatte zweifellos eine abgekriegt. Darauf wäre er auch ohne Susans spärliche Informationen gekommen. Er vermutete, dass das Geschoss noch in seiner Schulter steckte, weil er nur eine Wunde diagnostiziert hatte. Also sollte er am besten rasch sein Besteck bereitlegen.

Er schaltete das Licht ein. Es dauerte eine ganze Sekunde, bis es angesprungen war, und er platzte fast vor Ungeduld. Er rannte zu einem weißen Schrank hin und holte eine Flasche Jod heraus. Stellte sie auf die Anrichte. Sah seinen grünen Operationskittel am Haken hängen. Zog ihn über. Wusch sich die Hände mit Desinfektionsmittel.

Da stand auf einmal Susan vor ihm, Panik im Blick.

»Es geht ihm nicht gut!«, sagte sie.

Er rannte ihr voraus in den Operationssaal. Susan hatte Recht. Sils Haut war noch blasser geworden und aus der Schulter floss noch immer Blut. Sven überlegte fieberhaft.

»Welche Blutgruppe hast du?«, fragte er.

»Null negativ.«

Er zermarterte sich das Gehirn. Wie war das gleich noch mit Menschenblut? Eine Bluttransfusion mit einer anderen Blutgruppe oder dem falschen Rhesusfaktor konnte den Tod des Empfängers bedeuten. Es gab nur eine Blutgruppe, die für alle verträglich war. War es Null? Null negativ? Er glaubte es zumindest. Bei einem Fernsehquiz hätte er ohne zu überlegen »Null negativ« geantwortet, aber in dieser surrealistischen Situation, unter einem Druck, wie er ihn noch nie in seiner ganzen Laufbahn verspürt hatte, waren sämtliche Gewissheiten plötzlich verschwunden.

Er wandte sich wieder Sil zu. Untersuchte noch einmal seine Schleimhäute. Schaute danach Susan an. Und dann traf er die heikelste Entscheidung seines Lebens.

»Ich brauche dein Blut«, sagte er.

Ein paar Minuten später saß Susan auf einem Metallstuhl neben dem Operationstisch. Sven zog ein Band um ihren Oberarm stramm, drückte mit dem Daumen auf eine blaue Ader, die unter ihrer dünnen Haut an der Innenseite ihres Ellbogens sichtbar wurde, steckte eine Hohlnadel hinein und verband diese mit einem durchsichtigen Schlauch, an dem ein Blutsammelbehälter aus Plastik hing.

Er legte Susan den Beutel in die offene Hand.

»Du musst ihn hin- und herschaukeln«, sagte er.

Sie schaute ihn fragend an.

»Das Blut muss in Bewegung bleiben«, erklärte er. »In dem Behälter befindet sich Natriumcitrat, ein gerinnungshemmendes Mittel, und durch die Bewegung mischt es sich mit dem Blut. Immer schön bewegen, sonst können wir dein Blut nicht gebrauchen.«

Susan hielt den Beutel in der ausgestreckten Hand und schaukelte ihn hin und her. Sah fasziniert zu, wie ihr Blut langsam hineinfloss.

»Okay«, sagte Sven. »Es kann sein, dass dir ein bisschen schwindelig wird. Bleib sitzen, steh nicht auf, sonst kippst du um. Ich brauche ziemlich viel Blut. Gleich gebe ich dir eine Kochsalzlösung, um den Flüssigkeitsverlust auszugleichen. Bitte bleib sitzen und halte das Blut in Bewegung.«

Susan nickte. Stimmt, ihr wurde ein wenig schwindelig. Ihr war klar, dass das noch nicht durch den Blutverlust kommen konnte, sondern dass es eine rein psychische Reaktion war. Sie riss sich zusammen.

Sven war schon wieder verschwunden. Er kehrte mit einem großen, rechteckigen Röntgenbild zurück und hielt es vor die

Spots an der Decke. Er zeigte es ihr. »Seine Schulter ist gebrochen«, erklärte er und fuhr dabei mit dem Finger über eine zackige, dunkelgraue Linie inmitten anderer grauer Schatten, in denen Susan keinerlei logischen Zusammenhang erkennen konnte.

»Und hier«, sagte er, auf einen auffälligen weißen Punkt deutend, »steckt das Geschoss. Ich werde ihn operieren. Das Geschoss muss raus. Und ich muss ein Blutgefäß nähen.«

Susan nickte. Ihr wurde immer flauer.

»Halt noch ein Weilchen durch«, ermutigte sie Sven mit einem Blick auf den Beutel und klopfte ihr auf die Schulter. »Ich glaube, du kannst schon noch ein bisschen entbehren.«

»Wie viel mehr?«

»Normalerweise spendet man fünfhundert Kubikzentimeter«, erklärte Sven. »Aber achthundert müssten noch völlig in Ordnung sein. Glaube ich.«

Entsetzt schaute sie erst ihn und dann die Nadel in ihrem Arm an, um die sich ein blauer Bluterguss gebildet hatte. Sie betrachtete den roten, gewundenen Schlauch, der von ihrem Arm in den Auffangbeutel führte, sah, wie dieser sich allmählich füllte, und versuchte, an etwas anderes zu denken. Mechanisch schaukelte sie den Beutel in ihrer Hand hin und her.

Kurz darauf kehrte Sven mit einer Metallkiste zurück, die er vor sich hertrug, als überbringe er ein Geschenk für einen Scheich. Er stellte die Kiste auf einen Tisch neben Sil und legte Susan einen Stapel versiegelter Plastikpäckchen auf den Schoß. Er zog einen Mundschutz an und schnürte die Bänder hinter dem Kopf zusammen.

»In dem obersten Päckchen sind sterile Handschuhe«, murmelte er hinter dem Mundschutz und ging wieder weg.

Sie hörte einen Wasserhahn. Schrubbgeräusche. Danach nichts mehr. Es schien eine Ewigkeit zu dauern, aber laut der

Uhr an der Wand war er höchstens zwei Minuten weg gewesen.

Als Sven wieder hereinkam, hielt er die Hände vor sich in die Luft, als bereite er sich auf einen Zaubertrick vor. Er roch streng nach Desinfektionsmittel.

»Meine Hände sind jetzt steril«, sagte er. »Bitte reiß mir ein Päckchen auf, sodass ich die Handschuhe herausnehmen kann, ohne die Verpackung zu berühren. So ist das Risiko am geringsten, dass ich eine Infektion verursache.«

Sie wusste, was er meinte. Legte den Blutbeutel auf die Knie und schaukelte ihn dort weiter hin und her. Riss eines der Päckchen auf und hielt ihm den Inhalt entgegen. Sven streifte die Handschuhe über.

»So, jetzt öffne bitte die unterste Verpackung.«

In diesem Beutel war Papier, das er über dem Instrumententisch neben Sil ausbreitete. Dann öffnete er die Metallkiste und holte Besteck heraus, das er streng geordnet auf dem sterilen Tuch auslegte. Er beugte sich über die Wunde.

Susan nahm den Blutbehälter wieder in die Hand. Er fühlte sich warm an und wurde immer schwerer. Sie beobachtete, wie Sven hochkonzentriert nach einem Skalpell griff. Sie hatte genug gesehen und wandte das Gesicht ab.

Sie fühlte sich immer benommener. Sie blickte sich in dem Zimmer um, versuchte, sich auf einen bestimmten Punkt zu konzentrieren, doch der Schwindel blieb. Sie befürchtete, ohnmächtig zu werden. Ja, sie würde jeden Moment umkippen. Es fühlte sich an, als würde die Nadel in ihrem Arm an ihr saugen, als würde sie regelrecht ausgesaugt. Und so war es ja im Grunde auch. Ihr gesamter Organismus protestierte gegen den Blutverlust. Alles drehte sich um sie, und ihr wurde flau. Dabei befürchtete sie am meisten, dass sie vom Stuhl fallen und Sven von seiner Arbeit ablenken könnte. Sie wollte, dass er sich ganz und gar auf Sil konzentrierte. Der brauchte seine Hilfe nötiger. Sie betrachtete den dunkelroten Beutel in ihrer flachen Hand. Er war drei Viertel voll und schien mindestens ein Kilo zu wiegen.

Langsam wandte sie den Kopf Sven zu. »Sven?«, sagte sie mit piepsiger Stimme. »Der Beutel ist voll.«

Er blickte verstört von seiner Arbeit auf. Ihm standen Schweißtropfen auf der Stirn.

»Ich vernähe nur noch diese eine Ader«, hörte sie ihn sagen. »Bleib ruhig sitzen. Hol tief Luft. Ich kümmere mich um dich, sobald ich hier fertig bin.«

Susan schaute auf die runde, weiße Uhr mit den römischen Ziffern, die vor ihr an der Wand hing. Sah zu, wie der Sekundenzeiger quälend langsam vorankroch. Beschloss, sich darauf zu konzentrieren. Sie wollte nicht umkippen. Nicht jetzt.

Fünf Minuten später stand Sven neben ihr. Seine milchweißen Handschuhe waren blutverschmiert. Er zog den Mundschutz aus und blickte sie an, das Gesicht vor Anspannung verzerrt. Er hockte sich hin und zog ihr die Nadel aus dem Arm. Drückte fest mit dem Daumen die Ader ab.

»Drück noch ein bisschen weiter drauf«, sagte er.

Sie tat, was er gesagt hatte, und verfolgte jede seiner Bewegungen.

Er nahm ihr den Beutel, in dem das Blut noch immer hin- und herschwappte, aus der Hand, löste ihn von dem Schlauch und hängte ihn an den Infusionsständer. Dann löste er den Schlauch von dem Beutel mit Kochsalzlösung und schloss ihn stattdessen an den Blutbehälter an. Sofort füllte sich der Schlauch mit Blut, das rasch in Richtung von Sils Arm floss.

»Das wird ihm guttun«, sagte Sven und ging wieder in den angrenzenden Raum.

Susan hörte den Wasserhahn. Schrubbgeräusche. Sie begriff, dass er sich erneut die Hände desinfizierte, weil er verschiedene nichtsterile Gegenstände angefasst hatte. Sie hatte Recht. Mit erhobenen Händen kehrte er zurück. Die Zaubershow konnte weitergehen. Sven war die Anspannung deutlich anzusehen. Er wies mit einem Nicken auf die Päckchen auf ihrem Schoß. Automatisch öffnete sie eines von ihnen. Er streifte sich die Handschuhe über und wandte sich dabei wieder Sil zu. Das dünne Gummi machte Schnappgeräusche. Er beugte sich über den Patienten.

Susan war immer noch schwindelig. Sven erklärte ihr jeden Schritt seines Vorgehens. Jedenfalls glaubte sie, dass er mit ihr redete. Aber vielleicht führte er auch nur Selbstgespräche.

»So, diese Ader hält dicht«, hörte sie ihn sagen, und kurz darauf: »Das Scheißding ist jetzt raus«, gefolgt von einem leisen, metallenen Ticken. Das musste das Geschoss gewesen sein.

Sie drehte den Kopf in seine Richtung, aber ihr wurde übel davon. Über Sils Brust hinweg schaute Sven sie an.

»Sieht gut aus, Susan«, sagte er. »Ist alles wieder dicht. Und er kriegt auch schon wieder ein bisschen Farbe.«

Sie nickte nur.

»Ich richte ihm auch noch die Nase«, sagte Sven. »Sonst wird er später mal Riesenprobleme damit haben.«

Susan runzelte die Stirn.

»Sie würde schief zusammenwachsen«, erklärte Sven und drehte sich zu dem Besteck auf dem Instrumententisch um.

Irgendwie beruhigte sie seine Bemerkung, weil sie nur eines bedeuten konnte, nämlich dass er an einen guten Ausgang glaubte. Daran, dass Sil sich bald über solche Nichtigkeiten wie eine schief stehende Nase Gedanken machen würde.

Sie sah zu, wie er energisch einen Tampon in Sils Nasenloch drehte. Das weiße Ding wirkte viel zu dick, um hineinzupassen. Sie schaute weg. Sie würde sich nie an so etwas gewöhnen können.

Ihr Blick fiel auf Sils Hand, die über den Tischrand hing. Sein Ringfinger und sein Mittelfinger waren geschwollen und blau angelaufen.

»Sven?«, sagte sie.

Sven war dabei, mit Verband und Pflaster eine breite Kompresse zu formen. Er klebte sie über Sils Nase. Dann blickte er auf. Susan wies mit einem Nicken auf Sils Hand. »Die beiden Finger sehen gar nicht gut aus.«

Sven ging um den Operationstisch herum, hob Sils Hand und griff nach den Fingern. Susan hörte ein widerliches Knacken, von dem ihr übel wurde. Sie kniff die Augen zusammen.

»Gebrochen«, diagnostizierte Sven. »Ich werde sie schienen. Aber darin bin ich nicht so gut. Eventuell müssen die Knochen noch einmal gerichtet werden, wenn er das alles hier hinter sich hat. In einem richtigen Krankenhaus.«

Während er sprach, drehte er an den Knöpfen des Inhalationsnarkoseapparates.

»Wir müssen die Daumen drücken«, sagte er. »Dass er so in zehn Minuten wieder zu sich kommt. Sonst weiß ich auch nicht mehr weiter.«

Susan schaute zu Boden, wo die diagonalen Fugen der großen Bodenfliesen ineinanderflossen. Sie schluckte. Halt noch ein bisschen durch!, mahnte sie sich in Gedanken.

Es waren noch keine zehn Minuten vergangen. Sven stand wieder neben ihr. Er hatte die Handschuhe ausgezogen und trug keinen Mundschutz mehr. Er schob eine dicke Nadel in eine Ader an ihrem Handgelenk, verband sie mit einem meterlangen Schlauch und steckte diesen auf den Beutel mit Kochsalzlösung am Infusionsständer.

»Gleich geht's dir wieder um einiges besser«, versprach er.

Susan bekam kaum mit, wie Sven auch den Beutel, in dem ihr Blut gewesen war, durch einen Behälter mit Kochsalzlösung ersetzte.

Plötzlich bemerkte sie, wie sich Sils Füße bewegten, und wandte ihm ruckartig den Kopf zu. Sven beugte sich bereits mit einem Stethoskop um den Hals über ihn. Leuchtete mit einem kleinen Lämpchen in seine Augen. Pumpte die Manschette eines Blutdruckmessgeräts auf.

»Willkommen zurück unter den Lebenden«, hörte sie Sven sagen, während er Sil das Stethoskop an die Halsschlagader legte. »Das war knapp. Tu mir einen Gefallen und bleib still liegen.«

Sil gab eine Art Gebrumm von sich und nickte ansatzweise. Über den Operationstisch hinweg zwinkerte Sven Susan erleichtert zu.

»Er ist aufgewacht.«

Als Nächstes holte Sven eine dünne Matratze aus dem Nebenraum und legte sie neben den Tisch. Er verschwand wieder und brachte Decken herbei, die er auf die Matratze legte.

Susan sah zu, wie er den Endotrachealtubus aus Sils Hals zog und mit dem Aufräumen anfing.

»Wie geht's dir denn jetzt?«, fragte er Susan im Vorbeigehen.

»Besser«, antwortete sie. »Mir ist nicht mehr so schwindelig.«

»Wir müssen ihn auf die Matratze legen und ihn warm halten«, sagte Sven. »Allein schaffe ich das nicht. Versuch mal, ganz langsam aufzustehen.«

Susan stützte sich auf den Armlehnen des Stuhls ab und drückte sich hoch. Ihr wurde schwummrig. Sie ließ sich wieder sinken.

»Okay«, sagte Sven und breitete Decken über Sil aus. »Lass dir nur Zeit.«

Kurz darauf konnte Susan aufstehen. Sven nahm ihr die Infusion ab und klebte ein weißes Pflaster über die Einstichstelle.

Susan stellte sich ans Ende des Operationstischs. Sven nahm Sil die Decken ab.

»Fass du ihn an den Beinen«, wies er sie an.

Susan packte Sil unter den Knien. Sie fühlte sich schlapp wie ein Waschlappen. Konzentrierte sich. Sie durfte ihn nicht fallen lassen. Sie spannte die Muskeln an und riss sich zusammen. Eine Sekunde später landete Sil sanft auf dem improvisierten Bett. Sven breitete sofort Decken über ihn, sodass nur noch sein Gesicht hervorschaute. Susan hörte Sil atmen. Seine Augen waren geschlossen. Sie schaute mit fragendem Blick von Sil zu Sven.

»Er schläft«, erklärte Sven. »Ich setze uns jetzt mal Kaffee auf, ich leide an akutem Koffeinentzug.«

In der Tür drehte er sich zu ihr um. »Du hast jetzt einen Moment Zeit zum Überlegen. Du bist mir noch eine ausführliche Erklärung schuldig.«

Sie hörte, wie er in die Küche ging, Schränke öffnete und Wasser laufen ließ.

Sie kniete sich neben Sil und legte ihm die Handfläche gegen die Wange.

Seine Haut fühlte sich ein wenig klamm an. Aber wenigstens hatte er wieder ein bisschen Farbe im Gesicht. Er atmete ziemlich flach. Reagierte nicht auf ihre Berührung. Sie näherte ihren Mund seinem Ohr.

»Sil, hörst du mich? Alles wird gut. Du bleibst am Leben.«

Sie stand auf und ging ans Spülbecken. Drehte das heiße Wasser auf. Hielt ein Tuch darunter, wrang es anschließend sorgfältig aus und wischte Sil so vorsichtig wie möglich das geronnene Blut von Stirn und Kinn. Seine Augen waren noch immer geschlossen.

Die Tränen liefen ihr über die Wangen. Bisher hatte sie nicht geweint. Die ganze Zeit nicht, aber jetzt wurde es ihr zu viel.

»Der Kaffee läuft durch.«

Sven war zurück.

Sie fuhr sich mit der Hand unter der Nase entlang und schniefte. Sie fühlte sich niedergeschlagen, obwohl sie alles getan hatte, was sie nur konnte. Aber sie hatte auch etwas getan, was sie nie für möglich gehalten hatte: Sie hatte einen Menschen ermordet. Kaltblütig.

»Willst du mir jetzt nicht langsam mal erzählen, was das alles zu bedeuten hat?«, fragte Sven.

Sie blickte zu ihm auf.

Er lehnte mit dem unteren Rücken an dem Operationstisch, die Arme vor der Brust verschränkt. Er sah lächerlich aus mit seinen nackten, haarigen Beinen, die unter dem grünen langen Kittel hervorschauten. Aber sein Gesichtsausdruck war ernst und entschlossen. Sven war nicht dumm. Sie würde ihm zumindest einen Teil erzählen müssen. Das war sie ihm schuldig. Sie wusste, dass er sie nicht bei der Polizei anzeigen würde. Er hatte Sil zusammengeflickt. Das genügte ihr.

»Es ist keine besonders schöne Geschichte«, sagte sie leise.

Er wies mit dem Kinn auf Sil. »Das glaube ich dir aufs Wort.«

Sie seufzte tief.

»Sil hatte Ärger mit ein paar Leuten. Er ist heute Abend zu ihnen hingefahren. Ich wollte ihm helfen. Zumindest in seiner Nähe sein, falls etwas schiefgehen würde.«

Sie schwieg für einen Augenblick. Sven stand noch immer in dieser abwehrenden Haltung da.

»Ich habe herausgefunden, wo er hinwollte«, fuhr sie fort, »und bin ihm nachgefahren. Ich habe es gleich gefunden. Als ich reingegangen bin …«

»Wo war das?«

»In Almere, auf einem Betriebsgelände, in einer Art Lagerhalle.«

Er nickte.

»… bin ich erst mal eine ganze Weile draußen stehen geblieben und habe auf ihn gewartet. Aber er kam nicht wieder raus.«

»Schöne Leibwache bist du«, bemerkte er. »Du hast also draußen gewartet.«

Sie lächelte nicht. Als sie weitererzählte, zitterte ihre Stimme.

»Irgendwann bin ich reingegangen. Ich wusste nicht, wo ich ihn suchen sollte. Es war stockdunkel. Ich kam in einen Gang. Da hörte ich jemanden reden. Eine Frau, sie klang wütend. Ich habe mich dicht an der Wand gehalten und bin leise in die Richtung geschlichen, aus der die Stimme kam.«

Sie schwieg für einen Moment. In Wirklichkeit hatte sie zugesehen, wie Sil einen jungen Mann erschossen hatte. Aus nächster Nähe. Als der Schuss krachte, hatte sie sich geduckt. Sie hatte gesehen, wie er die Leiche des Jungen von der Tür weggezerrt hatte und hineingegangen war. Sie war fast verrückt geworden vor Nervosität. Sie hatte gewartet und gewartet. Aber er war nicht wieder herausgekommen. Schließlich hatte sie sich aus ihrem Versteck gewagt und war über den Zaun geklettert. Sie war in die Halle hineingegangen, ihre geladene und entsicherte Waffe am ausgestreckten Arm vor sich haltend. Sie hatte einen Blick auf die erste Leiche vermieden und war rasch daran vorbeigeeilt. Kalte Schauder waren ihr über den Rücken gelaufen. Als sie in dem Büro über die zweite Leiche stolperte, hätte sie beinahe laut aufgeschrien. Aber auch diesmal hatte sie sich zusammengerissen.

»Ich kam in einen großen Raum, eine Art Magazin«, fuhr sie fort. »Und da sah ich Sil. Er war gefesselt. Er sah furchtbar aus, Sven. Ich glaube, sie haben ihn gefoltert. Er hing ganz schlaff da, von oben bis unten voller Blut. Ein paar Meter von ihm entfernt, direkt vor mir, stand diese Frau. Sie zielte mit einer Pistole auf ihn. Sie wollte ihn erschießen.«

Wieder schwieg sie für einen Moment. Sie holte tief Luft, um das Weinen zu unterdrücken.

»Ja?«, fragte Sven. »Und dann?«

»Und dann dachte ich an das, was du mir beigebracht hast. Einatmen, etwas ausatmen, festhalten, zielen, schießen.«

Er stieß sich von dem Behandlungstisch ab.

»Wie bitte?«

»Ich habe sie erschossen.«

Jetzt schwieg Sven seinerseits. Mit offenem Mund sah er sie an.

»Ich habe diese Frau erschossen, Sven, es ging nicht anders. Ich … Ich kann es immer noch nicht fassen. Aber sie wollte ihn töten, das habe ich ihr angesehen. Ich musste etwas unternehmen, sonst wäre Sil jetzt tot.«

»Wie hast du es gemacht? Ich meine, womit?«

»Sil hatte mir eine Pistole gegeben. Zur Sicherheit. Weil er glaubte, dass diese Leute es vielleicht auch auf mich abgesehen hatten.«

Sven blickte sie entgeistert an.

»Susan«, sagte er schließlich. »Du, ich und dein Freund da, wir sitzen bis zum Hals in der Scheiße.«

27

Sven war nach Hause gegangen und wollte versuchen, noch ein bisschen zu schlafen. Susan hielt während der restlichen Nachtstunden bei Sil Wache. Hin und wieder nickte sie ein, schreckte nach kurzer Zeit auf und wurde von seinem regelmäßigen Atem wieder eingelullt. Durch die schmalen Ritzen der heruntergelassenen Jalousien sah sie, wie es draußen allmählich hell wurde, und schaute auf die Uhr über der Tür. Sieben Uhr. In einer Stunde würde sich dieser Raum mit kranken Haustieren und ihren Herrchen und Frauchen füllen. Sven konnte jeden Moment zurückkommen. Sie hatte bereits beschlossen, Sil mit nach Hause zu nehmen und nicht in das Ferienhaus zu bringen.

Sie stand auf und reckte sich. Jeder Arm schien hundert Kilo zu wiegen und ihr Kopf das Doppelte. Sie spürte jetzt erst, wie erschöpft sie war. Sowohl körperlich als auch geistig. Zu Hause würde sie endlich schlafen können.

Plötzlich hörte sie eine Stimme. Sils Stimme. Krächzend, ganz leise. Mit einem Ruck drehte sie sich zu ihm um und fiel neben ihm auf die Knie.

»Susan?«

Er hatte ein Auge geöffnet. Das andere war zugeschwollen.

»Sil«, sagte sie leise und nahm seine linke Hand. »Sie ist tot.«

»Anna?«

Anna. So hatte die Frau also geheißen. »War Anna die Frau, die dich erschießen wollte?«

Er nickte langsam. »Wie steht es um mich?«, murmelte er.

»Du hast Riesenglück gehabt«, sagte sie mit einem Blick auf sein lädiertes Gesicht. Er sah furchtbar aus.

»Du hast einen Schuss in die Schulter abbekommen. Sven hat dich operiert. Zwei deiner Finger und deine Nase sind gebrochen. Aber es wird alles wieder verheilen.«

Er versuchte, den Kopf zu heben. »Wo …?«

»Jetzt mach mal langsam«, mahnte sie. »Wir sind hier in Svens Praxis. Mein Nachbar, erinnerst du dich? Er kommt gleich. Wir bringen dich zu mir nach Hause. Hier können wir nicht bleiben.«

Sie hörte einen Wagen, sprang auf und lief ins Wartezimmer. Durch das Glas der Eingangstür sah sie Svens roten Renault Kangoo schaukelnd über den Parkplatz rollen. Auf den Hecktüren waren zwei weiße Figuren angebracht, ein Hund und eine Katze mit lachenden Gesichtern, die Pfoten wie Arme erhoben, als hätten sie etwas zu feiern.

Sven setzte zurück und hielt einen Meter vor dem Eingang an. Sprang aus dem Auto und öffnete die Kofferraumtüren.

»Er ist wach!«, rief sie ihm zu.

Sven trug eine Jeans und einen blauen Anorak, und sein hellblondes Haar war gewaschen und gekämmt. Nur sein Gesicht sah noch blass aus vom Schlafmangel.

»Ist er zu Bewusstsein gekommen?«, fragte er.

»Ja, gerade eben!«

»Prima.«

Sven setzte sich neben Sil auf den Boden und leuchtete mit einer kleinen Lampe in das nicht zugeschwollene Auge. Dann legte er ihm eine Blutdruckmanschette um den Arm und pumpte sie auf. Wartete konzentriert auf das Ergebnis der Messung. Hörte Sils Herz ab.

»Sieht ganz so aus, als würde der Patient durchkommen«, sagte er zu niemandem im Besonderen.

»Sven?«, sagte Susan.

»Ja?«

»Danke.«

»Wenn ich jetzt sagen würde ›gern geschehen‹, würde ich lügen wie gedruckt. Ich hoffe nicht, dass das bei dir zur Gewohnheit wird. Diese Operation hat mich zehn Jahre meines Lebens gekostet.«

Dann wandte er sich an Sil. »Okay«, sagte er. »Deine Schulter ist gebrochen. Ich gebe dir gleich eine Armschlinge. Du hast Glück gehabt, es ist ein stabiler Schulterblattbruch. Ich brauchte ihn nicht mit Schrauben zu fixieren. Der Knochen ist dünn und die gesamte Umgebung gut durchblutet. Der Bruch wird ziemlich schnell verheilen. Da, wo die Kugel in deine Schulter eingeschlagen ist, wurde viel Gewebe verletzt. Du hast Glück gehabt, es hätte schlimmer aussehen können. Aber auch diese Wunde braucht ihre Zeit, um zu verheilen. Schone also deine Schulter wenn möglich und trage die Schlinge mindestens zwei Wochen lang. Wenn es dann immer noch wehtut, nochmal zwei Wochen. Dann müsste eigentlich alles wieder in Ordnung sein. Wenn nicht, lässt du dich im Krankenhaus noch einmal untersuchen.«

Sil schaute ihn an. Schluckte mühsam.

»Deine Nase ist gebrochen«, fuhr Sven fort. »Ich habe dir Tampons in die Nasenlöcher gesteckt, deshalb kannst du nicht durch die Nase atmen. Lass sie drei Tage lang drin, damit der Knochen einigermaßen gerade zusammenwachsen kann. Lass den Verband noch etwas länger dran. Ich weiß nicht, ob ich alles richtig gemacht habe. Aber auch das kann später noch korrigiert werden. Außerdem habe ich deine zwei gebrochenen Finger geschient und mit denen wirst du mit ziemlicher Sicherheit noch Schwierigkeiten bekommen. Tut mir leid für dich, aber damit musst du wirklich ins Krankenhaus, sobald du dich wieder einigermaßen erholt hast. Man wird sie noch einmal brechen müssen, um sie wieder richtig hinzukriegen.«

Sil schaute ihn ausdruckslos an. Nickte wieder.

Sven nahm ihm die Infusion ab. Der Beutel war inzwischen leer.

Dann wandte er sich wieder seinem Patienten zu. »Durch deinen Körper fließen achthundert Milliliter Blut von Susan. Die haben dir das Leben gerettet. Es könnte aber immer noch eine Abstoßungsreaktion geben. Solltest du Fieber, Hautrötungen oder Schüttelfrost bekommen, fahr sofort ins Krankenhaus.«

Sil nickte.

»Sorge dafür, dass er genug trinkt«, sagte Sven zu Susan. »Und gib ihm was Vernünftiges zu essen. Vitamine, Gemüse, rotes Fleisch, Eier. Damit er wieder zu Kräften kommt. Und jetzt nichts wie weg hier. In einer Viertelstunde kommt Michel, und ich habe noch keine Ahnung, wie ich ihm das hier erklären soll.«

Sie legten Sil auf eine provisorische Bahre und hievten ihn auf die Ladefläche des Kleintransporters. Nach einer fünfzehnminütigen, äußerst unkomfortablen Fahrt trugen sie ihn hinauf in Susans Apartment und legten ihn ins Bett. Anschließend fuhr Sven zurück in die Praxis, um aufzuräumen.

Im Stillen taten Susan die Tiere leid, die heute in seine Sprechstunde kommen würden. Oder die operiert werden mussten. Sven war fix und fertig, so viel war klar. Wahrscheinlich hatte er genauso viel geschlafen wie sie, nämlich überhaupt nicht.

Sil dagegen schlief fest. Er lag lang ausgestreckt auf ihrem Bett, einen Arm auf der Bettdecke. Sein Kopf auf ihrem Kissen. Sie lehnte im Türrahmen und schaute ihn an. Sie hatte keine Ahnung, wie es nun weitergehen sollte und ob sie immer noch in Lebensgefahr schwebten. Oder ob mit dem Tod der beiden Männer und der Frau in Almere das Problem, wie Sil es bezeichnete, »endgültig gelöst« war. Zur Sicherheit hatte sie Sils Pistole geladen unter das Bett gelegt. Und das Ding, mit dem sie Anna erschossen hatte, lag in der Küchenschublade. Ebenfalls geladen und entsichert. Dennoch war sie beunruhigt.

Die schrecklichen Ereignisse der letzten Nacht hatten ihr zu Bewusstsein gebracht, dass sie sich inmitten von braunen Backsteinhäusern und frisch geputzten Fenstern in einer trügerischen Sicherheit gewiegt hatte. Seit sie mit eigenen Augen gesehen hatte, dass ein bekannter und beliebter Sender wie *Programs4You* in Verbindung mit dem organisierten Verbrechen stand, war ihr Weltbild für immer erschüttert.

Sie duschte sich, fühlte sich anschließend aber nicht richtig erfrischt. Sie prüfte, ob sie die Haustür wirklich sorgfältig geschlossen hatte, und drehte den Schlüssel noch einmal um. Dann ließ sie die Rollläden im Wohnzimmer herunter und ging ins Schlafzimmer. Sie streckte ihre müden Glieder neben dem schlafenden Sil aus und genoss für einen Moment seine Nähe. War dankbar dafür, dass er noch lebte. Dass er noch da war. Und für einen Augenblick war sie stolz darauf, dass sie nicht passiv abgewartet, sondern auf ihre Intuition gehört hatte und ihm gefolgt war. Dass sie ihre Ängste überwunden hatte und sich nicht von ihnen hatte blockieren lassen.

Die letzte Nacht kam ihr vor wie die allerletzte Folge von *Fear Factor*, eine Folge, die nie gesendet werden würde. Noch lieber wäre ihr gewesen, wenn sie sich überhaupt nie ereignet hätte. Wenn ihr diese Erfahrung erspart geblieben wäre. Wie hatte Sven neulich gesagt? Auf manche Erfahrungen konnte man gut und gern verzichten.

Sie sank in einen unruhigen Schlaf. Im Traum erschien ihr Annas Gesicht. Sie schrie sie an. Kreischte wie eine Wahnsinnige; streckte ihre Hände nach ihr aus mit gelben Fingernägeln wie lange Klauen. Sie wollte zurückschreien, dass sie aufhören solle. Dass sie weggehen solle. Dass sie tot sei. Sie versuchte, es ihr zu sagen. Aber sie bekam kein Wort über die Lippen.

28

SCHIESSEREI BEI *PROGRAMS4YOU*
FORDERT DREI TOTE

Almere – Ein Sprecher der Polizeibehörde Flevoland bestätigte gestern das Gerücht, dass es in der Nacht von Montag auf Dienstag bei dem Sender *Programs4You* in Almere eine Schießerei gegeben hat. Bei dem Zwischenfall sind drei Menschen ums Leben gekommen. Bei den Toten handelt es sich um Anna Düring, die Firmenbesitzerin, einen bisher noch nicht identifizierten Mann zwischen zwanzig und fünfundzwanzig Jahren sowie den 54-jährigen Valentin R. Von dem Ehemann Anna Dürings, Paul Düring, dem Leiter der Produktionsfirma, fehlt bislang jede Spur. Über den genauen Tathergang konnte die Polizei noch nichts mitteilen. Die bekannte Firma *Programs4You* produziert Sendungen für kommerzielle Fernsehsender sowie öffentliche Sendeanstalten. Die Schwestergesellschaft *Annas Theaterproduktionen* hat sich internationale Anerkennung mit großen Theaterproduktionen aus dem Ausland erworben, insbesondere aus Russland. Unbestätigten Quellen zufolge sollen über *Programs4You* illegale Aktivitäten abgewickelt worden sein. Der Sprecher der Polizei wollte diese Gerüchte jedoch nicht bestätigen.

»War das vielleicht eure Party? Oder ist es nur ein dummer Zufall, dass ich dein Motorrad keinen Kilometer von dieser Firma entfernt abholen musste?«, fragte Sven.

Mit blitzenden Augen schaute er von Susan, die auf dem Wohnzimmersofa saß, zu Sil, der in einem gelben Sessel sitzend damit beschäftigt war, sich den Verband von der Hand zu wickeln. Auf dem Wohnzimmertisch lag eine Ausgabe des *Telegraaf*. Der Artikel stand groß auf dem Titelblatt, mit einem Archivfoto von dem lächelnden Paul Düring darüber. Susan und Sil verständigten sich mit einem raschen Blick und schauten danach beide Sven ausdruckslos an.

»Also ihr wart das«, seufzte Sven. Er zog sich einen Stuhl vom Esszimmertisch heran und setzte sich ihnen gegenüber.

»Es geht mich ja nichts an …«

»Doch«, unterbrach ihn Susan. »Es geht dich sehr wohl etwas an. Du hast Kopf und Kragen für uns riskiert. Aber es ist besser, wenn du so wenig wie möglich weißt.«

Svens Blick wanderte von einem zum anderen.

»Ach, wirklich?«

Sil nickte. »Ja. Glaub mir, es ist besser so.« Eindringlich fügte er hinzu: »Ich möchte mich bei dir bedanken. Für alles, was du getan hast. Das würden dir nicht viele nachmachen.«

»Na ja«, antwortete Sven achselzuckend. »Scheint so, als könnte ich immer noch auf Chirurg in der Notaufnahme umsatteln, wenn es mal keine Katzen und Hunde mehr geben sollte.«

Susan lachte leise.

»Danke, Sven«, sagte sie. »Du bist ein toller Nachbar. Tut mir leid, dass ich dir nicht eine genauso tolle Nachbarin sein kann.«

Sven schüttelte den Kopf. »Ihr wollt mir ja doch nichts erzählen«, sagte er und stand auf. Von der Diele aus rief er: »Die Zeitung könnt ihr behalten! Ihr könnt euch den Artikel ja einrahmen, für später!«

Als Susan die Tür hinter Sven zuklappen hörte, drückte sie noch einmal kräftig dagegen und drehte den Schlüssel im Schloss.

»Nicht nötig«, hörte sie Sil sagen.

Sie kehrte ins Wohnzimmer zurück und schaute ihn fragend an.

»Es ist vorbei«, sagte er.

»Bist du sicher?«

»Ja«, antwortete er und wies mit einem Nicken auf den Wohnzimmertisch. »Jetzt schon. Wir haben die Bosse erwischt. Sonst hätte die Polizei sie nicht gefunden. Es war einfach niemand mehr übrig, um den Müll wegzuräumen. Und ich glaube auch nicht, dass wir von der Polizei viel zu befürchten haben. Sie suchen in einer ganz anderen Richtung. Sie glauben, Paul steckt dahinter, aber der ist tot. Vielleicht glauben sie auch an einen Erpressungsversuch im Zusammenhang mit diesen russischen Theaterproduktionen. Oder sie suchen die Schuldigen innerhalb der Organisation. Auf uns kommen sie nie.«

»Aber sie werden dein Blut finden, die Geschosse und die Patronenhülsen!«

Er schüttelte den Kopf. »Damit können sie nichts anfangen, solange sie keinen Verdächtigen haben. Oder die Schusswaffe. Sie brauchen Vergleichsmaterial. Und das suchen sie nicht bei uns, Susan, sonst wären sie längst hier gewesen.«

»Aber niemand weiß doch, dass du hier bist? Vielleicht waren sie längst bei dir zu Hause.«

Er nickte. »Könnte sein. Aber vertrau mir einfach. Es ist vorbei. Keine weiteren Dramen.«

Einen Moment lang schwiegen sie beide.

»Für wie lange?«, hörte sich Susan laut fragen. Diese Frage beschäftigte sie schon seit Tagen. Sie hatte Sil gesehen, mit einem aschfahlen Gesicht, aus dem alles Leben gewichen schien. Sie hatte neben ihm gesessen, als er um sein Leben kämpfte. Das würde sie nicht noch einmal ertragen. Sie hob den Kopf. Er beobachtete sie.

»Ich …«, begann sie. »Ich kann dich nicht daran hindern, so

weiterzumachen. Obwohl ich es gerne täte. Entschuldige, ich will dich nicht damit belasten. Das wäre nicht fair.«

»Aber ich glaube, ich habe etwas dazugelernt«, sagte er leise. »Als Anna mich erschießen wollte. Und vielleicht habe ich inzwischen einfach zu viele Tote gesehen. Zu viel Schlechtigkeit.«

Er ließ absichtlich eine Stille eintreten.

»Die Frage ist, was du willst«, sagte er schließlich.

Sie stand auf und setzte sich neben ihn.

»Vorläufig laufe ich an deiner Seite«, antwortete sie leise. »In Ordnung?«

Er legte seinen unverletzten Arm um sie und gab ihr einen Kuss.

»Und wo laufen wir hin?«, fragte sie leise.

»Du bestimmst die Richtung. Ich würde dir gerne für eine Weile bei deinen Fotoreportagen assistieren, bis mir etwas eingefallen ist, womit ich dir nicht im Weg bin.«

»Du warst mir noch nie im Weg«, erwiderte sie.

Die Aussicht, Sil bei ihren Auslandsreisen um sich haben, machte sie glücklich. Reisen war schön und das Nachhausekommen auch. Das einzige Schlimme war gewesen, dass sie immer allein gewesen war. Dass sie die Menschen, die sie unterwegs traf, nicht gut genug kennen lernte, um mit ihnen alte Erinnerungen aufzuwärmen. Und die alten Erinnerungen, die sie mit den Zuhausegebliebenen teilte, wurden allmählich immer älter. Bis es bald nichts mehr zu teilen geben würde.

»Ich freue mich schon darauf, Sil«, sagte sie.

»Okay, dann machen wir es so«, sagte er, löste sich von ihr und stand auf. »Dann muss ich mich jetzt erst mal um ein paar Dinge kümmern. Ich sitze hier schon seit drei Tagen herum wie eine Treibhauspflanze. Es wird Zeit, etwas zu unternehmen.«

Sie zog eine Augenbraue hoch.

»Ich fahre nach Zeist«, erklärte er. »Es gibt viel zu tun. Zum Beispiel will ich das Haus verkaufen. Ich will es loswerden, und zwar so schnell wie möglich. Es weckt einfach zu viele böse Erinnerungen.«

»Willst du auf eigene Faust los?«, fragte Susan mit einem Blick auf die Armschlinge und den Verband um seine Finger.

»Ja. Der Makler kennt mich, und er würde sich sehr darüber wundern, wenn ich schon so bald nach Alice' Tod mit einer neuen Freundin aufkreuzte. Ich möchte keine schlafenden Hunde wecken.«

»Kannst du denn fahren?«

Er nickte. »Ja, es wird schon gehen.«

Tatsächlich klappte es einigermaßen mit dem Autofahren. Mit dem Handballen zu schalten war gar kein Problem, nur das Lenken fiel ihm schwer. Er konnte seinen linken Arm nicht gebrauchen, ohne sich äußerst schmerzhafte Stiche in der Schulter einzuhandeln. Deshalb klemmte er das Lenkrad zwischen die Knie, wenn er schalten musste. Das funktionierte prima. Als Führerscheinneuling hatte er es als Sport betrachtet, kilometerweit so zu fahren. Manches verlernte man eben nie, und in dem Corsa war das Lenkrad so tief angebracht, dass es ihm nicht mal besonders schwerfiel.

Sven hatte ihm prophezeit, dass er noch eine Weile Schmerzen in seiner Schulter haben würde. Außerdem war es lästig, dass er nur durch den Mund atmen konnte. Glücklicherweise tat ihm die Nase überhaupt nicht weh. Jedenfalls, solange er sie nicht berührte. Im Großen und Ganzen ging es ihm recht gut. Keine ungelösten Probleme mehr.

Er schaltete das Radio ein und suchte gute Musik. Das Programm der meisten Radiosender war tödlich langweilig.

Leute konnten anrufen und an Spielen teilnehmen oder ihre Meinung über ein bestimmtes Thema äußern. Es gab ebenso heftige wie unsinnige Diskussionen über Normen und Werte und die Notwendigkeit eines gewählten Bürgermeisters. Er suchte lange, bis etwas aus den kleinen Lautsprechern kam, was nach Musik klang.

Er atmete tief ein und ließ den Blick über die grünen Weiden mit den schwarzbunten Kühen und den Schafen wandern, an denen er mit gemächlichen hundertzwanzig Stundenkilometern vorbeifuhr. Es war ein schöner Novembertag. Hoch oben in der Luft schwebten zarte Zirruswölkchen, durch die die Sonne hindurchschien. Stone Sour spielte ein Stück mit dem Titel *Bother,* das er noch nie zuvor gehört hatte und das ihm unglaublich gut gefiel. Er drehte die Lautstärke auf und summte mit. Auf einer einigermaßen guten Anlage musste es fantastisch klingen. Er nahm sich vor, sich demnächst eine CD von dieser Gruppe zu kaufen. Wenn der Rest ihrer Stücke nur halb so gut war wie diese Nummer, war es kein rausgeschmissenes Geld.

Zum ersten Mal seit sehr langer Zeit fühlte er sich ausgeglichen und entspannt. Er sah nicht in den Rückspiegel. Musste nicht mit Verfolgern rechnen. Das gefiel ihm ausnehmend gut. Von nun an wollte er nur noch geradeaus schauen.

29

Der Vorgarten lag unter einer dicken Schicht Herbstlaub. Das Gras war zu lang geworden. Es würde ihn einen ganzen Tag kosten, den Garten wieder einigermaßen herzurichten, bevor sich Interessenten das Haus anschauen konnten. Er dachte an seine Schulter und überlegte, vielleicht besser einen Gärtner zu engagieren. Er konnte nicht warten, bis er körperlich wieder in derselben Topform war wie vor den Geschehnissen in Venlo, Moustiers und Almere. Er hatte in der letzten Zeit gehörige Schläge einstecken müssen, und das machte sich in jeder Hinsicht bemerkbar. Körperlich fühlte er sich wie ein alter Mann. In dem neuen Haus oder wo immer Susan und er auch wohnen würden, würde er sich vielleicht wieder im Keller oder in einem Nebenzimmer einen Fitnessraum einrichten. Vielleicht hatte Susan auch Spaß am Training. Es war immer schöner, Dinge, die einem selbst Freude bereiteten, mit jemandem zu teilen.

Und wer weiß, vielleicht könnte er sie sogar dazu überreden, ihre Wohnung aufzugeben und eine Weile mit ihm in der Weltgeschichte herumzuziehen, immer der Nase nach. Sie hatten noch so viel Zeit, irgendwann an einem Ort wohnen zu bleiben. Durch ihre Arbeit musste sie an ein unstetes Leben gewöhnt sein, und er wusste, dass sie kein häuslicher Typ war. Geld spielte dabei keine Rolle. Schon gar nicht, wenn das Haus erst einmal verkauft war. Na ja, er würde sehen.

Die Zukunft lag offen vor ihm, und Susan gehörte dazu.

Das war ein wunderbares Gefühl. Körperlich fühlte er sich zwar wie ein Wrack, aber geistig war er klarer und wacher denn je.

Er betrachtete den Bungalow aus einer gewissen Entfernung heraus. Sein Haus. Es fühlte sich schon nicht mehr so an. Er hoffte, dass die neuen Besitzer glücklicher darin werden würden als er und Alice.

Er schloss die Haustür auf, betrat den Eingangsflur und gab den Code der Alarmanlage ein.

Im nächsten Moment wurde ihm die Luft aus den Lungen gepresst. Es dauerte einen Augenblick, bis er begriff, was mit ihm geschah. Hinter ihm knallte die Haustür zu. Sekundenbruchteile später wurde er mit dem Rücken gegen die Dielenwand gerammt. Eine kräftige Hand hielt seine Kehle umklammert und schien ihn durch die Mauer hindurchstoßen zu wollen. Die Hand gehörte einem Kerl, der mehrere Zentimeter größer war als er. Und stark. Enorm stark. Ihm tanzten Flecken vor den Augen. Durch die Flecken hindurch blickte er in ein ovales Gesicht mit groben Zügen. Große, dunkelbraune Augen. Dicke, schwarze Augenbrauen. Ein ausgeprägtes Kinn. Dicker Hals. Ein kahl geschorener, mit Tätowierungen bedeckter Schädel. Bomberjacke. Er erkannte ihn wieder. Es war Alex. Der Bekannte von Susan, ein Mitglied dieser Hardrockband.

»Du hast ein Problem, Mann«, fuhr Alex ihn an. »Ein großes Problem.«

Der Griff um seinen Hals lockerte sich nicht. Sil holte pfeifend Luft. Seine Schulter brannte und stach. Vor Schmerzen brach ihm der Schweiß aus.

»Du hast ein Problem«, wiederholte Alex. Er näherte sein Gesicht dem von Sil.

Sil fragte sich krampfhaft, was er wohl von ihm wollte. Was dieser Alex hier tat, in seinem Haus.

Alex schien seine Gedanken zu lesen. »Ich will das Geld«, sagte er, schaute ihn mit stechendem Blick an und kam Sil so nahe, dass sich fast ihre Stirnen berührten. Er strahlte geballte Aggression aus.

Sil sagte nichts. Schaute seinen Angreifer nur an. Plötzlich dämmerte es ihm.

Normalerweise hatten sie weder einen tätowierten, kahlen Schädel noch einen Samurai-Pferdeschwanz von einem halben Meter Länge.

Alex war Russe.

Alex lockerte seinen Griff. Er trat einen Schritt zurück. Sil fing an zu husten, wodurch seine Schulter noch stärker schmerzte.

Alex schaute ihn wütend an. Eine Ader auf seiner Stirn war geschwollen.

»Wo hast du es?«, fragte Alex.

»Von welchem Geld redest du?«, fragte Sil leise. Er schaute ihn nicht an. Wollte diesen Kerl nicht unnötig provozieren.

»Das Geld, das du bei deinen Überfällen erbeutet hast!«

»Was weißt du darüber?«

»Alles!«, fuhr Alex ihn an. »Ich habe gesehen, was du in Venlo angerichtet hast. Du hast meinen Onkel ermordet. Du hast Anna ermordet. Du hast meine Gans umgebracht, die goldene Eier legte, verdammt nochmal!«

Sil hörte ihn schweigend an. Unwillkürlich senkte er den Blick und sah, was er lieber nicht sehen wollte. Nikes. Weiße. Mit einem blauen Logo.

Der Nike-Träger. Der Mann, der ihm in Venlo entwischt war.

»Ich hatte noch Geld zu kriegen«, fuhr Alex fort. »Von Anna. Sie wollten dich liquidieren, und ich sollte eine Belohnung kassieren. Aber nein, noch bevor ich ausgezahlt wurde, musstest du wieder alles verderben.«

Sil rührte sich nicht. Plötzlich packte Alex ihn erneut an der Kehle und schrie ihn an: »Ich musste es verdammt nochmal aus der Zeitung erfahren, dass sie ermordet wurden! Du hast sie umgebracht, stimmt doch, oder? Ich will das Geld, Mann. Das Geld!«

»Ich habe kein Geld mehr«, sagte Sil leise.

»Quatsch kein blödes Zeug, Mann. Ich weiß, wie viel du hast. Mein Onkel hat es mir erzählt. Du hast hundertzwanzigtausend Euro geklaut, Mann. Und die will ich haben.«

Sil schwieg. Er suchte nach einem Weg, Alex zu überrumpeln. Er war unbewaffnet von Susan aus aufgebrochen, und er hatte keine Waffen im Haus, abgesehen von den Küchenmessern. Aber die waren zu weit weg. Das würde er nicht schaffen. Er fragte sich, wie schlimm die Schmerzen in seiner Schulter noch werden konnten, falls er die Wunde und den Bruch noch stärker belastete. Ob er im Stande wäre, diese Qual zu ertragen. Ihm war klar, dass er seinen linken Arm nicht gebrauchen konnte.

Er würde es mit rechts probieren müssen. Er überlegte, ob er Alex mit dem Knöchel seines Handgelenks am Kinn treffen könnte. Wenn er genügend Platz hätte, den Arm auszustrecken, könnte er sehr viel Kraft in den Schlag legen. Damit müsste er Alex ausschalten können. Mit einem knallharten, wohlgezielten Schlag.

Im nächsten Moment traf ihn ein Kopfstoß. Er kniff die Augen zu und verbiss sich die Schmerzen. Sein Kopf pochte wie verrückt. Er schwankte, hielt aber das Gleichgewicht. Gerade noch so.

»Denk gar nicht dran!«, brüllte Alex. »Was glaubst du wohl, wer du bist? Supermann? Schau dich doch mal an, Mann! Du siehst aus wie eine verkrüppelte Mumie! Glaubst du wirklich, du kannst noch irgendetwas ausrichten? Ich brech dir alle Knochen im Leib, wenn du mich nochmal so dämlich angaffst, du Idiot! Glaubst du vielleicht, ich bin blöd? Falsch gedacht, Mann!«

Sil hielt noch immer die Augen geschlossen. Er hatte genug Schmerzen gehabt. Fing an, Schmerz zu hassen. Wollte keine Schmerzen mehr haben. Versuchte, sich auf seinen Atem zu konzentrieren. Atmete ein. Atmete aus. Versuchte, den Schmerz mit dem Verstand zu überwinden. Ruhig zu werden. Öffnete die Augen wieder.

Alex' Gesicht war dicht vor seinem. So nahe, dass er seinen Atem riechen und die roten Adern im Weiß seiner Augen erkennen konnte.

»Glaubst du vielleicht, ich hätte das alles nicht sorgfältig geplant?«, schrie Alex ihm ins Gesicht. »Wenn du mir was antust, bist du tot. Jetzt oder später.«

Sil schaute ihn fragend an.

»Ich habe einen Brief vorbereitet. Der geht in die Post, wenn ich nicht zurückkehre. Wenn mir etwas zustoßen sollte. Wenn du glaubst, mit mir dasselbe machen zu können wie mit den anderen. Und weißt du, an wen der Brief adressiert ist, du Idiot? An den höchsten Boss. Die da oben würden dich am liebsten in der Luft zerreißen. Und wenn du glaubst, mich verarschen zu können, dann wissen sie, wo sie dich finden können. Dich und deine Nutte mit ihrer großen Schnauze. Sie werden dir den Bauch aufschneiden und lachend zuschauen, wie du mit deinen Eingeweiden in den Händen abkratzt. Und als kleinen Vorgeschmack darfst du zuschauen, was sie mit deiner kleinen Nutte anstellen. Denk gut nach, Mann, denn das wird passieren, wenn du versuchst, mich zu verarschen!«

Sil sah, wie Alex anfing zu zittern. Wut und Adrenalin.

Er erkannte den Zustand wieder. Laut schreien. Die schrecklichsten Drohungen ausstoßen. Einschüchterung. Das wirkte immer. Bei jedem.

Außer bei ihm.

»Du hast dich mit den falschen Leuten angelegt, Mann«, schrie Alex. »Und du solltest mich nicht unterschätzen.«

Worte, alles nur Worte, sagte sich Sil. Für ihn zählten nur Fakten. Wenn er diesem Kerl Geld gab, war er tot. Das war eine Tatsache. Ein Fakt.

Und da war noch etwas anderes. Etwas, was noch viel wichtiger war. Das Need-to-know-Prinzip. Wenn diese Witzfigur hier seine Informationen aus der Zeitung holen musste, wusste er gar nichts. Und er kannte garantiert nicht die großen Bosse. Sein Onkel war in Venlo umgekommen, und dort war niemand entscheidungsbefugt gewesen. Sie hatten ihn dort festgesetzt, weil sie entsprechende Instruktionen erhalten hatten. Von Anna wahrscheinlich oder von dem Riesentypen mit dem violetten Anzug. Alex war aus dem Gebäude in Venlo geflüchtet wie ein ängstlicher Hund. Er hatte keine Waffe bei sich gehabt. Er hatte sich wie ein Kunde verhalten oder wie ein Kurier. Nein, wie ein Zaungast. Vielleicht hatte sein Onkel ihn mitgenommen. Ihn bei Anna eingeführt. Schon möglich. Aber beim obersten Boss? Der saß in Russland in seiner schwer bewachten Villa, irgendwo hoch oben auf einem Berg. Die Wahrscheinlichkeit, dass Alex so jemanden kannte, war äußerst gering. Um nicht zu sagen: gleich null. Allerdings gab es noch ein kleines, loses Ende. Allmählich reifte in ihm ein Plan. Er musste versuchen, Aufschub herauszuschinden.

»Ich habe das Geld aufgeteilt«, behauptete er und versuchte, dabei ein verschlagenes Gesicht aufzusetzen. Was ihm nicht schwerfiel, denn er hatte Schmerzen und war todmüde. »Ich brauche Zeit, um an alles dranzukommen.«

Alex schnaubte verächtlich. »Wie viel Zeit?«

»So drei, vier Tage.«

Alex schüttelte den Kopf. »Kommt nicht infrage«, sagte er. »Du kriegst einen Tag, mehr nicht.«

»Zwei«, erwiderte Sil schnell. Er brauchte mindestens zwei Tage, um seinen Plan auszuführen.

»Okay«, sagte Alex nach einer kurzen Pause. »Zwei Tage. Aber das eine verspreche ich dir: Wenn du nicht mit der Knete rüberkommst, bist du tot, verstanden? Und wenn du glaubst, mich verarschen zu können, machst du einen großen Fehler.«

Sil nickte. »Okay, Alex. Schon gut. Du kriegst dein Geld.«

Alex schubste Sil von sich weg. Er holte ein Handy aus der Tasche seiner Bomberjacke und legte es auf den Tisch neben der Eingangstür.

»Trag das Ding immer schön bei dir«, befahl er. »Ich rufe dich an.«

Im nächsten Moment war er verschwunden. Er ließ die Haustür sperrangelweit offen stehen. Sil sah ihn die Auffahrt hinunterlaufen. Sein schwarzer Pferdeschwanz wippte von links nach rechts. Auf seinen Hinterkopf prangte eine Zielscheibe. Sil schaute ihm mit eiskaltem Blick hinterher.

Als Alex außer Sicht war, griff Sil nach dem Handy und steckte es in seine Jackentasche. Er ging in die Garage zu seinem Porsche. Als er einsteigen wollte, hielt er plötzlich inne und kniete sich auf den Boden. Warf einen Blick unter das Auto.

Genau, wie er es sich gedacht hatte. Ein Sender klebte darunter. Olivgrün. Dasselbe Fabrikat wie unter dem Landcruiser. Auf dieselbe Weise festgeklebt. Die Auftragskiller konnten nicht wissen, mit welchem Wagen er wegfahren würde, deshalb hatten sie unter beiden einen Peilsender befestigt. Er holte ein Stanleymesser von der Werkbank und durchschnitt das

Klebeband. Warf den Sender auf die Werkbank. Die Garagentüren ließen sich automatisch mit der Fernbedienung öffnen. Er startete den Porsche und fuhr los. Hinter ihm schlossen sich die Tore hermetisch.

Er bog auf eine gerade Straße ab und für einen Moment rückten alle Schmerzen und Sorgen in den Hintergrund. Das Motorengeräusch des beschleunigenden Porsche entlockte ihm ein Lächeln.

Er fuhr in Richtung Utrecht und war in einer Viertelstunde in der Innenstadt. Heutzutage, da jeder ein Handy hatte, erwies es sich jedoch als gar nicht so leicht, eine Telefonzelle zu finden. Die engen Kurven in den schmalen Straßen waren mit einer Hand schwer zu bewältigen. Im Zentrum fand er schließlich ein öffentliches Telefon. Zuerst rief er die Auskunft an und erfragte die Telefonnummer einer Firma in Rotterdam. Schrieb sich die Nummer ungeschickt mit der linken Hand auf. Danach kam das Schwierigste. Anrufen.

Er holte tief Luft und wählte die Nummer. Das Telefon läutete fünf Mal, bevor jemand abnahm. Eine tiefe Stimme brummte etwas Unverständliches in sein Ohr.

»Was ist es dir wert, zu erfahren, wer das Geld hat?«, fragte er langsam, jedes Wort einzeln betonend.

Auf der anderen Seite der Leitung herrschte Stille.

»Und wer deine Kumpel ermordet hat?«, fügte er hinzu. Ihm fiel auf, dass seine Stimme wegen der noch immer vorhandenen Schwellung nasal klang.

»Wer bist du?«, brummte der Mann.

Sil war erleichtert. Er hatte den Richtigen am Apparat.

»Jemand, der etwas weiß, was du gerne wissen würdest«, antwortete er. »Jemand, dem es auch gut in den Kram passt, wenn du es weißt.«

Schweigen.

»Ich will fünfzehn Prozent«, sagte Sil leise und legte zwischen den letzten beiden Worten eine Pause ein.

»Wer ist es?«, fragte der Mann.

»Ich rufe dich morgen nochmal an«, sagte Sil. »Und dann will ich wissen, ob dir die Information fünfzehn Prozent wert ist.«

Er hängte ein und pfiff geräuschlos zwischen den Zähnen hindurch.

30

Alex' Anruf kam am nächsten Tag um sechs Uhr abends. Sil war im Wohnzimmer von Susans Apartment. Sie saß rittlings auf seinem Schoß und hatte einen neckischen, viel versprechenden Blick in den Augen. Dabei tat sie Dinge, die ihn alle Schmerzen vergessen ließen. Der eindringliche Quengelton des Handys setzte dem abrupt ein Ende. Susan rutschte von seinem Schoß und starrte den kleinen, silbernen Apparat an. Blickte dann zu Sil. Gereizt griff er nach dem Ding.

»Sil.«

»He, Idiot. Morgen Abend, acht Uhr. Auf dem Parkplatz vom Hotel *De Prins* in Nieuwegein.«

»Kommt nicht infrage«, antwortete Sil. »Ich will dein dämliches Gesicht nicht noch einmal sehen.«

»Mach keinen Ärger, Mann!«

»Ich lege das Geld morgen in ein Schließfach am Hauptbahnhof von Den Bosch. Da kannst du es abholen. Es gehört dir, Arschgesicht. Ich brauche das Scheißgeld nicht mehr. Hauptsache, ich muss dir nicht nochmal begegnen. Du stinkst.«

Susan schaute ihn mit großen Augen an. Sil nickte ihr beruhigend zu.

»Keine linken Tricks, Mann!«, sagte Alex noch einmal.

»Keine linken Tricks«, antwortete Sil gelassen. »Ich bin doch nicht lebensmüde. Die Chipkarte liegt ab morgen Abend, neunzehn Uhr, in eurem Proberaum. In einem Umschlag. Bei dem Rest von deinem Müll.«

Sil hielt den Atem an. Wenn Alex verlangte, dass er ihn zu dem Schließfach begleitete oder darauf beharrte, dass er das Geld zu dem Hotel brachte, konnte er seinen Plan vergessen. Aber damit würde Alex auch zugeben, dass es keinen Brief gab. Keinen direkten Kontakt zum Oberboss. Und sich damit zum Abschuss freigeben. Wenn Alex auch nur zwei Gehirnzellen mehr als eine Amöbe besaß, würde er sich mit seinem Vorschlag zufrieden geben.

»Wenn du mich linkst, bist du tot«, sagte Alex und legte auf.

Sil stieß einen Seufzer aus und schaute Susan an.

»Er fällt darauf herein«, sagte er und stand auf. »Ich suche schon mal eine Telefonzelle.«

»Ich komme mit dir«, sagte Susan.

Sie fuhren durch die Innenstadt von 's-Hertogenbosch. Susan saß am Steuer. Der Porsche ließ sich mühelos lenken. Sie musste allerdings aufpassen, nicht zu viel Gas zu geben. Ein kleiner Tick und der Sportwagen schoss los. Es war ziemlich gewöhnungsbedürftig. Der Wagen hopste wie ein kaputter Knallfrosch durch die Straßen. Sil sagte nichts dazu.

An einem Platz stiegen sie aus und gingen schweigend zu einer Telefonzelle. Susan steckte ihre Telefonkarte in den Schlitz und wählte die Nummer. Dann reichte sie den Hörer an Sil weiter, der ihn zwischen seinen Kopf und seine gesunde Schulter klemmte.

Es wurde praktisch sofort abgenommen.

»Und, hast du's dir überlegt?«, fragte Sil.

»Fünfzehn Prozent geht in Ordnung«, brummte der Mann. »Wer ist es?«

»Das wirst du morgen sehen«, sagte Sil. »Am Hauptbahnhof in 's-Hertogenbosch. Das Geld liegt im Schließfach mit der

Nummer 04-12. Er will es morgen abholen. Nach sieben Uhr abends. Er will sofort anschließend abhauen, also sieh zu, dass du rechtzeitig da bist.«

Der Mann brummte etwas.

»In dem Schließfach liegt noch mehr, was dich interessieren wird.«

Der Mann schwieg für einen Augenblick.

»Warum tust du das?«, fragte er dann.

»Weil ich das Geld will«, antwortete Sil. »Und dieser Kerl ist mir im Weg. Sorge also dafür, dass meine fünfzehn Prozent in dem Schließfach liegen. Nächste Woche um dieselbe Zeit, um neunzehn Uhr. Klebe die Chipkarte in einem der Passfotoautomaten neben den Schließfächern an die Decke. Da hole ich sie mir ab.«

Anschließend hängte er auf.

»Meinst du, es funktioniert?«, fragte Susan.

»Ich hoffe es«, antwortete er nur. »Wir werden sehen.«

31

Der Hauptbahnhof von 's-Hertogenbosch stammte aus dem ausgehenden neunzehnten Jahrhundert und war vor einigen Jahren von Grund auf modernisiert worden. Jetzt erinnerten nur noch einige altgolden bemalte, gusseiserne Pfosten und zierliche Eisenbögen an die über ein Jahrhundert alte Architektur. Der überdachte Haupteingang war hypermodern gestaltet und führte die Reisenden direkt vom davor liegenden Platz aus über Rolltreppen und breite Steintreppen hinauf in einen Korridor, der hoch über den Bahnsteigen und den Gleisen verlief.

Dieser Korridor war etwa fünfzehn Meter breit und so lang wie ein Fußballfeld, mit gläsernen Seitenfassaden und kleinen Geschäften in der Mitte. Der Boden bestand aus hellen, melierten Hochglanzfliesen und darüber wölbte sich ein halbrundes Dach, dessen stählerne Stützkonstruktion sichtbar war. In regelmäßigen Abständen führten rechts und links Rolltreppen zu den darunter befindlichen Bahnsteigen.

Es war ein weitläufig angelegter, lauter, zugiger Tunnel. Der Wind vollführte seltsame Kapriolen und trug Flugblätter, Plastiktüten und trockenes Laub mit sich. Es herrschte ein ständiges Kommen und Gehen. Mütter mit Kindern, zahlreiche Studenten. Männer in Anzügen mit Aktentaschen. Einige Penner, die versuchten, ihre Obdachlosenzeitung loszuschlagen. Straßenmusiker mit schweren Koffern, deren Form nichts über ihren Inhalt verriet. Viele Jugendliche mit Rucksäcken, die hoch über ihre Köpfe hinausragten.

Romans lange Rockschöße flatterten im Wind, als er von der Rolltreppe in den Korridor trat. Sergei lief direkt hinter ihm. Roman wusste, dass er sich auf den Jungen felsenfest verlassen konnte, ebenso wie er Igor und Vitali blind vertraute, die er schräg links vor sich erblickte. Sie waren erst vor Kurzem angeworben worden, hatten sich aber schon mehr als einmal bewährt. Sie standen vor einem Würfel mit weißen Bahnhofsschließfächern in der Mitte des Korridors. Der Mann zwischen ihnen war einen Kopf größer als sie. In den wenigen Sekunden, die Roman brauchte, um zu den Schließfächern zu gelangen, betrachtete er den Kerl von hinten.

Er war außergewöhnlich groß und kräftig, trug eine schwarze Jeans, eine schwarze Bomberjacke und eine modische Sportmarken-Strickmütze, die Roman lächerlich fand. Der Kerl stand mit dem Rücken zu den Rolltreppen und sah ihn daher nicht kommen. Vitali und Igor dagegen hatten Roman bereits entdeckt und sich durch einen kurzen Blick mit ihm verständigt.

Roman war aufgeregt. Er hätte ein kleines Vermögen dafür gegeben, den Kerl zwischen die Finger zu kriegen, der ihn für den Rest seines Lebens zum Krüppel geschossen hatte. Und der seinen guten Freund Andrej kaltblütig abgeknallt hatte. Jetzt wurde ihm der Kerl auf dem Silbertablett serviert, und er bekam auch noch Geld dafür.

Es war zu schön, um wahr zu sein. Er hatte gelernt, dass umsonst nur die Sonne aufging und der Rest teuer bezahlt werden musste. Ganz gewiss in seiner Branche.

Als er nur noch wenige Meter entfernt war, versuchte er, die Größe des Mannes einzuschätzen. Er dachte an die Statur des schwarz gekleideten Täters zurück, der ihn in seinem Büro in Rotterdam überfallen hatte. Ja, das kam hin. Breite Schultern, groß, lange Beine. Lässige Haltung. Vitali und Igor stießen den

Mann mit der Mütze an, sodass er sich umdrehte und Roman ihm ins Gesicht sehen konnte.

Roman hatte in seinem Leben einiges mitgemacht, darunter viel Schweres. Er geriet nicht so leicht aus der Fassung. Aber jetzt war er für einen Moment sprachlos. Diese schwarzen Augenbrauen und die dunkelbraunen Augen. Dieses ovale, grobe Gesicht und die breite Nase. Sie gehörten zu Ljoscha oder auch zu Alexei Kusnetsow, Wladimirs Neffen. Er schaute den Jungen starr an, ohne mit der Wimper zu zucken. Ljoscha sagte nichts. Roman bemerkte, dass er rote Flecken im Gesicht hatte und einer seiner Mundwinkel zuckte. Die Nerven.

Es war lange her, dass Wladimir ihn zum ersten Mal mitgebracht hatte. Wie lange? Zwei Jahre? Drei Jahre? Roman war sich nicht sicher. Er hatte den Jungen von Anfang an nicht gemocht. Ljoscha redete, wenn er besser den Mund gehalten hätte, und meistens kam nur großspuriger Mist dabei heraus. Gleichzeitig hatte der Junge ein fanatisches Funkeln in den Augen gehabt, das Roman gar nicht behagte. Daher war es bei dieser einmaligen Einführung unter Wladimirs Obhut geblieben. Roman wollte Ljoscha nicht mit einbeziehen, weil der Junge für Probleme sorgen würde. Das hatte er Wladimir mit klaren Worten zu verstehen gegeben. Aber Wladimir hatte sehr an seiner Familie gehangen, seinen Neffen protegiert und immer wieder nachgebohrt. Erst kürzlich noch. Roman hatte schon lange vermutet, dass Wladimir seinen Neffen trotz seines Verbots hin und wieder zu Aufträgen mitnahm und ihn heimlich einweihte. Er hatte sich darüber geärgert, aber was wollte er machen.

Und jetzt war Wladimir tot. Genau wie Andrej. Und Anna. Und Dmitrij, Andrej und Iwan. Und hundertzwanzigtausend Euro waren verschwunden.

Er schaute Ljoscha forschend an. Sagte nichts. Ljoschas

Blick verriet seine Panik. Er öffnete den Mund, um etwas zu sagen, doch ein Stoß von Igor schnitt ihm das Wort ab. Igor hatte eine Hand in die Jackentasche gesteckt, die sich ein wenig ausbeulte. Den Schweißtropfen auf Ljoschas Gesicht nach zu urteilen hatten Igor und Vitali ihm bereits klargemacht, was sich in dieser Tasche befand.

Roman schaute Vitali an, der rechts von Ljoscha stand. Dieser nickte ihm zu und schob zwei schwarze Reisetaschen über den glatten Boden zu ihm hinüber.

Als Roman langsam in die Hocke ging, um die Taschen zu öffnen, fiel es ihm wieder ein. Es war vor zwei Jahren gewesen. Vor zwei Jahren hatte Ljoscha, der seit seiner frühen Kindheit in den Niederlanden lebte, Kontakt zu seinem Onkel gesucht, und damit war der Stein ins Rollen geraten.

Roman beugte sich nach vorn. Zog den Reißverschluss der ersten Tasche auf. Geld. Es steckte verdammt viel Geld darin. Bündel mit Fünzigeuronoten und dazu jede Menge lose Scheine, schlampig in die Tasche hineingeworfen und bis in alle Ecken gestopft. Er wühlte mit beiden Händen darin herum. Tastete bis auf den Boden. Es war nichts als Geld in dieser Tasche. Rasch zog er den Reißverschluss wieder zu. Wollte seinen Männern nicht zu lange den Mund wässrig machen. Der Anblick von Geld, besonders in großen Mengen, konnte die Leute auf die seltsamsten Gedanken bringen. Damit kannte er sich bestens aus.

Mit einem zufriedenen Brummen zog er die zweite Tasche zu sich hin. Diese war nicht so voll, fühlte sich aber schwerer an. Er öffnete sie und betrachtete nachdenklich den Inhalt. Inzwischen hatte sich Igor vor die Tasche gestellt, sodass kein Passant hineinsehen konnte.

Roman sah, dass sich insgesamt sechs Waffen darin befanden. Am auffälligsten war eine deutsche Pistole mit einem Gewinde vorn am Lauf. Der schwarze Schalldämpfer, auf den sein Blick fiel, gehörte vermutlich dazu. Die Pistole ähnelte verdächtig der Waffe des Mannes, der die Überfälle verübt hatte. Aber es gab natürlich noch viele andere deutsche Pistolen mit Schalldämpfer, und er hatte an jenem Abend zu wenig darauf geachtet, um sich sicher sein zu können, dass es sich um dieselbe Waffe handelte. Er schaute sich den weiteren Inhalt der Tasche an. Schob die Heckler & Koch beiseite. Schachteln mit Munition, 9 Millimeter Parabellum, .45er ACPs. Eine abgenutzte, verkratzte HS2000. Roman hob den Blick. Das Gedränge auf dem Bahnhof wurde immer dichter. Sergei hatte sich neben Igor gestellt und die beiden schirmten ihn ausreichend ab. Dann fiel Romans Blick auf eine kleine, silberne Pistole und sein Herz setzte einen Schlag aus. Die Waffe war kurz und schnittig. Eine Baikal PSM, eine KGB-Pistole, von der nur noch wenige Exemplare in Umlauf waren. Sie war sehr selten. Sehr begehrt. Und sehr kostbar. Besonders diese, mit Griffbeschlägen aus sibirischem Mammutelfenbein. Sie war Andrejs ganzer Stolz gewesen. Er hatte sechstausend Euro dafür hingeblättert und die Waffe stets bei sich getragen. Es war noch keinen Monat her, dass Roman Andrejs Baikal zum letzten Mal gesehen hatte. Sie hatte auf dem Tisch gelegen, als der maskierte Mann hereingestürmt kam. Und sie war spurlos verschwunden gewesen, als Roman sich blutend wie ein angestochenes Schwein und unter höllischen Schmerzen in seinem Bein und seinem Knie zurück ins Büro geschleppt und Anna angerufen hatte. Und jetzt sah er sie wieder. In einer Reisetasche in einer zugigen Bahnhofshalle, höchstens neunzig Kilometer Luftlinie östlich von dem Ort, von wo sie entwendet worden war.

Roman zog den Reißverschluss der Tasche zu und richtete sich langsam auf. Das Aufstehen fiel ihm schwer, und Sergei kam ihm sofort zu Hilfe und stützte ihn. Roman knurrte unzufrieden. Er hasste seine Abhängigkeit. Als er wieder aufrecht stand, starrte er Ljoscha ins Gesicht. Er sah, wie der Junge zu schlucken versuchte. Wie er am ganzen Leib zitterte und die nervösen Zuckungen seines Mundwinkels hektischer wurden. Er sah die Angst in seinen Augen. Ljoscha, dachte er. Ljoscha, Wladimirs Neffe. Möglich war es. Durch Wladimir hätte er über die Aufträge informiert sein können. Den genauen Ort, die genaue Zeit. Die Bewachung. Alles.

Wladimir und seine verdammte Familienkrankheit.

Roman starrte Ljoscha finster an und wechselte anschließend viel sagende Blicke mit den Männern an Ljoschas Seite.

In etwa fünfundzwanzig Metern Entfernung, hinter der Glasscheibe eines Lokals ganz am Anfang des Korridors, verfolgte ein blonder Mann mit Schnäuzer und Regenmantel gespannt jede Bewegung der fünf Männer. Seine Augen hinter der dicken Brille blickten ausdruckslos. Jeder Passant hätte ihn für einen Vertreter oder einen Versicherungsagenten gehalten, der bei einer Tasse Kaffee auf seinen Anschlusszug wartete.

Sil hatte sich lange gefragt, ob er es wirklich tun sollte. Trotz seiner Verkleidung bestand die Gefahr, dass Alex ihn erkennen würde. Aber seine Neugier hatte gesiegt. Er musste einfach wissen, was geschehen würde. Ob der Russe seinen Anruf ernst genommen hatte. Anscheinend hatte er das.

Vor einer Viertelstunde hatte er Alex die Rolltreppe heraufkommen sehen, inmitten einer Gruppe von Schülern. Alex hatte sie um eine Kopf- und Schulterlänge überragt, aber dennoch hatte Sil einen Augenblick gebraucht, bis er ihn erkannt hatte. Alex' kahl geschorener Kopf war unter einer Nike-Strickmütze verborgen und sein langer Pferdeschwanz steckte unter seiner Bomberjacke. Sil hatte beobachtet, wie Alex oben an der Rolltreppe stehen geblieben war und sich überall umgeschaut hatte. Anschließend war er im Strom der Reisenden an den Schließfächern auf der rechten Seite vorbeigegangen und danach zunächst aus seinem Blickfeld verschwunden. Kurz darauf war er auf der linken Seite des Schließfachblocks wieder aufgetaucht. Mit etwas heruntergezogener rechter Schulter hatte er die Nummern auf den Türen an der Vorderseite inspiziert. Sil hatte beobachtet, wie Alex die Schlüsselkarte in den Schlitz steckte. Den Code eingab. Die dicke Schließfachtür öffnete.

Im selben Augenblick setzten sich zwei Männer gleichzeitig in Bewegung. Einen von ihnen hatte er die ganze Zeit schon beobachtet. Der Kerl lungerte rauchend und telefonierend vor den Toiletten auf der anderen Seite des Korridors herum. Der andere tauchte völlig überraschend auf. Er kam von links, aus einer Ecke, in der er ihn nicht hatte sehen können. Sil beobachtete, wie sie auf Alex zugingen, der gerade dabei war, die schweren Reisetaschen aus dem Schließfach herauszuzerren. Sie schnitten ihm den Weg ab. Als Alex die Taschen endlich herausgezogen hatte und sich gerade umdrehen wollte, sprach einer der beiden ihn an. Sil konnte nicht verstehen, was sie sagten, aber er sah, wie sie mit den Köpfen nickten. Alex wehrte sich, wüst mit den Armen fuchtelnd, doch dann erstarrte er plötzlich und übergab den Männern widerwillig die beiden Reisetaschen. Der Typ mit dem Handy telefonierte. Alex stand mit ergebenem und verwirrtem Gesicht daneben.

Kurz darauf sah er aus den Augenwinkeln heraus, wie sich ein weiterer Mann näherte. Der Mann trug einen Hut und einen schicken, langen Wollmantel. Es war unverkennbar der Rotterdamer Russe. Er zog noch immer ein Bein nach. Ihm dicht auf den Fersen folgte ein junger Kerl. Energisch, mit unstetem Blick. Etwa siebzehn Jahre alt. Höchstens zwanzig. Sil erkannte den jungen Mann sofort wieder. Es war der, der die Zufahrt des Industriegebietes in Rotterdam bewacht hatte. Den er mit zwei Schlägen auf den Kopf betäubt hatte. Denn er wie eine Roulade verschnürt und in die Sträucher hineingezogen hatte. Der Junge mit dem Revolver, der zu viele Westernfilme geguckt hatte. Er hatte es also überlebt, und die Erfahrung war offenbar nicht abschreckend genug gewesen. Wahrscheinlich hatte sie ihn nur noch härter und vorsichtiger gemacht.

Die Gruppe stand nun schon seit einer ganzen Weile beisammen. Der hinkende Russe hockte vor den Taschen und inspizierte deren Inhalt. Wühlte darin herum, schaute den Gang entlang und danach wieder in die Taschen hinein. Sil kam es vor wie eine Ewigkeit. Er konnte nicht alles erkennen, zwei der Männer standen genau in seinem Blickfeld. Sie redeten miteinander, lachten. Alex stand daneben, etwas blass um die Nase, und sah zu, wie die Reisetaschen inspiziert wurden. Neben ihm stand der dritte Mann, der ihn anscheinend ziemlich effektiv eingeschüchtert hatte. Sil konnte sich vorstellen, wie sich Alex fühlte. Ihm war gewiss nicht wohl in seiner Haut. Aber Sil wusste auch, dass das alles noch nicht viel zu bedeuten haben musste. Noch war der Ausgang der ganzen Aktion völlig ungewiss.

Plötzlich schwoll der Strom der Reisenden im Korridor stark an. Der Intercity aus Amsterdam war eingetroffen. Eine Menschenmasse wälzte sich von den Bahnsteigen aus die Rolltreppen neben dem Lokal hinauf und dann in Richtung Ausgang. Sil konnte nur noch hin und wieder einen Blick auf die Gruppe erhaschen. Er sah, wie sich der Rotterdamer Russe entfernte, gefolgt von dem jungen Kerl, der sich die beiden Reisetaschen über die Schulter geworfen hatte. Sil sah sie auf die Rolltreppe zugehen und langsam in Richtung Straßenniveau hinuntersinken. Ihr Abzug nahm höchstens einige Sekunden in Anspruch.

Er blickte wieder nach links. Alex und die beiden Männer. Sie waren verschwunden.

Er legte die Brille vor sich auf den Tisch. Suchte den ganzen Korridor ab. Hielt nach auffälligen Merkmalen Ausschau. Der schwarzen Mütze. Nach einer Gruppe von drei Männern. Doch das Gedränge war einfach zu dicht. Hunderte von Menschen, die es alle eilig zu haben schienen. Er wurde ein wenig nervös. Wie viel wusste der Rotterdamer Russe? Was hatte Anna ihm erzählt? Hatte Alex ihn vielleicht davon überzeugt, dass er hereingelegt worden war? Dass der wahre Täter in Zeist wohnte und hier in Den Bosch eine Freundin hatte? Und wenn ja, hatten sie ihm geglaubt? Waren der Russe und sein Handlanger jetzt vielleicht auf dem Weg zu Susan? Er konnte diese Möglichkeit nicht ausschließen. Zugleich kam ihm der Gedanke, dass Alex und der Russe vielleicht ganz dicke Freunde waren und dass Alex ihn erkannt hatte, hier, in der Bahnhofshalle. Alex hatte ein paarmal in seine Richtung geschaut, aber er hatte sich sicher gefühlt. Möglicherweise zu Unrecht. Plötzlich beschlich ihn ein Gefühl des Unbehagens. Es kroch an seinem Rückgrat hoch wie ein eiskalter Hauch.

Er schüttelte unwillkürlich den Kopf. Mach dich nicht verrückt, mahnte er sich im Stillen. Wie hätte der Russe reagiert, wenn ihm klar geworden wäre, dass Alex die Beute der Überfälle für sich allein behalten wollte? In einer einigermaßen straff geführten Organisation wie dieser würde ihn das auf jeden Fall teuer zu stehen kommen. Sie würden ihn zum Schweigen bringen. Wie auch immer, Alex saß in der Patsche. Er selbst jedoch womöglich auch.

Erneut blickte er den Gang entlang. Einige Nachzügler folgten der dichten Menge. Eine Mutter wischte ihrem Kind das tränenüberströmte Gesicht ab. Ein junges Paar stand in inniger Umarmung. Er suchte weiter. Schaute hinüber auf die andere Seite, zu den Toiletten. Dann wieder zu den Schließfächern. Kein Alex. Sie konnten nicht hinausgegangen sein. Dann hätte er sie gesehen. Ob sie in einen Zug gestiegen waren? Unwahrscheinlich.

Er stand auf und griff nach dem Aktenkoffer, den er neben den Tisch gestellt hatte. Die Brille steckte er in die Jackentasche. Er verließ das geheizte Lokal und durchquerte den zugigen Korridor in Richtung der Toiletten. Vor der Tür blieb er einen Augenblick stehen. Er wusste, dass sein Vorhaben wahnsinnig riskant war. Die Toiletten waren zu eng, um ausreichend Abstand zu halten. Den nötigen Abstand, um im Zweifelsfall unerkannt zu bleiben.

Er öffnete die Tür. Ein Mann mit fettigen, grauen Haaren und einer schwarzen Brille wusch sich die Hände und beachtete ihn nicht. Schüttelte die Wassertropfen ab und ging dicht an ihm vorbei hinaus. Bei den Pissoirs stand ein älterer Herr mit dem Rücken zu ihm. Sil ging weiter durch zu den geschlossenen Kabinen. Stieß die Türen eine nach der anderen auf. Leer. Wo immer Alex und seine Wächter auch sein mochten, hier waren sie jedenfalls nicht.

Beunruhigt verließ er die Toiletten und bog rechts ab in Richtung der Bahnsteige. Er ging langsam, den Aktenkoffer unter den rechten Arm geklemmt. Den beigefarbenen Regenmantel hatte er locker um die Schultern gelegt. Er versuchte, so unauffällig wie möglich zu wirken. Er kam an den Schließfächern vorbei. Vorn und hinten standen auf jeder Seite Passfotokabinen. Er wandte sich einer der Kabinen zu und tat so, als studiere er die Tarife und Beispielfotos. Zugleich suchte er weiter den Gang ab. Er zählte fünf Leute. Alex war nicht unter ihnen.

Er beschloss, auf den Bahnsteigen nachzusehen. Er überquerte den Korridor und blickte hinunter auf den tiefer gelegenen Bahnsteig. *1c,* sagte die Leuchtanzeige über der Rolltreppe.

Und dann sah er sie.

Sie saßen auf einer der drei Metallbänke unter einer Art Laubendach aus dunkelgrün gestrichenem Gusseisen. Vermutlich hatte man diese Laube als Erinnerung an den alten Bahnhof aufgestellt. Aus ein paar gusseisernen Teilen des alten Gebäudes hatte man versucht, irgendetwas Künstlerisches, Authentisches zu erschaffen. Die Laube befand sich einige Meter von einem Zaun entfernt, der den gesamten Komplex umgab. Auf der rechten Seite verliefen die Gleise. Der Bahnsteig selbst bildete ein umgedrehtes V, das sich zum Ende hin verjüngte. An der Spitze verzweigten sich zwei Gleise y-förmig links und rechts an dem Bahnsteig vorbei.

Alex und seine Bewacher waren die Einzigen weit und breit.

Sil presste sich an den heruntergelassenen Rollladen eines Ladens und schaute erneut hinunter. Ja, sie waren es.

Sie saßen seitlich auf der Bank, mit dem Rücken zu ihm. Die beiden Männer hatten die Arme über die Rückenlehne gelegt. Sie redeten. Sil sah es an den Bewegungen ihrer Köpfe. Der Schweiß brach ihm aus. Eine innere Stimme rief ihm zu, er solle verschwinden. Aber er blieb. Warf einen raschen Blick nach rechts zu den Rolltreppen. Niemand. Schaute wieder hinunter. Er sah, wie einer der Männer einen Arm um Alex legte, als sei er sein bester Freund. Als hätten sie jede Menge Spaß miteinander.

Plötzlich, ohne dass sie sich erkennbar von Alex verabschiedet hätten, standen die Männer auf. Alex blieb sitzen. Sil zog sich etwas weiter zurück, schaute aber weiter wie gebannt hinunter. Er wollte nichts verpassen.

Die Männer schlenderten den Bahnsteig entlang, parallel zu den Gleisen, bis zum Ende, wo das linke Gleis nicht mehr weiterführte. Sie blickten sich nicht einmal um. Als sie das Ende des Bahnsteigs erreicht hatten, schienen sie es dann plötzlich sehr eilig zu haben. Sil sah, wie sie vom Perron hinuntersprangen, das Gleis entlangliefen, unter einem Maschendrahtzaun hindurchschlüpften und in Richtung Altstadt verschwanden. Sil schaute hinunter zu Alex. Er saß immer noch da.

Reglos.

Seine Neugier war stärker als seine Vorsicht. Er stieß sich von dem Rollladen ab und legte die Hand auf das Geländer der Rolltreppe, die inzwischen abgestellt worden war. Wahrscheinlich kamen heute Abend keine Züge mehr auf Bahnsteig 1c an. Langsam stieg er die Treppe hinunter. Alex hatte sich immer noch nicht gerührt, und das kam ihm unnatürlich vor. Jemand, der einfach nur so auf einer Bank saß und ins Leere starrte, pulte sich Schmutz unter den Fingernägeln hervor. Kratzte sich am Kopf. Bohrte in der Nase. Scharrte mit den Füßen. Gähnte.

Bewegte sich.

Alex bewegte sich nicht. Vorsichtig näherte er sich ihm, bis er genau vor ihm stand. Alex saß mit weit aufgerissenen Augen auf der Bank. Blinzelte nicht mit den Augen. Reagierte nicht. Er saß nur da und starrte dumpf vor sich hin.

Da erst begriff er.

Alex war tot.

Alex saß tot auf dieser Bank.

Aber er hatte keinen Schuss gehört. Er sah kein Blut. Alex wirkte völlig unversehrt.

Er dachte an die Umarmung zurück. Es gab andere Methoden, einen Menschen umzubringen, als ihn zu erschießen. Methoden, die keinen Lärm verursachten. Methoden, die kaum Spuren hinterließen. Manchmal überhaupt keine, wenn sie richtig ausgeführt wurden. Solche Methoden waren ideal für einen Ort, an dem sich viele Menschen aufhielten und man sich dem Opfer unauffällig nähern konnte, etwa auf einem Bahnhof oder in der Innenstadt. Eine solche Methode bestand zum Beispiel in einer innigen Umarmung, bei der gleichzeitig eine tödliche Injektion verabreicht wurde.

Er drehte sich um und stieg die Rolltreppe wieder hoch. Bog links ab und lief den Korridor entlang, den Haupteingang im Rücken. Am Ende des langen Ganges befand sich eine steile Metalltreppe. Unten stand ein Porsche mit laufendem Motor. Die Beifahrertür wurde aufgestoßen.

»Es ist vorbei«, sagte er zu Susan.

Danksagung

Rastlos wäre ohne die Hilfe, die Tipps, die Anregungen, die Kenntnisse, die Erfahrungen und die Geduld einer ganzen Reihe von Menschen niemals in dieser Form zu Stande gekommen.

Zuallererst möchte ich meinem Mann danken, für seine nimmermüde Unterstützung, für seine vielen praktischen Tipps und sein Vertrauen darauf, dass alles gut ausgehen würde.

Mein Dank gilt auch den Tierärzten Dr. Diana van Houten und Dr. Arno van der Loop sowie dem Anästhesisten Dr. J.N. Jager, ohne deren Hilfe und Fachkenntnis Svens heikle Operation nie derart detailliert hätte beschrieben werden können.

Dem Motorradexperten Wouter Timmers möchte ich für die Informationen über Sils Motorrad und ergänzende Tipps auf diesem Gebiet danken.

Lydia Rood danke ich für ihre aufmunternden Worte, durch die ich den Mut fand, das Buch fertig zu schreiben und einem Verlag anzubieten.

Bart Verberkt, Marathonläufer, hat mir geholfen, indem er einen letzten prüfenden Blick auf die Passagen über Sils Laufaktivitäten warf.

Von Erik van Buren stammen die Informationen über die Sprinkleranlage,

Francien van Westerin und Renate Hagenouw haben ihre äußerst kritischen Anmerkungen beigesteuert und mir in den Allerwertesten getreten,

die Berufssoldaten Geran Lieshout und Axel Repping haben ihr Fachwissen beigesteuert,

Olga G., Dolmetscherin, hat bei der phonetischen Schreibweise des Russischen geholfen,

das Personal des *Office de Tourisme de Moustiers* in Frankreich hat mich mit ortskundigen Informationen unterstützt, die ich bei meinen Voruntersuchungen vergessen hatte,

José Bragt, meine »Korrekturleserin« und gute Freundin, war mir mit ihrer grenzenlosen Geduld, ihrer Kritik und ihren Ermutigungen eine große Unterstützung.

Den Mitarbeitern von Karakter Uitgevers B.V. danke ich für die gute Zusammenarbeit und ihr Vertrauen.

Schließlich und endlich gilt mein Dank auch Bush, Nirvana, Metallica, Papa Roach, Rammstein, U2 & System of a Down, deren Musik mir während des Schreibens überwiegend Gesellschaft leistete.

Den größten Dank schulde ich jedoch dem Waffenexperten Ton Hartink. Sollten sich in *Rastlos* bezüglich der Waffentechnik oder der Wundenballistik Fehler oder Übertreibungen eingeschlichen haben, sind sie einzig und allein mir zuzuschreiben.

Bitte lesen Sie weiter:

Ihre exklusive Leseprobe
zum zweiten Band
der Thrillerreihe um Sil Maier

ESTHER VERHOEF
& BERRY ESCOBER

Verstoßen

Thriller

Deutsch von
Ilja Braun

erscheint im Mai 2011 im Goldmann Verlag
ca. 400 Seiten, ISBN 978-3-442-47160-7

1

Miguel pfiff die Melodie aus dem Radio leise mit und trommelte im Rhythmus dazu mit den Fingern aufs Lenkrad. Irgendein Discostück aus den Siebzigern. Besonders laut lief das Radio nicht. Das fiele sonst auf.

Durch das geschlossene Autofenster schaute er nach draußen.

Das gedrungene, holzverkleidete Gebäude der Vorschule lag schräg gegenüber, auf der anderen Straßenseite. Die Vorderfenster, die auf den Spielplatz hinausgingen, waren fast bis auf den letzten Quadratzentimeter mit Figuren aus Pu der Bär und der Sesamstraße vollgemalt. Auf der Eingangstür klebten in der Mitte – oben und unten war Drahtglas – lauter Zettel mit irgendwelchen Mitteilungen.

Er kannte den kleinen weißen Bau inzwischen so gut, dass er mit geschlossenen Augen eine Zeichnung davon hätte anfertigen können. Maßstabsgetreu. Die Breite hatte er sich anhand der Betonplatten erschlossen, die den Spielplatz pflasterten, und mittels geschätzter Höhe und Tiefe die Kubikmeterzahl ausgerechnet. Um dann im gleichen Atemzug zu bestimmen, wie viel C4 er für den Kasten brauchen würde, wo es anzubringen wäre und in welcher Reihenfolge es optimalerweise gezündet werden müsste.

Völlig sinnlose Informationen.

Es durfte niemand zu Tode kommen. Das war ihm nachdrücklich aufgetragen worden. Aber mit irgendetwas musste er sich schließlich die Zeit vertreiben, während er hier reglos auf seinem Beobachterposten ausharrte. Ein bisschen Hirngymnastik, damit er nicht einschlief.

Er gähnte und sah auf die Uhr. Beinahe zwölf.

Eigentlich hätte er so einen öden Scheißjob jemandem wie Thierry überlassen sollen. Aber er hatte es nicht mal mit ihm besprochen. Thierry war jung und übermütig, das Testosteron dampfte ihm aus allen Poren. Also machte er womöglich Fehler. Um nicht zu sagen: machte er bestimmt Fehler. Die machte Thierry nämlich am laufenden Band.

Also übernahm er die Sache lieber selbst, obwohl er eigentlich zu gut dafür war. Der Manager von Tesco oder Lidl, der an der Kasse aushilft. Ein Mitglied des Shell-Vorstands als Tankwart. So kam er sich vor.

Aber gut, es gab Schlimmeres. Die Spuren von etwas Schlimmerem trug er tagtäglich mit sich herum. Grimmig kratzte er sich an den Mundwinkeln, schaute kurz in den Innenspiegel des Mietwagens, eines VW Golfs, und wandte verärgert den Blick ab. An die ramponierte Visage hatte er sich noch immer nicht gewöhnt. Bei nasskaltem Wetter wurden die Narben rot und fingen höllisch an zu jucken.

Um nicht ständig an seinem Gesicht herumzukratzen, legte er die Finger ums Lenkrad und konzentrierte sich auf das Vorschulgebäude. Unter den gemalten Bildern an der Wand saßen Kinder an niedrigen Tischen. Zwei Betreuerinnen, kaum älter als fünfundzwanzig, gingen auf und ab, klatschten in die Hände und lachten.

Er sah auf die Uhr. Punkt zwölf. Gleich würde die Zielperson abgeholt. Wie bereits letzten und vorletzten Freitag würde er dem Wagen folgen, um zu prüfen, ob die Fahrt ohne irgendwelche Umwege zu der in einem Außenbezirk gelegenen Villa führte.

Wenn dem so war, würde er seinen Beobachterposten verlassen. Dann konnte es richtig losgehen.

Darauf freute er sich. Aktion. Etwas *tun*, statt abzuwarten.

Während er gelangweilt die naive Fröhlichkeit hinter den Fensterscheiben im Blick behielt, schweiften seine Gedanken nach Kolumbien ab. Noch vor ein paar Jahren hatte er sich ein Leben fernab seines Vaterlands nicht vorstellen können. Aber da hatten sie ihm auch noch nicht diese Clownsvisage verpasst. Diese paranoiden *remalparidos*. Diese Arschlöcher.

Er hatte nur machen können, dass er wegkam, raus aus der Schusslinie, und sich ganz woanders ein neues Leben aufbauen. Das Schicksal hatte es gut mit ihm gemeint, das ließ sich nicht bestreiten. In Europa Arbeit zu finden, war, wie sich herausgestellt hatte, ein Kinderspiel. Erfahrung galt als seltenes Gut und wurde hier, auf der anderen Seite des Atlantiks, auch anständig bezahlt. Sein neuer Boss vertraute ihm hundertprozentig und ließ ihn so viel wie möglich selbst regeln. Der sah ihm nicht auf die Finger. Drei Mann unter sich und ein hohes Maß an Handlungsfreiheit – er konnte sich nicht beklagen.

Am Straßenrand vor der kleinen Schule hielten die ersten Autos. Automatisch griff seine Hand nach der Zeitung auf dem Beifahrersitz. Über dem Lenkrad schlug er sie auf und öffnete dann die Zellophan-Verpackung eines Schinkensandwichs, das er am Morgen bei der ersten Autobahntankstelle hinter der niederländischen Grenze gekauft hatte. Kauend sah er zur anderen Straßenseite hinüber. Wegen der Passanten machte er sich nicht all zu große Sorgen. Hierzulande waren die Leute viel zu sehr mit sich selbst beschäftigt, als dass sie auf andere achteten. Falls er überhaupt jemandem auffiel, ein Typ alleine im Auto, dann sah er mit Zeitung und Sandwich aus wie ein Mann, der in seinem Wagen Mittagspause machte.

Allmählich belebte sich die Gegend. Frauen auf Fahrrädern mit Kindersitzen vorn und hinten, in japanischen Blechkarossen oder auch zu Fuß, mit Kinderwagen, kamen auf das niedrige Gebäude zugeschwirrt wie Fliegen auf ein Stück Scheiße.

Der Saab war heute eher spät dran. Eine schlanke Frau stieg aus. Kostüm, lange rote Locken. Für eine Haushälterin oder ein Au-pair-Mädchen viel zu teuer angezogen.

Die Mutter der Zielperson.

Miguel biss noch einmal in sein Sandwich. Beobachtete, wie die Frau selbstbewusst über den Hof ging, mit erhobenem Kinn, und die anderen Frauen keines Blickes würdigte. Noch eine Woche, dachte er, dann würde ihre sichere kleine Welt einstürzen, in der Auffahrt zu ihrem eigenen Haus.

Die rothaarige Frau kam wieder heraus. Sie trug einen Jungen auf dem Arm, knapp einen Meter groß, mit dunkelblauer Baumwollhose und rotem Polohemd. Hellblondes, wirres Haar, leicht gelockt. Ein durch und durch verwöhntes *bambino*.

Er sah zu, wie die Frau die Zielperson in einem Kindersitz auf der Rückbank festschnallte. Als sie einstieg, ließ er den Golf an.

Langsam fuhr er hinter ihr her.

2

Eisige Kälte kam in den Raum gekrochen. Die trockene, frostkalte Luft brannte ihr in der Nase und in den Augen.

Als hätte jemand die Tür zu einer Kühlzelle geöffnet.

Der junge Mann stand im Türrahmen. Ein unregelmäßiger roter Fleck hatte sich auf der rechten Seite seiner Jacke ausgebreitet. Von dem Einschussloch im Oberarm aus hatte die Kugel durch die Muskelmasse hindurch ihren Weg in den Oberkörper gefunden und war ohne nennenswerten Widerstand durch das weiche Lungengewebe bis ins Herz vorgedrungen. Er war tot gewesen, noch bevor das Geschoss – ein Kaliber .45 aus einer Heckler & Koch Mark 23 mit Schalldämpfer – die andere Seite seines Brustkorbs erreicht hatte.

Sie hatte es mit eigenen Augen gesehen, vor zehn Monaten.

Er glitt ein Stück näher heran, wie eine widerwärtige Schachfigur, die von einer unsichtbaren Riesenhand auf dem Brett verschoben wurde. Am Fußende blieb er stehen. Vorwurfsvoll.

Das sah sie an seinem finsteren Blick.

Er war tot.

Sie lebte.

Sie kannte ihn nicht einmal. Sie hätte nichts tun können.

Der Mann, der neben ihm auftauchte, war etwas größer, auch etwas älter. Maßanzug, graumeliertes Haar. Von seinem Gesicht war nichts mehr übrig. Nur eine klebrige Masse aus Knochensplittern und geronnenem Blut.

Sie sagten nichts, sie taten nichts. Sie standen einfach nur da.

Dutzendfach hatte sie das schon gesehen.

Sie wusste, was als Nächstes käme.

Die Frau.

Sie hatte ein rundes Loch im Schädel, wie ein monströses indisches Bindi. Ein 9-Millimeter-Geschoss hatte sich zwischen ihre eckigen Brauen gebohrt. Aus nächster Nähe. Das Einschussloch war die Quelle des Bluts, das in bizarren, rostbraunen feinen Strömen über die straffe Haut ihres Gesichts gelaufen und schließlich geronnen war. Hellgraue Augen starrten sie hasserfüllt an. Ihre Stimme hallte laut von den Wänden des Schlafzimmers wider. Ein Gurgeln, das aus dunkler Tiefe zu kommen schien. In einen hysterischen Schrei überging.

»Du bist ein Mörder. Hast du gehört? Ein Mörder!«

Lieber Gott, bitte lass das aufhören.

Die Frau kam näher. Bei jedem Schritt wuchs ihr Haar ein Stück nach, ruckartig, wie gefilmte Bohnengewächse im Zeitraffer. Es wurde immer dunkler und lockiger und fiel ihr in üppigen Wellen über die Schultern. Aus dem faltigen Hals schossen feine Linien hervor und verzweigten sich, bis ihr ganzes Gesicht davon bedeckt war. Abrupt verschwanden sie wieder, und das Gesicht nahm nach und nach eine neue Form an. Noch abscheulicher als das zerschossene Gesicht des Alten. Noch beunruhigender als das hohle, vorwurfsvolle Starren des Jungen. Noch beängstigender als der stahlharte Blick der Frau.

Als würde sie in einen Spiegel schauen. Dieselben dunkelbraunen Augen. Dasselbe Haar.

Es wurde das Gesicht ihrer Mutter.

Und dann fing ihre Mutter an zu schreien.

Susan saß aufrecht im Bett, schweißgebadet. Ihr Herz raste.

Der Schrei war echt.

Er kam aus ihrer eigenen Kehle.

Im nächsten Augenblick spürte sie, wie zwei Arme sie umfassten. Ein nackter Brustkorb, warm, beruhigend.

»Ganz ruhig.« Sil Maier strich ihr übers Haar.

Langsam öffnete sie die Augen, voller Angst, dass es noch nicht vorbei wäre, dass sie noch einmal in das Gesicht ihrer Mutter schauen müsste – in eine schrecklich entstellte, grässliche Erscheinungsform dieses Gesichts.

»Wieder dieser Albtraum?«

Sie nickte.

»Verdammt«, sagte er leise.

»Tut mir leid.«

»Du brauchst dich für gar nichts zu entschuldigen.« Er löste sich von ihr und wälzte sich aus dem Bett. Reckte sich. Gähnte. »Möchtest du was trinken? Ein bisschen fernsehen?«

Sie schüttelte den Kopf. »Nein, es geht schon, wirklich. Ist ja nur ein Traum.«

»Es ist mehr als nur ein Traum, und das weißt du.«

Mit feuchten Augen sah sie ihn an. Sie zitterte.

Er setzte sich wieder neben sie aufs Bett.

»Schau mich nicht so an«, sagte sie.

»Wie?«

»So mitleidig. Als ob ich zu bedauern wäre. Als wär ich so ein Idiot mit einem Problem. Ich brauche kein Mitleid, okay? Es wird schon langsam besser. Das letzte Mal, dass ich diesen Albtraum hatte, ist eine Woche her. Am Anfang jede Nacht, jetzt nur noch einmal in der Woche. Das ist ein Fortschritt.«

Er gab ein Brummen von sich.

»Es kommen auch ein paar Elemente aus *Tanz der Teufel* darin vor«, sagte sie schnell. »Den hab ich gesehen, als ich vierzehn war, und ich war schwer beeindruckt. Also ...«

»In dem Jahr, in dem auch deine Mutter verschwunden ist.«

Sie nickte. »Daher kommt das bestimmt. Ein Sammelsurium von Ereignissen, von denen mein Unbewusstes anscheinend meint, dass ich sie noch verarbeiten muss. Aber es ist alles nicht wahr, und das weiß ich. Du brauchst nicht zu denken, dass ich durchdrehe. Es wird schon wieder.«

Er nahm ihr Gesicht zwischen die Hände und schaute sie ernst an. »Es kommt dir aber so vor, als ob es wirklich wäre.«

»Ja, im Traum. So wirklich, als könnte ich die Hand ausstrecken und sie berühren.« Plötzlich fing sie an zu weinen. Sie konnte es nicht mehr unterdrücken. Langes Schluchzen. Schniefen.

Er legte seine Arme um ihre bebenden Schultern. Sein Kinn auf ihren Kopf.

Sie litt an posttraumatischem Stress. Um das zu erkennen, brauchte man kein Psychologie-Diplom.

Und das Bittere war, dass es keinen Psychologen gab, dem sie mit dieser Geschichte hätte kommen können, ohne dass noch am selben Tag ein bis an die Zähne bewaffnetes Sonderkommando in ihre Wohnung einfiele. Denn es war nicht nur ihre Mutter, die als Geist aus grauen Urzeiten nachts an ihrem Bett Stellung bezog. Und erst recht war die Mutter nicht der unmittelbare Auslöser für diese lebhaften Angstträume, die Susans Nachtruhe und ihre Nerven in den vergangenen Monaten so oft auf die Probe gestellt hatten.

Er konnte ihr nicht helfen. Sie musste selbst damit fertig werden. Der einzige Beitrag, den er leisten konnte, war, sie zu lieben. Und mit ihr zu hoffen, dass es eines Tages vorbei wäre und sie wieder normal funktionieren könnte.

Er spürte ihren Körper leicht zittern und zog sie fester an sich. Roch einen Hauch von Shampoo in dem langen braunen Haar, das ihr schweißnass im Gesicht klebte. Küsste ihren Haaransatz und strich ihr über den Rücken. Spürte, wie sein Körper auf ihre Nähe reagierte, und verfluchte sich im Stillen dafür. Sex mit ihr war großartig. Aber es war der falsche Moment.

Er versuchte, an etwas anderes zu denken. »Bist du sicher, dass du nicht kurz aufstehen willst? Etwas trinken? Soll ich dir einen Tee kochen?«

Sie nickte vage und wischte sich mit der Hand die Nase ab.

Er ging ins Wohnzimmer. Der Holzboden unter seinen bloßen Füßen knarrte. Er knipste das Licht an und ging weiter in die offene Küche. Sah auf die Uhr an der Wand. Drei Uhr.

Er füllte den Wasserkocher, schaltete ihn ein, und während das Wasser zu säuseln begann, durchsuchte er die Schränke nach Tee. Susan hatte keinerlei Ordnungssystem, alles lag durcheinander. Fündig wurde er schließlich in einem Hängeschrank hinter den Tellern.

Er lehnte sich an die Spüle und ließ den Blick durch das Wohnzimmer wandern. Gelbe Couchgarnitur, Fußbodendielen aus Kiefernholz, an der Wand ein paar Kunstposter und Vergrößerungen ihrer fotografischen Arbeiten. Darunter auch eine Strand-Aufnahme aus Hurghada: symmetrische Reihen von Sonnenschirmen, die aussahen wie Soldaten in Reih und Glied, neben verwaisten Liegen vor dem Hintergrund einer untergehenden Sonne. Eine grobkörnige Momentaufnahme des ägyptischen Küstenorts, wo sie einander vor beinahe drei Jahren kennen gelernt hatten.

Damals war er noch verheiratet gewesen, hatte noch mit Alice in dem selbst entworfenen Bungalow in Zeist gewohnt. Designereinrichtung aus gebürstetem Stahl, Naturstein und rotem Kalbsleder. Wenn er heute daran zurückdachte, kam es ihm vor wie eine Szene aus dem Leben eines anderen.

Als er die Milch aus dem Kühlschrank nahm, hörte er aus dem Schlafzimmer Susans unterdrücktes Schluchzen. Sie wollte nicht, dass er sie hörte. Sie war tapfer. Die tapferste Frau, die er kannte. Eine echte Powerfrau. Und er konnte ihr nicht helfen.

So gern er auch wollte.

Susan hatte mehr durchgemacht, als sie psychisch vertragen konnte. Das war in den letzten Monaten durchaus deutlich geworden. Keine einzige Nacht hatte sie mehr durchgeschlafen. Nur weil er so ein verdammter Idiot gewesen war und geglaubt hatte, einfach alles im Griff zu haben, die ganze Welt.

Vor gar nicht so langer Zeit war er mit einem baumstarken

Kerl aneinandergeraten, weil der ihn angebrüllt hatte: »Was glaubst du eigentlich, wer du bist, Supermann?«

Der Typ hatte den IQ einer Amöbe gehabt, aber mit seiner Frage hatte er ins Schwarze getroffen. Das Leben abseits der normalen Gesellschaft hatte seine eigenen Gesetze, und die ließen ziemlich viel Spielraum. Je mehr Zeit man dort zubrachte, umso weniger fühlte man sich überhaupt noch irgendwelchen Gesetzen unterworfen, nicht einmal den Naturgesetzen. Wenn man sich öfter in Lebensgefahr befand als auf irgendeinem Empfang, dann wurde dieses Gefühl der Unbesiegbarkeit nur noch stärker. Aber es blieb nur ein Gefühl.

Im Grunde konnte er von Glück sagen, dass er jetzt hier war. Dass sein vermodernder Körper nicht ein paar Bäumen in einem abgelegenen Waldstück als Kompost diente. Oder den Schweinen eines korrupten Bauern als Futter. Der Faden war zu dünn. Und das Leben, das er jetzt hatte, war ihm zu kostbar. Susan war ihm kostbar.

Vor zehn Monaten, als er bei ihr eingezogen war, hatte er beschlossen: Es war vorbei. Aus. Vergangenheit.

Irgendwie weckte allein schon dieser Gedanke eine stille Panik, die er nach Kräften unterdrückte.

Das Schluchzen im Schlafzimmer war verstummt. Er hörte, wie sie die Decke aufschüttelte und wieder ins Bett ging. Die Sprungfedern der Matratze gaben ein leises Quietschen von sich.

Er nahm den Wasserkocher, goss das kochende Wasser in einen Becher und hängte einen Teebeutel hinein. Gab etwas Milch und zwei Stückchen Zucker hinzu. Noch mit Umrühren beschäftigt, machte er sich wieder auf den Weg ins Schlafzimmer, reichte ihr den Becher, setzte sich neben sie aufs Bett und legte eine Hand auf ihr Bein. Sie nippte an dem Tee, legte ihre Hand auf seine und strich geistesabwesend mit den Fingern darüber.

»Vielleicht brauchen wir mal einen Tapetenwechsel«, sagte er.

»Warum?«

Er zuckte mit den Schultern. »Vielleicht hilft es. Abstand gewinnen, im wahrsten Sinne des Wortes.«

»Wo sollen wir denn hin?«

»Das darfst du entscheiden.«

Sie nahm noch einen Schluck Tee. Denkfalten traten auf ihre Stirn. »Paris«, sagte sie schließlich. »Da war ich schon eine ganze Weile nicht mehr.«

Überrascht sah er sie an. »Paris? Das ist doch gleich um die Ecke. Da können wir …«

»Ich muss nicht erst zwanzig Stunden im Flugzeug sitzen, das hab ich schon öfter erlebt. Paris, das klingt gut. Da kenne ich mich aus.« Sie unterbrach sich kurz. Strich ihm mit der Hand über den warmen Oberschenkel und weiter hinauf. »Manchmal ist es beruhigend, festzustellen, dass bestimmte Dinge noch da sind.«

Er hielt die Luft an. Etwas Dunkles trat in ihren Blick. »Das ist auch noch da«, brachte er mit heiserer Stimme heraus.

Sie schenkte ihm ein mattes Lächeln. »Schön.«

»Beruhigt dich das?«

»Und ob.« Sie stellte den Becher auf dem Nachtschränkchen ab. »Aber ich glaube, ich brauche noch viel mehr Beruhigung.«

Ein Gespräch mit Esther Verhoef und Berry Escober

Esther Verhoef, Sie gehören zu den erfolgreichsten Autorinnen der Niederlande und wurden für Ihre Bücher vielfach mit Preisen geehrt. Weniger bekannt ist in Deutschland allerdings, dass Sie auch gemeinsam mit Ihrem Ehemann Berry Escober eine Thrillerreihe, die Sil-Maier-Trilogie, geschrieben haben. Wie ist die Idee zu diesem Buchprojekt entstanden?

Esther: Berry und ich arbeiten schon lange von zu Hause aus, jeder an seinen eigenen Projekten. Wenn man so viel zusammen ist, vermischt sich manches wie von selbst. Er hat mir zum Beispiel aus der Klemme geholfen, wenn ich eine Figur in eine unmögliche Position geschrieben hatte. Dieses »aus der Klemme helfen« hat sich dann irgendwann zu einer Co-Autorenschaft entwickelt.

Dass Autoren gemeinsam Bücher schreiben, kommt selten vor. Was sind Ihrer Meinung nach die Voraussetzungen dafür, dass eine solche Zusammenarbeit gelingt?

Esther: Keinen Geltungsdrang zu haben, den anderen nicht übertrumpfen zu wollen. Seine eigene Persönlichkeit hintanstellen und die gemeinsamen Kräfte bündeln zu können, um ein so gutes Buch wie möglich zu schreiben. Wir wissen beide, wo unsere Stärken liegen. Wir haben Respekt vor der Meinung des anderen und sind beide nicht leicht eingeschnappt.

Berry: Unsere Biorhythmen sind unterschiedlich. Esther schreibt vor allem abends und nachts, ich tagsüber. Wir schreiben nie gleichzeitig, also sind wir uns auch konkret nie im Weg.

Wie sieht Ihre Zusammenarbeit in der Praxis aus? Gibt es zum Beispiel eine klar definierte Aufgabenverteilung?

Esther: Wir haben keine feste Aufgabenverteilung oder eine bestimmte Reihenfolge. Unsere Bücher entstehen allmählich, fast organisch. Normalerweise besuchen wir die Handlungsorte eines Buches, das brauchen wir, um uns auf das Buch und aufeinander einzustimmen. Zum Beispiel wollten wir in Verschleppt, dem Schlussteil der Trilogie, Maier auf die Suche nach seinen Wurzeln gehen lassen. Die liegen in München. Weil wir die Gegend noch nicht kannten, sind wir nach Bayern gereist. Indem er sich mit Münchnern unterhielt, kam Berry auf die Idee für die Handlung. Schon allein dadurch, dass ich mich an einem Ort aufhalte, dort esse und meine Beobachtungen mache, erfasse ich die Atmosphäre und finde das Lokalkolorit für das Buch. Später, wenn ich daran schreibe, kann ich die Szenen an den jeweiligen Orten wie einen Film vor mir ablaufen lassen.

Berry: Esther schreibt intuitiv, szenenhaft, sie versetzt sich intensiv in eine Situation hinein, was die Handlung sehr unmittelbar macht. Ich beschäftige mich hauptsächlich mit den Charakteren und den Handlungssträngen. Auf diese Art und Weise ergänzen wir uns gegenseitig.

Gibt es aus Ihrer Sicht markante Unterschiede zwischen den Büchern, die Sie als Autorenduo verfasst und den Büchern, die Sie, Esther Verhoef, allein geschrieben haben, wie »Hingabe« und »Der Geliebte«?

Esther: Die Escobers sind um einiges härter als meine Solothriller. Es gibt mehr Action, wenn auch nie auf Kosten der Charakterdarstellungen und des Tiefgangs. In einem Solothriller vermeide ich die Beschreibung von Gewalt so weit es geht und betone eher den psychologischen Aspekt.

Berry: Es gibt aber auch Übereinstimmungen. Immer wieder hören wir von Lesern und Rezensenten, dass sich sowohl Esthers Solothriller als auch die Bücher, die wir gemeinsam schreiben, »echt« anfühlen. Den Lesern fällt es leicht, sich in die Atmosphäre, die Figuren und Situationen hineinzuversetzen. Als erlebe man es selbst oder verliere sich in einem guten Film, wobei dieser Film bei einem Escober düsterer, extremer und roher ist. Die Ereignisse folgen schneller aufeinander.

Man erfährt in der Sil-Maier-Trilogie viele kenntnisreiche Details, von der Funktionsweise des organisierten Verbrechens über das Eindringen in unbekannte Gebäude bis hin zum optimalen Einsatz diverser Waffentypen und der Behandlung von Wunden. Wie gehen Sie bei der Recherche vor und wie wichtig ist dabei für Sie der persönliche Kontakt zu Experten?

Esther: Wir recherchieren uns dumm und dämlich! Alles, was in einem Escober geschieht, muss auch tatsächlich möglich sein. Das macht das Schreiben eines Escobers manchmal schrecklich mühselig. Aber auch interessant: Für Verraten habe ich gemeinsam mit einem Waffenexperten einen Nachmittag auf einem Schießstand verbracht. Meine persönlichen Erfahrungen fließen praktisch eins zu eins in Verraten ein, wenn Susan Staal Schießunterricht erhält. Einmal habe ich eine Zeit lang in einer Tierarztpraxis hospitiert und ein andermal jemanden befragt, der internationale Ziele mit Cessnas anfliegt.

Berry: Im Laufe der Zeit haben wir Kontakte zu einer Gruppe von Experten aufgebaut, die wir bei Fragen über ihr Fachgebiet anmailen oder anrufen können: unser A-Team. Manches probiere ich selbst aus. In Verraten wird Sil Maier in einem ausgeschlachteten Badezimmer gefangen gehalten. Da habe ich mich selbst in so ein Bad gesetzt, um herauszufinden, ob und wie man da herauskommen kann. Man hält immer Augen und Ohren offen.

Jeder der drei Thriller ist abgeschlossen und kann für sich gelesen werden. Als roter Faden zieht sich jedoch durch alle Romane die Beziehung der Protagonisten Sil und Susan. Können Sie uns etwas mehr über Ihre Hauptfiguren erzählen und darüber, was beide aneinander fasziniert?

Berry: Sie sind Seelenverwandte, füreinander bestimmt oder zueinander verdammt, je nach Blickwinkel des Betrachters.

Esther: Ich glaube, dass sie beide auf ihre Art sehr einsam sind und diese Einsamkeit im anderen wiedererkennen.

Sil hat eine außergewöhnliche Beschäftigung, von der er geradezu besessen ist: Er beobachtet kriminelle Organisationen, dringt unter Lebensgefahr in ihre Schaltzentralen ein und raubt deren Beute. Was hat Sie auf diese Idee gebracht?

Esther: Sie ist aus meiner eigenen Rastlosigkeit heraus entstanden. Damals war ich in einem Schema gefangen, habe hundert Stunden pro Woche gearbeitet. Verdient habe ich genug, aber mir fehlte die Inspiration.

Maier tut, wovon viele Leute träumen: Er lebt seine Verliebtheit tatsächlich aus und setzt dadurch seine Ehe aufs Spiel, er rächt sich tatsächlich an dem arroganten Chef seiner Frau. Er ist die Personifizierung der dunklen Phantasien, die wir alle manchmal haben. Sein Charakter ist im Laufe des Schreibprozesses entstanden, intuitiv, nicht geplant. Im Nachhinein wirkt alles stimmig: Was Maier tut, ist für ihn die ultimative Form der Suche nach dem Kick. Der Mann ist intelligent, schnell gelangweilt, durchtrainiert. Bungeejumping ist ihm zu passiv und für einen Job als Ermittler oder Soldat ist er zu sehr Einzelgänger.

Berry: Und jeder Autorität abhold. Zwar ist Maier gesellschaftlich in jeder Hinsicht erfolgreich, aber erfüllt von extremer existenzieller Unruhe. Die Leser reagieren ziemlich unterschiedlich auf ihn, das ist ein Aspekt, der seine Figur so attraktiv macht. Der eine sieht einen Serienmörder oder egoistischen Gefahrensucher in ihm, ein anderer wird beim Lesen von spontaner Sympathie erfasst.

Der gefährlichste Gegner von Sil ist Wadim, ehemals Angehöriger einer militärischen Spezialeinheit und heute als Auftragsmörder tätig. Er arbeitet hochprofessionell, ist mitleidslos und äußerst brutal. Doch trotz seiner Härte und Grausamkeit ist er unter allen Verbrechern Ihrer Trilogie die zwiespältigste Figur. Können Sie uns etwas mehr über ihn erzählen?

Esther: Die Idee zu den russischen Zwillingsbrüdern Yuri und Wadim wurde geboren, nachdem ich eine Dokumentation über die schreckliche Armut und hoffnungslose Situation der russischen Bauern gesehen hatte, eine große Bevölkerungsgruppe, die von ihrer eigenen Regierung ganz einfach negiert wird. Das hat mich stark beeindruckt. Ich hatte außerdem gelesen, dass junge Männer einen Ausweg suchten, indem sie zur russischen Armee gingen, obwohl das beinahe bankrotte Land ihnen Monate lang keinen Sold auszahlen konnte. In diesem Fall ist es nur eine Frage der Zeit, wann solche jungen Männer von kapitalkräftigen Kriminellen rekrutiert werden. Diese Informationen habe ich kombiniert. Indem ich Yuri und Wadim eine persönliche Geschichte gebe und diese in eine historische Perspektive rücke, wirken sie lebensechter. Werden menschlich.

Häufig werden Menschen in Extremsituationen geschildert: Sie stehen unter größtem Stress, müssen starke Schmerzen und Folter ertragen, um ihr Leben kämpfen und dem Tod ins Auge sehen. Wie versetzen Sie sich in die Lage dieser Menschen, um ihre physischen und psychischen Reaktionen glaubwürdig schildern zu können?

Esther: Ich lese viel über solche Themen, wahre Geschichten, Bücher über Traumata und Psychologie. Wir reisen viel und begegnen dabei natürlich auch Leuten, die viel mitgemacht haben. Einem amerikanischen Soldaten, der eine Explosion in Bagdad überlebt hat, einem Ermittler, der eine Kugel in die Schulter abbekommen hat. Diese Erfahrungen absorbiert und speichert man. Danach muss man sich sehr intensiv in die jeweilige Person hineinversetzen, ihr ganz nahe rücken und sehen, was sie sieht, riechen, was sie riecht, fühlen, was sie fühlt. Ich schreibe oft nachts, weil ich dann müde bin und mich dadurch besser in einen Zustand der Übermüdung und Erschöpfung hineinversetzen kann. Auch bestimmte Musik hilft dabei, in die richtige Stimmung zu kommen.

An keiner Stelle tritt die Polizei als ernstzunehmende ermittelnde Behörde in Erscheinung. (Die einzige Polizistin, die Sil auf die Spur kommt, wurde strafversetzt und ermittelt auf eigene Faust.) Die Lösung in Ihren Romanen beruht daher auch nicht auf einer offiziellen Klärung von Fällen, sondern auf einem anderen Prinzip. Glauben Sie an Gerechtigkeit?

Esther: Die Polizei spielt in unseren Büchern keine Rolle, weil wir beide uns nicht mit dem Ermittlerkrimi identifizieren können. Unsere Bücher handeln ja auch nicht von der Aufklärung eines Mordfalls, sondern von sehr unterschiedlichen Menschen, die in extreme Situationen geraten – oder sich bewusst in solche hineinbegeben. Gerechtigkeit ist ein schönes Wort, aber wie viele Verbrechen bleiben ungestraft? Und wie viele liebe, nette Erwachsene und Kinder müssen schlimmste Qualen erdulden? Nein, ich glaube nicht an Gerechtigkeit.

Berry: Das Schöne am Schreiben ist für mich, dass man jemanden moralisch verwerflich handeln lassen, aber trotzdem so porträtieren kann, dass er Sympathien weckt. Im wahren Leben sind die Menschen auch nicht nur schlecht oder nur gut.

Welche Rolle spielt für Sie die Musik als Inspirationsquelle?

Berry: Musik ist für Esther essenziell. Ohne Musik kein Buch. Die Musik versetzt sie in die nötige Stimmung. Jede Szene, aber auch jede Figur hat ihre eigene Stimmung und daher auch ihre eigenen Stücke.

Esther: Mit Sil Maier sind ganz stark mehrere Bands verknüpft. Wenn ich die höre, werde ich sofort in den »Maier-Modus« versetzt. Bother von Stone Sour zum Beispiel und Chop Suey von System of a Down, oder Zen von Bush. Ich habe auch ganze Kapitel zur Musik von Alter Bridge und Talk Talk geschrieben. Jedes Stück hat seine eigene Atmosphäre. Wenn ich mir Monate später eine solche Szene noch einmal vornehme, lege ich die dazu passende Musik auf und versetze mich sofort hinein.

Könnten Sie sich vorstellen, auch in Zukunft gemeinsam Bücher zu schreiben?

Berry: Ja, natürlich. Gemeinsam haben wir vier Bücher geschrieben, die Sil-Maier-Trilogie und Chaos, über einen traumatisierten Ex-Soldaten. Es gibt schon Pläne für ein fünftes Buch.